徳間文庫

旗師・冬狐堂㈠

狐罠

北森鴻

徳間書店

目次

プロローグ

大英博物館展示室キングスライブラリーに常設展示されているマグナカルタを横目で見て、パトリシア・マコーネルは、ルーム34へと急いだ。

日が落ちかけているようだ。高窓から差し込む光に朱が交じり、青銅の窓飾りの影が、壁に向かって長く伸びている。この季節の英国にはめずらしく、晴れ間の続いた一日だった。そのためか建物の周囲を取り囲む道路にも、多くの人の姿を見ることができる。垂れ籠めた雲と、街を侵食する霧ばかりが目立つ毎日に倦んだ人々が、奇跡のような日差しの下で、表情を和らげている。ついぞ笑顔など見せたことのない門衛のキリー爺さんの、目を細めた顔を見たのが、ほんの数時間前のことだ。

途中の細長いルーム35はマップギャラリーである。大航海時代を中心とした、今では精密なイラストのような地図がケースの中で静かな眠りに就いている。かつて英国が世界に女王陛下の名をもって君臨していた頃の、遺物である。それを侵略の歴史ととるか、繁栄の必要悪ととるかは、しょせんは個人の感傷の度合い次第としかいいようがない。現に、大航海時代の収集物の大成として、この大英博物館が存在しているのだから。

この事実には、だれにも異論がない。これをまた「略取」という言葉で非難する人がいるかもしれないが、アジアの美術品にせよ、中東、エジプトの遺物にせよ、その場にあったなら必ず崩壊の歴史をたどっていただろう人類遺産たちである。大英帝国の旗の下、こうして集められ、適切な保存状態を保っているからこそ、後世に受け継がれる文化遺産たりうるのである。

その精神の延長として、大英博物館の研究員（キュレーター）は、ケンブリッジの教授（プロフェッサー）よりも深い知識と技術を要求され、社会的地位もまたそれにともなって、高い。言い換えれば、大英博物館に勤務するものは、常に世界最高のレベルを維持していかなければならないし、そうでないものはこの場所にいることはできない。

――だからあなたは、ここにいなければならない。大英博物館のキュレーターとして、世界的文化遺産に奉仕する義務がある。

パトリシアは、足を早めながらきっと唇を嚙（か）んだ。たった今、信じられないニュースを聞いたばかりだ。夕方以降の来客との約束を無理をいってキャンセルしてもらい、パトリシアはその人物がいるにちがいない、ルーム34へ向かっている。その勢いは今にも駆け出しそうなほどだ。

細い通路がいきなり、左方向に向かって開ける。室内全体がやわらかくて、清潔な光に充ち溢(あふ)れているようだ。その下に、さまざまな顔を持った「色彩」たちが眠っている。イスラム、南アジア、東南アジア、中国、韓国という、広い範囲でのアジアをテーマにしたオリエンタルギャラリーI、ルーム34の展示室である。世界でもっとも高貴で、そして宇宙的色彩であるといわれる中国、韓国の陶磁器がここにはある。

ある人はいう。東洋人の黒い瞳は、カメラでいう「ニュートラルダーク（ND）」のフィルターと同じである。そのために外部からの光の影響を受けにくく、西洋人に比べて色彩感覚が繊細で、しかも極彩色のなかに深みを滲(にじ)ませることができるのである、と。いったいどれほどの注意力と忍耐力をもってすれば、このような細かい絵付けが可能なのか、また、どれほどの奇跡と化学の実験データを積み重ねれば、千年の時を経て今も鮮やかさを失わないあの赤や緑の釉薬(ゆうやく)は、彼らの手にもたらされたのか。なによりもパトリシアには独自の製陶技術を育てたわが大英帝国で、あの見事な陶磁器が完成されなかったことが残念でならない。

それがルーム34を訪れるたびに、かすかな嫉妬の棘(とげ)となって、時にはこれらの陶器を床にぶちまけたい衝動に襲われることがある。

――いったい私はなにを考えているのか。それがキュレーターとして許されるか否か、わからないほど私の理性の鏡は曇ってしまっているのか。

確かに否定はできないとも思った。三ヵ月前、あの壺が運びこまれてからというもの館内の空気そのものが、いろいろな意味で変わってしまったことを、肌で感じている。

展示室のいちばん奥に、人影があった。

塑像のように、一つの陶器の前で佇むその人影をみると、つい先程まで口元に溢れようとしていた言葉が、跡形もなく消えた。ただ、その背中に近寄り、半分泣きだしそうな声で、

「シニィチ……」

と、ささやいた。がっしりとした体格の男が、振り返った。顔の角度によっては少年のようにも見えるのに、相変わらず、憎らしいばかりのポーカーフェイスである。

パトリシアの父親がいつだったか、

「東洋人は、表情を表に出さないから苦手だ」

と言ったことが、思い出された。それどころではないと、パトリシアはかぶりを振った。今日の午前中に、彼は人事院に対して辞表を提出している。それはすなわち、

非常に近い将来、彼女とホソノ・シンイチとの間に訪れる、別れの瞬間へのカウントダウンが始まったことを意味している。

——それでもこの人は、表情一つ変えようとはしない。それもこれも、みな、あのボーン・チャイナがいけないんだ。

パトリシアは、男の背後に見える壺に対し、今度こそ、本物の殺意を抱いた。三ヵ月前までの男とパトリシアは、だれがどう見ても将来を誓いあった恋人同士であり、やがては互いを深く理解し、ともに成長することを約束された研究者夫婦となるはずであったのだ。ところが、壺を見た日から男は一変した。

日本のさる研究者から寄贈されたこの壺は、博物館に到着早々、トラブル続きであった。事務官の一人が、壺を入れた箱に同封されていた寄贈者からの送り状の一部を、まちがってクロスシュレッダーにかけてしまった。幸いなことに、後半部は無事であったので『~以上のように、私の近しい友人から受け取ったこの壺は、非常に貴重な研究対象となりうる品なので、私の手元においておくよりは、貴館で保管、研究していただくことを望みます』という、丁寧な送り状に対して、非礼にならぬよう返事を書くこともできたのである。もちろん、いくら信用のおける研究者からの寄贈品であっても、それをそのまま展示することは、ここではありえない。ケミカルラボの複数のキュレーターの手によって、鑑定が行なわれた。

遠慮がちに、

「あの、人事担当のクレーブスから聞きました」

声に出すと、すべての情況が現実の重みを持ちそうで恐かった。いっそ、悪い冗談であったと落ちがつくなら、どれほどありがたいことか。けれど問わずにはいられない。

男は、彼女に背を向けたままなにも答えようとはしない。もしかしたら、その存在にさえ気が付いていないのかもしれなかった。パトリシアの勝ち気な性格が、一瞬かっと燃え上がって、そしてすぐにしゅんとなった。ここで腹を立てることが、どれほど無駄であるかわからないほど、無垢（むく）な小娘ではない。パトリシアは、できるかぎり静かな声で、問い掛けた。

「教えて、この壺はいったい」

高さ一フィートあまりの壺の肌合いは、特別な種類の翡翠（ひすい）を思わせる薄青。その色の深さと透明感から、すぐに陶器ではなく、磁器であることがわかる。もともと鉄分を含んだ素地が、非常に高い火力によって還元焼成されてできる、特有の柔らかさである。そこへ透明感のある青磁釉（せいじゆう）が重ねられ、互いが境界線を作ることなく溶け合っている。その結果、透明感と深みという一見して相反する色合を兼ね備えた奇跡の磁器が誕生するのである。しかもこの壺の側面には、銅線、銀線、さらには素地とは種類のちがう辰砂まで使って菊花紋、はばたく鳥の姿が、描かれている。絵付けを施した陶磁器の優雅さと、モザイクの精密さ、潔さを兼ね備えている。世界でも類を見ない磁器である。

——高麗象嵌青磁……。

それを見分ける知識は、楽に持ち合わせているパトリシアである。わからないのは、この壺が搬入された三ヵ月前から、シンイチはあまりに変わってしまったことである。

確かに美しい壺である。惜しむらくは壺口に小さな傷があることくらいか。それとても、壺が持つ美のオーラを損なうものではありえなかった。高麗青磁が最後の技術的完成を見たといわれる十二世紀半ばの作品だろう。これほど完成度の高いものは、かつて大英博物館でも扱ったことがない。博物館内のケミカルラボに勤務する研究者であるシンイチが、魂を奪われるほどの美しさを十分に兼ね備えている。だからといって、それが彼の辞表とどう関係するのか。パトリシアがこれまで学んだあらゆる知識を総動員してみても、答えは見つからなかった。

「シニィチ」

もう一度声に出したところで、ようやく男はパトリシアを振り返った。たった今まで、象嵌青磁に魂をしまいこんでいたとでも言いたげに、意外そうな顔をして、すぐにその表情を曇らせた。

「すまない、日本に帰ろうと思うんだ」

男の回答は一言だった。いったいなにがすまないのか。自分を捨てて日本に帰ることか。それとも研究を放り投げて去ることか。パトリシアの視線を避けるように、男は再び壺に向き合った。

「他に語るべき言葉はないの？　あなたはこの壺の鑑定の時からおかしかった。あれほど優秀なあなたが、なにひとつ意見らしい意見も言わず、ただ鑑定決議書に承諾のサインを書いただけだったわね。どうしてなの？　この壺にはあなたを変えてしまう、どんな魔法が掛けられているの？」

壺に視線を向けたまま、男が唇を歪めた。かつてパトリシアが聞いたことのない、別人のような低い声で、

「魔法はよかったな。その言葉が、今の私にはいちばん適切かもしれない」

「シニィチ！　お願いだからわかるように説明して」

青磁の地肌に男の目の色が映った。それはちょうどラピスラズリで作られたエジプトの古代神、死をつかさどるアヌビスの塑像を思わせて、パトリシアの背筋を冷たくさせた。

不意に、男の声色が変わった。わずかにテンポアップした明るい声。

――今までのことはすべて、悪い冗談だったの？

――いいえ、この人はこれから私に、もっと悪いことを告げる。『真夏の夜の夢』のいたずら妖精みたいな声色で、もっと絶望的な言葉を並べるんだ。

「象嵌青磁はどうやって作るか知っているかい。素地がまだ柔らかい生乾きのうちに、鋭い刃物で文様を彫ってゆくんだ。そこへ、金属の線や、色のまったくちがう土を練り込み、きれいに表面を均(な)らしてから素焼きにする。

とまあ、話にしてしまえばわずか数十秒、ハイスクールのカリキュラムに明日からでも組み込まれそうだが、実際の製作者の心労は、想像を絶するものがある。なにせ素地と、金属線、辰砂などの色土とは膨張率がまるでちがう。素焼きの段階で大半が壊れてしまうんだ。しかも製作工程はまだ半ばだ。これから素焼きの壺に青磁釉をかけ、登り窯に似た独特の高温窯で、焼成しなければならない。ここでも象嵌が完成の邪魔をする。表面に生まれたかすかな隆起が、青磁釉のガラス質に、貫入(かんにゅう)（ひび）をもたらしてしまうからだ。ここでまた、大半の器が破棄される。ねぇ、パトリシア。いったいいくつの磁器が窯に入れられ、そうして完成品として世に出るのだろう。これは一つの奇跡じゃないか」

「そうね、奇跡的な磁器ね。だったらこの大英博物館でそれを研究すればいい。世界に誇る研究機関である、大英博物館で」

そう言って、パトリシアははっと口をつぐんだ。

「あの、もしかしたら、私のことが嫌いになったのですか。あまりにこの国のことばかりを誇りにするものだから」

彼女ばかりではない。この大英帝国に生まれ、まして大英博物館に勤務するとなれば、これは英国人としてたいへんな名誉である。そうした誇りは時として閉鎖的な空気を産み、ホソノ・シンイチのように、海外からやってきた研究者にとってはなんとも息苦しい結果となってしまうのではないか。現に、人事院では彼が辞意表明をしても引き止めようとはしなかったそうだ。だれもが、美術品の修復と科学鑑定の分野では超一流と認めているのに、それを内心では面白く思っていないのかもしれない。言い換えるなら「どうしてトップレベルの才能が、東洋人の研究者に宿ってしまったのか」と、苦々しく思う人物もまた、少なくはないのだ。

「あの、わたしたちは別に、自分の生まれた国ばかりが、その」

男が、哀しげに首を振った。

「プライドは大切だよ。そうしたものを持ちえない悲劇なら、私は一晩かかっても語り尽くせないほど知っているのだから」

「だったらどうして！」

「きみがさっき言ったじゃないか。私はこの象嵌青磁の魔法にかかってしまったんだ」

「それほど見事なものなの？」

「ああ。高麗青磁銅銀辰砂象嵌立菊花鳥文瓶……とは、鑑定セクションの連中もよく名付けたものだ。だが、こいつの持っている魔法はそれだけではない」

「これだけではない？」

「そう、私は、その魔法に魅せられてしまったんだ」

もう一度男の名前を呼ぶパトリシアを軽く抱き締め、男は何度も「すまない」と呟いた。それが永遠の別れであることを、言葉の外で告げるように、同じ言葉を繰り返すばかりだった。


二年後。大英博物館で小さな異変が起きた。パトリシア・マコーネルはそれを受けて、ホソノ・シンイチの行方を必死になって探した。

――きっとシンイチはわかっていたんだ。だから……。

けれど彼の行方を知ることはできなかった。あらゆるつてを使い、地方の小さな博物館、美術館にまで調査の手を伸ばしても、ホソノ・シンイチの足跡は、天にでも召されたかのように知れなかった。そして半年後、パトリシアは同じキュレーターの一人とひっそりと結婚式を挙げた。

そのことをホソノ・シンイチは知らない。

第一章　罠のなかの狐

1

五月二十日。

宇佐見陶子の元に、その男があらわれたのは、憂鬱な雨の降りつづく夕刻だった。

雨が降っているから憂鬱なのではない。ただ、しとしとと降る雨の音と雲の垂れ籠めた街の様子が、あまりにその夜の陶子の気持ちを代弁しているようで、少しばかり腹が立っていただけのことだ。

ちょうどＴＶのウェザーリポートが、神奈川から東京にかけて、夜から局地的な集

中豪雨に見舞われる危険があることを、繰り返し告げていた。ドアを開けると、

「宇佐見……宇佐見陶子さんですね」

　そう言いながら、男がよこした笑顔は、またもや天気にたとえるなら梅雨の晴れ間のように、少し気持ちが良かった。「どなたですか」と、ドアチェーン越しに見せた不機嫌な顔を引っ込めて、

「宇佐見陶子ですが、どんなご用件ですか」

と、返した。仕事柄、初対面の客が、こうして自宅を訪問することは少なくない。それでも、一応は若さが残っているといっても差し支えない年齢である。心の片隅に、警戒心を忘れることはなかった。

「私、こういうものです」

　男が差し出した名刺には『極東保険美術監査部調査員　鄭（てい）　富健（ふけん）』とある。

「保険会社の美術監査部……」

「ええ、別に果し状を突き付けにやってきたわけではありませんが」

　その口調が、おかしかった。事実、陶子の商売にとっては、天敵のような存在である。それこそ、果し状まがいの監査結果を受け取ったことが、陶子のように「良心的に」商売をしていても二度、三度はあるのだ。だが、この男の今夜の目的はそうではないようだ。

男の表情がそう言っているし、陶子自身、胸に手を当ててもそれらしい覚えがまるでない。ただし、加害者として、である。現実家を自任する陶子が、女子高校生のように自分の気持ちのささくれを雨に託しているのだ。思い当る節がまったくないわけではない。はたして鄭が、

「二ヵ月ほど前、銀座の骨董(こっとう)商の橘薫堂(きくんどう)から発掘物の硝子碗(がらすわん)をお買いになりましたね。それを拝見したくて、夜分の失礼も顧みずにやってきました」

と言った。

触れられたくない部分に冷たい手を押し当てられ、自分の眉が歪(ゆが)むのがわかった。そのことを思い出すだけで、陶子は機嫌が悪くなる。記憶は、陶子の胸に苦い溝を刻み付けている。骨董を扱うプロフェッショナルの一人として、決して忘れてはならない屈辱の溝である。

——あれは三月の終わりだった。けれどどうしてこの男はその事を知っている？

突然の訪問者である鄭富健は、陶子の記憶を鮮明に蘇(よみがえ)らせた。

その日。

自宅に帰ろうとする陶子の胸に、風呂敷包みがあった。

——最後にクリスマスのプレゼントをもらったのは、いつだったろうか。十年前か。

あるいはもっと前かな。

いずれにせよ自分は今、幼いあの日と同じ顔をしているにちがいないと、宇佐見陶子は思った。手にした風呂敷包みの中身を想像しただけで、自然と顔が緩み、足取りが軽くなる。

こうしたときの気の緩みが、一番危険なのだと、頭の中ではわかっていても、どうしても歩足が大きく、早まるのは仕方がない。自らそうしようとしているわけではない。手のひらにかかる包みの重量が、商店街の狭い道を、駆け抜けるように歩かせるのだ。

百七十センチ近くある陶子の身長は、それでなくとも目立つ。まして深いグレイのタイトスカートのスーツに、そのうえからベージュのハーフコート。ひどく踵(かかと)の低いベタ靴、手にしているのは深紫の風呂敷包みというアンバランスさが、人目を引かないはずがない。それを気にするゆとりが彼女にないのは、風呂敷包みの中身が、魅力的すぎるからだ。

駐車場から自宅マンションまでの二百メートルあまりの道のりを、これほど長いと感じたことはなかった。

建物の入り口の自動ドアをまどろこしく思い、エレベーターの反応の鈍さに苛立(いらだ)ちながら部屋へ急いだ。ドアを開け、体を部屋の中に入れた瞬間、小さくホッと息を吐く。そんなことがあるはずがないのに、なぜだか表には、この風呂敷包みを狙う輩が満ち溢れているような気がしてならなかった。

風呂敷包みを作業台兼用のダイニングテーブルに置いた。もどかしげにスーツを脱ぎ、クローゼットにしまう手間さえ惜しんで、スウェットに着替えた。

小さく深呼吸をして、居ずまいを正して風呂敷包みに向かう。ゆっくりと結び目を解く。きちんと四方結びさえすれば、これほど安心のできる「運搬用具」はないと、陶子は思っている。持ち手に課せられる緊張感、掌に置いただけでなじむ安心感は他の素材、用具では得られない。

中に檜材の化粧箱がある。三十センチ四方、くすんだ茶の木肌と木目がエンボスのように浮かび上がった箱には裏書きがない。ないことを承知の上で、いやそれだからこその期待感を抱いて手に入れた品物である。

蓋を取ると紫の薄袱紗が見えた。それだけで息が荒くなる。指に袱紗のザラ付きを感じただけで、期待感が咽から溢れそうになる。彼女のような骨董業を営むものにとって、この瞬間ほど心躍るものはない。目当て以上の品物を手に入れた喜びであり、それを改めて確認する瞬間の陶酔感である。

我が子を初めて病院で受けとめるときのように

――経験があるわけではないが。

精一杯の笑顔を浮かべて、袱紗を左右に開いた。

「……？」

陶子の左の眉が、わずかに歪んで声になりきれない吐息がもれた。袱紗の隙間から、青黒いガラス器の肌が覗いた。おそるおそる取り出してみる。ちょうど、両の手のひらを丸めたほどの大きさのガラス器である。もちろん現代のものではない。厚手の紺(こん)碧(ぺき)のガラス地には、親指の先ほどのエンボスが整然と並んでいる。エンボスの所々についている白い粉は、粘土質の土がポロポロに乾いたものだろう。ところどころに萌(もえ)黄(ぎ)色が刷(は)くように滲んでいるのは、製造技術のせいだ。不均等な熱の伝わり方が原因なのか、それとも飴(あめ)状の段階でのゴミか。未熟さの現われだが、欠点ではない。

「奈良県N塚古墳出土、唐様切子紺碧碗(からようきりここんぺきわん)……」

無意識のうちに、器に付けられたばかりの名称を口にしていた。あれほどまでに、一分一秒でも早くと、陶子の心を動かした遠い古代のガラスの器についた名前である。

袱紗ごと両手にとって捧げ持ち、リビングの窓から差す日の光にかざした。

期待に荒くなっていた息が、とまった。

頬が厳しく緊張し、すぐに血の気を失った。明らかに失望とわかる影が、目の下に揺れた。

あらゆる角度から器を眺めてみる。網膜に集中するあらゆる神経を駆使して、光と影のコントラストから器の「顔」を特定しようとする。

爪を短く刈り詰めた人差し指の腹を、丁寧にウエットティッシュで拭い、皮脂を落として素地を撫でる。同じように唇を拭ってリップクリームを完全に落とし、下唇で切子のエンボスの一つ一つをまさぐる。そこに付けられた工作のあとから、製作者の人格まで読み取ろうとする。唇の触覚と共に、ごくごく微量の薬品の匂いを陶子の鼻は嗅ぎ分けた。

「やっぱり」

女性とは思えない低い声で、うなるようにつぶやいた。

「ヤ・ラ・レ・タ」

耳の奥で聞こえた乾いた音は、プライドを踏み割られたものかもしれない。

これが二ヵ月前の出来事のすべてである。

鄭富健が軽快な笑顔を浮かべたまま、言った。

「その時の品物を見せていただけませんか」

「引き取っていただけるのかしら」

「そうしてほしいですか」

「冗談です。あんな贋作を人様に流せるはずがない」

「よかった、あなたがそう言う人物で。少し話を聞いていただけませんか、お時間が許すなら」

そう言って鄭は、陶子の返事が返る前に靴を脱ぎはじめていた。

2

上野公園の雑踏を抜け、国立博物館の右手から続く並木道を陶子は歩いていた。銀杏（いちょう）並木の舗道には、幾百幾千のこもれ日が乱舞している。六月も間近の風が吹き抜けるたびに、何が楽しいのか、コロコロと笑い転げるように光の球が過ぎていく。

この道を歩くのは何年ぶりか。

立ち止り、一本の銀杏を見上げる陶子のそばを、数人の若い女の子が過ぎていった。それは紛れもなく十年前の陶子自身の姿なのだが、でも、しかし、と思う。陶子が学生であったころ、芸大生たちは皆あれほど華麗なファッションに身を包んではいなかった。

服装と言えば、数着持っていたきりのオーバーオールではなかったか。ショートヘアの今と違って、肩まであった髪を無造作にバンダナでくくっていた。夏も冬も、服装は変わらなかった。陶子ばかりではない、周囲はみなそうしたことにある種のダンディズムさえ感じていた。今も昔も変わらないのは、「芸大生」が持っている大きな濃紺のキャンバスバッグ、通称デカバッグだけである。

――ああデカバッグ！

無愛想に思えるほど、実用主義一辺倒の思想で作られた濃紺のバッグの中には、芸大生のすべてが詰まっていたと言っても過言ではない。大小二冊のスケッチブックに、バンダナが三枚、硬さの違うコンテパステルが一セット、タオルが二枚、徹夜用の歯磨きセット、替えの下着、最小限の化粧セット、作業用の軍手、そして――芸術の世界を自ら背負って立たんばかりの夢と自信があった。来る日も来る日も狭いアトリエにこもって、ただ号数ばかり大きな『世紀の大作』に挑んでいたっけ。

感傷に浸るためにやってきたわけではないはずなのだが、なつかしさが先に立って、本来の目的をつい忘れそうになる。

陶子には、ままそうしたところがある。

「東都芸術大学」と書かれた門をくぐると、雰囲気は一変する。世俗を離れて、と言えば聞こえはいいが、どこか排他的で気難しげな独特の匂いが強くなる。若い芸術家の卵たちの体臭である。陶子にとってははるか昔のようにも、またほんの昨日のことのようにも思われる、なつかしい雰囲気である。

無味乾燥なコンクリートの校舎を右に回り込み、長い芝生道を奥へ奥へと歩いていくと、正面にどっしりとした木造西洋建築がある。明治時代の終わりに建造され、奇跡的に大戦中の空襲を逃れた、旧研究館である。かつては白いペンキの外壁が、西洋文明の薫陶を一心に受けて光りかがやいていたにちがいない。そこに込められた虚栄心や無分別な願いは、いくつかの時代のうねりの中で洗われ、見事に枯れた味わいを出している。学生時代には古くさいとしか感じなかった建物だ。百年以上の時間の流れを染み付かせた「今」を、遥かに好ましく思えるのは、それだけ陶子の中で時間が熟成したということなのだろう。

重厚なオークウッドのドアを開けると、すぐ目の前に螺旋階段があった。一足ごとの軋みと共に、階段を上り詰めたところに、河鍋暁斎のオリジナルが掛けられていた。「暁斎楽画」の一枚だ。今はもう、一人をのぞいてはこの建物を研究室として利用している教授はいないはずだから、これはプロフェッサーDの趣味にちがいない。

階段の最上部から毛足の短い赤い絨毯が「道」を作っている。

——昔のままだ……。

絨毯の先の木製のドアを、三度こぶしで叩いた。間髪を容れず、

「どうぞ」

と聞き覚えのある声。語尾に間延びしたようなアクセントのある、深いテノールだ。

陶子の胸の奥で微かにうずく感情があった。なつかしさ、もしくはここにやってきた

ことへの後悔。もう一度「どうぞ」と声をかけられたのに意を決し、重いドアを開けた。「陶子です」と、短く告げた。

この部屋を初めて訪れた人間は、誰もがその異様な雰囲気に飲み込まれ、絶句せずにはいられない。ドアを開けたところから左右に並べられているのはスチールの戸棚である。絶句の要因は、その中にある。数千体とも、数万体ともいわれる人形だ。正確な数は本人にもよくわからないらしい。その視線がいけない。来訪者を無表情の悪意で迎える人形の目を正視できるものは、まずいない。たいていが驚愕し、絶句し、脅え、救いを求めるように正面にすえられたパーシモンウッドの書斎机に目をむける。そこにこの部屋の主が、にこやかに笑っている。やや後退しつつあるも、知性の輝きを失わない額の丸み。その真下で笑う柔和な瞳に、来訪者はホッと安堵の溜息を吐く。部屋の主は、そうした反応を楽しんでいるようにも見える。

——変わらないな、この部屋は、昔のままだ。

陶子は別の意味で、安堵の溜息を吐いた。

プロフェッサーD。生粋の英国人だが、十五年前に大学に招聘され、十年ほど前に日本に帰化。この大学で「比較文化論」「美学論」「芸術概論」の講義を担当する傍ら、美術雑誌、女性誌で洒脱な美学関連エッセイを発表している。なによりも彼の名前を世に知らしめているのは、「リカちゃん人形」の名前で知られるソフトビニール人形の研究者としての一面だろう。入り口から続くスチール棚の中で、じっとこちらを見ているのは、Dの元に学生から寄せられた貴重な研究サンプルなのだ。

『日本の戦後史に彗星のごとく現われたリカちゃん人形は、その形式の変化、附属玩具である人形用の家屋などから、日本人の美的センスの変遷と、経済発展の度合い、そして庶民にとってのあこがれの生活の様式までもを知ることができる貴重な資料である』

というのが、プロフェッサーの主張するところで、これに関する著書も数冊を数える。ここ数年、マスコミの中にはプロフェッサーを「リカちゃん先生」などと呼んでタレント教授扱いをすることもある。大学サイドのPR活動もあって、しばしばマスコミに登場する彼だが、陶子はそうした活動をプロフェッサーが本当は望んでいないことをよく知っている。

「どうしたのかね、いまさら珍しい部屋でもあるまいに」

流暢な、しかし言葉の片隅に異質なイントネーションを残しながら、正面の机に向かう背中が、クルリとこちらを向いた。秀でた額と、その下に輝く二重まぶたの大きな瞳は昔のままだ。

「おひさしぶりです」

戸惑いを覚えながらも、鼻孔の奥からツンと刺激する懐かしさは抑えようもない。

プロフェッサーDの講義を初めて聞いたのは、陶子が一年生時の一般教養の授業だった。

——だから、もう十五年も前になるんだ。

その月日が果たして長すぎたと言うべきか、それとも短すぎたと言うべきか、あいにくなことに適切に言い表わす言葉が見つからない。それでも、陶子はDの初めての講義の日について、今でもはっきりと思い出すことができる。

「生命に命があるように、芸術にも命がある。決して美は永遠なりなどという、妄言(もうげん)に惑わされてはならない。確かに、芸術にも寿命はあるのだ。されどそれは、人の持ち物に比べてはるかに長い。今日の美が明日の同じ時刻において醜悪となることはないが、それとても百年後の保証があるわけではない。それを極端に考えるなら、美とは所詮は自分の魂にしか宿らぬ物、そして一個人の感傷にほかならないことを知るべきである。

すなわち、芸術とは己れの心の有り様を映す鏡である。美しいものを美しいといえる心を諸君は誇りに思わねばならない。逆に美しいとも思われぬものを、周囲の言葉の流れに負けて、美しいと述べたときは、諸君の美意識は地に落ちたと考えるべきなのだ」

そんな挨拶(あいさつ)で始まった彼の講義には、陶子がこれまで出会ったことのない軽快さと、明確さがあった。日本の文化が、白黒をはっきりとさせることを良しとしない灰色の美徳だとすれば、彼の講義に溢れているのは、まさしく区分と判断の美学である。一切の不明瞭を切り捨て、真実の骨格を愛でる美学である。その内容に感動した陶子が、四年次にDのゼミに参加したのは言うまでもない。

やがて卒業はしたものの、世間には空前の円高不況の嵐が吹き荒れていた。四年制で、しかも美大出身の女子大生には、就職の二文字は「ふかのう」と読み仮名がふられるといわれた当時、陶子は当たり前のように研究室に残る道を選んだ。

やがて二人は新しい人生の局面を迎えた。三年間の修士課程を終え、さらにプロフェッサーの私的な門下生となって二年の後に、宇佐見陶子はDの妻になったのである。

「で、頼み事というのはなにかね」

Dの声に、現実に引き戻された。手にした風呂敷包みをその前に差しだし、中から檜箱を取り出した。箱に差しのばされたDの手の甲に、赤黒い、小さな染みを見つけて、なにか見てはいけないものを見てしまったような気まずさを感じた。それを察知したのか、Dはかげろうのように笑った。

「キミにとっての四年と、私にとっての四年。すでに時間の早さが同じではないのだよ」

「はっ、はい……」

うつむき加減の陶子から視線を外し、Dが檜箱に手を掛けるのが見えた。人差し指で箱の角を持ち上げ、中指を隙間に差し入れた。次はもう一方の角に指を掛けるのだと、その指の動きを読んだつもりになっていた。ところが。

木箱の上蓋を十センチ横にずらしただけで、すぐにもとに戻し、

「フッ化水素か、ずいぶんと単純な手に引っ掛かったものだね」

——台詞まであの男と似ている！

鄭富健との会話を思い出して、陶子はキュッと唇を噛んだ。

『とても、とても初歩的な手法ですね』

ガラスの碗を馬鹿に丁寧な動作で箱へと戻しながらの鄭の言葉に「わかっています、そんなこと！」と陶子は声を荒らげた。

『けれどあなたは引っ掛かってしまった。どうしてです？　私の耳には、旗師の冬狐堂は、若さには似合わない目利きであると情報が入っていたのですが』

単なる噂だという反論は、その声に力がこもる事もなく空々しいばかりだった。

『噂だけではない。あなただって自分の目利きには自信があったはずだ。だからこそそんなにも美しい唇を歪めている』

そんなにも皮肉を言うために、わざわざ独身女性の部屋を夜遅くに訪ねてきたのかと責めた。

鄭は陽気さのなかに厳しさをブレンドして、笑った。

『もちろん、そうではありません。ほんの少しだけ忠告をしたかったのです』

Dが木箱を陶子に押し戻した。きつく噛みしめられた彼女の唇から、感情を押し殺して細くかすれた声が漏れた。

「目利き殺しを……多分……仕掛けられたのだと思います」

そう言って陶子は、銀座の橘薫堂でのやりとりを話しはじめた。

『発掘モノの出物が回ってきたのですが、生憎とこちらの線は不得手でしてね。一度ご覧になりませんか』

銀座一丁目近くに店を構える橘薫堂の主人・橘から電話を受けたのは三月十八日の夜だった。あまりにも柔らかい橘の声は、受話器を通して触手が伸びてくるような不快感がある。それでも「わかりました、近日中に店に寄らせていただきます」と答えたのは、ひとつにはこの稼業に就くものならば、だれしもが持ち合わせる「貪欲さ」という名のプロ意識のせいだ。

骨董業者といってもその専門範囲は人それぞれ、多種多様を極めていて、とても一括りにすることはできない。西洋もの、和もの、民具、陶芸品、書画、刀剣、玩具、人形、衣料、専門道具、仏像、茶器などなど。さらに「中世物が得意」だの「近世なら在庫に事欠かない」だの言いはじめれば、店舗の数だけ専門範囲があるといっても過言ではない。また、骨董の世界には「旗師」と呼ばれる、店舗を持たない業者が数多く存在する。これは一般客のみならず、業者間の品物の流通を手掛けるバイヤー的存在を兼任する骨董商である。やはり自分の専門範囲を持ち、全国の市(いち)、旧家の蔵を追って飛び回っている。

陶子もまた、そんな旗師の一人である。

専門範囲といってしまうと、いかにも得意ジャンルであるかのように聞こえるが、この世界にありがちな「贋作(がんさく)」を掴まされるのは、得てして専門の品物である場合が多い。専門とは、深い造詣だ専門知識だといってはみても、最終的には「そのジャンルに惚(ほ)れ込んでいる」というひとことに尽きるのである。

惚れ込んでいるからこそ、しばしば目先に狂いが生じる。挙げ句にとんでもない品物を掴まされて後悔の溜息をつくのである。骨董商として一人前になる、とは、この後悔の溜息を重ねることだと言ってもいい。たとえ手痛い贋作を掴まされても、声を荒らげて相手の不実を罵(ののし)ることができないのが、この世界の特徴である。

あくまでも商売上の付き合いにおいてだが、善良な骨董商か否か、あるいは信用できる人物かどうかは、店の構えの大きさで判断してはならない。強いて言うなら「目の確かさ」と「情報量の多さ・処理のうまさ」が、業者間の優劣を決める鍵であることは確かだが、それとても良心の天秤にかけられる事象とは別次元の問題であると断言する業者は少なくない。互いに出物、掘り出し物の情報を手広く交換しているように見えるが、その実、本当に大切なことは、胸の奥にある頑強な金庫にしまっておくというのが、この業界の常識でもある。贋作を摑ませた者と摑まされたものが、翌日には仲良く茶を飲んで談笑できる世界である。むしろ贋作をうまく相手に売り付けたものが「やり手」と呼ばれ、売られたほうは「目がない」と蔑まれる世界といってもいい。

中でも「橘薫堂」の主人の「やり手」ぶりは、陶子のような日の浅い旗師にも聞こえていた。「橘の花畑から誘いがかけられたときには、用心の上にもの用心が必要。小切手帳は家においてゆくか、さもなければクサむ（贋作もしくは、それに相当する質の悪い品物に引っ掛かる）のを、覚悟することだ」と、複数の親しい業者から繰り返し聞かされていた。

その当人からの電話である。にもかかわらず、陶子が頭の中で鳴り響くべき警報を解除してしまったのは、橘の「発掘モノ」というひと言だった。

発掘モノとは、その名の示すように古墳などから出土した遺物を指す。ほとんどが、盗掘などの非合法手段によって市場に引っ張りだされたものであるといわれる。扱うにはそれなりのリスクを覚悟しなければならない品物だが、利も大きい。

なによりも。

想像を絶する時間の足跡、極めて原始的で直接的な表現、技術に触れるとき、陶子は不思議な感動を覚えずにはいられない。

それはきっと、陶子がかつて求めていた芸術のかけらが見え隠れしているせいかもしれなかった。

あらゆる技法を試みた挙げ句に、原始的なところに立ち返るというのは、多くの芸術家の卵たちが繰り返す試行錯誤の典型的なパターンである。ほとんど完全な形態で出土した武人の埴輪（はにわ）の、茫洋（ぼうよう）とした面持ちを小一時間も見つめた挙げ句に、不覚にも涙を流したことが、陶子にはある。彼女が骨董商として初めて手掛けた品物だ。

こうした情報が橘薫堂の耳に入らないはずがない。それでなくとも、ここ何年かの陶子の仕事は、関東を中心とした玄人（くろうと）衆の市でもかなり目立っている。橘は陶子の前に、絶妙の芳香を放つ餌（えさ）を投げ与えたのである。甘い匂いに惹かれた陶子は、その時点ですでに橘の詐術（さじゅつ）に引っ掛かっていたことになる。

橘に指定された日の午前九時、陶子は橘薫堂の広い間口をくぐった。当初、橘は「午後からでも」と言ったが、陶子の目はそこまで曇ってはいない。品定めは午前中、とは旗師の鉄則である。午後からの朱がかった光や、電灯の光の下では、正当な評価などできるはずがない。直射日光を嫌う書画でさえ、一瞬でもいいから午前中の光の下で見ることを、陶子は心がけている。発掘物の場合はなおさらである。欠けた部分への直しなどのおかしな『細工』は、直射日光によってあらわにされる。

橘薫堂の店舗は自社ビルの一階にある。店員に来訪の旨を伝えると、すぐに階上の間に案内された。七十坪の店舗は骨董屋としてはかなりの広さだが、橘薫堂に限って言えば、その広さは階上の部屋を見なければ完全に理解したことにはならない。二階と三階は店頭に出さない商品の収蔵庫となっている。湿度と温度を完全に管理された巨大な耐火金庫だと聞いたことがある。その上のフロアを半分潰して、橘の個人的なオフィスがある。オフィスとは言うが、完全な和室、しかも茶室の機能も備える、広さ十八畳あまりの畳の間だ。残りスペースが、これまた収蔵庫となっている。ただし、橘薫堂の常客の中でも、さらにごく一部の人間しか見ることができないと言われる「橘コレクション」の収蔵庫である。橘のようなタイプの男が、ただ自分の趣味のために、このような大がかりな施設を作るはずはない。業者の間でささやかれているのは、「お偉いさん用の餌場だ。あそこで二、三の筋のいい品物をつかませて味を覚えさせ、あとはうまく財布の中身をしゃぶり尽くすのだ」

あるいは、

「さる政党の接待用に使われることもあるそうだ。懐柔したい相手を連れ込んで、これはという品物を手土産に持って帰らせる、もちろん、橘には代金の他に、政治的便宜（ぎ）というおまけがつく」

そのような話が、まことしやかに流れている。半分は真実だろう。だが半分は希代の目利きへの嫉妬である。

目利き。

この部分だけを語るなら、橘は当代きっての名人といってよいだろう。いかがわしいものを扱うにしても、その善悪を見抜く力がなければ、時に笑い話のような失敗を重ねなければならない。「贋作のつもりで売ったら、真正だった」などという話は、この世界にはいくらも転がっている。しかし橘に関しては、その手の裏話が皆無である。あるのは逆の話ばかりだ。それほど橘薫堂の目利きは鋭い。ただしその性根は、きわめてよこしまである。これもまた、真実なのだ。

橘は、畳の間の端の茶釜から立ち上る湯気の向こう側で陶子を迎えた。「冬狐堂さん、わざわざお運びいただいて恐縮です」と、笑いかけるのに対し、

「宇佐見陶子です」

と、本名を刷り込んだ名刺を差し出した。「冬狐堂」は自ら付けた屋号だが、橘を前にして堂々と名乗ることがためらわれた。名刺に屋号はない。

「幾度か市でお目にかかっていましたが、こうしてお会いするのは初めてですね」

「私のような半素人が通う市と、橘薫堂さんが覗かれる市では格が違い過ぎますも

の」

「いやいや、我々の間でも、噂になって、いますよ。スゴ腕の旗師が、現われたと。いつのまにか、市に現われては、上物ばかりを持って、ゆく。目利きもすごいが、姿形も、すこぶるつきの、女狐、おっと失礼しました。とびっきりの、美人だと評判、です」

六十をいくつか過ぎたばかりだというのに、妙に老人臭い、わざとらしい間を取った話し方をする橘に、陶子はひどく胡散臭いものを感じた。うんと渋目の柿色の着物も、過剰な演出を狙っているようで油断ができない。ここに来てようやく、陶子の警戒警報が正常な作動をはじめていた。

こうした相手は、さっさと商談に入るに限る。

「さっそくですが、品物を……」

と切り出した。それを悔しいほどのゆとりを持って受け流した橘は、

「お若い人は気が早い。品物は逃げませんから、まずは熱いお茶でもいかがですか」

と、立ち上がった。文机のインターホンに向かってなにかを告げると、間もなく店の人間が朱塗りの盆と炭入れを持って現われた。「こちらへ」と橘に言われ、部屋の反対の隅へと席を移すと、そこは檜の柾目材で四角に切った炉がある。

中年の店員は慣れた手付きで炉の灰をならし、五徳の下に赤くおこった炭を入れる

と、入れ替わりに橘が朱塗りの盆の上の、ごま炒りに似た陶製の器を五徳にかけた。萩焼のようだが、はじめて見る『手』である。陶器には、少なからず興味がある。把手は四分の握り。小指をのぞく橘の四本の指が、無理なくかかっているのを見て——もしかしたら、ううん、きっと窯元に特別注文したのだろう。

萩焼にしては、藍が勝ちすぎている。一般的には地の肌にあるかなしかの桃色がかかっているのである。今、橘が着ている柿色の着物に合わせているにちがいない。それをさり気なくアピールしている。

いったいなにをしようとしているのだろうと思う間もなく、部屋全体に濃厚な香りが漂いはじめた。茶を焙じる香りである。およそ日本人に生まれて、これを不愉快と感じる人間はほとんどいないのではないか。大陸から渡来して以来、千五百年以上に亘って愛された飲料だけに、日本人の遺伝子にまで染みついているのかもしれない。

「宇治の初摘み茶を真空パックにしまして、冷蔵しておいたのですよ」

橘の声を聞きながら、張り詰めていたはずの陶子の神経が、ホッと緩んだ。

香りがますます強くなり、鼻孔の末端神経を麻痺させる一歩手前かと思われる瞬間に、器の中身が有田焼の急須に投じられた。そこへ、先ほどの店員が茶釜から汲み出してきた熱湯を注ぎ入れる。数秒を置いて、大振りの楽茶碗が陶子の前に置かれた。

一連の動きには毛ほどの淀みもなく、茶人としての橘の力量の高さが陶子にもはっきりとわかる。「どうぞ」と勧められ、茶碗を手に取ると、大きさも碗の曲線も驚くほど手に馴染む。

――まさか、私の手の大きさまで計算に入れて……？

顔に近付けると、再び香りは強く嗅覚に働き掛けた。口に含むと今度は、内側から香る。体の内と外から芳香に包まれ、陶然とした面持ちの陶子の前に、

「では、これを見ていただきましょうか」

と、橘は檜の化粧箱を出してみせた。

すべてのいきさつをDに話したところで、陶子は相手の反応を窺った。

「なるほど、強力な茶の香りを使ったか。初めて聞くがうまいやり方だね」

陶子たちの世界でいわゆる「目利き殺し」と言えば、品物の欠損をあの手この手でごまかす技術を指す。たとえば裸電球の下で品物を見せることで、色褪せや小さな傷、手直しの跡をごまかすことなどは、業者の間では半ば常識とされている。もちろんそうさせないことも腕のひとつである。

「あの強烈な匂いさえなければ、フッ化水素の匂いがすぐにわかった筈なのですが」

「そればかりではないよ。嗅覚そのものが封じ込められた時点で、君はほかの感覚も鈍らされてしまった」

「ほかの感覚？」

「嗅覚は五つの感覚のなかでも特に敏感だ。それが潰された為に、ほかの四つの感覚のバランスが狂ってしまったのだよ。そうでなければ、フッ化水素で生じた細かいラス（白い埃（ほこり））を、ほかのものに見間違うことはなかったはずだ」

確かにそうだと、陶子は頬をゆがめた。フッ化水素は、ガラス器への贋作技術である「時代付け」のひとつに使われる薬品である。ただしそれほど一般的ではなく、陶子も実物を見るのは初めてであった。薬品をガラスの肌に散布すると、柔らかい曇りを生じて数百年から千年ほどの時代がそこに刻まれる。石灰状の微粉末が化学反応の結果として残り、それが逆に出土品らしさを強調する。見た目だけなら科学鑑定機さえも欺くと言われるが、致命的な欠点がある。独特の匂いが残ってしまうのである。

「で、これをいくらで手に入れたのかね」

「八十……です」

陶子の声が消え入りそうになった。

――でも、あの瞬間は安いと思ったのだ。

そのことが余計に陶子のプライドを傷つけている。うつ向く陶子を五分ばかりも見つめ、Dが、

「君は、四年ぶりに私のところにやってきた。決して傷ついたプライドを慰めてもら

うのが目的ではない」

と言った。「イエス」と答えた陶子は、自分の目が、何者も止めようがないほどの強い意思を持っていることを自覚していた。

「二ヵ月の間、橘薫堂の仕事について噂を集めました」

それればかりではなかった。

保険会社の美術監査部調査員、鄭富健があれから何度も陶子のマンションを訪ねている。

『陶子さんは、美術品の保険システムについて、どれほどの知識をお持ちですか？』

旗師はごく一部の業者を除いては保険を頼りにしない。

『そのごく一部に、橘薫堂が存在することは』

それを知らないわけではなかった。しかし具体的には、あまりに噂が勝ちすぎて、信用に足るものかどうか疑問も多い。

『そうですね。けれどこれだけは覚えておいてください。我々保険屋は、時としてハイエナの親戚のように思われがちですが、基本にあるのは常に紳士協定なのですよ。とくに美術品の保険については、その性格が強い。橘薫堂の主人は、実に巧妙な手口でそれを利用しています』

デスクをこつこつと叩きながら、プロフェッサーが言った。

「特にダーティワークについてだね」

「やはり有名ですか」

「ふむ、ミスター橘はナショナルミュージアムを味方に付けて、トラップを仕掛けるという話を、何度か耳にした」

「私も同じ話を聞きました。かなり強引で胡散臭い取引が多いことは知っていましたが、国博が絡んでいるとは」

　国博とは国立博物館のことである。

　骨董品を扱う世界では、しばしば「価値」と「相場」とが同等に扱われることが多いが、厳密に言えば両者にはわずかな違いがある。およそ流行とは縁のない世界のように見えるが、じつは三年から五年のスパンで流行りすたりがある。有田焼が流行すれば、その値段は確実に上昇するし、逆に流行が過ぎれば値段は急激に下がる。流通のカテゴリーからすれば、骨董品もほかの商品と何ら変わりがない。

　では、業界内に絶対的な価値観がなく、流通の動向によってのみ、価値が定まるのかと言えば、それもまた間違いだ。百鬼夜行、魑魅魍魎の棲み家といわれる業界にあって、絶対的な価値観を支えるテーミス神と言われるのが国立博物館である。

「しかもそれだけではありませんか。彼らは保険機構をも欺いているのをご存じですか」

「いや、知らない。しかし美術品と保険とは常に背中合わせだ。その方法が想像できないわけではない」

橘薫堂規模の商売となると、全国各地で行なわれる博物館、美術館の展示会、デパート関連の美術展示会への商品の貸し出しが少なくない。その場合、品物には保険が掛けられる。まず監査員が橘薫堂に出向き、その品物について査定を行なう。ただし査定とはいっても、美術品の真偽を査定するわけではない。むしろ査定とは名ばかりで、要するに保険を掛ける前の品物の瑕疵をチェックするものだと考えればよい。可能なかぎりの角度で写真撮影を行ない、細かく疵や汚れを調べるのである。そのうえで保険金額を決めるのだが、この部分に関してはすべて保険を掛ける側の言いなりである。紳士協定といわれるゆえんは、ここにある。

その点について鄭は、このように説明した。

『美術品の保険の場合、契約を結んだ瞬間から補償責任が生じます。もちろん保険を掛けるのは、貸し手ばかりではありません。展示を企画した側も保険を掛けることになります。それだけではありませんよ。美術品は運搬にも専門の技術員があたります。当然のように運輸会社も独自に保険を掛けていますから、美術品を梱包・運搬し、展示し、再び梱包・返却する間には、それこそ何重もの保険が掛けられていることになるのですよ。橘薫堂はこれをうまく利用しているのです』

たとえば、展示品にわざと疵をつけて、保険金を詐取する方法がある。

『けれど彼らのやり方はそれほど単純ではないのですよ。実のところを言うと、保険に関するトラブルは決して少なくありません。日常茶飯事であるといってもいい。我々としても、掛け捨て保険でありながら、利益はあまりないのですよ。むしろサービスの一つとして、損が出なければいいというのが、業界内の共通の認識なのです。ですから、橘薫堂のように毎年三千万の保険料を支払ってくれる客に関しては、それ以上の損がなければ、ほとんどノーチェックでしてね』

けれど、と陶子は疑問を口にした。たとえ贋作に数千万の保険を掛け、詐取したとしても、それを毎回行なうわけにはいかない。度重なれば保険会社は必ず警戒する。保険の契約を拒否することもある。すると、毎年、保険会社に支払う額に見合うだけの詐欺を行なったとしても、保険会社にはなんの損もない。むしろ手間の分だけ、橘薫堂が損をするはずではないか。

『そこです。彼らが巧妙なのは！　彼らが必要としているのは、保険金そのものではなく、保険を掛けたという事実なのですよ』

「ストップ！」

陶子が、鄭に説明を受けた事実を隠したまま、橘薫堂の保険詐欺疑惑について話しているその最中に、Ｄが声をかけた。

「陶子、その話はだれに聞いたのかね」

「だれって、それは色々に……」

「ふむ、どうも話が専門的すぎるね。そう、特に『保険会社は損さえ出なければいいという認識なので』という件り(くだり)は、明らかに保険会社サイドの意見が入っている。キミは、最近そちら側の人間とも付き合いがあるのかい」

陶子の言葉が完全に止まった。話の間中、鄭の存在を隠していることへの後ろめたさか、指揮者のように動かしていた指も、同時に止まった。

——恐ろしい。

どうして、鄭のことを隠さなければならないのか、自分でもよくは説明がつかない。この研究室に足を踏み入れる前には、隠す意図はまるでなかったといってもいい。それが話をはじめたとたんに、鄭富健のことを言葉の外に置いている自分に、陶子自身が戸惑ったほどだ。もしかしたら、会った瞬間に感じた彼への好感を、元夫には知られたくなかったのかもしれない。恐ろしいと感じたのは、Ｄの紙背(しはい)に徹するようなブラウンの瞳ではなく、かつての夫を利用しようとしている、自分に対してなのか。

「別に付き合っているわけではありません。話を聞いただけです」

——わたしはどうして、本当のことを言わないのか。

言葉が、小さくなった。

「まあいい。ところで、ミスター橘には保険を掛けた事実が必要であるといったね。それに似た事例は、よくあることだ。確か、そう。その手法を得意としていた詐欺師のトリオがいた。フェルナン・ルグロの一派ではなかったかな、オーソン・ウェルズの『フェイク』のモデルになった男だ。

彼は世界でも有数のオークションハウスとして知られるパリの『オテル・ドルーオ』や、ニューヨークの『パーク・バーネット』に、数十点の贋作を法外な値段で出品していたのだ。もちろん目の利くものばかりが集まるオークションハウスで、それらの品物が売れるはずがない。彼らに必要だったのは、オークションハウスのカタログに掲載される、という事実だった」

「オークションハウスには、名前を出したがらない売手も多く集まりますからね」

「結局信用できるのは、ハウスの持つ歴史と、過去の実績だ。ハウスのカタログに掲載されたという事実の重みに比べたら、売値の数パーセントの出品料など、先行投資ともいえない微々たる出費だからね。あとは現品とともにカタログを持って地方都市でも回れば、その数十倍の収益が回収されることになる。橘薫堂はその手法を真似ていると？」

「はい。保険に掛けられるのは一点だけではありません。貸し出しは十点以上の単位で行なわれます。すると橘薫堂には、展示会側が作ったパンフレットに、保険会社が作った莫大な価値を保障する保険契約書。さらにその契約書に基づき、正式な保険金を支払ったという公的文書まで残ります」

「その他の貸し出し物が、とたんに変身を遂げる、か」

「しかも、彼らの手元には、保険金を受け取り、すでに元は十分に取った贋作もまた残っています。それがまったく別の品物にリメイクされ、売りに出されたとしたら」

「なるほど、そこでナショナルミュージアムのキュレーターが登場するのか。新たに鑑定書を付ければ、また別の品物に変身する。確かに保険会社も損をしないし、それ以上の調査は行なわないかもしれない」

頬杖をついて、自問自答するように呟くDを見ながら、陶子は不意に彼との結婚生活の日々を思い出した。

結婚前と結婚後、門下生であった頃も妻であった頃も、二人の関係には大きな変化はなかった。十分に刺激的な、満ち足りた毎日が続いたはずだったが、それはわずかに二年で終止符が打たれた。Dは結婚後も、陶子に妻としての当然と思われる仕事はなに一つ要求せず、代わりに彼女に対して徹底的に「審美眼」と「鑑定眼」を教え込んだ。陶子は今でも、彼が繰り返し語った言葉を耳の奥に再現することができた。

「難しいことではないのだよ、陶子。本物しか見ないことだ。決して偽物を見ないことだ。本物だけがもつ匂いを、全身で感じられるようになることだ」

それが嫌だったわけではない。二人が別れたのは、強いて言うなら「どこかでボタンを掛け違えただけのこと」だと、陶子は思っている。陶子の肌を愛撫するDの手が、まるで美術品を扱う仕草のようでかすかな違和感を感じたとか、妻に対してまで紳士であろうとする夫の態度に、薄紙一枚隔てたようなもどかしさを感じたとか、いずれも些細な不満でしかなく、それが原因であったとは今も思えない。なによりも

――私が不器用だったことが、原因なのだろう。

その頃のDと今の姿が重なった。

自分の幸せを、疑うことさえしなかった時代が確かにあったのだ。

懐かしさと共に、知らぬ間に老いたかつての夫を、ひどく痛ましく思った。

「陶子、聞いているかい、陶子」

「あ、いえ、聞きそびれてしまいました」

学生のころと変わらぬ調子で言い訳をする陶子を、Dが目でたしなめた。

「ミスター橘の背後に絶大なバックが控えていることを知りながら、キミはなにをしようとしている？」

――わたしは、そう。このことを告げるためにここにやってきた。

ひと呼吸おいて、陶子はキッパリと言った。

「目利き殺しを、仕掛け返したいのです」

「リベンジ・マッチかね?」

「それもあります。でも、それ以上に……」

「それ以上に?」

「背伸びをした、自分の指先がいったいどこまで届くのか、見極めたくなりました。自分には本当にプロを名乗る資格があるのか否か。目利き殺しを橘薫堂に返すことで、確かめられる気がするのです」

「品物が贋作であることを示して、返品してはどうかね」

「素直には応じないでしょう。私たちの世界では、一度成立した商談は、たとえ贋作でも覆さないのが常識とされています」

「新しい契約を結べばいい。ミスター橘に対し、このがらくたを引き取るように契約を望みたまえ」

「もちろん、契約には応じるでしょう。そのかわり彼は、このガラス碗にいくらの値段を付けるでしょうか。五万?　七万?　とても十万の値段は付けないでしょう」

「損を最低限に抑えることも、プロの手腕だと思うが」

「お金ではありません。これまで私、贋作を扱ったことはありませんでした。それがプロフェッサーの教えでしたから。でも、この世界にいるかぎり、贋作に目を背けてはいけないんです。二度とこんなつまらない手に引っ掛からないためにも、私は自分の手を贋作に染めます。その相手として、橘薫堂の橘ほどふさわしい相手はいません」

鄭富健の言葉が影響したから、いや、彼の言葉があったからこそこの計画を思いついたのだとは、どうしても言えなかった。

「贋作は、技術よりも精神力を必要とするのだよ」

「プロフェッサーはいつかおっしゃいましたね。贋作作りに身を投じた芸術家はメーヘレン然り、ドッセナ然り、いずれも精神を贋作に食い荒らされ、悲惨な末路をたどったと」

「私に、その手助けをしろというのかね」

もう一度、陶子は「はい」と大きく首をたてに振った。

「敢てそれも良しとしよう。この場で決心を変えるようなキミでないことは、私がよく知っている。だがしかし、私のところに来るのは筋違いではないかね。私は日本文化の研究者だ。文化を切り売りするビジネスマンではない」

「ですが、プロフェッサーは潮見老人をご存じです」

その名を聞いて、Dの目が、しまった、と細められた。陶子はそんな気がした。

3

上井草へと続く真っすぐな道路を隔てて、向かって右手が三宝寺池、左手が石神井池である。貸しボートもあり、釣り客で賑わう石神井池と異なって、三宝寺池は水生生物の保護区として静かな雰囲気を保っている。池の周囲には観察用の木道が渡され、釣りは禁止。また、木道から外に出ることも、池のなかに入ることも許されてはいない。天気のよい日の午後は週末でなくとも、首から双眼鏡をかけてゆっくりと池の周囲を散歩する人、木道の一部に設けられたテラスの一角で、キャンバスに向かって筆をふるう人など、人通りは多い。

六月十二日。三宝寺池の北側にある湧水地に、赤いスーツケースが捨てられているのが発見された。発見者は地元の老人会のメンバーである。早朝の散歩会が行なわれ、その途中で、池に捨てられた異物に気が付いたのである。

当初はゴミの不法投棄であるかと思われた。が、それにしては大きすぎる。スーツケースといってもビジネスマンが使うタイプではなく、海外旅行に持ってゆく、人ひとりが楽に納められる大きさのものである。なによりも臭気が、ただのゴミでないことを示していた。先の戦争を経験したことのある何人かは、それがなんの臭いであるか直観的にわかったそうだ。

まもなく通報によって公園管理局の職員があらわれ、スーツケースの中身が確認された。

ビニール袋でパッキングされたうえでスーツケースに詰められた、中年女性の腐乱死体であった。


――この男に感情はあるのか。人形ではあるまいし。

戸田幸一郎は、能面を思わせる男の顔を見ながら、なにか得体の知れない不安が広がるのを感じた。

元大英博物館ケミカルラボ専門技官の冷徹さと、生まれの良さを示す優雅さとを兼ね備えた手つきで、男が染め付け磁器の壺を橘秀曳にわたした。白い手袋をはめてそれを受け取った橘が、右の眉を顰めて、「どうだ」というように顎をしゃくった。

壺が、橘の手で羞かしげにうつむいているように見えた。そんなはずはないと、何度も胸の内で繰り返しながら、それでも戸田は壺がひと回り小さくなった気がしてならなかった。

「なかなかの出来だろう」

そう言葉にしたのは、戸田のなかに生まれた不安の種子を自ら刈り取る意味もあった。「どうした、細野くん。大英博物館でも、これほどの品物は鑑定したことがないはずだ」

国立博物館の主任研究員という肩書きと自負とを言葉の裏にこめて、戸田幸一郎は再び言った。細野と呼ばれた男は、それには応えず、上着の内ポケットから煙草を取り出して、火を付けた。胸に深く吸い込んだ煙を橘の持つ壺に、ふうっと吹き掛けた。

「なにをする！」

戸田は、狼狽して声を荒らげた。うまくすれば重要文化財の認可がおりるかもしれない逸品である。少なくとも二ヵ月前に橘薫堂の橘から壺の鑑定を依頼され、数々の科学鑑定を行なったうえで、戸田は壺にたいして第一級品の評価を与えたのである。まちがってもニコチンのたっぷりと含まれた煙草の煙を、無遠慮に吐き掛けていい品物ではない。

それでも細野は表情を変えることもなく、また煙草の煙を吸い込んだ。糸を思わせる細い目をさらに細くし、小さく吐き捨てるように、

「ランクE」

と言った。「E」の発音が終わる前に、戸田が食ってかかった。眼球が熱く膨れあがり、脳へと続く血管の一部が鼓動を早めた。

「馬鹿な。X線蛍光分析の解析データを見なかったのか。どこも疑いようのない明代

の景徳鎮だ、しかもこれほどの保存の良いものには、ここ十年来お目にかかったことがない。橘くんにも、来年度の予算を必ず取るから、他に回さないようにと頼んでいるほどだぞ」

「ランクE」

細野は他に語るべき言葉はないといいたげに、同じ言葉を繰り返した。戸田は救いを求めるように、橘をふりかえった。二人のやりとりを、面白い見せ物かなにかのように、橘は見ている。

――なんだ、この空気は?

さきほど感じたいやな予感が、現実の重みを持ちはじめた気がした。だが、戸田は自分の地位とプライドにかけて、鑑定を覆されるわけにはいかなかった。

「ふざけるな。ランクEだと。これが粗悪な贋作であるというなら、よろしい。その証明をしてみせたまえ。キミも大英博物館のケミカルラボに籍を置いていたほどの研究者なら、きちんとした証拠を出せるはずだ」

そうまくしたてるのと、橘が口を開くのが同時であった。

「戸田先生のおっしゃることも間違いではない。これが贋作であるという証拠は?」

一瞬ののち。

「珪酸四九%、酸化アルミニウム三四%、酸化カリウム二・五%、酸化ナトリウム

○・一九%、酸化カルシウム○・四%、酸化マグネシウム○・二%、チタン酸○・四四%、その他微量の酸化第二鉄を検出」

　煙草を指に挟んだまま、額に手を当てて、細野が複数の化学物質の名前とその含有率を示すパーセンテージをそらんじてみせた。

「このX線蛍光分析のデータを見るかぎり、非のうちようのない景徳鎮であると思われる。現在ではすでに産出されることのない、浮梁県東郷高嶺村明砂のカオリンが使われていることがわかる。壺の出所は東京都新宿区牛込の旧家、奇跡的に東京大空襲の難を逃れた逸品とある。なるほどうまく考えたものだ。大空襲を逃れたとなれば、耐火金庫の中で相当の熱量を浴びたことが想定される。まったくうまく考えたものだ」

　なめらかな細野の言葉が、戸田の神経を逆撫でにする。この男は我々の仕事に協力するために帰国したのではなかったのか。最初から人に喧嘩を売るような真似をするのは、どういう料簡なのか。

「少しは言葉を慎め。あたかも科学鑑定を予測して、出所をでっちあげたように聞こえるぞ」

「まさしく、そう聞こえるように言葉を選んだつもりだ。蛍光分析は非破壊検査だから磁石の含有物とその数量だけしかわからない。最近では、破壊検査はめったに行なわれないからな。けれど滅多に行なわれないということは、絶対に行なわれないということとイコールではない。陶磁器の年代鑑定に対し、熱ルミネセンス鑑定法は、絶大な信用を持つ。磁石に含まれる石英の放射性物質の蓄積エネルギー量から、磁器製造の年代が割り出されてしまうからだ。

ところがこの鑑定方法にも弱点がないわけではない。熱ルミネセンス法は、石英が五百度以上の熱にさらされたとき、すべての放射性物質がエネルギーをいったん放出する性格を利用したものだ。すなわち現在の蓄積されたエネルギー量を測定すれば、磁器が窯の中で高熱に洗われた年代を、正確に計算できるからだ。逆に言うなら、製作以後に、再び五百度以上の熱にさらされたことが証明されれば、検出された蓄積熱量の誤差は当然のものとなる。だから東京大空襲とは絶好の出所を考え付いたものだと、言ったのだ。灼熱の火炎地獄をくぐり抜けたことを考えると、再び放射性物質は蓄積されたエネルギーを放出して、一旦はゼロになった可能性は十分にある。異論を挟むものはいないだろう」

いったん言葉を切った細野が「だからこそ、自分の首を絞める結果にもなりうるのだ」と、小声で言った。それがまた、小声でありながらはっきりと相手に聞こえる、微妙な大きさなだけに、戸田は完全に逆上した。悪い癖だとは知りながら、声が引っ繰り返って、甲高い悲鳴になった。

「キミは、科学鑑定を信用していないのか」

「信用はしている。しかし信用しすぎることはない。最後に決め手となるのは、鑑定者の美意識だと思っている」

「話にならん。そんな証明では、だれも納得はしないぞ」

「ならば、この壺の肩に描かれたカーブのお粗末さを、どう説明する？　景徳鎮のみが持つ、絶妙の緊張感とやわらかさ。相反するふたつの定義を飲み込む豊かさが、この壺にあるか？　どうしてもこれが本物であると言い張るならば、自分の美意識を疑ってみることだ」

「わたしを、だれだと思っているんだ。国立博物館の主任研究員として、十五年……」

その言葉を、細野がさえぎった。ポケットから携帯用の灰皿を取り出して、吸い殻を捨てた。そして今度は、一枚の写真を取り出して、戸田に渡した。

「よほど、科学鑑定がお好きなようだ。ならばこれをみるがいい。時間のかかるX線蛍光分析機など使うまでもない」

モノクロ写真に、この世のものではない映像があった。少なくとも人が、肉眼ではとらえることのできない映像である。蜂の巣の表面に泥を擦り付けて、何度もへらをあてたようにも見える。あるいは一晩海風にさらされた、砂丘の表情にも。その写真を見て、戸田幸一郎が表情を変えた。

「電子走査顕微鏡か」

「千倍に倍率をあげてみたものだ」

映像は、壺の表面を顕微鏡で拡大し、写したものである。

「言うまでもないことだが……その表面にある隆起がなにを意味するか、わかるな」

「これは」

「大陸のろくろは左回り。日本のろくろは右回りだ。明らかに壺は左回りのろくろで作られている。ところがこの隆起は、壺の造形の前の段階、素地を捏ねあげる前に空気抜きの『菊揉み』を、右回しのろくろで行なったために生まれた、肌合いの荒れだ」

「それではこれは、日本で作られたもの？」

「造形、絵付けともに、かなり完成度は高い。きっと中国から専門の職人を招き入れたのだろう。ところが菊揉みと造形とを分業にしたために、このようなものが出来上がってしまった。

科学鑑定は感性の証明でしかない。美的センスの前に立とうとする科学の目など、ありえないことを知るべきだ」

ゴトリと音がした。それまでの扱いが嘘のように乱暴に、染め絵付けの磁器の壺を、橘が机に置いたのだ。両手で顔を隠し、うつむいたその背中が規則的にゆれていた。

「さすが……だな。大英博物館のケミカルラボで、トップクラスの鑑定技術を持っていたというのは、まんざら法螺ではないらしい」

「あんた、橘薫堂さん！　まさか最初から贋作であると知っていて」

戸田幸一郎は自分の顔色が、別の色に変わるのを感じた。橘と細野を何度も見比べ、瞬きさえ忘れて口元をわななかせた。

「馬鹿な、こんな話は聞いたことがない」

「いや、戸田先生には失礼をしました。実はこれは、わたしが焼かせたものなんです。いやあ、自信作だったのですがね。そうか、菊揉みを日本人の手伝いにやらせたのが間違いだったか。そこには気が付かなかった」

「よく、明砂のカオリンが手に入ったな」

と、細野。

「発掘物だ。古窯の遺蹟から、かなりまとまった量のカオリンのタブレットが発見された。それを手に入れたので、向こうから特別に技術者を招いて焼かせてみた」

「北京大学の考古学研究室ともかなり深い付き合いがあると耳にしたことがあるが、その筋か」

「そのあたりについては、おいおい、な。今はあまり詮索しない事だ」

橘は、おかしくてしかたがないのか、何度も口元を隠す仕草を見せた。細野はなにかを言おうとしてやめ、その代わりに、

「ランクEでも、地方のコレクターになら通用することだろう」

「何点かまとめてカタログにして、限定販売の形を取るか」

「写真を撮るときには、ニコンとハッセルはやめたほうがいい。レンズの解像力が良すぎて、肌の荒れが写りこむ恐れがある」

「だとすると、三十五ミリで撮って四×五のフィルムにデュープコピーするか」

「だったらついでにレンズも広角の三十五ミリにすることだ。肩のシルエットの貧弱さをカバーしてくれるだろう」

二人の会話を聞いていた戸田は、自分が完全に蚊帳の外に置かれたことを知った。

「橘くん、これはどういう意味か説明をしてくれたまえ！」

「説明？　といわれても。要するにわたしは、この細野を試した。彼はそれに応える実力を示して、あなたよりもはるかに優秀な鑑定力を持っていることがわかった」

「なにがいいたい」

「なにも。わたしがほしいのは実力です。もちろん先生を蔑ろにする気はありませんよ。これからも先生のお名前はせいぜい使わせていただきます。けれど、鑑定は、よろしいですね。これから先はこの細野が行ないます。彼が博物館内の鑑定機を自由

に使えるように取り計らってください」

「わたしを無視するのか」

「蔑ろにはしないと、申し上げました」

　橘の言葉には、戸田の背骨を引き抜く残酷さがあった。軽く感じためまいが脱力感であると知るまでに、なお少しの時間を必要とした。そばのデスクチェアに座り込みたい気分をやっと抑え、

「そんなことはできない、そんな恥知らずなことが」

「やっていただきます。それとも先生、いまさら我々とすべての関係を絶つなどという、おろかな選択はなさらないでしょうな」

　橘の言葉には、まったく容赦がなかった。ここで潰せるプライドは、すべて潰してしまおうとする残酷さがある。

　傍らの細野をのぞき見た。新たな煙草に火をつけ、二人のやりとりとは無関係であるといいたげな、なんの表情もない顔があった。

「どうしても、細野の力が必要なのですよ。我々は完全主義者でなければなりません。例の一件もあることですしね」

「美の世界に完全なものなどありはしない。不完全ゆえに人は美を愛するのだ」

「哲学の論議は、退屈です。わたしが求めるのは神の業ですから。不完全さを愛でる

幼児性よりも、完璧をめざす業のみがこの手にほしい」

その時、橘の前のデスクで、電話のベルが鳴り響いた。受話器を取り上げた橘が「はあ」といったまま、姿勢を硬くした。この男にはめずらしく、顔色が目に見えて悪くなった。

「馬鹿な」と呟いて、空気を探る手つきとなった。右手が、染め付け白磁の壺の口に触れた。あっと叫ぶ間もない。細野の表情にまで、わずかだが動揺の影が走り、直後に壺がゆらりと踊って、床に落下した。

「おい！　橘くん」

ますます橘の顔色が悪くなる。壺が砕けてたてた激しい破壊音さえも、聴覚が認識を拒絶しているようだ。「どうしたんだ」と聞くまでもなく、橘が言った。

「田倉くんが」

「田倉くん？　俊子くんがどうかしたのか。出張先でなにかトラブルでも」

「遺体で発見されました。練馬の石神井公園近くで」

つい先程まで、戸田の無能さを嘲笑っていた壺が、床で元壺であったものに変わった姿を晒していた。

第二章　仕掛ける狐

1

「贋作と罪のない模倣とを完全に分けて考えるなら、贋作とは、三つのカテゴリーに分別することができます。一つ目は、モデルのない贋作。テーマや伝説が断片的に残っていて、なおかつ歴史家の認める記録文書にいくらかの適合性を含んでいる贋作は、しばしば歴史上の大発見として受け入れられがちです」

「たとえば、ジョバンニ・バスチアーニが製作したルクレティア・ドナッティの胸像のように？」

「まさに、その通りです。十五世紀の様式を真似て作られたあの胸像は、今でこそ作者の意図が失敗しているとの評価を受け、どちらかといえば後期ロマン派の匂いがつよく出ているなどとしたり顔で語られるのですが、それは下衆の後智恵といっても良いでしょう。人々の前に現われた瞬間には、たしかに歴史的な大発見であると、多くの美術史家が諸手を挙げて称賛をしたのですから。ことに、当時最高権威者とまで言われた美術史家のカバルカセッレは、この作品を見て感激の涙さえ浮かべたといいます」

「次のカテゴリーとは」

「完成されたある作品へ、改変を加えたもの」

「モノワイエの『花の絵』の話を聞いたことがあります」

「さすがは、プロフェッサーDの門下生ですね」

「あら？　彼のことまでご存じだったんですか」

「少しだけ、陶子さんについて調べさせていただきました。けれどほんの少しだけです」

「かまいません、今さら隠し立てをするようなことはなにもありませんから」

「モノワイエの花の絵は、贋作史上類を見ない出来栄えであることはまちがいありません。なにせモノワイエ自身が描いた贋作なのですから。これは彼が描いた小品や、他の静物画から巧みに切り取られたパーツを、およそ天才の技術でもって切り貼りし、まったく本人が描いたこともない、別の作品に仕上げられたものでした」

「もし、モノワイエが生きていて、これを見たら仰天したことでしょうね」

「自分自身のサインまで入った『大作』ですからね。

次に挙げられるのは、考古学史上で取り上げられることの多い、複合贋作とも言うべきカテゴリーです。個々のパーツは本物なのですが、あまり希少価値のないものである場合、贋作者はしばしばそれらを組み合わせて、世紀の大作に仕上げてしまいます。もっともこのジャンルは科学鑑定が発達した現代では、あまり見ることができません。あくまでも牧歌的時代の、ある種のジョークとしてとらえるべきでしょう。あるいは観光客相手のサービスといってもいい。

これら三つのカテゴリーは贋作の基礎なのです。そして橘薫堂は、これらの基礎技術を組み合わせ、犯罪芸術の域まで高めているといっても良いでしょう」

「まるで、相手を称賛しているみたいですよ」

「ときに、そうしたくなることがありますよ。本当に。

陶子さん、贋作を評価するときに使われる常套句(じょうとうく)をご存じですか？　自分の美意識に自信のない無能な美術史家は、贋作の決定的な鑑定がくだされた作品にたいしてのみ、なにかの一つ覚えのようにこういうのです。『この作品は没個性的だ』あるいはは『飾りすぎで衒学的ですらある』。さらには、こんな台詞も飛び出します。『作者の感情が乏しいゆえに芸術性が昇華していない』。いずれも耳に対して実に心地よい響きを持っていますね。けれどこうした抽象的に飾られた言葉など、解釈の仕方によってはどのようにも変化するのですよ。

たとえば先の三つの台詞を、橘薫堂ならばこう表現することでしょう。『到達者のみが持つ簡素な美学』『多彩な技法を駆使した野心作』『ここに至って作者の製作意図は、禁欲的ですらある』とね。橘氏の穏やかな口調でこれらの言葉が囁かれると、多くの専門家たちがいとも簡単に催眠術にかかってしまいます。彼らは専門用語を駆使して自分たちの周囲に垣根をこしらえ、一般の愛好家との境目を強調したがります。逆に、専門用語さえ駆使すれば、いとも簡単に懐を開いて、そしてだまされるのです」

「耳に痛い言葉ですね」

「橘薫堂は美術の世界の裏側をあまりに知悉しています。専門家という立場ではわたしたちも決して劣っているはずがないのですが、それでもわたしたちは彼の手の平から外に飛びだすことができないでいる。だから」

「だから?」

「いえ、これ以上はなにも語れません」

六月二十日。

宇佐見陶子は鎌倉を縦断する道の中途にいた。

歩きながら、鄭富健と前夜にかわした会話を何度も反芻していた。

頬が紅潮するのがわかった。

かつて彼女がプロフェッサーDの妻であった頃、同じような会話が夜昼となくかわされた。それらが積もり積もっていつのまにか「目」を作ってくれたのだと、今も思う。分析は、直感を裏付けるための言葉である。例を引き、分析を試みて自分の言葉にしたとき、初めてプロといえる。一流のソムリエが同時に巧みな言葉を操る詩人でなければならないように、美術に携わるものもまた、他者に対して寡黙であってはならない。ただし、饒舌すぎるものは、また疑惑の目で見られかねないのが、この世界でもある。そうした兼ね合いが、いつのまにか陶子を、鄭とかわしたような美術論から遠ざけていた。

悲しい話だが、プロの旗師・冬狐堂としては、常に美意識を万札の枚数という数値で計らねばならない。昨夜のごとき会話など、美学生が口に泡して語るべきもので、まちがってもプロ対プロの間でかわされるものではない。

そのことを恥じて、頬を赤くしているのではなかった。

問題は、会話がベッドの中で行なわれたこと、である。

どうしてそのようなことになったのか、今でもよくわからない。鄭富健という男の会話には不思議なリズムがあって、いつのまにか話が膨らみ、弾み、突如訪れた沈黙を穴埋めするかのように、二人は同じベッドに横たわっていた。

よくわからない、とはいったが、その予感がなかったわけではない。はじめて会ったとき以来感じていた鄭への好意は、彼が訪ねてくるたびに膨らんでいたことは事実だ。だからといって、男も古美術も、鑑定してみなければわからない、などとはすっぱに言い放つ勇気を、陶子は持ち合わせてはいなかった。頬に浮いた朱の色は、自分の心模様の理不尽さへの、驚きでもある。

ちょっと歩くと、汗が吹き出しそうな陽気である。ここ数日で、日差しは驚くほど鋭さを増している。

Dに教えられるまま、鎌倉の鶴岡八幡宮の脇から山側へと続く道を、陶子はまっすぐに歩いていった。いくつかの細くて古い道を、メモにかかれた指示の通りに折れ、さらに進むと、やがて視線の先に木造モルタルの一軒家が見えた。家の裏手には、鎌倉山を中心とする低い連山が、すぐそこにまで迫っている。

家が近づくにつれ、緊張感はいやがうえにも高まる。掌にしっとりと汗がにじむ。粗末な門構えのところに、人影があった。陶子の姿を見つけるや、人影は大袈裟(おおげさ)なほどに片手を振り上げ、「ここでございますよ」と声をあげた。

潮見老人である。いい具合に色褪(あ)せた藍(あい)の作務衣(さむえ)の上に、小さな首がちょこんと乗って満面に笑顔を湛(たた)えているのが、遠目にもよくわかる。

「お待ちしておりました。本当に久しぶりでございますね」

門構えに近づくにつれ、はっきりとする老人の姿に陶子は堅い笑顔を返した。なにを言っていいのかわからない。仕方なしに、

「この度はお世話になります」

と奇妙な挨拶(あいさつ)を交わした。

門の入り口には「古民具仕立て直しつかまつり候」と、わかりやすい楷書(かいしょ)の墨文字で書かれた焼き杉の看板がかかっている。

潮見老人の表の稼業は、主として桐製箪笥(たんす)の再生と言うことになっている。その腕の良さは関東ばかりか関西、中国、九州にまで知られていて、親子二代にわたってわざわざ仕事場を訪ねてくる常連客も少なくないそうだ。

決して大柄な老人ではなかったが、この四年で、ますます小さくなったようだ。目の前の笑顔があまりに無邪気すぎて、本当に来訪の意図が伝わっているのかという不安に襲われた。

作業場兼用の土間を横目に見て、居間へと案内された。家全体が、岩手県遠野(とおの)の曲

がり屋に似た作りになっているためか、明るい採光のある部屋である。壁の一面がそのまま中庭に面し、樹齢確かな椿の太い幹が黒々とした葉を茂らせているのが見えた。遠くでしきりと雲雀の鳴き声が聞こえた。

部屋の中は、驚くほど簡素で調度品がほとんどない。唯一家具らしいといえるのが、座った潮見の前にある、長火鉢である。「ちょっと失礼しますよ」と備え付けの引き出しから煙管を取り出し、刻み煙草を詰めて、火皿に点火する。ホウッと煙を吐くまでのしぐさが、芝居かなにかのように決まっている。

また、雲雀が一声さえずった。

潮見老人と会ったのは、陶子がDと短い結婚生活を送っていた頃のことである。その頃陶子は、夫であるDの論文と執筆原稿の、データ収集を担当していた。美術センスには「作る才能」と「見る才能」があって、どうやら自分には前者の才能が欠けている代わりに、後者に優れていることがわかったのも、同じ頃である。もちろん夫の多大なる影響と教育があったことは、言うまでもない。二人は、時間さえあれば博物館と美術館をめぐり歩くのが、習慣となっていた。

その四月、埼玉県の公立博物館で宋代を中心とした古陶の特別展が開催された。協賛マスコミ各社の過剰な前宣伝もあって、特別展は大成功を収めていた。平日の午後を狙って出掛けたというのにもかかわらず、館内には長い行列が続き、中でも人々の耳目を奪ったのは、会場の中心部に展示された「油滴天目」「窯変天目」の茶碗である。

陶磁器の上薬である釉薬には、さまざまな種類がある。土器から陶磁器への進化の歴史は、まさに釉薬の進化の歴史であるといってよい。原初の陶器は、稲科の植物の灰を水に溶かし、素地に塗ることで表面にガラス質の膜を得た灰釉陶器である。灰に含まれる珪酸が高熱のもとで、素地の化学物質と結びついてガラス質となるのである。日本では中世前期に愛知県の猿投窯で、この技法がとられたことが発掘調査によってわかっている。

さまざまな職人が、釉薬を自由に操ることで数々の名品が生まれてきた。しかし、その中で「人知では自由に作り得ない」といわれる技術が、この「油滴」と「窯変」なのである。化学的には、高温になった釉薬が素地の鉄分を溶かし、これが冷えるにしたがって酸化第二鉄になることで生まれると、解明されている。釉薬に溶けだした酸化鉄は酸素ガスを発生させ、結果として酸化第二鉄が結晶化して、斑点に似た妖しい模様を織り成すのである。その工程を説明することができても、過程を読むことはだれにもできない。炎の気紛れが生み、素地の偶然が育てる以外は、神に祈るしかない焼き物である。

そこだけが孤立した展示ブースを取り囲み、ドーナツ状に人が群れていた。

「日を間違えたか」

とDがつぶやいた。

「この調子では、いつ来ても結果は同じでしょう」

そう応えて陶子は、人込みを見つめた。その視線の先が、一部空白地点になっているのに気が付いた。そこにうまく入り込めば、間近で茶碗を見ることができそうだ。目で「いきますか」とDに尋ねると、彼は笑って首を振った。それならばと、一人で体を人込みに滑らせていった。

「あら！」

空白と見えたところに、人がいた。ちょうど周囲の人の肩口にあたる高さに、別の人の頭がある。からだ半分をその空白と見えた部分に割り込ませた陶子に向かって、子猿のような人影が、にやりと笑ってみせた。

「御免なさい、気が付かなくて」

「よろしいんですよ、私はじっくりと拝見させていただきましたから、どうぞ」

小さな体をひょいとひねり、小柄な老人がそのスペースを譲ってくれた。陶子が礼を言うより早く、小動物の素早さで、老人は人の波に消えた。その状況で、まともな鑑賞などできるはずもなかった。Dはかすかに笑って言った。

「わたしは日を改めて出なおすとしよう。とりあえずは図録だけでも手に入れておくか」

「売場は、もっと人がいますよ、きっと。日本人って、記念の品が好きですから」

はたしてカラーの図録の販売所にはバーゲンを思わせる人集りができていた。

「わたしが買ってきます」

と、人込みのわずかな隙間にダイビングをしたところで、陶子は再び老人の姿を認めた。手に、数冊のカタログを持っている。老人が持つと、B4サイズのカタログがA全サイズにも見えるのがおかしい。

「おや」

と今度は老人がおどろいた顔になり、そしてさきほどとは違った人懐こい笑顔を浮かべた。挨拶をかわすでもなく、軽く手を挙げて「お先に」と背中を向けた老人の姿が、今度ははっきりと陶子の印象に残った。

博物館から銀座まで出て、ビストロに腰を落ち着けたところで、

「それにしても……」

とDが苦笑した。笑いながら眉の間に三本の皺を刻み付け、「あのセンスの欠片も感じられない展示場のレイアウトはなんとかならないものか」と呟いた。その直後に彼がもぐもぐと飲み込んだ言葉を、陶子は正確に知ることができた。Dは、自分がか

ってキュレーターとして勤めていた「わが大英博物館に比べ」と言いかけ、それが皮肉以上に聞こえることを恐れて口籠もったにちがいない。飲み込まれた言葉を理解することで、陶子はDの妻であることを確信した。

「ところで、話は変わるが、キミはどう思った?」

「展示場のレイアウト、ですか?」

「NO!」

ワインを一口飲んだDが、声に出さずに唇を動かした。そしてルージュのワインを注いだグラスの向こうで、悪戯っ子のように笑った。

Dは、しばしばこのような尋ね方を陶子にすることがあった。それは夫婦のコミュニケーションであるというよりは、教師が生徒に尋ねる口調に似ている。やや緊張の面持ちで、

「三枚だと……思いますが」

図録のページを捲りながら、これとこれと、これ。陶子は指差していった。彼女の目に、「複製」と映った器である。

「GOOD。わたしも同じように受けとめたよ」

「よかった。Aプラスをいただけますか」

「特別にレポートも免除しよう」

その時だった。背後で「ご夫婦でたいしたもんだ」と、声がしたのは。

あの老人が、ピルスナーグラスを顔の前にかかげて笑っていた。

こうして潮見と名乗る老人と、陶子夫婦との奇妙な付き合いが始まった。付き合いとはいっても、数ヵ月に一度、潮見が陶子たちのマンションに遊びにやってきて食事をし、その後は酒を飲みながら夜遅くまで美術の話をするといったものであった。

すでに六十の峠をいくつも越していることは確かだが、潮見の実年齢はわからない。それ以外は簞笥などを中心とした古民具の再生と修理をしていること、未だ美術に対する好奇心が衰えることもなく、年に数度は海外まで足をのばして、世界各国の美術館、博物館を巡っていることなどを話したほかは、自分のことに話が及ぶと笑って誤魔化してしまう。もっとも陶子もDも、それ以上のことを深く聞く必要はなかったといえる。それよりも、彼がこれまでに見てきた美術品、陶子とDが見てきた美術品について、あれこれと話をすることの方が、ずっと楽しかった。

当然のことながら、話はたいてい大英博物館のことになった。そうしたとき、Dの瞳がいつになく明るく輝くのを、陶子は見逃さなかった。

ある夜。大英博物館オリエンタルギャラリー・ルームナンバー34に常設展示されている、青銅の神像に話が及んだときのことだ。

「あれが作られたのは、西暦の九五〇年頃でございますかね。わたしは自分が石仏みたいになって、その前で立ちすくんでしまいましたよ」

潮見が、恍惚とした表情で言うと、

「限りなく神秘的で、そして人間味を感じさせる」

Dが、やはり遠い目付きをして言う。

「そうなのですよ。きっとあの頃、人は神の住みかのすぐ近くあったのでしょうね。精神的にも肉体的にも。陶子さんは、大英博物館へは？」

陶子が首を振ると、潮見は大げさに両手を振り上げ、「それはいけません。プロフエッサーをかっ口説いてでも、ぜひ案内をしてもらうべきです」とまくしたてた。

「もっと言ってやってください。いつかもその話が出ると、『陶子にはまだ早い』と、一言ですから」

「大英博物館は世界一ですよ。美術の世界で生きるなら、ぜひともゆっくりと時間をかけて見て回るべきです。キュレーターの質からして、ちがうのですよ。神に祈るがごとく、美の世界に忠誠を誓った人々の、執念と努力の結晶です。それがたとえどのような評価を受けようとも、自分たちの手で、世界的文化遺産を死守するのだという、明らかな決意がわかります」

「なんだか、すごい話ですね」

「すごいどころではありません。大英博物館こそは、世界の博物館、美術館の頂点なのですよ、あらゆることを含めて、ね。

たとえばさきほどの青銅の神像ですが、まさに完璧なできなのです。わたしは像そのものよりも、そこにこめられた決意にむしろ感動を覚えます」

「はぁ？」

潮見は、酔ってきたのかと思った。話がどうもおかしい。ちょっと白けた気分になっていい加減な返事を返すと、潮見は突然、初めて出会ったときに見せた悪戯っ子の表情になって、

「あれこそは大英博物館の、神髄といえるでしょう。世界中のどの専門家が見たところで、あれがフェイ……」

潮見の言葉が止まった。横からDが、かつて見せたことのない物凄い表情で、潮見の手首をつかんでいた。

「こ、これは……」

潮見が、うつむいて、「すみません、少し酔ったようです。こんな妄言を吐くようになるとは、お恥ずかしい」と言うばかりであった。

その夜の話の続きを、陶子はDとしたことがない。聞いてみたい気がするが、とても彼が快く相手になってくれるとは、思えなかった。あの瞬間、陶子は夫が見せることを拒んだ一面を見た気がした。Dは、研究とプライベートは別物、などという言葉

を吐く人ではない。彼が隠しておきたい一面とは、すなわち研究に関する一面であることを指している。陶子が初めて感じた、心のしこりである。

もっとも。

陶子に、潮見の話が理解できないわけではない。博物館の使命は、大きく分けて三つあるといわれる。「研究・保存・公開」の三つである。だが、そのうちの保存と公開は、ともに譲ることのない、相反する定義でもある。保存をしたければ公開などしない方がいいのである。公開の義務を背負うのであれば、保存は不可能であると結論付けなければならない。ふたつの宿命の狭間に立って苦しむキュレーターにとっての救いの蜘蛛の糸が、レプリカ（複製品）である。

ただし、ここにも問題がある。博物館を訪れる多くの人々が、決してレプリカを喜ばないという事実である。きわめて精密に制作されたレプリカは、ときに本物をしのぐ感動を与えてくれる。キュレーターの中には「保存の不完全なオリジナルよりは、精密なレプリカを展示するべきだ」と、堂々と主張するものがいるほどだ。しかし、訪れる人はレプリカを喜ばない。そのプライドを傷つけないためにも、あえて博物館側が「レプリカ」の表示を外す場合があるのだ。見るものが見て、明らかにレプリカであることがわかれば、それでいい。

しかし問題もある。複製品の表示のないものを、レプリカと呼んでいいものか否かという点において。

　レプリカが、オリジナルの一線を越えることだけは、絶対に許されないのだ。その瞬間からレプリカは贋作に変わってしまう。「そこに利害関係が生まれないかぎり、レプリカと贋作は一線を画される」などというのは、美術業者とコレクターの間のみでかわされる、言い訳にすぎない。レプリカが、自らの意志を越えて本物に生まれ変わることなど、あってはならない。まして世界に君臨する大英博物館が、自らの意志をもって、その一線を越えることなど許されるはずがない。

　が、一方で、世界中の研究者の間で、かの博物館の「裏業」について、囁かれる噂は多いのである。

　潮見はそのことを言いたかったのではないか。美術の世界に生きるつもりならば、清濁あわせ呑む技量と、目が必要なのだ。そのためには、大英博物館全体を透徹の眼差しで見抜くべし、と。けれどDは、そのことをよしとはしなかった。自分の教育によって、なまじ鑑識眼があがっている陶子だからこそ、安易にフェイクを見せたくはなかったのではないか。

「見せるのなら、もっと精神的にも成長してから」という意志が、あったような気がしてならない。

　結局そのことを確かめる機会は、その後訪れなかった。潮見はその夜を境に、ぷっつりと姿を見せなくなった。プロフェッサーと潮見老人とは、その後もやりとりをしていたようだが、陶子とは完全に没交渉である。やがてDと離婚、フリーの旗師となってからは忙しさにかまけて、陶子は潮見老人のことを思い出すことはなかった。もし、今回のようなことがなければ、きっとこれからも思い出すことはなかっただろう。

――でも、わたしには、潮見老人が必要なのだ。

専門家さえも見破ることの難しい大英博物館の「裏業」を、簡単に見破った目。それは、潮見老人自身がハイレベルの贋作師であることを示している。

「それにしても驚きました。D先生から電話を受けましてね。いきなり『何も言わずに、裏の仕事を引受てくれ』でしょう。しかもです、まさか依頼人が奥様だなんて、ねえ。えっ？　今は奥様ではない。そうでした、これはとんだ失礼を」

老人があまりに屈託なく「裏の仕事」について口にするので、陶子はなんと反応していいのかわからない。途端に何かがはじけて、陶子の口から「フフフ」と含み笑いがこぼれた。

「なにかおかしいことを申し上げましたか」

「いえ、なにも。ただ、こうしていると、とても贋作作りを相談しにやってきたようには見えないだろうと思うと、なぜかおかしくて」

「贋作？　そりゃあいけません。贋作なんて物に手を染めちゃあ、いけません。作ったほうも、押しつけられたほうも不幸になります」

潮見は大仰に顔をしかめ、手をうちわのように振ってみせた。そして低く、小さく、けれどはっきりとした声で、

「あたしは贋作なんぞ作っちゃあいませんので。かっても、そしてこれからも作る気なんざ、これっぽっちもない」

と笑った。

「ただね、人がどれほど修業を重ねても、手に入れられないものがひとつある。いつだったか、教授のお宅でこんな話をしたことを覚えておいでですか。ものに宿る、美の命について。先生は『時を経たから美しいのではない。そこにあることが美しいのだ。人には普遍的に美を愛する能力が備わっている』とおっしゃいましたが、あたしは少しちがう意見を持っております。結局ね、人は時間を作り出すことなどできないんです。いえ、時間が過ぎた形跡だけなら、あたしにだってなんとかなるでしょう。けれど、一番大切なのは、その間に変わってしまった人の心を、どのように変わってしまったかまで、映し出してやるってことなんですよ。本物にはそれがある。偽物にはそれがない」

「だから潮見さんは、偽物は作ったことがない、と？」

老人は笑って答えない。そこに陶子は彼の、恐ろしいばかりの自信を見た。はったりでないことは、容易にわかる。この仕事について、こうして陶子から話を聞く以上、彼が贋作師の一人であることには間違いがない。それが奇跡なのだ。今現在、『現役』と呼ばれる贋作師は、日本で数十人いる。詳しく調べれば、その経歴から作品の数まで、正確に知ることができる。ほとんどの場合、贋作者は弟子を取らないこともあって、その技術は一代限りのものである。ある程度の目利きができるようになると、贋作についても、その肌合いを見ただけで、「これは、熊本県に住む某氏」といった具合に、作者まで限定できるのである。いわば贋作は、その作者の指紋の役割をはたすことにもなる。

が、陶子が知るかぎり、潮見老人が裏の世界で話題になったことはなかった。その存在すら、裏ブローカーも突き止めていないはずだ。今回の仕掛けを計画したときから、陶子は意図的に彼らとつながりを持つようにしていた。裏ブローカーといっても、それ専門の業者ではない。裏と表の仕事の顔を巧みに使い分け、善人のマスクを被ったままで、人の足を平気で掬うことのできる人種、今回のターゲットと同じ人種と、付き合いを持つようにしてきた。その中でも、潮見老人の名前は浮かび上がってはこなかった。

――世界最高水準の大英博物館のレプリカを見抜く目と、腕を持ち……。

──なおかつ、裏の業界に名も知られていない贋作師。

もしも奇跡という言葉を重ねて使うなら、こうした切札を持ちながら、これまで贋作に手を染めたことがなかった陶子こそ、この百鬼夜行の業界にあって奇跡的な存在というべきかもしれない。

これまで潮見老人が作った『作品』は、博物館に、あるいは個人コレクターの倉庫のなかに、今も静かに眠っていることだろう。だれからも疑われることなく、時に人前に姿を現して、人々に嘆息の機会を与えているのだ。

さきほどの無言は、その自信のあらわれなのか。

そうでなければ、橘薫堂を相手に目利き殺しを仕掛けようとする陶子に、プロフェッサーDが、すんなりと紹介するはずがない。二人は陶子の知らないところで、もっと深くつながりを持っているのかもしれない。かつての夫が、あの厳しい研究者さえもが、この老人の腕を認めているという事実を、陶子は少し恐ろしく感じた。

「で？」

細い目の中に、不敵な光を見たようで、陶子は息を呑んだ。

老人の顔つきに「おや？」と思わせる変化が現われた。なにがどう変わったと説明できるようなものではない。老人は老人のままだ。強いて言うなら「風」が変わったのである。老人から吹いてくる風が、それまでのやわらかな春風から、寒々とした木枯らしに変わった。そんな気がして、絶えることのない老人の笑い皺が亀裂のように見えた。

日が翳ってきたようだ。家のすぐ裏手にまで迫る雑木林から、あれほど賑やかに聞こえていた雲雀のさえずりが、ぴたりと止んだ。

「そろそろ詳しいお話をお聞きしましょうか。どうも私は男時になるのが遅くて、皆さんに迷惑をかけてしまいます」

「男時？」

「よく言いますでしょう。男時・女時と、あれです。ハイカラな言い方をしますとバイオリズムというやつですか」

陶子は胸の中でなるほどとうなずいた。潮見老人に限らず、同じ言葉を口にする職人は多い。自由に切り替えることのないスイッチが彼らの中にあるのだ。一度切り替わってしまえば、すぐにでも集中力をマキシマムに引き上げることのできるスイッチである。気分にムラがあると言ってしまえばそれまでだが、気持ちの中に潮が満ちるように覇気が高まるのを待つ、彼らもつらいのである。

「潮見さんの、得意な方面をお聞かせください」

「得意な方面ねぇ。そう言われてもピンときませんな。和物は、たいていこなすつもりでいます。とくに工芸であれば、まずは、ね。古民具、屏風、木仏、金銅細工。あるいはガラス物。それから焼き物であれば、大陸物でも。元は日本の焼き物そのものが、向こうのレプリカのようなものですから」

「できれば、焼き物を。乾山（けんざん）あたりではいかがでしょうか」

「乾山ですか」

と言ったきり、老人が黙り込んだ。

「土はなんとかなるでしょう。釉薬も、大丈夫だと思う」

陶子に話しかけているようで、実はそうではない。自分自身に問い掛け、答えているのがわかった。やがて、きっぱりと顔をあげ、

「やめましょう。これは危険な賭けになりそうだ」

「どうしてですか？」

ここにくる前に、陶子の頭の中には漠然とした計画の骨子があった。鄭富健と話すなかで、「橘薫堂への目利き殺しには、焼き物を使うのがいいのではないか」と、思い始めていたのだ。

「どうしてですか？」

ともう一度聞いた。確かな品物さえあれば、目利き殺しは可能である。しかし、陶子は焼き物にこだわりたかった。それは発掘物という自分の得意ジャンルで目利き殺しをかけられてしまった陶子の、プライドの回復のためでもある。自分がかけられた

罠と、おなじものを返さなければ、気が収まらない。すなわち、橘薫堂にとっての得意ジャンルである、焼き物である。

「相手が悪いのですよ。橘薫堂では。あの男のバックに、国立博物館の戸田幸一郎がついていることは知っていますか？」

陶子はうなずいた。

「もともと、焼き物は鑑定がむつかしい。今では常識となっている佐野乾山でさえ、戦後まもなくは偽物扱いをされていました。当時鑑定反対派であった作家の川端康成などは『贋作以前の贋作なり。語るに能わず』と、手厳しい評価を下しています。いわば、感性の部分で大きく評価が分かれるのが、焼き物なのですよ」

失望の暗雲が、大きく広がって、陶子の表情を暗くした。自分はこの老人に過大な期待をしすぎたのかもしれないと、思った。

「そうなると、科学鑑定に対する依存度があがる、と。やはり、国立博物館の科学鑑定は、敵に回したくはないということですか」

「陶子さんは勘違いをなさっています。科学鑑定機というのはね、だれが扱っても同じ結果が出るという代物ではないのですよ。むしろ、これほど研究者の才能を試されるものはないといってもいい。ただの言葉による鑑定ならば、ごまかしはいくらでもきくのですから。だから恐いのは、科学鑑定機そのものではない。むしろ」

潮見が言葉を切って、中空をにらんだ。

「最近、いやな情報を耳にしました。橘薫堂に、とんでもない男が出入りをしているそうです」

「潮見さんをも、恐れさせるような？」

「わたしがかつて、大英博物館こそ世界で最高の研究機関であると、お話ししたことがありましたね。そこにケミカルラボと呼ばれる、科学鑑定機関があります。そのケミカルラボの研究員だった男が、一年半ほど前から橘薫堂に出入りしているそうです。もっとも表立って動いてはいませんから、あくまでも裏情報の域を出ないのですが。噂が本当であれば、きわめて危険性が高い。その男、日本人らしいのですよ」

「日本人！」

「ええ、ただし高校も大学も英国（あちら）だとかで、もうほとんど国籍は形ばかりでしょう。気になるのが、この男が現れてから、橘薫堂の扱う贋作が、急にレベルアップしたことです。ことに陶磁器系が、ね」

「そういうことですか」

潮見老人が、躊躇（ちゅうちょ）するのは当然である。だれもが、灯油を被って焚火（たきび）にあたるような真似はしたくはない。まして相手が、大英博物館帰りとなると、危険性は灯油からガソリンほどにまで、高くなる。

「場所を変えましょうか」と老人が立ち上がった。

陶子の返事を待つまでもなく、すっと廊下へ出て、厚みをなくした紙人形のような何気なさで、もうひとつの間にすべりこんだ。その間に、足音ひとつたててはいない。

こちらの部屋は八畳もあるだろうか。東側に面した小さな窓の周囲を除いて、すきま無く立ておかれた作業棚のせいで三畳ばかりにしか見えない。窓の下に足の短い、けれどかなり広めの木机がある。すぐ横に、寿司屋の板場でも使えそうな、横長の作業台。半紙一枚分の大きさの木の板が数枚、壁に面した隅にきちんと積まれているのが見えた。机の間に正座して、老人は「そちらへどうぞ」と陶子を手招きしていた。そのしぐさがいささか妖怪じみている。

「ここをお見せするのは初めてなんですが」

と潮見老人は、笑顔も見せずに言った。老人の勧める座布団に座ると、ますます周囲の棚が押し寄せるように見えた。単に、職人の作業場らしいという、言葉では言い表わせない、静謐な空気をたたえた部屋である。

――ここは……。

単なる作業場でないことはたしかである。表の仕事の作業場は入り口のところにあった。とすれば、ここは

――老人の、贋作工房！

一方の棚には、一抱えもありそうな油紙の包みがいくつも置かれている。もう一方の棚にはなにかの道具箱が、やはり整然と置かれ、窓側の壁には無数の引き出しを備えた薬箪笥が二つある。ふいに、

「蒔絵などいかがですか。それも古い文箱など」

と、老人の言葉。思いがけない提案に、陶子は面食らって言葉が続かなかった。

「…………」

「蒔絵ですよ、漆を使った」

いわれなくとも、蒔絵を知らないはずはない。ただ、どうして突然そのようなジャンルが潮見老人の口から飛び出したのか、その真意をはかりかねているだけだ。

「面食らっていなさるね。もっともです。しかし、わたしがあなた様以上に裏の情報について精通していることは、ご理解いただけますね」

「ええ、それはもちろん」

「だったら、信用していただきたいものです。わたしが蒔絵をお薦めするかぎり、それは、あの橘薫堂が好むものだということですよ」

「けれど、そんな話を聞いたことは……」

「なくても信用してほしいのです。そこから、この筋立てのすべては始まります。私が真実であるというかぎり、この手が作りだすものは、すべて贋作ではありえない。

それと同じように、橘薫堂が蒔絵を好むと言ったら、好むのです。たとえば、世界的な蒔絵のコレクターである、ある製薬会社のオーナーがいます。実はそのうしろに橘薫堂が隠れていると言ったら、その言葉を信じていただかねばなりません」

「それってまさか、あの……」

あまりに有名なコレクターの名前を、陶子が口にする前に、潮見が自分の唇に指を当ててみせた。

「彼は、橘薫堂のダミーですよ」

——なんて世界なんだ、まったく！

自分がプールであると信じて浸かったのが、琵琶湖ではシャレにならない。けれどそれが太平洋にまでなると、もう笑うしかない。笑って溺れることが、もっとも賢明な選択である。

フェイクにレプリカにダミー。ただひとつの共通点は、どれも本物ではないということだ。しかしそれは同時に、そのうちのどれかは、あるいはどれもが、いつか本物に成り代わることを夢見て、虎視眈々としていることである。

2

食べ終えた牛丼（ぎゅうどん）の丼（どんぶり）を向こうにやり、四阿（あずまや）は背広の内ポケットから手帳を少し大きくした樹脂製の箱を取り出した。手帳のように開くと、液晶画面とキーボードが並んでいる。スイッチを入れ、箱のサイドから取り出した電子ペンで、画面をいくつか操作する。続いてキーボードを操作して、画面のなかに文字を打ち出した。

【たのくら・としこ】を、【田倉俊子】に変換して、新しいファイルを作った。横から相棒、とは名ばかりで、歳の離れたベテラン刑事である根岸（ねぎし）が、四阿の手元の小型コンピュータを覗き込んで、顔をしかめている。

「その鍵盤を見ると、頭が痛くなる。俺に近付けないでくれ」

「キーボードと言ってください。それにこの機種は、キーボードが操作できなくても、電子ペンをマウス代わりに使って、マルチウインドウを開くことも可能ですから」

四阿は、右手の操作を続けながら、顔だけを根岸に向けた。

「上司命令だ。一会話につき、カタカナのコンピュータ用語は三つ以内にすること。それから、片手でその鍵盤を叩きながら、俺と会話をするのはやめること。片手間に話の相手をされているようで、いや、実際のところそうなんだが、理屈抜きにおまえのうしろ頭に蹴りをいれたくなるんだ」

「便利なんですけれどね」と、肩をすぼめる。

「なんのために、警察手帳を持っているんだ？」

「手書きよりも、キーボードを入れるほうが早いんですよ。それにカードフォルダーの形式でまとめておけば、いくつものファイルを同じ画面で見ることができますし、データ、もとい、情報を入れ替えるときにはキーボー、もとい、鍵盤の操作だけで簡単にできますから、整理しやすいのです」

そう言いながら、四阿は液晶画面上のいくつかのマークを、電子ペンで押した。さきほど作ったばかりの、田倉俊子のファイルを開く。液晶画面が切り替わり、本の形をしたイラストがいくつも並ぶ。

「たとえばこの文書を開きます」と、【経歴】と、名付けられた文書を、ペンで突いた。

【田倉俊子。昭和十六年三月四日生。本籍地・埼玉県入間市＊＊＊＊四―十二―三。父親の勇一は横浜市立＊＊高校、国語教師。三十六年に退職し、四十一年に死去。その間の俊子は両親とともに横浜に住む。母親・タキは東京都港区にある老人介護専門病院・六樹苑に入院中。老人性痴呆症の症状が数年前より進み、二十四時間体制の同病院に、昨年から入院している。

俊子の最終学歴は横浜女学館高校を昭和三十四年卒業。貿易商㈲鳴大商店に事務員として入社。経理部員を経て三十八年退社。四十年銀座に骨董商を営む㈱橘薫堂に入社（入社当時は、橘薫堂は個人商店であった）。現在に至るまで、同社営業部に籍を置いている】

「どうです、簡単にわかるでしょう。それにこんな芸当もできるんですよ」

「…………」

言葉を失う根岸を尻目に、次の【検死報告】文書を開いた。

「お、おい、これは！」

「そうです、監察医から届いた報告書を、そっくりファイルしてあるんです」

「そっくりって、おまえ。ここまで丸写しをする時間があるなら、別のことに労力を使おうとは考えられんのか。まったくコンピュータ世代は、理解に苦しむ。なにも、おまえ、東都医大の杉村教授の癖字まで、これほどそっくりに真似て」

「そんな馬鹿なことをするはずがないでしょう。この端末コンピュータにはファックスのモデムが内蔵されているんです。だから検死報告書をファックスでぼくの携帯電話で受け取り、この端末に流したのですよ」

「……四つだ」

「はぁ？」

「コンピュータ用語をカタカナで四つも言ったな」

「ファックスはコンピュータ用語ではありません。ただしこの方法では、文書としてではなく、イラストとして認識されますから、他の文書とデータの交換をすることはできないのですが」

「ふうん、こりゃあ便利かもしれんな」

【検死報告書。

外傷　被害者の右肩から背中に向かって約十五センチ下がったところから脊椎への下向き創傷。創口は、長さ二センチ、深さ十八センチ。創口の左右の受傷状態は、顕微鏡検査でもほぼ等しいと断定される。入射角度は創口から脊椎に向けて十五度、胸部に向けて十二度。

死因　右肺臓内静脈裂損、および心臓左心房内動脈裂損による、失血死。内臓器に与えられた傷は、外傷を与えた凶器と同一のものと考えられる。胸腔内、腹腔内に約二千ミリリットルの出血あり。また外傷部細胞組織には、わずかながら生活反応が見られた。

死亡推定時刻　腐敗の状況から、被害者は死後二十日前後経過しているものと思われる。ただし、この件に関しては、所見4を参考にされたし。

薬物反応　なし。
胃、および腸、血液からのアルコール反応　なし。
既往症、および疾病　なし。
所見1　外傷の角度、および大きさ、創口の左右の状態から、凶器は刃渡り十八センチ～二十センチの両刃包丁状の刃物によるものと見られる。
所見2　外傷の角度および方向から、被害者は座った状態で、背後から右利きの加害者によって、振りおろす要領で刺殺されたものと見られる。対面した位置にある加害者（この場合では左利きが相当と考えられる）が、被害者を抱き寄せる形で犯行を行なったという可能性については、科学捜査研究所での所見と照らし合わせたうえで、判断されたし。
所見3　胸腔内肺臓、および心臓に与えられた創傷について。胸腔および腹腔内に著しい失血の痕跡（こんせき）が見られることから、凶器は被害者が受傷したのちも相当長い時間にわたって外傷に留置され、凶器そのものが、ある種の栓になっていたものと考えられる。この件に関しては、科学捜査研究所の所見と照らし合わせたうえで、被害者の衣服に付着した血液の推定量から、判断されたし。
所見4　外傷および内臓器に与えられた創傷について。組織検査の結果、外傷、内臓器の創傷ともにグリア細胞による反応が見られない。傷の状態と、失血の状態から判断するに、被害者が受傷後にただちに絶命したとは考え難い。化膿処理細胞であるグリア細胞による反応が見られず、なおかつ被害者が受傷後、数時間生き延びたことを考えあわせると、死亡推定日時はさらにずれる可能性もあると推定される。所見5　創傷の一部に複数の皮膚の破損が見られる。これは一度引き抜かれようとした凶器を、もう一度傷に戻したためと考えられる】

「そうか、刺殺だったのか」

しみじみとした根岸の声に、四阿は飲みかけのお茶を噴き出した。

「刺殺だったのかって、鑑識の報告は聞かなかったのですか。それについさっきまで行なわれていた捜査会議は、ああ！　腕を組んで神妙に目を瞑って熟考していると思ったら、根岸さん、寝ていましたね」

「船頭多くして、船、山上に至ると言ってな。だれも彼もが情報を握った気になっていると、いつのまにかちがう方向に進んでしまうことがあるもんだ」

「それは、言い訳にはならないと思いますが」

「ま、それはさておき、だ。この検死報告書だが、どうして専門家はこんなわかりづらい文章を作りたがるのか。もしかしたら、簡単に書くと、自分の権威が損われるとでも、思っているのかね。とくに所見の4はなんだ、こりゃ」

「これでも杉村先生に担当が替わって、わかりやすくなったほうですよ。まぁ、それでも平易な文章とは言いがたいですけれど。所見の4については電話で問い合せてきました。先生の意見によると、被害者は瀕死の状態でかなり長時間にわたり、低温の部屋に放置されていたのでは、ということです。それなら化膿菌が繁殖しなくても、不思議はありませんから。所見の5については、先生もあまり自信がないそうです」

牛丼屋の店員が、あからさまな非難をこめて三杯目のお茶を注ぎにやってきたところで、二人は店を出た。車のドアを開け、すっかり熱せられたシートに閉口しながら発車すると同時に、根岸が口を開いた。

「じゃあ、なにか。田倉俊子はどこかでナイフを突き立てられ、そのまま冷蔵庫に放置されて死んだと？」

「その可能性もあると、杉村先生はおっしゃっています」

「だったら、素直にそう書けばいいとは思わんか」

「だから、あくまで参考意見ですってば。捜査に先入観を与えないよう、あえて靴のうえから水虫を掻(か)くような表現をしたそうです」

車は、甲州(こうしゅう)街道に入った。

「どうしましょう、ずいぶん混んでいるようですから、高速に乗りましょうか」

「任せた。どうせ俺の免許証は飾りだ。それよりもだな、田倉俊子が、座っているところを背後から、右利きの加害者に刺殺されたというのは、たしかか?」

「根岸さん、本当に捜査会議の間中、熟睡していましたね。あれほど係長が声を大にして……」

「頼む、要点だけを明らかにしてくれないか」

四阿は、意識的に乱暴にハンドルを切り、車線を変更した。彼のパートナーは捜査員歴三十年、係長はおろか、課長クラスだって頭ごなしに怒鳴りつけることのできないキャリアを持っている。その間、総監賞を受けること数知れず、根岸は本来なら捜査課長くらいには出世していても不思議のない人物である。とどのつまりが
——俺がなにを言っても、馬耳東風か。

もっとも、四阿にしたところが、この根岸という初老の捜査官が決して嫌いではない。そこのところをうまく読まれていて、いいようにあしらわれていると思うこともしばしばあるが、それでも根岸という男は、憎めないのである。乱暴なハンドルさばきは、四阿なりの、きわめて消極的なブーイングでもある。

「つまり、可能性としては、横たわった被害者を抱きすくめるように、前方から刺殺する方法もないではないのです。けれど被害者は着衣のうえから刺殺されていました。さらに言えばアルコール反応も、疾病もなかった」

「酔ったり、気分が悪くなったりしたところをだれかに支えられ、ベッドに運んでも

らったわけではない、か。ああ、やだね。どいつもこいつも正直に物事を話そうとしないんだ。はっきり言えばいいじゃないか、六十近い婆ぁを、ベッドにエスコートする奴はいないって」

「お願いだから、その爆弾もどきの発言は、これから向かう先で披露しないでくださいよ。まったく、捜査課のしゃべる爆弾男なんだから」

まもなく車は、首都高速からおりて、銀座へと近付いた。

古いものには、魂が宿ることがあるという。

あれは小学生の頃、図書館だったろうかと、四阿は古い記憶をたどった。

古い香炉に宿った女の魂が、つぎつぎと男の命を奪う話を、どこかで読んだ記憶があるような気がする。なんとかというイラストレーター、その当時の言葉を使えば、挿し絵作家だが、ページをめくるたびに、子供の心臓を冷たい手でぐりぐり撫で回してくれたのではなかったか。香炉より出た物怪の残忍な笑顔、これから幽明界を分かとうとする男の恐怖の瞬間。殺された田倉俊子について話を聞くために訪れた橘薫堂で、四阿の脳裏に、ふとそんな記憶がよみがえった。たしかに、古物独特の埃に似た匂い、明るい蛍光灯に照らされてなお、あちこちに陰影を浮かび上がらせる商品の雰囲気は、慣れないものには異質としか感じられない。

それよりも、この男である。

四阿は、橘薫堂店主である、橘秀曳の顔を凝視した。柿渋色の着物姿である。じっと視線を向けて、相手の目線と交差した瞬間に、外した。橘は、四阿と根岸が来訪を店員に告げ、事務所からあらわれたときからずっと紳士的な、穏やかな態度と言葉を崩してはいない。けれどそれは、刑事という職業がらさまざまな人種のモザイクを見てきた四阿には、決して紳士の態度ではないと、直感させた。紳士でないどころか、人間であることすら、疑わしい。かつて人であったはずの何者かが、年月とともに、あらゆる古物に少しずつ精気を吸い取られて、今では古物に潜む妖かしの眷属と成り果てたもの。

なにかの拍子に橘が「ちょっとすみません、間違えていました」と自分の首を外し、螺子でも取り替えるように、すぐそばの仏像の首と取り替えても、なんの不思議もない気がするのだ。

「殺された、田倉俊子さんの足取りを追っています。こちらでわかる範囲のことをお伺いしたいのですが」

根岸の声に、はっと現実に引き戻された。店の雰囲気に飲み込まれた四阿をフォローするためか、いつになく根岸が熱心な口調で、橘に向かっている。

「そうですね」

笑顔のなかに、不幸の陰をにじませて、あるいはそのように見せ掛けて、橘がデスクのそばのインターホンに向かって「俊子さんの営業日報を持ってきなさい」と言った。

「営業日報？　そんなものがあるんですか」

「彼女は外商でしてね。店には月に一度か二度、書類関係の整理のために出社するだけなんですよ。もちろん、日に一度は連絡が入りますし、そうそう、そこの若い刑事さんがお持ちのようなコンピュータの端末機で、日報が送られてくるのですよ」

「毎日ですか？　とするとその日報が送られてこなければ、だれかが不審に思うことはなかったのですか」

四阿は、店にきて初めて質問らしい質問をした。

「毎日というのは、言葉のあやです。彼女はもう三十年以上もうちで働く、優秀なスタッフです。時に日報が遅れたからといって、即座になにかあったとは……。いや、こういう商売をしておりますと、内輪でも商売の交渉をぎりぎりまで秘密にしておくことはあるのですよ。とくに彼女は自分の仕事に自信を持っておりましたし、私を含め、橘薫堂で働くものはみな、彼女を信用しておりましたから。事実、これまでにも日報が数日届かないことなど、何度もあったのですよ」

「けれど彼女は二週間以上も消息を絶っていたのですよ。せめて捜索願いくらいは出すものでしょう」

「そうしたことも、幾度かありましたので」

「そんなものでしょうなぁ」と、根岸が気のない声を返した。

「ところで、外商といいますと、どのような」

根岸も橘に負けず劣らず、したたかな笑顔を絶やさずに言葉を続けた。そこへ若い店員が、プリントアウトされた日報を持ってやってきた。

「言葉で説明をするよりは、これをご覧になったほうが早いでしょう。ここ一ヵ月の彼女の日報です」

「あれじゃないですか。専門用語が暗号もどきに敷き詰められていて、トーシローにはなにがなんだかわからないとか」

「そんなことはありませんよ。そりゃあ、多少は馴染みのない言葉もあるでしょうが、その時はいつでもお聞きください」

橘の相手を根岸に任せ、四阿は店のなかに目を向けた。すぐ左手、美術館にでもありそうな頑丈な作りの棚に五十センチほどの大きな絵皿がある。めずらしいことに地の色は黄色、大振の木の葉と、無花果(いちじく)を思わせる形の実が描かれている。そのダイナミックな構図は、まるで陶磁器に関心のない四阿にさえ、瞬きを許さぬ厳しさを持っている。ダイナミックであるというだけではない。黄色の地にはびっしりと幾何学模様が敷き詰められている。下絵の書き手が、どれほど神経質にこの模様を書き込んだか、考えるだけで息が苦しくなりそうだ。

「おや、興味がおありですか」

橘の言葉に、はっと我に返った。言葉に反応したというよりは、橘の視線に体が反応したのかもしれなかった。笑み皺（えじわ）のうえに乗っかったふたつの瞳が、いくぶん光を強めたような気がする。こんな目をどこかで見たことがあるような気がしてならなかった。

答えはすぐに見つかった。なんのことはない。被疑者を見るときの、自分の目だ。とすれば

――橘は俺を値踏みする気になったということか。

「い、いえ。これは、有田焼ですか？　下地が黄色とは随分とめずらしいようですが」

四阿の一言で、橘の目付きがずっとやさしくなった。

「残念ですが、古九谷です。けれどまったくの間違いではないかもしれません。古久谷は謎の多い焼き物でしてね」

「ははぁ、と言われてもぼくにはよくわかりませんね。わかるのは、絵に描かれた花が、芥子（けし）の花であることぐらいです」

「さすがは刑事さんだ。ただしこの皿が焼かれたのは二百年以上も前ですから、作った人間を逮捕することはできませんが」

「まさか。芥子の花を絵に描いただけでは、現代人でも逮捕などしません。ただ、どこでこの花を見かけたか、くらいは厳しく追及しますが。それにしても、二百年前の皿ですか。それがよくこれほどきれいな形で残っているものですね」

あいての口を開かせるためのきっかけを、四阿は作ろうとした。そうでなければ、この笑顔能面は、本当のことなど話さない、そんな気がしたのである。その意図を見抜いてか、表情一つ変えずに、橘は皿の説明を始めた。

「いちおう文献には、後藤才次郎が藩主の命令で明暦（めいれき）年間に作り始めたとあります。ところが作品は残っているのに、窯跡がまるで見つかっていません。また、刑事さんのおっしゃった有田ですが、どうも九谷を焼いたのではないかと見られる窯跡がいくつか見つかっています」

「どういうことですか」

根岸が興味を示す声で言った。

「つまり有田で下地を焼き、それを石川県に持ち込んで絵付けをして、再び焼成をしたのではないか、という説もあるほどなのですよ」

「ははぁ、それでも九谷焼になるのですか？」

「むつかしいところですね。ご覧になるとわかるように、有田にはない特徴がいくつかあります。そのひとつは地の色。そして図柄の隙間をうめる幾何学模様。いずれも有田、古伊万里（こいまり）のどちらの窯にも類例が見られません。とすれば、オリジナルを名乗ってもかまわない、というのが業界の見解ですが」

「それに、有田焼の模造品というレッテルを貼られるよりは、オリジナルであったほうが商売にもなりやすい？」

根岸の言葉に、橘の表情がいくぶん変わった。ことさら笑顔を濃くして、

「まったく、困った商売人です。骨董屋というのは」

声の質まで変わったようだ。噛み締めるような重さがこもっている。あたりの空気が粘度を増したと感じたのは、四阿の錯覚とばかりは言いきれない。

「ところで、この皿はお高いのでしょうなぁ？」

「まぁ、お客さまには九百六十万と申し上げておりますが。興味がおありなら、せいぜい勉強させていただきますよ。二年もすれば十分に元が取れる品物です。金利の安い昨今、へたな預金よりも、ずっとお得な投資だとは思いますが」

「さすがに、うまいですな。そうしたお客さまも多いのでしょうね。当然ながら、必ず値が上がると信じて買ったものが、暴落して大損をしたなどという」

こうしたときの根岸の尋問のうまさ、ねちっこさには、内心舌をまく思いがする。

右から左から、自由自在に触手をのばし、相手を搦め捕るように必要なことを聞いてゆく。現に橘が言葉を失ってしまった。

田倉俊子は橘薫堂の外商であるという。詳しい仕事の内容は日報を見てみなければならない。しかし、外商というかぎり、彼女は多くの客に接していたであろうことは間違いない。そしてまた、この世界で常にささやかれるのは、贋作の存在である。そこに、犯行の動機があるかもしれないと考えるのは、ごく自然のなりゆきでもある。

「刑事さん」と、わずかな間を置いて、橘が口を開いた。

「私どもの世界では、目利きがすべてなのですよ。ろくな目も持たないものが骨董の世界に足を踏み入れても、大火傷をするのが落ちです。けれどこんな言葉もありますよ。贋作をつかまされた分だけ、目が利くようになる。これは高い授業料のようなものだ、とね」

「授業料ですか。金額が金額だけに、そう簡単に割り切れるものではないでしょう」

「だったら、骨董から足を洗えばよい。それはそれで幸福といえるでしょう。なにせこの世界は、抜け出そうとて抜け出せぬ無間地獄ですから。もっとも、はまった本人にしてみれば、無間極楽でもあるのですがね」

「まったく、うまいことをおっしゃる」

根岸の声が、笑った拍子に軽く裏返った。四阿は思う。こうして話を聞いていると、どちらが狸でどちらが狐やら、と。

「ところで、俊子さんのご母堂さまには、御報告をされたのですか」

と橘が話題を変えにかかった。根岸はどのように反応するだろうかと、横を向くと、人を喰った表情で、

「ええ、所轄の者が、病院に。けれど老人性の痴呆症が進んでいて、今では娘さんのこともよくわからない状態だそうで。果たして事情が飲み込めたものか、怪しいそうですよ」

「わかりました。そちらのほうは、私が責任をもって、ご母堂さまにお伝えしましょう。どれほど時間がかかったとしても、お伝えしないわけにはいきません」

「ああ、そうしていただけると、有り難いですな。ところで、田倉さんの御葬儀は？」

「もちろん、私どもで責任をもってとり行います。彼女はもう家族も同様ですから。警察から遺体が返ってきしだい、社葬という形で」

この時ばかりは、橘の表情から笑顔が消えるかと思われたが、四阿の予想は外れた。

根岸が、

「最後になりますが、田倉さんが殺された件について、なにかお心当たりのようなものがありますか」

と聞いても、「その質問は、一番最初にあるものと思っていましたよ」と言ったき

り、笑顔を絶やすことなく、首を横に振るばかりである。店に入ってすでに三十分以上が過ぎている。その間に橘が笑顔を消したことは、一度もない。人の胸にいつのまにか住み着いて、今夜の夢にまで出没しそうな、強烈な個性を持った笑顔である。かといって不愉快であるとか、不気味であるといったたぐいのものではない。ある意味では魅力的な、きっと自分自身その効力を十分に知ったうえで

――橘薫堂・橘という男は笑顔を最大の武器にしている。

ということを、確信させた。人はきっと「だまされ損」が常識の世界であることを知りながら、橘を前にして、無知と愚かさを曝け出すのではないか。

「それでは、またなにかありましたら、お邪魔でしょうが相談に乗ってください」

と、根岸が馬鹿丁寧なあいさつをしたところで、二人は橘薫堂をあとにしようとした。背中を向けて、ふと見た右の棚、ここは仏像関係が並んでいる。その一番奥に、無造作に置かれた黒いものが見えた。見様によっては、どうでもよい品物を、場所の埋め草に置いただけにも見える。

だが。

そうでないことを、四阿は知っている。根岸も不自然に感じたはずである。得てして、こうした置き方をされたものに、重要ななにかが隠されていることを、経験則上、二人の警察官は知っている。つっと、根岸の手がその黒い箱に伸ばされた瞬間、初め

て橘の表情が、動いた。

「なんですか、これは」

伸ばされた手が箱に触れる前に、橘の手がそれを塞いだ。

「たいしたものではありませんよ。しかし」

懐から袱紗を取り出し、箱を包んで取り上げた。

「素手で触ると、指紋がついてしまうのですよ。これは根来の漆器です」

「漆器というと、漆の」

「ええ。お好きですか？」

「お好きもなにも。これもまた結構なお値段がついているのでしょうなぁ」

橘の眉が、わずかに動いた。

「いくらなら、お買い上げいただけますか？」

今度は、根岸の表情から笑顔が消えた。口をへの字に曲げるのは、この男が思考の水流を細く、研ぎ澄ませるときの癖である。

「うまい、実にうまい言い回しですな。相手の目利きを測ると同時に、気に入らなければ売ることを拒否することもできる。なるほど骨董というのは恐ろしい世界であることが、よくわかりました」

橘からの応答はなかった。

「では、また」と、根岸が四阿に目で合図し、店を出ようとしたときになって初めて、答えを返してきた。

「恐ろしい世界ですよ。だからこそ、人は一度この世界にはまったら、容易に抜け出すことができない」

車に戻ってエンジンをかけながら、

「怪しい男ですね」

四阿が問いかけると、根岸からは嬉しくて仕方がないといった声で、

「おまえさんには、感謝しているよ」

と返ってきた。

「どういうことですか、気持ちの悪い」

「おまえさんが皿に興味を示してくれたおかげで、橘という男が少しは見えてきた」

「ああ、すごい商売人ですよね。聞き込みにやってきた刑事にまで、あんな高い皿を売り付けようとするなんて」

「バカ。手取りの年収が四百にも満たない安月給の公務員に、どうやったら九百の皿が手に入るんだ。あれは、橘が俺たちを試したんだ」

「試す？」

「担当刑事が、古美術の世界に対してどれほどの基礎知識を持っているか、をな。それによっては対応を変えるつもりなのさ、奴さん」

「すると、さきほどもらった被害者の営業日報は、あまり役には立たないということですか」

「橘はそう考えている。たとえ仕事上のトラブルが犯行の動機であったとしても、少なくともあの日報からは読み取れない、そう読んでいるからこそ、簡単に渡してくれたのさ。あるいは、肉筆でない分、まずい箇所には修正が加えられているのかもしれない。それで十分にガードしたつもりになっていることが、奴の甘さでもあるんだが」

「なんだか楽しそうですよ、根岸さん」

銀座の店を出る頃から、奇妙に薄暗かった空が、完全に雨雲におおわれていた。と、見る間に大粒の雨がフロントガラスに一粒、二粒。ぶつかっては砕け散る水滴が、あっという間にどしゃぶりの雨となった。

「視界がほとんど利かない。どうしますか、車を停めて雨をやり過ごしますか」

「どちらでもいい。俺はこの日報に目を通しておくから」

そう言いながら、根岸が内ポケットから老眼鏡を取り出すのを眺め

――ふうん、根岸さんもやはり人の子か。

四阿は、胸のうちで小さく笑った。

3

六月二十七日

狛江市の、旧家が立ち並ぶ住宅地の一画に、そこだけがぽっかりと忘れられたような空間がある。三百坪ほどの広場である。日頃は地元少年野球の練習場になっていて、夕方から夜遅くまで、子供たちの歓声が聞こえる。ただしこの場所は本来、児童公園ではない。名義は個人の物で、その人物の好意によって、子供たちに提供されている。月に二度、広場が本来の目的を持った場所に変わる日がある。子供たちの汗や、汚れのない精神といったものを脱ぎ捨てて、怜悧な視線と現金が交差する場所となる。

午前九時。宇佐見陶子は、その場所にいた。

すでに広場の周囲には、二十本を超えるのぼりが立てられている。広場を取り囲むさして広くない道路には、四トントラックが三台、ライトバン、ワンボックスカー、乗用車が、わずかな隙間も見逃さない密度で、停めてある。一般居住区で、こんなことが許されるのも、広場の持ち主が、日頃地域に対して何かと貢献することの多い証明である。

車の数だけ、人が忙しく動き回っている。忙しく、とは言ってもせわしくはない。トランクから取り出した段ボールの箱を、急ぎつつも注意深く、広場へと運んでいる。広場の中央には、どこかの劇団が公演を行なっても大丈夫なほどの大きさの白いテントが張られている。一時間やそこらで張られるような代物ではなく、数日前から準備されたものである。入り口とは反対のところに、簡易の空調まで設営されている。テントの裏口から広場の入り口にかけて、簡易設営の長いレールが渡されていて、車から運びだされた荷物が、会場係員によってテントのなかに運び込まれていた。ひっきりなしに「丸聖堂さん、六品、会場に入ります」などと声が飛びかっている。そのたびにもう一人の係員が、台帳に読み上げられた内容を記入している。

「畑中(はたなか)さん！」

どこかで声がして、周囲の視線が白髪の人物に集中した。六月に入ったというのに、梅雨の合い間の一時的な夏日が続いている。午前九時現在ですでに気温は二十七度を超えているのではないか。それにもかかわらず、男は濃紺の着物を、汗ひとつかかずに着こなしていた。

――畑中雅大(まさひろ)。

この広場の所有者であり、狛江の住宅街の一画に骨董店『雅庵(があん)』を経営する古美術商である。そして、月に二度、この場所で開かれる市(いち)の会主(かいしゅ)でもある。

畑中が陶子に近付いてきた。

「しばらく、お休みでしたね」

「ええ、仕入がうまくゆかなくて。畑中さんの市にお出しできるような品物が見つからなかったんです」

「出品せずとも、この市を仕入の場所にしてくださいな。もっとも冬狐堂さんが市に参加すると、筋の良いものばかりをさらってゆくと、他の会員の皆さんの愚痴が聞こえてきそうですが」

「新米の頃には、随分とカモにされたものですけれど」

「ははぁ、先行投資が効いたおかげで、今の凄腕(すごうで)が生まれた、と」

「とても、とても。未だ女の細腕にすぎません」

「ところで、今日はなにか、良いものをおもちで？」

「フフ、とっておきの掘出物を五品ばかり」

「むう、あなたがそこまで自信をお持ちなら、なにも市など通さずとも。わたしのところにお持ちくだされば、決して悪い値は付けませんよ」

「ありがとうございます。でも、市の空気が好きなんです。あまり休むと、皆さんに顔を忘れられてしまいますから。それともうひとつ、どうしても競り落としたいものが、目録にありました」

ふと、畑中の顔色が曇った。ポーカーフェイスは、骨董商の必須条件である。けれどこの畑中という老人は、まわりの関係者が心配になるほど、感情を表に出す。目利きによって一代を築いたというよりは、無類の人の善さと正直さによって顧客を開拓し、現在、ひとつの市の会主を務めるほどにまでなった人物である。

「どうかしましたか？」

「今回の市は、少し荒れるかもしれません」

市が立つ数週間前に、会員には目録が配布される。この日一日で捌かれる商品は膨大な量に及ぶ。そのすべてが目録に記されているのではなく、各会員（売手）が、是非にとも売りに出したい目玉商品が、書かれているのである。市が荒れるというのは、ひとつにはそうした商品が目白押しである場合を指している。たしかに、今回の市は粒揃いである。だからこそ陶子は、あえて持ち込んだ商品を目録に載せていない。それをよしとするか、否かは商品次第である。少なくとも陶子は、プロならばひと目で筋の良さを見抜くにちがいない、と思っている。ならば、へたに予告を打つよりは、見た目の衝撃を大切にしたかった。これもまた、戦術のひとつである。

「あまり、嬉しそうではありませんね」

会主として、市に優良商品が揃う事は、この上もない喜びであるはずだ。

——ということは……。

市に、招かれざる客（といってもすべて骨董業者だが）が入り込んでいるということか。畑中の表情がそれを指し示していた。

「客師（きゃくし）ですか？」

　客師とは、陶子と同じように店舗を持たないブローカーを指す。ただし旗師のように業者間で商品を流通させるのではなく、一般客からの依頼を受けて、市に参加するブローカーである。あらかじめ市の会員として登録しておき、事前に配られる目録を客に見せて、注文を取るのが彼らの一般的な商売である。ここ数年の骨董ブームは過熱気味であり、陶子も贔屓（ひいき）筋からの依頼を受けて、市での商品を落札させることが、ないではない。その意味では旗師と客師に、仕事の差はないといいきる業者も少なくはない。そこには若干の軽蔑がこめられている。

　大きな声をあげれば狭い世界で争う結果となる。右も左も知った顔ばかりのこの世界で、足を引っ張り合うなど、どう理屈をつけても愚かしい。それを噛み締めたうえで、陶子ら旗師にも言い分はあるのだ。市とはプロ対プロが渡り合うための場所である。目録はその前哨戦（ぜんしょうせん）である。それを素人に見せ、注文を取るやり方はいかがなものか。早い話が、そこには目利きは必要ない。客師は客の望むままに、値段との折り合いでもって商品を競り落とせば良い。その品物が贋作とまではいかないにせよ、決して筋の良くないものであろうとなかろうと、彼らにはなんの責任も生じない。客師にとって品物を見定めることは大して重要ではなく、いかに客の設定した上限金額内で、品物を競り落とすかがすべてなのだ。その結果、『落とし技』と称する、面白くないが裏業が横行することになる。

もちろん、すべての客師がそうだというのではない。むしろ客のサイドに立つ分、良心的な客師は少なくない。

だが、今日の、この市にまぎれこんだのはそうした良心派でないことは確かである。

陶子に返事を返すことなく、畑中は痛ましそうな笑顔を無理に作った。

「大丈夫でしょう。私の市に集まる人は目利き揃いだ、そうそう簡単に裏業に引っ掛かるとは思えない」

実は、そうでないことを、畑中は十分に承知しているにちがいない。陶子は、己れがひっかかった目利き殺しを思い出して、胸の奥に苦いものを感じた。市は狂気の場所でもある。一かどの目利きが、冷静さを忘れて苦杯を舐める場所でもある。うしろ頭のどこかで、だからこそ、面白いのだ、という声を聞いた。橘薫堂に目利き殺しを仕掛けることを思いついて以来、どうやら陶子のなかに、もう一人の自分が目をさましたようだ。困ったことに、陶子自身、もう一人の自分が頼もしくてならない。贋作作りは、ひとつは自己との戦いでもある。多くの贋作者は、精神を食い破られ、悲惨な末路をたどっている。これは覆しようのない、歴史の事実でもある。

そうした戦いに自分の精神力が耐えられるか、否か。

今回の市には、ちょうど良い試験材料がいることになる。

「冬狐堂さん、宇佐見さん」

畑中の声が、ひどく遠くで聞こえていた。まもなく、会場内に、

「出品順番を決定する籤引き（くじ）を行ないます。出品業者はテント裏にお集まりください」

という、アナウンスが流れた。

「それでは冬狐堂さん、良い順番を引きあててくださいよ。あ、いや、それとも中だるみのある二時頃の籤を引きあててもらって、親引き（売値が低すぎることを理由に、出品者が品物を引き上げること）をしてもらえば、好都合か。それで品物は私のところが引き取ることにして」

などと、口籠もりながら会場に消える畑中を見送り、陶子はテント裏に急いだ。

どれほど目利きが揃い、筋の良い物が目白押しでも、市が成功するとは限らない。市は生きている。呼吸があるのだ。競り人と買い手、品物にかけた売手の情熱が一致したとき、そこにはだれも予想しない値がつくことがある。反対に、いくつもの品物が熱を帯びて捌（さば）かれたあとには、虚脱感に似た空白の時間が顔を見せる。そんなときには品物の筋の良さとは関係なく、競りは盛り上がりを見せずに進行してゆく。

　この市では一番荷は、会主である畑中が出すことになっている。今回も畑中は得意分野である刀剣類を出品している。目玉は二尺六寸の定俊、発句（会主が最初に提示する値段）も、三百はくだらないであろうという逸品だ。陶子には興味のない品物でも、会全体は盛り上がるにちがいない。とすれば、その直後になるべく商品を出したい、競りにかけたいと願うのは、業者であれば当然のことだ。これが昼食休みをはさんだ前後に順番がまわると、目もあてられない結果となる。

　箱のなかの籤を引きながら、陶子もやはり「早い順番があたりますように」と願った。

　──六番手か、悪くない。

　業者一人あたりの出品数を五から六と考えると、陶子の持ち込んだ品物が競りに掛かるのは、三十番目程度。ひと品の競りは二分少々で終わるから、一番荷から数えて一時間半ほどたった頃に、競り台に並ぶことになる。ちょうど競りに熱が入り、午前の山場を迎える頃である。なによりも、陶子は午後の競りをあまり好まない。午後からは、買い手の層が変わってしまうからだ。市は、基本的には会員以外は入場できない仕組みとなっている。ただし、会員は畑中の人柄もあって、業者でさえあれば、簡単な手続きでなることができるのである。そして業者の資格である鑑札は、地元の警察署の生活安全課で受け取る書類に記入さえすれば、前科のないかぎり簡単に取得することができる。

午後からは、そうした『半素人』業者がフリーマーケットをのぞく気軽さで訪れることで、市の性格そのものが変わってしまうのである。

「では、売手のみなさまはご用意願います」

その日の籤をすべて引き終えた業者が、三々五々テントへと向かう。陶子もその人の流れに乗ろうとしたところへ、畑中が汗を拭きながら走ってきた。

「冬狐堂さん！」

走り寄るなり、畑中が陶子の腕を力任せに摑んだ。

「あ、あのブツはいったいどこから……」

その後の言葉が続かない。籤を引いた所から少し離れた場所に、レールを一周させて荷の下見をする場所がある。競馬で言うところのパドックである。そこに並べられた陶子の荷を見たのだろう。

「まったく、あんな品物がどこの業者から流れて？」

「業者ではありませんわ。完全なウブ荷です」

「ペルシャ彩陶、五点すべて？　しかも中の二点には完璧なラスターがあらわれている」

畑中の声が上擦っている。

「ええ、さるコレクターから譲り受けました。できればバラではなく、五点まとめて捌きたいと思っているのですよ」

「もちろん、そうすべきですよ。しかし困った、あれほどの品物となると、初値の付け方も下手を打てなくなってしまう。いっそ、その場で私が買い取るといいたいところだが、すでに買い付け屋が目を光らせていますよ。なによりも、ね。その、つまり、今回の市に参加している、ちょっと困った連中が、目を付けたようなのですよ」

「何人ですか」と問うと、畑中は指を三本、着物の袖で隠すように見せた。

「前から、業者の間で噂になっていたのですよ。質のよくない三人組が市の雰囲気を荒らしている、と」

「だれかバックがいるのでしょうか」

「わかりません。しかし資金はかなり潤沢なようですから、あるいは」

「単なる御大尽の命を受けて動いているのではないかもしれませんね」

「バブルが弾けて以来、この世界にも余所者が跋扈するようになりました。ときには我々の思惑をこえたところで、物と金とがやりとりされているようで、不安になりますよ」

ところで、と畑中が声を潜めた。

「あれは、鑑定書は？」

「ありません。しかし必要であれば、どこの博物館に鑑定依頼をしてもかまいませんよ。私の目利きにかけて、正真物です」

「そうでしょう。私にだってそれくらいはわかる。しかし、奴らは鑑定書の部分を突いてくるでしょう。いや、すでに下見の場所で、それに近いことを周囲に聞こえる声で言っているようです。あの荷の評価を下げにかかっているのですよ」

競りはすでに始まっているのである。下見の段階で品物の粗(あら)を探し、そうしておいて競りの現場で落とし技をかけてくるのである。陶子は囁くような声で、言った。

「実を申しますと、さるコレクターが急にまとまった金額を必要とされまして、それで私が引き取ったものなんです」

「失礼だが、いくらで？」

「畑中さんだから申し上げますが」と、陶子は指を一本、そしていったん握りこぶしを作って、次に指をすべて開いた。

「千五百……うむ、良心的な値段でしょう」

「けれど、私にとっても気軽に動かすことのできる金額ではありません。少々、無理をして作ったお金なのですよ。それほどの利は望みませんが、できるかぎり早くお金に替えたいというのが、本音です」

「いやいや、わたしたちはあのような品物でこそ、良い商売をしなければなりません。

私が捨て値を付けても二千はいくでしょう」

――当たり前だ。

陶子は、胸のなかでペロリと舌を出した。コレクター云々はすべて作り話である。五点のペルシャ三彩は、すべて陶子がドイツの田舎町にあるアンティークショップで買い入れたものだ。店の主人は、これこそは値打ち品であると胸を張り、五点まとめて購入してくれるなら七百で手を打つと言った。一目見て、楽に二千五百の値打ちがあると踏んだ陶子は、すぐに国際電話で銀行口座の預金証明をドイツの銀行に送ってもらい、小切手を発行して購入した。そして自ら念入りに梱包して日本に送ったものなのである。今から四年前のことである。以来、五点の陶器は陶子のマンションの一室を改造して作った収蔵庫におさめられていた。今回、競りに掛ける気になったのは、目利き殺しに必要な費用を捻出することが、目的のひとつ。そしてもうひとつ。

――私が最近、金に困ったコレクターと繋がりを持っているという噂を流すこと。

それが、橘薫堂への風の噂となることが、大切な目的である。

「畑中さん。もしお力を貸していただけるなら」と、陶子は畑中の耳元で囁いた。その言葉に何度か畑中はうなずき、にっこりと笑って、

「わかりました、協力させていただきます」

テントへ入っていった。

競りは、会主の音頭による手打ちから始まる。競り人、会主、売手が会場の中央にならび、手打ちのあとで「ではよろしくお願いします」と、大きく宣言すると、一番荷が解かれるのである。

一番は、会主である畑中が持ち込んだ古刀である。発句は八十から始まった。

市を盛り上げるにはふたつの方法があるといわれる。まず、値段が安くて人気のある商品から荷を切ってゆき、競りの声が方々からかかるようにして、市全体を盛り上げるやり方。これを撒き餌(まきえ)という。

だが畑中が取ったのは、この方法ではなかった。まず最初に質、競り値ともにすぐれた荷を切り、会場に驚きと緊張を与えて市の性格をアピールするやり方である。たちまち、競り値は百に跳ね上がった。ここまではご祝儀の意味もあって、直接興味のない買い手も競りに参加する。刀剣のことは詳しくない陶子にさえ、畑中の荷が最低でも百八十以上の品物であることはわかる。百前後で競り落とせるはずがないことを承知のうえで、競り落とす気のない業者までもが、競りを盛りあげるために捨て値をつけてゆくのである。こうしたところにも、畑中の人徳のようなものがうかがえる。

陶子は、旗師として、常に十以上の市に顔を見せている。中でも畑中の市は、もっとも安心できる「筋の良い」場所である。

競り値が百五十を超えたあたりから、会場に変化が見られた。値をつける買い手が、このあたりから数人に絞られてゆく。競り値の上昇の割合が極端に細かくなり、いかに良いものを、いかに安く競り落とすかという、闘争にも似た本来の姿が顔を見せる。変化は、会場の左角からあらわれた。百五十の競り値から、一万単位、下手をすれば五千円単位で競り上がっていた値に対して、人込みから「倍！」の声が告げられたのである。発句の倍値、百六十まで値段が一気に上がった。

——始まった！

陶子の神経が、砥石をかけたように鋭敏になってゆく。

基本的に、畑中の市では現金もしくは裏書きのある小切手で決済が行なわれる。もし、市に入り込んだ三人の客師が、陶子の荷に目を付けたとしよう。これを安値で競り落とそうと思えば、とりあえずはライバルの持ち金を少なくするのが、手っ取りばやいやり方である。そこで三人は、陶子が荷を切る前に、競りにテコを入れ始めたのである。買う気もないのに競り値を上げ、落札価格を吊り上げることが目的だ。

——さすがによく調べてある。

陶子は、三人の客師がある意味では相当のプロフェッショナルであることを知った。この市に出入りする業者について、かなり詳しい調査がなされているのである。この刀剣の競りに、最終的に参加する人間がだれか、さらにその中で、陶子の荷に興味を示すのはだれか、彼らは的確にターゲットをとらえている。

しかし「善ならざるものこそ善人」という言葉が業界にある。三人の客師には、市に参加する自分たち以外の人間すべてが、善人の集団、襲われるのを待つばかりの小羊の群れに見えることだろう。実はそれこそが、善人の発想でしかないことを、彼らはもうすぐ知るにちがいない。小羊の群れが、突然牙を剝く事態など、彼らに想像できるはずがない。

競り値が二百を過ぎた。

「二百一！」「二百五」

陶子は会場に神経を向け、買い手の仕草を注視した。市と長い付き合いであるといっても、会員すべての顔と名前を覚えているわけではない。

――まず、左角に一人。

最初に競り値を吊り上げた、ポロシャツの男を見た。

「二百八」「二百十一!!」

男の視線がふと、反対側の角に流れた。会場の一番右角。会場中央とは違って人込みの層が薄い。それだけに、品物をより近くで見ることのできる位置である。そこにブルーのサマーブルゾンを着て、帽子を目深にかぶった男がいる。帽子がかすかにうなずいたように見えた。次に帽子の男の視線が、斜め後に向いた。そこに、やはりポロシャツの男。

競り値が二百二十を超えて、会場内に小さなどよめきが生じた。きっとこれ以上の値がつけば、買い手の儲けがなくなるという、ぎりぎりのラインなのだろう。競りに参加しているのは四人の業者と、客師のなかの二人である。業者の一人が「二百二十五！」の声を上げた。続いてもう一人が「二百二十八」と。そのタイミングが、この競りがまだまだ続くことを示していた。競りの呼吸である。競り人はこのタイミングを測って競りを終了させる。その一時が、まだ来ない。ブルゾンの男が間髪を容れず「二百三十五！」と手を挙げた。彼はさらに数回、競り値が上がると読んでいるにちがいない。そのように仕掛けてくれと、畑中に頼んでおいたのは、他ならない陶子である。最後まで競りに参加している業者のうち、二人については畑中に抱き込んでもらっている。もちろん、それなりの報酬は用意してある。

声がぴたりととまった。静寂は落札を意味している。ブルゾンの男が、思わず立ち上がって周囲を見回した。「ありがとうございます！　二百三十五で落札」と、競り人が宣言した。恐ろしく長い競りが終わった気がするが、発句から二分少々がすぎただけだった。

こうしたことが、市では少なくない。『テコ折れ』と言って、テコを仕掛けた側が失敗することをいう。ただし、偶発的に起きた出来事と、今回のように仕掛けられた側が仕掛け返すのでは、おおいに事情がちがう。たぶん客師の側は、仕掛けが返されたことに気が付いていないのではないか。

市の雰囲気を制するには、買い手が数人でチームを組めば比較的簡単である。他の人間は「仕掛けられている」とわかっていながら、その雰囲気に呑まれざるをえないところがある。だがどれほど悪質に市を利用しようとする人間も、まさか会主が自分と同じことを考えていようとは思わない。まして実直さが表看板の畑中が会主であるこの市では、なおさらだ。その後も、彼らの仕掛けた裏業は、ことごとく失敗に終わった。

――ようやく連中も市の空気の異変に気付いたかな。

すでに陶子の荷が切られる直前である。三人がポロシャツの男を中心にして集まり、しきりとなにかを話し合っているのが見えた。他の買い手の財布の中身を減らす目算が、大きく崩れて自らの財布が痩せ細っているはずである。

陶子は残酷な気分になっていた。そうしたときには、良心はあっさりと舞台を放棄して、楽屋に引っ込んでしまうものらしい、人間という動物は。

陶子は自分がいっぱしの悪党であることを証明するかのように、畑中にむかって、小さく指でサインを送った。畑中の目が見開かれ、確認の意味で同じサインをよこした。それにうなずく。

陶子の荷が、競り台に並べられた。さきほどとは違った意味のどよめきが場内を支配した。そして次の瞬間には、さらに違った意味のどよめきと喧騒、うめき声に似た吐息が場内に充たされた。畑中が発句を「二百より願います」と、声高々に告げたのである。どう見ても五百より下から競りが始まることのない品物である。どよめきの中には「もしかしたら模造品なのか」という、疑問の声が入り交じっている。その中でただ一箇所、冷笑を浮かべている買い手がいた。例の三人の客師であった。

彼らは、流したデマが功を奏したと思っていることだろう。これならさきほどまでの仕掛けの失敗を取り戻せるはずだと。

競りが、急に慎重になった。

「三百五十、三百五十で他にお声は上がりませんか」

競り人の声ばかりが、空々しく場内に響く。ようやくどこかで「三百八十」と、声が上がった。見ると、三人の男たちが再びばらばらになっている。今更離れたところで、すでに市の関係者は、彼らがグルであることを知っている。それでも彼らは、これから始めようとする大きな仕掛けを前に、一緒にいるわけにはいかないのだろう。

ブルゾンの男が「三百八十三！」と、値を細かく上げた。続いてポロシャツの男が「三百八十五」の声。こうして競り値の上げ幅が小さくなればなるほど、市の中に

「やはり本物ではないのか」という、声無き声が充たされる。三人の客師の目的はそこにある。いよいよ購買意欲がなくなったところで、一気に五十ばかりの値を上げれば「落とせる」と踏んでいることだろう。果たして「三百九十六」の値が付けられ、場がわずかに沈黙した瞬間を狙ってポロシャツの男が「四百三十！」と、勝ち誇った声を上げた。すでに男の頭のなかでは、予想外の安値で落札した、ペルシャ三彩の五点陶器の売り先がめまぐるしく計算されていることだろう。しかし、またしても市という化物は彼の期待を裏切ることになった。

「五百三十！」

会場の中央から、高い声が上がった。それがなにかのきっかけのようでもあった。とたんに場内が活気を帯び、瞬く間に競り値が九百まで上がった。五百三十の声を告げたのは、麻布でそれと知れた名店を営む主人であった。ことに西洋アンティークに造詣が深く、数々の著作物を持っている。彼が市にきていることを、陶子は知っていた。いくら発句が安く、値の寄付きが悪くとも、彼なら確実に正常な状態に競りを戻してくれるであろうと確信しての「賭け」であった。その分、三人の客師のダメージは大きいことだろう。競りは予想どおり千の大台を超え、十数秒後には千五百を超えた。陶子には、三人の客師の焦りが手に取るようにわかった。彼らは決して善ではありえない。けれどその頭上に残酷な鉄槌（てっつい）を下そうとしている陶子自身もまた、善ではない。そのことが馥郁とした芳香のように思え、陶子自身が自分の行為に酔い痴れている。

「千八百！」ブルゾンの男の声が上擦っていた。すでに会場の雰囲気に彼は呑まれて、正常な判断を失っている。次に「千八百三十」の声。畑中を通じて、競り人には千八百五十前後で止めるように、頼んであった。五点の陶器をもっとも欲しがっている買い手にもそのことは伝わっているはずだ。

――ぎりぎりのラインまで、彼らは食い付く。

ブルゾンの男の目には、すでに競りの対象であるペルシャ三彩さえ見えていないかもしれなかった。耳に響く数字の羅列が、彼を追い込んでいる。我を忘れ、吊り上がる値段に追いつくことが、すべての目的となっている。

男の口から「千八百五十」の声が上がった。次に静寂。競り人が落札を告げる前に、陶子の親指が上にむかって突きだされた。すべては申し合わせのとおりである。

「もう少し、お願いします」

競り人の掛け声に、これ以上の上乗せはなかった。三人の客師もまた、あまりに意外な展開に、声を失っている。この競りが行われる前の予想外の出費に、彼らの持ち玉（資金）が、つきてしまっているのだ。

「ありませんか、ありませんか！」

競り人が駄目を押すように告げ、「では、競り値の不足によりまして、この商品は親引きとさせていただきます」という声が、場内に響いた。それを合図に、場内の緊張感が、一気に虚脱感にすりかわった。競りが始まって五分以上が過ぎている。こうした市では滅多にない、長丁場の競り合いであったことが、次の荷が切られてもなお、場内の雰囲気がぎごちないことでわかる。

陶子は、静かにテントの外へ出た。額に汗がにじんでいた。頭の芯に鈍い痺れを感じていた。背筋にも、冷たい汗の感触が、ある。

快感、と言って差し支えないかもしれない。けれど、それだけでもない。どこかくどくて甘い、砂糖菓子のような感情である。そこへ疲労の汗が一滴にじんで、陶子の体ごと溶かしてしまう虚脱感が、体に居座っている。

あの五点の陶器についての処遇は、畑中に任せてある。おおかた会の終了後に有志をつのり、さきほどの終値を最低価格とした落札が行なわれることだろう。陶子の取り分が千八百五十。上乗せされた金額については、落札で漏れた業者への祝儀として十万ずつ、残りを畑中が手数料として取ることで、話がついていた。

とりあえず、目的はすべて果たした。

これだけ派手な競りを演じたなら、その噂が遠からず橘薫堂の元に届くことは間違いない。そこから陶子の目利き殺しが始まるのだ。潮見に支払う仕事料も、その後に必要となる資金の一部も、無事調達できたことになる。なにも齟齬（そご）はきたしてはいないと、自分に言い聞かせながら、会場をあとにしようとした。そのうしろから、

「待ってくれ」

男の声と、複数の足音が聞こえた。振り返ると、さきほどの三人の客師の姿があった。

「なにか？」

精神の緊張が解（ほぐ）れると同時に、ひどい肩凝りを感じていた。肩から背中にかけて、重い鉄板を載せられたようだ。

「なにか、じゃない。さっきの競りは、ありゃあどういう料簡なのかね」

男の声に、苛立ちと怒りがこめられていた。今にも陶子の肩を摑まんばかりの勢いがある。頭の隅で、危険を告げるシグナルが点灯した。

「別に。競りのルールにしたがって私は」

「ふざけるな！　あそこまで値を吊り上げておいて、親引けはないだろう。あの時点で俺が競り落としていたんだ。指し値で引き取らせてもらうぞ」

「親引きです。それ以上は申し上げることはありません」

「舐（な）めるな。おおかた畑中の親父に色目でも使って、競り人を操ったんだろう。それくらいは読めているんだ。どうしても荷を引き取るというなら、あんたのことを東京

中の市で、言い触らしてやるぞ」

　疲労感が怒りに変わった。

「どうぞ、お好きに」と、言い放って踵を返そうとした陶子の背中を、帽子の男が突き飛ばした。大柄であるといっても、それは女性としてはという一言が最初につく。陶子はあっさりと地面に両手を突いた。足回りがスニーカーであったから、それで済んだ。ハイヒールでもはいていたら、足首を捻るところだ。

──もっとも、そんなことはないけれど。

　自分が十分に冷静であることを確認して、陶子は大きな声をあげようとした。「だれか！」と、声が喉を通過する前に、「お取り込み中、失礼します」と、聞き慣れた天使の声が聞こえた。

「加村さんですね。私、極東保険美術監査部調査担当のものですが」

──そうか、ブルゾンの男は加村というのか。

　ゆっくりと起き上がって、スーツに付いた泥を払った。明らかに加村の勢いは削がれていた。「あとにしてくれ」という声にも、力がない。

「急ぎなんです。あなたが世田谷の石川氏に売買された織部の器ですけどね。ええ、このたび神奈川県立博物館の特別展示用に貸し出されることになった、あの織部です。残念ですが、当方の調査で贋作であることが判明いたしました。つきましては当方への保険契約をお断わりすることが決定いたしましたので、そのことをお伝えに上がりました」

「贋作？　冗談だろう。あれはきちんと鑑定書が」

　それまで、陶子に対して誇示してきた横柄（おうへい）という風船が、どこをどうしたものかペシャンコになっている。鄭の態度は、相変わらず腹立たしいほど慇懃（いんぎん）で、そして皮肉混じりのユーモアが少し交じっている。

「その鑑定書が偽造だったのですよ。それもひどく稚拙な。当方といたしましては、モノの真贋については余り口を挟みたくはなかったのですが、鑑定書の偽造となると私文書偽造の可能性が出てくるのです」

「その辺は、なんとか融通を利かせてくれればいいじゃないか」

「そこです。どうして贋作とわかっている織部に、わざわざ一億円もの保険を掛ける必要があるのか。加村さまと石川さまの関係をもう少しリサーチさせていただくと、困ったことがわかりました。同じようなケースで二年前、K保険から六千万の保険金を受け取っておられますね。こうしたレアケースに対しまして、私どもはあくまで慎重なのですよ」

「情報交換をしているのか！　個人情報の不正使用だ」

「誤解を招く言葉は、お慎みください。今、ここで申し上げた内容について、私どもは一切口外しないことをお約束します。けれど、これ以上契約を無理強いされるようですと、保険会社各社で作っております信用情報交換機関のほうに、追加レポートを」

「待ってくれ！　それは困る。わかったよ。今回の保険契約はなしにする」

「それともうひとつ。石川様にも同じ内容の鑑定つき通知が届いているはずです。すでに織部は博物館に運ばれているのではありませんか？　できれば早急に手を打たれたほうが得策、かと」

加村の顔色が変わった。陶子のことなど、きのう口説いたバーの女と変わりがないとでも言いたげなそっけなさで、二人の仲間を引き連れて、去っていった。

「ありがとう」と言おうとして、陶子は言葉を呑んだ。それまでの笑顔がすっかりかき消されて、鄭の顔に陰惨な陰がべったりと張りついていた。

「今日の……やり方は感心しませんね」

「あの……」

私はなにもしていないという言葉は、どうしても陶子の意志に反して口から出てはくれなかった。

「わかっていますよ。会主もグルだったのでしょう。加村たちが悪くないとは言わないが、余り上等なやり方じゃない。ああした恨みは決して消えないものなのですよ。

いつか陶子さん自身に仇なす結果となるでしょう」

　そう言って、鄭もまた会場に背を向けた。そのまま振り返ることもなく立ち去ってゆく。あとに残された陶子は、ひどく惨めな気分で、その場に立ちすくむしかなかった。

　落ち込む原因はそれだけではなかった。鄭の後を追うように、テントの横手からハイヒールの若い女性が駆けだしてきた。彼女が当然の行為のように、鄭の腕に身を預けるシーンが陶子の目に焼き付いた。その指に光るリングの大きな緑色の石が、陶子に「残念でした」と言っている気がした。


　その夜。陶子はカメラマンに電話を掛けた。昼間の濡れ鼠のような惨めな気持ちも、少女じみた本能的な嫉妬も、奥深いところに閉じ込めて、努めて明るい声を出した。

「陶子です。お願いしたい仕事があるんだけど、都合はいかがかしら」

「んーと、ね」受話器の向こうで、ぱらぱらと手帳をめくる音がして、

「いつぐらいが好都合？」

「できれば来週中には」

　カメラマンの名を横尾硝子という。美術品を撮影するカメラマンは、すべからく芸術家の魂を有していなければならないという、陶子の主張をそのままフィルムに感光

させることのできる、数少ないカメラマンの一人である。彼女はいつだって確実にAランクの仕事をこなしてくれる。なによりも、感性に共通するところがあるのが嬉しい。仕事で掛けた電話が、次に飲みにゆく約束に変わることもめずらしくない。だからといって、長電話にはならない。おたがい話すことは山ほどあっても、顔を見たときまでのお楽しみに取っておけるだけの分別を忘れないのは、お互いの三十をいくつも過ぎた年齢のせいかもしれない。仕事を組むことが多いためか、古美術の業界内では「陶子と硝子の壊れ物コンビ」などと、呼ばれることさえある。

「来週かあ。金曜日であれば、なんとか都合が付くけれど、ブツは何点ぐらいあるの」

「四十点前後……いやもう少しかな。それとね、あれを使ってほしいのだけど。硝子さんが一月前に買った、あれ」

「デジタルカメラ？　またどうして」

「急いで目録を作りたいの。プロが見ても印刷物であることがわかるような」

「だけど、デザインの入力はどうする」

「私のマックでやってみる。これでも編集ソフトくらいは使えるもの」

「やるねぇ、いつのまにか最新兵器を購入しているなんて、さすがは冬の狐さんだ」

「あとは出力機だけど、いいところを知っている？」

「任しておいて。最高級の出力機を紹介できると思うよ」

今日の競りで、陶子の後ろにとんでもないコレクターが控えているという噂が、業界内に流れたことは言うまでもない。これからは間髪容れずに、仕掛けをすすめなければならない。そのためには早急に、目録を作る必要があった。

しかも、その制作をできるかぎり極秘裡に行ないたかった。橘薫堂の耳目がどこまで及んでいるか、詳しいことはわからない。とすれば、できうる限り目録は「最初からそこにあるもの」として存在していたほうが好都合である。陶子は、あえて名前を表には出したくないコレクターの代理人として、売却について最小限の協力をしているにすぎない、と橘に思わせることが、重要なのである。

そこで考えたのが、デジタル写真である。コンピュータの普及にともない、印刷の世界にもたらされた変革の波は、陶子等の世界に対しても大きな影響を与えている。従来仕事そのものがパンフレット、目録といったものに、大きく頼っているからだ。従来の「原稿と写真」→「デザイン」→「版下作成」→「フィルム製版」→「印刷」という仕事の流れは、コンピュータの導入によって、「版下作成」までが、ひとつの工程に圧縮されることになった。デジタル写真も、そこに含まれる技術革新のひとつである。従来のフィルム撮影とは違って、電気信号として映像を保存するために、コンピュータの画面にダイレクトに映像を取り入れることができる。ただし、市販の小型デジタルカメラでは、正確さを必要とする目録の制作は、画質が今ひとつ伴わないのが実情だ。硝子が持っているのは、光学メーカーのニコンと富士写真フイルムが共同開発したプロスペックのデジタルカメラである。従来のニコンレンズを使用できるため、一般のストロボ撮影、特殊撮影の効果を、そのままデジタル映像化できる。それまで最強一眼レフの名前をほしいままにしたFシリーズのアナログ性能とデジタルカメラの性能を、ひとつにしたものである。画面の緻密さを示す「画素数」もこの数年で飛躍的に上がり、今ではフィルムの仕上がりと何ら変わりのないものができるようになっている。その実用性については、すでに先のオリンピックの取材を行なった報道カメラマンによって証明されている。

これらの技術を使って版下作成を行ない、印刷も専用印刷所ではなく、出力センターで必要枚数だけを取り出せば、目録作成の足跡をかなり消すことができる。陶子の望む状態に近くなると、計算したのである。

「ところでね」

打ち合せのあとで、電話口の向こうの声が一段低くなった。

「陶子、あんた田倉俊子って知っているかい」

「ううん、聞いたことがない。その人がどうしたの」

「最近、新聞もテレビも見ていないね。二週間ばかり前、石神井公園でスーツケース詰めの女性の遺体が発見されたろう」

「そういえば、被害者の名前が田倉とかいってなかったっけ。もしかしたら、その人？」

「うん。それで今日、練馬署から根岸と四阿とかいう、刑事が二人来て事情を聞いていったんだ」

「硝子さん、知り合い？」

「知り合いというほどじゃないが、赤の他人でもない。一度、仕事を受けたんだ。陶子、本当に名前に聞き覚えがないかい？　田倉俊子って銀座に店を持つ橘薫堂の古株社員なんだけど」

「橘薫堂！」

「やはり、聞き覚えがあるんだね」

陶子は電話口で絶句した。まさかたった今話していた仕事のその先に、橘薫堂の主人がいることを話すわけにはいかなかった。取り乱しそうになる声を落ち着かせ、

「違うの。橘薫堂の名前にちょっと反応してしまっただけ」

「本当かい。刑事が気になることを洩(も)らしていたんだ。田倉俊子のノートに私とあんたの名前があって、かなり詳しい経歴なんかが記してあったって」

「私の？　どうして！」

「わからない。でも、近いうちに陶子のところにもいくと思うよ。根岸ってのが年長でブルドッグ顔、四阿が若くて猿顔。なんでも練馬署の犬猿コンビだって。おかしいね、どこかで聞いたことがあるような渾名だ」

電話口の向こうから聞こえるジョークも、陶子の耳にはほとんど入らなかった。足元が、いつのまにか流砂に変わった気がする。

——どこかで違う歯車が回っている？

ふとそんなことを思った。

4

「どうしても行くんですか」

いくぶん、うんざりとした口調で四阿は言った。

「どうして、そんなにいやな顔をする？」

「うちの母親が七十にもならないのに、完全に惚けていましてね。今、ちょっとした戦争状態なんです」

「なるほどね。精神的に受け付けないか」

二人が乗った車は、竹芝桟橋を目指していた。そこには、田倉俊子の母親であるタキが入院している、老人介護専門病院の六樹苑がある。

「被害者の母親ですが、随分とひどい惚け症状が出ているそうじゃありませんか。なにを聞いてもわからないと」

「仕方がないだろう。田倉俊子について、あの営業日報でなにかわかることはあるか」

「まあ、彼女の仕事の内容については。得意先を回って店の商品を販売したり、逆に地方の骨董業者から、品物を仕入れたり……」

「たいそうなやり手だったようだ。けれど被害者の素顔は、日報からはまるで見えてこない」

「必要ですかね」

「当たり前だ。被害者の素顔が見えれば、動機がおのずからあらわれる。捜査の基本だろうが」

「まあそうですが」と口籠もりながら四阿は片手でハンドルを握り、もう一方の手で器用にポケットコンピュータを操作した。画面に遺体発見当時の田倉俊子の服装、持ち物が表示される。

『所持品一覧』

それを「まったく便利なものだ」と、根岸が取り上げた。

「歳相応にずいぶんと地味なスーツだな。どこかの吊しを買ってきた、という感じだ」

「ところが家のクローゼットには、上から下まで豪華ブランド商品がぎっしり、だそうですよ」

「そう考えると、死体の服装の地味さ加減が気になるな。なにか質（たち）の悪いジョークに思えないこともないか」

「ジョークと取るか、美学と取るかはその人次第でしょうね。あるいは周囲の人の目次第、とか」

「この格好から考えると、少なくとも自宅で殺害されたのではないな。どこか表で殺され、大きな冷蔵庫のようなところに放置されて死後硬直が解けてから、スーツケースに詰められたと。あるいはその逆か？」

「検死報告書に、被害者が傷を受けてから相当長い時間、放置されていた可能性について書かれていたでしょう。それを考えると、死後硬直がかなり早く始まったと考えられます。とすると、死後硬直が解けてからスーツケース詰めしたと考えるほうが」

「死斑の具合から推定できることはないのか」

「ああそうだ」と、四阿は着信レポートのキーを選択して、画面に最新のファックス通信を出した。

「やはり死斑が、うつぶせの直立姿勢で固定されていたことを示してますね」

「凄いな。どうしてそんなに簡単に機械と親友になれるんだ。こいつを焼鳥屋にでもつれていって、口説いたのか。ついでに機械にお伺いを立ててくれ。トランクの出所について、別働隊がすでに調べ上げたか、どうか」

「いえ、それについてはまだ、なんの報告もありません。ついでに言うと、念のために行なわれた被害者宅の鑑識報告でも、殺害現場である可能性はきわめて少ないそうですよ」

「………」

まもなく、車が新橋に到着した。

六樹苑は、浜離宮に近い竹芝桟橋の一角にある。首都高速の喧騒からも解放され、周囲は港湾関係の商社がいくつかと、倉庫がいくつか。こうした病院が建てられたことを考えると、日頃の環境も悪くはないのだろう。白い大理石仕様の外壁を持つ建物の意外なほど小ぢんまりとしたたたずまいと、その周囲の庭園の広大さとがひどくアンバランスである。すぐそばに浜離宮があるから、さほどとは感じられないかもしれない。

都心の一等地に、これほどの敷地を確保するのは並大抵のことではない。その思いが、

「金持ち専用の、別荘ですね」

という一言を、四阿に言わせた。それを聞いた根岸が、ふふんと鼻で笑った。

「たしかに、な。ただし普通の別荘じゃない。おれたちの隠語でいう所のベッソウと同じものだ」

「拘置所ですか？　まさか、こんなにも豪華な施設なのに」

「だが、外来用の駐車場が、極端に小さい。ここにおっ母さんでもお父つぁんでも預けるような人種が、電車でやってくると思うか」

「姥捨山（うばすてやま）？」

「そんなひどい台詞（せりふ）がよく吐けるな、人でなしめ」

「自分で振ったくせに」

受け付けで警察手帳を見せると、すぐにタキの病室を教えてくれた。

建物の中には、病院特有の薬品臭が不思議なほどなかった。匂いばかりではない、ここには時間さえもない気がした。

すでにこの世のものではない静謐（せいひつ）さが、分厚い質量をもって、そこここにわだかまっている。二階のロビーに、同じ浅葱（あさぎ）色のお仕着せを着た二人の老嬢がいた。八の字に体をよじり、お互いが斜めに向かい合って小さな声で話をしている。そのように見えたが、それがすぐに間違いであることがわかった。互いの視線が食い違っていた。

二人の唇が動いているのが見えた。吐き出す息に耳を澄まさなければわからない、かつて言葉であったものの欠片を拾うことができる。

「そりゃぁ連れ合いが戦争で取られたときには……その……口惜しゅうてねぇ。毎日泣き暮らしていたけれど、子供も……その……小さかったし。これは……その……私が……その……頑張らんと話にならない、そこで近くの……その……緒方さんに相談してね」

「昔は味噌といっても自分ちで作るのが常識だからそれをちょいと店にいって買っては味噌汁作ってもうまいものができるはずがない。大豆は鍋ひたひたの水に一晩寝かせて柔く煮るなら惣菜屋から重曹を耳掻き一杯もらってそれを水から入れたら十分だけどなに味噌だものそれほど気を遣うことなどなくてうちではいつも固めに炊くのが」

小さな小さな声である。それぞれの体のまわりには透明な膜がある。介護人の姿が近くに見えないことから、おとなしいタイプの痴呆症であることがわかる。けれど彼女たちの薄膜に、手を差し伸べてはならないことを、四阿は知っていた。外部と接触するために身につけた意識の鎧がきれいに剝がれて、薄膜は彼女たちの生身そのものだ。無神経に触ると、炎症を起こすように、彼女たちは傷つく。その結果、周囲もまた傷ついてしまうのである。四阿はつい今朝がた、その話を妻としたばかりだった。

右の老女の顔に、どこかで出会った気がした。

「家庭が大変だって？　それにしたってここで朽ち果てるよりはましじゃないか」

根岸の言葉に、四阿はうなずいた。うなずいたけれど、納得したわけではない。

田倉タキの病室は二階の奥、左端にあった。ドアの前には「園遊」のプレートが下がっている。

「園遊というと」

対面のドアから出てきた中年の介護人が、根岸の言葉を聞き付けて、

「表の庭園ですよ。タキさん、散歩が好きなんです」

「歩けるんですか」

「いいえ、車椅子で。そういえば、お客さんが来ていらっしゃいますよ。なんでも娘さんが大変なことになったとかで、勤め先の社長さんが」

「橘氏が！」

「でもねぇ、いくら長生きしたって、子供が先に川を渡ってしまったのでは、報われませんよね。もっともタキさん、そのことがわからないほど痴呆症が進んでいますか

ら、それはそれで幸福かもしれないけれど」

よほど話し好きなのか、中年婦人は聞かれもしないことを身振り手振りを交えて話してくれた。手にしたシーツに、見覚えのある黄褐色の染みを見て、四阿は婦人にわからないように眉を顰めた。

「そんなにひどいのですか、田倉さんは」

「ひどいとはいっても、ここでは標準ですかね。あの人はおとなしいし、介護の人も楽で助かるって、よく話しているんですよ」

「失礼ですけど、ここは、その、費用がかかるのでしょうなぁ」

早くも根岸が得意技を発揮して、相手の懐に入り込んだ。

「そりゃあ、二十四時間体制の完全介護病院ですから。なんですか、娘さんは骨董屋さんにお勤めだそうで、よほど実入りがよかったのでしょうねえ」

「支払いが滞るようなことは？」

被害者の家宅捜索によって、彼女の預金通帳が発見されている。橘薫堂からは、給与として毎月百万を超える金額が振込まれている。ときには二百万を超える月もあることから、田倉俊子の仕事が歩合制であることがわかっていた。

「一度もありませんよ。毎月きちんと病院の口座に振込まれるそうです。だけど大きな声では言えませんけれど、私は、こんなところにお世話にはなりたくはありませんね。やっぱり家の畳で死にたいわ」

それでは仕事がありますからと、立ち去る介護人を見送り、二人は反対側の「非常口」と書かれたドアを押した。

田倉タキの車椅子を見付ける前に、先に橘の姿が目に入った。駆け寄ろうとする四阿の肩を、根岸が押さえた。

「……！」

「待て、様子がおかしい」

橘は根岸と四阿に気が付いていないようだ。口調は相変わらず穏やかながら、どこかに緊張の色をにじませて、ベンチに座るタキにむかって話し掛けていた。距離がありすぎて、彼女の表情は見えない。一方的に話し掛ける橘の声が、かすかに聞こえるばかりである。介護人は二人に背中を向けて、意識的に会話に加わることを拒んでいるように見えた。根岸が脇道へと四阿をひっぱり込んだ。そのまま遠巻きに、橘の近くまで歩いていった。橘は、まだ気が付かない。

「……でしょう」とか「……ちがいますか」と言った、語尾ばかりが聞こえる。

――もしかしたら、これは、橘が仮面を外しかけたときの癖なのだろうか。

あくまでもリズムは柔らかく、口のなかで反響させるような話しぶりは、以前に店を訪ねたときと変わりがない。けれどどこかが違う。

木陰と木陰の隙間から、橘、田倉タキ、介護人の姿が見えた。向こうからは、ちょうど楠の幹が邪魔をして、こちらを見ることはできない。

「わかりますか、お婆ちゃん。娘さんがね、亡くなったんですよ」

「はぁ……」

タキはベンチに腰を掛け、斜め前方に視線を落としている。その顔には常緑樹の葉影が落ちて、斑模様を作っている。橘の声が意識の奥に届いたのか、届かないのか、うっすらと口元に笑みを浮かべ、その他の顔の造作では無言を保っているタキの表情からは、なにも読み取ることができなかった。

彼女の指先が、奇妙な動きをしていることに、四阿は気が付いた。右手の親指と人差し指がなにかを摘む仕草で波打っている。左手は右手の手のひらに添えて五本の指を使い、余人には見えないものを手繰り寄せたり、引き離したりしている。そのように見えた。

「もう一度聞きますが、お婆ちゃんは本当に娘さんから、なにも預かってはいませんか」

「……！」

四阿と根岸が顔を見合わせた。

「坂東さん。あなたもなにか気が付いたことがありませんか」

坂東と呼ばれた介護人が、初めてこちらを振り返った。プレスのよく効いた清潔な制服を着ているというのに崩れた感じがするのは、左右の眼の大きさが、わずかにちがっているからか。まだ四十にはなっていないだろう。その崩れた感じが、見ようによっては爛れた色気に感じられないでもない。坂東は顔を横に振って、

「無駄よ。この人はなにを言ってもわからない。完全に自分の殻に閉じこもっているもの。外からの刺激には無関心なのよ。今となっては娘のこともなにも覚えてはいない。彼女には過去もなければ未来もない」

「だが、今、私の声は届いているのではないですか」

「自分の殻に閉じこもっていると、言ったでしょう」

「とても模範的な回答です。けれど私は、そんな答が聞きたいがために、あなたに特別手当てをさしあげているわけではない」

「けれど！」

「すぐにでも、彼女の手荷物を私の店に送ってください」

橘の言葉には、一言の反論も許さぬ傲慢さがあった。根岸は四阿の肩をたたき、親指で後ろを指差した。足音をたてないようその場をあとにして、建物の中まで戻って、

「どういうことですかね」

「どういうこと？　聞いたとおりだ。タキは、こうして娘が死んだのちも、ばか高い介護病院にいる。被害者はほとんど会社にも顔を見せず常識はずれの高給を取ってい

て、その雇い主である橘はなにかを探している」

「被害者は、橘を強請っていた？」

「結論を急ぐ必要はない。じっくりと足場を固めてゆくさ。そうだな、とりあえずは」

医師にあってみようじゃないかと言いながら、根岸はすでに歩き始めていた。

「もしかしたら、タキの指の動きですか？」

「それに気が付いていたら、合格だ」

四阿は誇らしいような、それでいて馬鹿にされたような複雑な気持ちで根岸の後を追った。

建物入り口近くのナースセンターで担当医師の名前を聞き、二人は、その部屋を訪ねた。ドアをノックすると、すぐに「どうぞ」という若々しい声が応えた。中に入ると声質通りの好青年が、笑顔で迎えてくれる。白衣を着ているから医師とわかるが、服を脱いでお台場海浜公園あたりに寝そべっていれば、年季の入ったサーファーで十分通りそうだ。

――となると、きっと。

根岸の顔が、部屋に入るなりむつかしくなっている。金輪際開くことのない蕾のように、唇を堅く閉じている。どれほどの鬱屈した思いが自らの胸中でつづら折りになっているか、根岸の口から聞いたことはない。ただ、さわやかさというやつがひどく苦手で、自動販売機の前でコーラを一気飲みしている若者を見てさえ、複雑な顔をするのは、この年代の共通意識らしい。ビールなら苦笑で許せるが、コーラは理解できないというところに、微妙な気持ちの襞があるようだ。むつかしい顔をわざと作るのは、どうやら照れもあるらしいと、この二年間の付き合いで、ようやく四阿にもわかってきたところだ。

「どうしましたか」

医師のこの言葉は、お早うございます、こんにちはと同じ意味に使われているらしい。他の言葉で人を迎える医師を、四阿は見たことがない。訪問者が患者ではないとわかっていても、同じ言葉だ。

「練馬署の四阿といいます。こちらに入院中の、田倉タキさんについてお伺いしたいことがありまして」

「田倉さん。ああ、娘さんのことは聞きました。とんでもないことが起きてしまったものですね」

「ええ、その件でお伺いしたのですが。どうやらタキさんは、なにを言っても理解できない状態にあるようで」

「お会いになりましたか？」

「先客がありましたので、ちょっと離れたところから」

「そう言うのを、盗み聞きといいます。警察官は、それを美徳と誇ることのできる唯一の職業ですね」

なかなかやるもんだ、と四阿は舌を巻いた。皮肉をさわやかに言い放つことができるのは、ある種の才能である。若い医師の言葉には、わずかな刺も感じられなかった。

横を見ると、根岸はまだむつかしい顔をしたままだ。

「あの」と、話し掛けた四阿を、医師が手で制した。「すみませんが」と言って、少し困った顔をした。

「捜査に協力することが、市民の義務であることは十分に承知しています。けれど、患者さんに関する質問には、お答えすることができません。医師の守秘義務についてはご存じですね」

「もちろんわかっています。けれど我々は殺人事件の捜査で伺ったのですよ」

「同じ言葉を繰り返すことしかできません。たとえ裁判に証人として召喚されても、同じことをぼくは言います」

「タキさんが、奇妙な指の動きをすることについて……」

「ノーコメント」

「彼女の現在の症状について」

「ノーコメント」

取りつく島のない医師の言葉に、根岸を振り返った。

四阿は自分の役目がそこまでであることを知った。

いつのまにか、ブルドッグのような顔に人の悪い笑みを浮かべている。四阿の肩をぽんとたたき、タッチ交替の仕草を見せた。

「先生。実は私も母親がちょっとした惚けでしてね。なにせこういう商売ですから妻に任せっぱなしで。どうでしょう、一般的な話で結構ですから、少しうかがってもよろしいですか」

――そりゃあ、うちの母親の話だろう。それにあんたの奥さんは三年前に家を出て……。

医師を見ると、こちらもなにか企んでいそうな、けれど決して他人を不愉快にはさせない表情で、「そう言うことなら」と、傍らのソファーを指差した。

「ひと言で惚け、と言いますが、原因や治療法は確立されておるのですか」

「老人性痴呆症。本当は脳細胞の破壊による萎縮によって起こる、さまざまな症状を指し示す病名なのですが、現在では、それ以外の症状についてもこの言葉を使う傾向にあります」

「その、急に幼児言葉を使ったり、夜中になると徘徊したり」

「時間の観念がなくなることは、顕著な症例ですね。ある老人は、夜中になると家を出てしまうので、専門病院に入院することになりました。医師が質問をすると、今は昭和十八年で、ここはサイパンの前線基地だと答えたそうです。彼は戦時中の友人の名前については驚くほど鮮明な記憶を持っているのですが、妻や子供、孫については、ほとんど忘れてしまっているそうです」

「痛ましい話ですね」

「そうでしょうか。たしかに周囲の家族にとっては痛ましい。けれど本人にとっては少しも痛ましい話ではないかもしれませんよ。忘れてしまったことは、しょせんは本人にとってはさほど重要ではない記憶なのでしょう。それらのしがらみから解放され、自分のもっとも好ましい記憶の中だけで生きることは、ある種のユートピアであるとも考えられるはずです」

「家族の名前や顔を忘れても、ですか？」

「時に、それらは不幸の根源ともなるでしょう」

「先生、難しいことはわかりませんから、おかしな質問をしたら許してください。怪我をしたのなら、治療をすればいいことでしょう。だったら壊れた脳細胞も修復ができるのではありませんか」

「脳細胞は修復がきかないのですよ。二十歳前後を発達のピークとし、それからは一日あたり数万個単位で壊れてゆくばかりです。それに、脳細胞の破壊ばかりが老人性の痴呆症の原因ではありません」

「と、いいますと？」

「少し専門的な話になるのですが。この病気の原因を探るとき、しばしば『物質的』と『了解的』という言葉が使われます。物質的とは、先程から説明している、脳細胞そのものの破壊を原因とするものを指しています。有名なアルツハイマー型の他に、小規模の脳動脈硬化と梗塞が連続的に起きる多発梗塞型痴呆などがあげられるでしょう。こうした症状に対して、我々は病状の進行を少しでも遅くするために努力すること以外、無力です。けれど」

若い医師は、そこで言葉を切った。少し言葉を澱ませたのは、彼のなかで、これから先のことを話すべきか否か、迷いがあるのだと四阿は思った。この医師にはふさわしくない、上目遣いの眼差しに、後悔の色を見た気がした。

「了解的に、とは、すなわち意識的にということです。老いと死は、生物にとって唯一平等に与えられた未来です。確かな約束事であるといってもいいでしょう。老人が痴呆症にかかるのは、近い将来やってくる死を避ける防衛本能に基づくもので、現在の自分に近しい過去を洗い流し、古い過去にすがって生きるのは、死の不安から目を背けることが目的である。そういう症例もたしかにあるのですよ」

「つまり、他の躁鬱病やら、精神的な病気と変わりない？」

「老いを背負った肉体ですから、回復すると明言するわけには行かないのですが」

「いやぁ、実にいい話を伺いました。女房が言うんですよ。『うちのお婆ちゃん、本当は惚けてなんかいないんじゃないか』って。もしも、その、了解的な症例であるとすると、いつのまにか回復している可能性もありますよね」

「難しいでしょうね。一度始まった痴呆症が、発症以前の状態にまで回復したという例は、あまり聞きません。しかし女性の場合、脳における機能分担が、男性ほどはっきり分かれていません。そのために壊れた細胞の機能を、他の健康な部分が代行する可能性は、十分に考えられますね」

「脳細胞が壊れてしまっても、女性は回復の可能性がある、と」

「体の仕組みが違うように、脳の構造もまた男性と女性では異なるのですよ」と言ったところで、医師はくるりと背中を向けた。

「わかってください。これ以上はなにもお話しできないのですよ。この病院は個人経営でしてね、その、外部に症状が漏れては困る患者さんも、大勢いるのですよ」

あっと、四阿は胸の中で叫んだ。先ほど、二階のロビーにいた老女の一人の顔を思い出したのである。

——あれは数年前に財界を引退したA銀行元頭取の、夫人……。

おしどり夫婦として、しばしばマスコミに登場していたことを思い出した。

型通りの挨拶をして、部屋を出る間際の根岸が、ボソッと言った。

「これからタキさんの入院費は、だれが支払うことになるんでしょうか」

答えはなかった。

「被害者の住民票から、過去三十年間の彼女の住所を、すべて調べてくれ」

「それから各銀行に住所と氏名を流し、彼女名義の預金通帳、および過去の銀行取引をすべて調べる」

「いいぞ、優秀な刑事に、また一歩近付いた」

「田倉俊子が、いつの時点で橘薫堂にとって特別な存在になったか、ですね」

「今の段階では頼りない糸だが、なにもしないより、ましだろう」

「あすの捜査会議に、なにも収穫なしでは、格好がつきませんからね」

「それから、被害者の日報にあった骨董業者だが」

「ああ、宇佐見陶子とかいう」

「午前中の捜査会議の後に出掛けるから、居場所の確認を取っておいてくれ」

「朝イチに連絡を取っておきます」

「あまり成果は期待できないとは思うが」

「案外、外側の人間の方が、彼女のことをよく知っているのかもしれませんよ。それに橘と被害者との、不明瞭な関係についても」

「それに、介護人の坂東の動きにも注意しておいたほうがいいかもしれませんね」

そう言いながら車に乗り込み、バックミラーの位置を調整しようとして、四阿は気が付いた。

「根岸さん！」

バックミラーの中に、橘がにこやかに笑っているのが見えた。車のすぐ後ろに立っている。いったいどうしたものか、四阿は根岸を見た。

「どうしたのですか。田倉さんに会いにきたのではないのですか」

橘の問いに、まさか、橘らの会話を立ち聞きしていたとは言えなかった。

「いえ、先生に症状を伺ったら、ほとんどわからないだろうと」

根岸が、窓から首を出して答えた。

「橘さん、あの日報について、また伺うことがあるでしょうから、その時はよろしくお願いします」

それを合図に、四阿は車を発進させた。バックミラーに、いつまでも橘の姿が張りついて消えない。ようやく一つ目の角を曲がり、その作り物めいた笑顔と姿がかき消されると、四阿の口からほっと吐息が漏れた。横を見ると、ブルドッグのような根岸の顔が再び気難しげにしかめられていた。

第三章　動く狐

1

英和辞書で「ｃｈｉｎａ」の文字を引けば、中国の国名を指す意味の他に「陶器」という言葉を拾うことができる。同様に「ｊａｐａｎ」と引けば、そこには「漆器」という言葉を見いだすことができる。漆器の原材料となる漆の木はアジアに広く分布し、それを使った工芸品もまた、それぞれの風土の特色を色濃くにじませて、点在している。中でも特異な技術発展を見たのが日本であり、先の英単語の意味は、そこから冠されたものであると推察できる。青森県で発見された三内丸山（さんないまるやま）遺跡の例を引き出すまでもなく、すでに縄文時代人は、漆を使って精巧な工芸品を作り上げていた。さらに大陸からの伝導技術、独自の装飾技術を加えることで、日本人は他に例を見ない荘厳華麗な工芸文化を育てたのである。

漆器の命は、漆の樹木の肌を掻いて採取した樹液である。これを精製し、生地（木地）といわれる素材に塗って加工したものが、漆器だ。乾燥した漆は耐久性にすぐれ、高温多湿の日本の気候条件下でも腐食することはない。とはいえ、日常器としての性格が強いために、保存には限界があるのも事実だ。さらに言えば、明治の初めに主だった漆器は二束三文で売り払われ、売れ残ったものについては、竈の焚き付けにされたという記録さえある。

骨董の世界でも漆器は独特の地位を持っていて、さほど古いものでなくとも、工芸の具合、使用頻度の度合いによっては驚くほど高額で取引されている。物が江戸までさかのぼり、なおかつ由緒来歴がはっきりとしていれば、立派な財産となる。漆器は驚くほどの耐久性と芸術性、そのくせいつ失われても不思議ではないはかなさ。漆器は徹底して日本人好みであるということができる。

同時に、橘薫堂の好みでもあることを陶子は知っている。

人を介してまで密かに収集するというのは、すでにそれが橘薫堂の橘にとってビジネスの対象ではありえないことを指している。陶子が自分の収蔵庫に、売るつもりのないコレクションを多数持っているように、彼もまた笑顔の下に恐ろしい狂気の熱をひた隠して、漆器に触手を伸ばしているのである。

潮見老人の言葉が正しいならば、である。

それを判断する材料は、陶子の手元にはない。信頼などという言葉がおよそ似合わない状況で、陶子は老人を信頼するしかないのである。

「陶子さん」と、助手席にちょこんと正座をした潮見が声をかけるまで、陶子の意識は目前の道路状況と、別の思考とで完全に分断されていた。

「次の交差点を、右です」

六月二十九日。

今朝のこと、潮見老人から電話が掛かってきた。「材料を見に行きます。運転手を務めさせては、ご迷惑でしょうか」という、老人の申し出を断る理由は陶子にはなかった。むしろ心の隅で聞こえる「どうして?」という声が、時間とともに強くなっていったほどだ。

贋作師は、自分の仕事の過程を決して見せるものではないと、いつのまにか陶子は思い込んでいた。材料を見にゆくから車を出してくれ、とは、自分の仕事ぶりを見せてあげるからついておいで、と言っていることに他ならない。

車は厚木から相模湖(さがみこ)へと向かう県道を、真っすぐに北上している。

「ところで」と潮見が口を開いた。

「物の時代、背景についてはなにか考えがおありですか。それとも」

横を向けば、これまで見たことのない目付きをした潮見老人がいることだろう。そう思うと、ハンドルを握る手に冷たい汗が流れるのを感じた。

「まさか、あたしに好きに作れなどとは」

言葉の裏を探るまでもなく、そんな料簡ならば今すぐにでも話を断るという、老人の意志が伝わる。赤信号で停止したのを幸いに、陶子は、真っすぐな視線を老人に向けた。

「鎌倉の最末期、もしくは室町前期の設定で。歌合わせの蒔絵（まきえ）箱をお願いしたいのですが、いかがでしょう」

車を発進させる。

「次の信号を左にお願いします。そうですか、鎌倉ですか、少し話が大袈裟（おおげさ）になる可能性があります。まして歌合わせともなると、かなり突っ込んだ鑑定が入ることは、承知のうえでしょうね」

歌合わせとは、万葉集などに収録された歌を題材にしたデザインのことだ。この時代の作で、現存する漆器は少ない。まして歌合わせは、ある特定された階級にのみ許された、閉鎖的な遊びである。数々の鑑定が入るであろうし、話題にもなるだろう。

大袈裟な話とは、そういうことだ。

「技術的に、難しいでしょうか」

横目で見た老人の顔が、両手で覆われていた。悩んでいるのかと思ったらそうではない。笑っているのだ。

「あ、相変わらずですねぇ。そうやって年寄りを挑発するところなんざ、ちっとも変わっていない。まったくお人が悪い」

「できますか」と念を押すと、老人は答えの代わりに首を縦に振った。安心すると同時に、先程の疑問が再び頭をもたげた。

「あの」と声を改め、思い切って聞いてみた。

「どうして私に、仕事を見せる気になったのですか」

ぶつ切りに吐き出す潮見の声と息が、止まった。ひと呼吸おいて、

「考えたのですよ。あたしの知っている陶子さんの性格と、これからやろうとしていることのギャップを」

「ギャップですか」

「あたしはね、あなたが詐欺師に向いていないなどと、買い被るつもりはないんです。この商売に、わずかでも手を染めれば、それは立派な詐欺師の証明である。けれど、あなたは贋作を作って人に売り付け、溜飲（りゅういん）を下げるタイプの人ではないと、ね。こ

ないだ久方ぶりにお会いしてから、そのことばかりを考えていました。それとも、あたしの知っている陶子さんは、すでに過去の佳人でしかないのだろうか。それもちがう。先ほど、相変わらずだと申し上げたのは、それもあったのですよ」

「女は笑って過去を捨てますよ。どれほど美しい思い出も、過ぎてしまえば本棚の奥にしまいこんだ童話と同じです。いつでも取り出せるけれど、結局は取り出すことはない」

──私の足元で流れた年月と、他の人のそれとは、決して同じではない。

同じ言葉を、Dの口から聞きはしなかったか。

思わずブレーキを踏んだ。なにが飛びだしてきたわけではない。信号に気が付かなかったわけでもない。となりから伝わる雰囲気に、のっぴきならないものを感じて、思わず車を停めたのだ。けれど、そのまま潮見老人の横顔を見る勇気は、陶子にはなかった。

「質問が、ひとつ」

「は、はい」

「やがてあなたが手にする鎌倉の蒔絵箱を、表の世界に残すつもりはありませんね」

「……はい」

「ついでにもうひとつ。もしかしたら、あなたは自分の手で贋作を暴くつもりではありませんか」

「どうして、それを！」

「申し上げたでしょう。あなたの性格と行動のギャップについて考えた、と。考えれば考えるほど、あなたは自分で作った贋作を、自分で暴くつもりだという結論しか思いつきませんでした。とすれば、蒔絵の箱は闇に沈む運命を持っていると考えるのは、自然の道筋でしょう」

「遥か昔のことです。私が学生であった頃の話ですから、もう十年以上も前。プロフェッサーの講義の中で『贋作の力学』と題されたものがありました。ひとつの贋作が世に存在するにあたって、その周囲には常に四つの立場の人間が存在するのです。

製作者、販売者、購買者、告発者の四つです。

プロフェッサーは言いました。この四つの立場の力学が均衡を保つかぎり、贋作は存在しても世に問われることはないと。力関係に強弱が生まれ、だれかがどこかで自分の不利益を感じ、それが我慢できなくなった瞬間に、贋作は贋作として世にあらわれる、と。ならば、四つの立場をできうる限り一人の人間が背負い込めば、均衡が破れることはないと思いませんか。それが、どのような贋作で……あったとしても！」

背後でトラックのクラクションが、苛立たしげに鳴らされた。それを合図に、陶子は再び車を発進させた。

「闇に葬られる運命の物を作らねばならないから、せめてその軌跡だけでも、依頼者である私に刻み付けようと？」

「私は、これ以上なにもお聞きしないほうがいいのですね？」

潮見老人が、質問に質問を返して口をつぐむ。「あたし」が「私」になったことに気がついた。

「できれば、そうしていただければ」

それから先、潮見は車の行き先だけを短く指示するばかりであった。けれど唇の端がときおり震えることを、陶子は観察していた。なにかを言いたがっているのだ。

そしてついに。

「ただ……」と潮見が、複雑な表情を見せた。一段と低い声で、

「狛江の市では、派手ななされようでしたね。どうやら銀座の狸を燻(いぶ)しだすための一歩らしいが、相手を舐めちゃいけません」

陶子は薄ら寒い予感を覚えた。市の会場で鄭に似た言葉を投げ付けられたことを思い出した。同時に、鄭に寄り添う女性の姿も。

「果たして、ペルシャ彩陶を五点も一気に手放すコレクターがいると、橘薫堂が信じるかどうか」

「私の仕掛けだと、気が付くでしょうか」

「そこまでは。ただ、長く手元に置いたものには、持ち主の影が宿ると申しますよ。もしも橘薫堂が手を回して、五点の品物を手に入れたとしたら……」

言葉の終わりは、聞き取れないほど小さな声である。つい先日、カメラマンの横尾硝子から、橘薫堂の田倉俊子が殺された件について、聞いたばかりである。そのとき感じた違和感が、少しずつ形を持ちはじめていた。自分の知らないところで歯車が回りはじめているのか、あるいは

――それを読み取ることのできない自分には、目利き殺しなど無理なのか。

「橘薫堂は……の……」その、潮見の声を、陶子は最後まで聞き取ることができなかった。

「着きましたよ、そこです」

車を停めたところに、『銘木』と彫り抜かれた、屋久杉の看板があった。

「オーさん、いるかね」

二間間口の引き戸の前で、潮見が大きな声を出した。陶子が引き戸をあけようとすると、戸は軋むばかりで少しも動かない。内側から鍵がかかっているか、それともよほど長いこと、あける人間がいないかの、どちらかである。

「コツがあるんです」と、潮見が戸のわずかな隙間に爪先を入れ、足払いの要領で引

くと、とたんに従順ないい子に変身した。家に入ると、森林のさわやかな空気から湿度を引算した、乾いた匂いがする。まだ午前中だというのに、窓際までびっしりと積み上げられた黒い影のせいで、まるで日差しが入っていない。ひんやりとしているのは空調のせいではないようだ。

黒い影と見えたのは、無数の木材である。陶子の太股ほどのものから、樹齢が軽く千年は超えていそうな杉の年輪切り。電柱の古材とおぼしきタールのかかった丸太。磨けば惚れぼれとする出来栄えになることが約束された一枚板は、檜か。大を問わず小を問わず、かつて大地に根ざしていたものが、形を変えてここで眠っている。それでいて荒涼の感が少しもしないのは、やはりこれらの木々が眠っているに過ぎないからだろう。

「いい木は、最低で十五年、寝かさないと使いものにならないのですよ」

潮見の言葉にうなずいた。銘木屋についての知識は、陶子も多少は持っている。新築家屋の床柱や欄間、特別あつらえの工芸品を作るための材料を調達する業者である。

「オーさん」と、潮見老人の声に、いちばん奥の白樺の流木がのそりと動いた。流木ではなかった。鼠色の作業服をきた、初老の男である。頭に毛糸の丸帽子をかぶっている。その下で、ひどく度の強そうな眼鏡が上下に二度、三度動いて、

「なんだ、鎌倉の爺さんか」

眠そうな声が返ってきた。こうして声をかけられなければ、あと五年は寝ていられたのにと続いても、なんら不思議のない声である。

「なんだは、ないだろう。昨日の夜に電話をしておいたはずだ」

「ああ？　ああ、そうだっけな」

作業服の上からかけた濃紺の前掛けをパンパンとはたき、男は陶子の顔をじっと見た。レンズの奥の目が「このお人は？」と問うている気がして、自分から声をかけた。

「宇佐見陶子といいます」

名刺は渡さない。なおもしばらく老人と陶子を代わる代わる見比べ、男は、「こちらへ」と、顔で家屋の裏口を指した。

茶室のにじり口ほどの出口から苦労して体を押し出し、ひっぱりだすと、表の出入口を使わなかった訳がわかった。家屋の右側は材木置場、左側はすぐ近くにまで迫る雑木林のせいで、裏手は完全に周囲から隔絶されている。

そこに、作業場のようなバラック小屋があった。男が二人を案内したがっているのは、どうやらその小屋のようだ。入り口が、意外なほど頑丈な鍵に守られていた。鍵のみが立派なのではない。一見バラックに見せ掛けてはいるが、小屋自体、注意深く見ると外装の下には分厚い土壁がのぞいている。

小型の土蔵のようなものかと、想像をめぐらせた。

　内部は床面積が六畳ほど、床も天井も四方の壁も、木目のみっしりと詰まった檜材で統一されている。中央には炉がひとつ。小屋の大きさから推測して、やけに部屋が小さく見える理由はすぐにわかった。

「いつぐらいが欲しい？」

　男が素っ気なく言う。「なにが」ではなかったのだ。

「鎌倉から、室町」

　潮見老人の言葉を聞くなり、男が壁の一部に手を掛けた。檜張りの壁と見えたものが、パックリと観音開きに開いて、そこに奥行の深い棚が出現した。

　――狭く感じて当然か。

　この調子では、壁全体が大きな埋め込み式収納棚になっていることも十分に考えられた。棚から、油紙に包まれた人の胴体ほどの荷物が取り出された。よほど大切なものなのか、幾重にも重ねられた油紙を一枚一枚剝がしてゆくと、化石のようなものが姿を見せる。恐ろしく硬質の古材である。

「これは、例の？」と潮見の口調はどこまでもさりげない。

「昭和の大改築のときの物だ」

　男が、今にも口笛を吹きはじめそうな声で答えた。

　陶子はにわかに鼓動が早くなるのを感じた。「あの」と、二人の老人に声をかけずにはいられなかった。

「昭和の大改築というと、もしかしたら法隆寺の」

牛乳瓶の底を思わせる眼鏡の奥で、小さな目が笑った。たしかに数十分の一秒ほど笑ったのを、陶子は見た。あるいは異形の光であったかもしれない。ポケットからルーペを取り出した潮見が、舐めるように古材の上で顔を前後左右、上下に動かしている。やがて、感極まった声で、

「木目がいい。これほどの物は」

「今はもうどこにもない。たぶん」

「どこで手に入れた」

「さる仏像マニアが、な。バブルのせいで手放した」

今朝、電話の最後に「即金で百五十用意できますか」と潮見が言った理由がわかった気がした。潮見は漆器の木地を、この法隆寺の古材で作る気でいるのだ。

「おいくらですか」

潮見が振り向く前に、陶子は男に尋ねた。男が意外そうな表情になり、

「もしかしたら、オーナーか？」

潮見がうなずいた。

「ふふん、てっきり弟子でもとったのかと思ったぞ。女にしては、いい目付きをして

いるからな。そうか、この人がオーナーか」

初めて人間らしい目付きと言葉使いになって、男が陶子の全身に無遠慮な視線を走らせた。気持ちのよいものではないにせよ、それに露骨に顔をしかめるほどウブではない。

真っすぐに男の視線を受けとめた。よく見ると、男は鼠のような目をしていて愛敬が感じられた。

「おもしろいな。色気に惑わされたわけでは、ないらしい」

男は言って、古材を油紙に包みはじめた。

「八十でいいよ」

「そうかすまないな」

潮見の言葉を聞いて陶子はセカンドバッグから封筒を取り出し、六十枚の一万円札を抜き出して、残りを男に手渡した。

「九十で、お引き取りします」

男はありがとうも言わず、かわりに中身を確かめようともしないで封筒を受け取った。

「預かり物を返しておくか」

潮見がうなずくと、男は棚の隣の壁に手を掛けた。やはりそこも収納棚になっていた。棚から、菓子箱というには少し大きめの、平型の木箱をいくつか取り出して潮見に渡した。そのひとつを開けると十本あまりの、奇妙な形の刃物が入っている。武具のひとつである手槍に似た形状の刃物だ。それに小さめの手斧が一丁。

「これは?」

「槍鉋といいましてね、室町の半ばには廃れてしまった道具です」

「工具ですか」

柄の長さが三十センチあまり。その先に木の葉の形をした両刃が埋め込まれている。槍と違って、刃が柔らかな曲線で反り返っている。陶子には生まれてはじめて見る道具である。どこと指摘することはできないが、全体に鈍重なフォルムが気に掛かった。

「どうしても『今』の道具を使いますと、物の端々におもしろくない今様が出てしまうのですよ。角にも、丸みにも」

「それで……けれど廃れてしまった道具をよく再現できましたね。資料が残っているのですか」

「今も宮大工は似た道具を使います。けれど、それだって本当に当時の物かどうかはわからない。実際のところ、私は違うと思っていますが」

「だったらどうやって」

一抹の不安が生じた。得てして職人は独断的になりがちなところがある。それがうまく作用すれば十の力を二十にも高めることができるものの、逆に作用すれば、致命傷にもなりかねない。相手が橘薫堂であるかぎり、無用のリスクは背負いこみたくなかった。

二人のやりとりを聞いていた鼠眼の男が、こともなげに、「物から遡(さかのぼ)っただけだ」と言った。

「そうか、その時代に作られたものから作者の手元を推理すると、この形になって……」

そのようなことが可能なのか。可能であろうと、陶子は思った。

「すると、他の箱には、また違った時代の物を作るための専用の工具が」

潮見は笑顔のまま答えなかった。そのうしろに潜む凄味が、しくしくと陶子の中に沁(し)みた。短く刈り込んだごま塩混じりの頭の中で、いったいどれほどの情報が錯綜(さくそう)しているのか、頼もしくもあり、また恐ろしくもある。

「そういえば」と、鼠眼の男が口を開いた。

「珍しい客が……数日前にきた。爺さん、知っているだろう、銀座の橘薫堂のことは」

陶子は生唾(なまつば)をごくりと呑んだ。まさかその名前をこの場所で聞くとは思ってもみなかった。潮見老人はと見ると、表情一つ変えずに、憎らしいばかりに淡々とした声で、

「ふうん、またなにかよからぬことを企んでいるか」

「そうでなければ、だれが俺のところになぞ……来るものか。橘薫堂も、お前さんも。そちらの美しいお嬢さんも、だ」

「ふふ、それはそうだ。で、橘薫堂はなにを持っていった」

「松と樫だ。江戸前期、紀伊半島物と備前物まで指定してきた。かなり大量に持っていったぞ。あれほどの注文は、俺も初めてだ」

「よく揃えられたものだな」

「これでもプロだ。馬鹿にするな」

この店は、どうやら贋作師に材料を手配する仕事を、裏で専門的に行なっているらしい。いや、表看板の繁盛の具合を見れば、こちらが本業というべきかもしれない。

「なにをする気でしょう」

と問うと、潮見はしばらく考えて、

「大量に材木を必要とするもの、しかも松と樫、ですか。となると十の内の九つまでは、伊賀焼古陶器を作るつもりでしょうよ。しかし……」

心なしか、潮見の額にうっすらと汗がにじんでいるように見える。三人の周囲の空気の質が少し変わったのは、そのためかもしれない。

「どうして焼き物の贋作を作るのに、材木が必要なのです」

それには答えず、潮見が「どうやら噂は本当だったらしい」と、ぽつりと言った。

「噂というと、橘薫堂に元大英博物館ケミカルラボの凄腕の研究員が出入りしているらしいという、あれですか」

「伊賀古陶は、釉薬を使わない自然釉の一種です。現代のボーリング技術をもってすれば、素地となる古琵琶湖(びわこ)層の土を手に入れることは、さして難しくはない。問題は、陶器の肌に浮かぶビードロ藍です。このガラス質の自然釉は、焼成に使われる燃料の影響をもろにかぶってしまうのですよ」

「それで、当時の材木を？　ということはX線蛍光分析機による科学鑑定を計算した上で橘薫堂は……」

自然釉のガラス質の膜は、窯の中で炎とともに舞い散る木灰によって、陶器の肌に作られる。そこに含まれる極めて微量の成分をも、X線蛍光分析機は暴きだすことができるのである。機械の性能も恐ろしいが、平然とそこに挑む者も、

「恐ろしいですね」

「橘薫堂の橘もさることながら、そのうしろにいる人物が、そうさせたのでしょう。まして橘の後にいるのは国立博物館です。並みの贋作ならば、そこまでせずとも鑑定書が発行されることでしょう。いったいなにを考えているのか、私にもそれから先のことは、読めない」

二人の会話に、鼠眼男が割り込んできた。

「二人して、楽しそうな話をしているな。なんだ、爺さんのターゲットは、銀座に住んでいるのか。なるほどなあ……それで……」

「なにも聞かないのが、プロのルールだろう」

「そりゃあ、そうだが。なんだか俺も年がいもなく気持ちが高ぶっているんだ。まさか爺さんが、その道具箱をもう一度手にするとは思ってもみなかったからな」

――なんて老人たちなの。

胸に漠然とした不安が澱んだ。贋作という世界に潜む闇の底を、いつまでたっても見ることができない苛立ち。ここは一歩間違えばすべてを失う地雷原だ。目利き殺しを仕掛ける当人が、戦慄しつつ歩みを進めているというのに、彼らは平然とタップダンスを踊っている。

陶子は初めて、胃のあたりに小さな痛みを感じた。

帰りの車の中で二人の会話は途切れがちだった。ごくたまに陶子が質問するのへ、老人が「ええ」「ああ」と応えるのみであった。

厚木市内に入ったところで、ふいに、

「必要なものを仕入れるために、東北を回ります。材料費としてあと二百、用意しておいてください」

潮見老人が言った。

「東北ですか」

「手近ですませようと思っていたのですが」

「今の話で、そうはいかなくなったのですね」

「細工には螺鈿と金粉、それに銅線を使います。螺鈿と銅線は鎌倉あたりに作られた螺鈿鞍で、修復のきかないようなものをばらしましょう。金粉は、岩手の古寺に知り合いがいますから、そこの御本尊をほんの欠片ほど譲ってもらいます」

問題は漆味の抜けた「くろめ」を、どこで手に入れるかだが、などと言葉の最後はほとんど呟きにしか聞こえない。すでに老人の精神は、別の方角を向いているにちがいない。そこに敢えて、

「銘木屋の主人ですが、大丈夫でしょうか」

と、質問をぶつけてみた。

「橘薫堂に私たちのことを話しやしないかと？」

「ええ」

「どうでしょう。金次第でどうにでも転ぶ男ですから」

「そんな！」

「なにか勘違いをされているらしい。私たちは正義の使徒ではありませんよ。あなたは、私が作るものによって派生する汚染を、最小限に抑える秘策をもっておいでのようだ。どうやら。だからといって、これから行なうことが、悪ではないと言い切ることはできますまい。それでも、あなたはあの男に信義と忠節を求めようというのですか」

それは欺瞞（ぎまん）だと、潮見の口調が物語っていた。あるいは自分もまた、あの男と同類なのだとも取れた。

「やはり口止め料を渡しておいたほうがよかったでしょうか」

「あれは、金で転びやすい男です。ただし聞かれもしないネタを自ら提供する男でもない。生来の不精者なのですよ」

「はあ……」

大通りに入って、銀行へ寄った。先日の市での売り上げが畑中から振込まれているから、二百万という金額はさして苦しくはない。札の入った封筒を渡すと、潮見はそれを額のところで押し戴き、つぶやいた。目元に凄味のある、けれど涼やかでもある笑いを浮かべ、

「感謝していますよ、陶子さん。この老人に、こんなおもしろい仕事をいただいて」

その言葉を聞くと、不覚にも鼻の奥が熱く湿った。

「あの！」

「明日から東北に行きます、そう、二週間ばかり。帰ってきたらすぐに仕事にかかりましょう。それまでに、あなたの方でも、準備しておくことがあるのでしょう」

「はい」

潮見が陶子を真っすぐに見た。

「私はね、この仕事を私自身のためにやるんです。いつかやらねばならない仕事のきっかけが、たまたまあなただっただけです。だから……」

だから、と言ったまま言葉は続かない。それが陶子への気遣いなのか、他に意味があってのことなのか、判断することはできなかった。陶子は老人の言葉の続きを引き出そうと試みたが、うまくいかなかった。そのことが、なにかしら心のささくれに成長するような気がしてならない。だが、鎌倉の自宅まで、老人はそれからひと言も口をきかなかった。

沈黙に押しつぶされる前に、車は鎌倉市内に入った。細い山道を進むと、やがて老人の家が見える。

車を降り、トランクから荷物を取り出そうとしたとき、陶子は老人の視線が自分に注がれていることに気が付いた。その眼が「いいんですか、本当に」と言っているようで、陶子もまた潮見の小さな顔を見た。結局潮見はなにも言わず、丁寧に腰を折ると銘木屋から仕入れた荷物を軽々と持ち、家のなかへ消えていった。

陶子が自宅マンションに到着したのは、午後三時すぎのことだった。これが贋作者に与えられるプレッシャーなのかと、ため息を吐きたくなるほどに疲れを感じていた。精神の緊張がほぐれてしまったせいかもしれないと、ため息をつきながら部屋に近付くと、玄関の前に人影があった。

――……二人。

その影が、やけに黒々と見えた。

「あっ」

採光の加減で、二人の顔が見えると、陶子は小さく声を上げた。中年から初老にさしかかった一人の男の顔はブルドッグに似ている。もう一人は三十になるかならないか、目も鼻も口も顔の中央に意識的に寄せ集められたような、猿顔。陶子の姿を見るなり二人は近付いてきて、初老の方がいきなり、

「どうしてわかりました？」

「えっ！」

「私と四阿、この男ですが。私らのことを知っていらっしゃったでしょう。そんな反応をしましたよ」

濡れ手で乳房を摑まれたような衝撃を受けた。たしかに陶子は、二人が練馬署の刑

事であり、根岸と四阿であることも知っていた。硝子が電話で教えてくれたとおりの容貌であることから、直観的に「この二人だ」と思った。練馬署の犬猿コンビと言った硝子の言葉が思い出された。

「どうして、わたしたちが刑事であると、知っていたのですか」

「あの、それは」

虚を突かれるとは、このことである。そう思うと、この二人が急に大きな存在になった。殺された田倉俊子について、事情を聞きに来たことはわかる。陶子は犯人ではありえないし、俊子についても、知っていることはなにもない。彼女のノートに、陶子と硝子について、かなり詳しく書かれていたということでさえ、思い当る節はなにもないのだ。

――落ち着くことだ。

小動物のようにみじめに動揺しているのは、贋作のために、たった今まで飛び回っていたからだ。

この時になって初めて、若い男の方が、

「宇佐見陶子さんですね。練馬署の四阿です、こっちは根岸。石神井公園で発見された、田倉俊子さんの事件について、伺いたいのですが。お時間はよろしいですか」

その声で、陶子は少しだけ落ち着きを取り戻した。バッグからキーを取り出し、

「ああ、びっくりした。数日前、カメラマンの横尾硝子さんから、電話があったんですよ。練馬署の刑事さんがやってきたって」

「なるほど、そのせいですか。ついでに私らの容貌についてもお聞きになった」

「はい、練馬署の犬猿コンビと」

「ニックネームがひとり歩きしているな」

初老の刑事は、何年も張りついたままのような笑顔で言った。その雰囲気が、どこか潮見老人に似ている気がして、また少し楽になった。けれどまだ、心臓の鼓動は収まってはくれない。

「どうぞ、中へ」と、二人の刑事を招き入れた。さほど大きくドアを開けたわけではないのに、まるで猫を思わせる素早さで、根岸がドアの隙間を擦り抜けた。

陶子がコーヒーを入れるあいだ、四阿が遺体発見の状況などを説明した。自宅に配達された新聞の溜り具合と、司法解剖の結果から、殺害はほぼ五月二十一日とみられていること。前日まで、電子メールによって橘薫堂に営業日報が送られていることなど、四阿は根岸が「それくらいで」とストップをかけるまで、しゃべり続けた。

応接セットに座ると今度は陶子が、田倉俊子についてはなにも知らないこと、どうして彼女のノートに、自分に関する記述があるのかはわからないと、説明する番であった。

「じゃあ、なんですか、あなたは田倉さんが殺されたことも知らなかった、と」

「石神井公園の事件はなんとなく。けれどこの数週間は、仕事が忙しくて飛び回っていたものですから、ニュースに疎くて」

「では、橘薫堂のことも？」

「いえ、橘さんとは、仕事のつながりがありますから」

「仕事……ですか。すると、あなたもやはり骨董品を扱っているのですか」

無論、二人の刑事が自分の仕事について知らないはずがない。今しばらくこの二人の話に付き合うべきか、素早く思考をめぐらせて、陶子は、

「旗師といって、店舗を持たず、業者のあいだで品物を流通させるブローカーです。田倉さんのデータにありませんでしたか？」

と、笑ってみせた。そうすることのできる自分が、誇らしい。

「なるほど、それで冬狐堂ですか。いろいろあるのですねぇ、この業界は」

「私など、自分の口を養えばいいという程度の、半素人です」

「けれど、田倉さんは、そうは思わなかった」

根岸が、いきなり本質に迫ってきた。これが、この男のやり方なのかもしれない。慣れてしまえば、心に特別な鎧を準備するまでもなかった。

「三月に橘薫堂さんから品物を入れました。きっと、そのことで下調べをしたのでし

よう」

「下調べ。そんなこともするのですか」

「もちろん。骨董といっても範囲は無限に近いほどあります。たとえば書画を得意とする業者に、焼き物を持ち込んでも良い値では引き取ってくれません。互いの守備範囲をきちんとリサーチして、その人にあったものを卸すことは、この商売の基本なんです」

「では、どうしてカメラマンの横尾さんまで、調べる必要があったのでしょう」

「彼女は、田倉さんの仕事を以前に引き受けていたようですよ。お聞きになりませんでしたか？」

「いいえ、聞きました。けれど彼女についての記述は、あなたのすぐ横にあったのですよ」

「そこまでは、私にはわかりませんが」

「当然ですね。これはあくまで形式的な質問ですが、五月二十一日は、どこでなにをされていましたか」

根岸の言葉にも、もう動揺はしなかった。陶子はワーキングデスクからビジネスノートを取り出し、

「その日は朝から埼玉の市に参加していました。草加(そうか)市です。市が終わったのが午後

四時。それから地元の業者と食事にいっています。家に帰ったのは、たしか九時すぎではなかったでしょうか。それから後については、ご覧のとおりの一人暮らしですから、だれも証人がいないのですが」

「結構です。ところで」と、根岸が言葉を切った。笑顔が消えて、口元が引き締まる。その間、わずか二秒にも満たないというのに、時間がひどく間延びして感じられた。

「聞きにくいことですが、橘薫堂の橘さんとは、どのような人物なのでしょう。いえ、田倉さんの所持品から、白い手袋が発見されていましてね。私どもでは、彼女がなにか仕事がらみのトラブルに巻き込まれた可能性が高いと、考えているのですよ」

白い手袋は、骨董業者にとって必需品である。陶子も、必ずバッグのなかにふた組みは入れている。

四阿が話のあとを継いだ。

「服装は、地味な茶の上下のスーツでした。しかも安物です」

「ところが自宅のクローゼットは、ブランド品で埋まっていました」

「これは仕事中に彼女の身になにかが起きたと考えるのが普通ですよね。宇佐見さん」

根岸が確かめる。

「白い手袋は、仕事に使うものですね」

また、四阿に替わる。絶妙なタイミングで、二人は言葉をわけ、それは陶子の注意力を二人に分散することになった。

「そこで橘氏の業界内での評判ですが」

「ご存じのことを教えてくれませんか」

――この調子で続けられるとたまらないな。

集中力を削がれた分、不用意な言葉を思わず洩らしてしまいそうだった。事実、陶子は自分の口調が変わるのを感じた。声が上擦る。

「ちょっと待ってください。同じ業界の人間のことを、悪く言えるわけがないじゃないですか」

言ってしまって、はっとなった。

やられた、と思った。

根岸の顔が再び笑顔になった。四阿の口元が「自分の役目はここまで」とでも言いたげにキュッと締まって、顔が横にそむけられた。

「悪く言えないというのは、言って然るべき事実があるとも、解釈できますね」

これが目利き殺しを計画する前であったなら、苦笑しながらでもいくつかの事例をあげていたかもしれない。少なくとも橘薫堂のダーティーな一面について、業界で知らないものはあまりいない。けれど陶子にとって、今はあまりに危険な時期でもあった。このまま質問が進むと、収蔵庫から例の硝子碗を持ち出し、これが橘薫堂の商売ですと、説明しかねない自分を感じていた。根岸が厳しい顔で、いきなり相手の懐ろに飛び込んだ質問をすると、四阿が絶妙のタイミングでそれを和らげる。緩と急、静と動の間合いが、二人の武器であることを知った。こうして質問を受ける側は、二人のリズムに取り込まれてしまうに違いない。

「どうでしょう。教えてくれませんか。決してニュースソースがあなたであることは外部には洩らしません。泣き言を言うようですが、いろいろな場所で同じ質問をしました。ところが骨董の世界に住む人は、みな口がかたい。我々警察官を前にすると、普通の人は気持ちが萎縮して口が軽くなるものなんですが」

陶子は考えた。このまま沈黙を通すべきか、それとも口を開くべきか。もちろんこれから仕掛ける目利き殺しについて、毛ほども相手に感知されてはならない。それが非合法の業であるからではない。今回の仕掛けでは、箱の製作の第一段階で、すでに三百近い現金が動いている。さらに潮見老人に支払う金額を乗せれば、千はかかることだろう。ただ単に贋作をつかませるのであれば、それほどの金を使う必要はない。どうしてそこまでして目利き殺しを橘薫堂にかけなければならないのか。要はプライドの問題であるといって、この二人の刑事は納得してくれるだろうか。

——しないな、たぶん。

そして彼らが抱くだろう疑惑の先には、田倉俊子殺しという、自分とは関係のない事件が待っていることは容易に想像できる。

――本当に関係ないのか。

頭の奥深くで、別の声がした。関係があるはずがないと、その声をかき消した。今は思考を分散させるべきではない。この二人を納得させ、少しでも早く帰らせることだ。この二人に嘘をつく行為がいかに危険であるかを、陶子は直感していた。ならば真実を話すべきだ。ただしすべてを話すことはないのだと判断して、陶子は口を開いた。

「これからお話しすることは、橘薫堂さんを特定したものではありません。ごく一般的なお話だと思ってください」

「結構です。ご協力に感謝しますよ」

横目で四阿を見ると、ポケットから手帳を一回り大きくしたものを取り出した。それを開くと、液晶の画面とキーボードがあらわれた。

「この世界に、ダーティーな面が存在するのは事実です。騙された、騙されないは、商談が成立した、しないとおなじ頻度で使われると思ってください」

「よく裁判ざたになりませんね」

「そこには、この世界に独特の倫理観と体質があるからです。いわゆる『目利き』という言葉が、この世界ではすべてなのですよ」

「目端が利く、のあれですか」

「ええ。その言葉を先程の騙された、騙されないに置き換えてみてください」

「目端が利く、利かない。なるほど、それが骨董の世界ですか。けれど窃盗犯をドロちゃんと置き換えてみても、その立場が変わるわけではないでしょう」

その言い回しがおかしくて、陶子は口元を緩めた。が、それが、この根岸の話術であると思いなおして、すぐに表情を硬くした。

「取り扱う品物が多ければ多いほど、リスクは大きくなります。ある贋作をつかまされたとしましょう。もちろん、それをつかんでしまったのは自分の責任です。けれどこの世界では、それを転売することも許されるのですよ。こうしてひとつの贋作が転々と、業界内を移動します」

「ババ抜きですか」

「それでも商売を続けられるのは、この世界が『騙され損』の体質を潜在的に持っているからです。またそれ故にこそ騙された側が、自分の名誉のためにあからさまな告発を行なわないからなのですよ」

と、そこまで話して陶子は大きく息を吐いた。冷たくなったコーヒーをすすり、前を見ると、根岸もなにかを考え込んでいる様子である。四阿がキーボードをたたく音だけが、室内を支配した。しばらくして。

「けれど、告発をしなくても、恨みは残りますね」

「さあ、それは。贋作を転売することは許されていますが、それをしない人もいます。すべては目利きの勉強だといって」

「わからない世界ですな。そんなことをして、なにが楽しいのか」

だから楽しいのだ、とは言わなかった。言って理解ができるとは思わない。ゴッホのひまわりにしても、突き詰めてしまえば、ただのキャンバスと絵の具の欠片である。そこに数億の価値を見いだすか、見いださないかは、個人の価値観の領域に属することでしかない。

「つまり橘氏が恨みを買う可能性は十分にある。しかしそうではない可能性もある、と」

「そうとしか申し上げられないのですよ」

「では、あなたはいかがですか」

あまりに唐突な質問に、それがなりゆきとして当然なのだとわかっていながら、脇の下に冷たいものを感じた。

「どういう意味でしょう」

「つまり、橘氏から贋作を買われたことは」

この二人に嘘をつくことは危険だと、何度も頭のなかで繰り返した。ここで沈黙することも許されない。沈黙とはすなわち肯定に他ならない。

「怪しいものは、ありました」

「たとえば？」

息が苦しくなった。一刻も早くこの二人を帰してしまいたい。そうして熱い湯に浸かり、体の疲労を洗い流して眠りたい。それが許される状況ではないことは、火を見るより明らかであった。

「どうしました？　やはりプライドがありますか」

「そうですね。そのことについては、あまりお話ししたくはありません」

それが陶子に答えることのできる限界であった。

「まあ、いいでしょう。けれど、ひとつ忠告しておきます。わたしたちの前で曖昧な態度は禁物ですよ。おっと、こんなことを言ってはいけないのですが、まぁ、貴重なお話を聞かせていただいたお礼だと思ってください。我々にあるのは1か0です。中間はないのですよ。だからあなたのアリバイも調べさせていただきますし、もしも橘氏からなにかを購入したとすれば、それも調べます。これは脅しでもなんでもありません。事実と義務なんですよ」

「……………」

二人の警察官が、目で合図をして立ち上がった。

「宇佐見さん、きっとまたお邪魔することになるでしょう。その時は、ゆっくりと別のお話を伺うことになるかもしれません。またよろしくお願いしますよ」

そう言って、馬鹿に丁寧な礼を残して根岸と四阿は帰っていった。

夜。電話を留守番状態にして、陶子はバスに浸かっていた。

――長かった。とんでもなく長い一日だった。

肩までぬるめの湯に浸かりながら、顔をキュッとしかめてみる。それを緩める。今日一日で見聞きしたことを、思い出す気にもなれないほど、体のそこここに疲労が深く広がっている。

リビングから、電話のベルが聞こえた。留守番電話に切り替えてある安心感から、そのままにしておくと、やがて陶子の声による案内メッセージが流れた。次に発信音。その後に吹き込まれる粘気のある声が、せっかく解れかけたからだの緊張を、また最大限に高めた。

「橘と申しますが……」

橘薫堂、橘秀曳の声がスピーカーを通して聞こえてきた。

2

いつのまにか、一日の日差しは部屋から立ち去っていた。そのことに気が付かないのか、戸田幸一郎はデスクの前に座ったまま、動こうともしなかった。

ノックの音が二度、ひどくせわしげに叩かれた。それにも戸田幸一郎は反応しない。再びドアをノックする音が、その叩き手の苛立ちを表していた。

「主任！　いらっしゃいますか。戸田主任」

ようやく、戸田のからだが動きを取り戻した。ゆっくりとデスクライトのスイッチに手をのばすと、ほの暗い部屋に小さく明かりがともった。

机のうえに桐作りの箱がある。蓋が外され、紫の袱紗が三十センチ四方の色彩を、この殺風景極まりない部屋で主張している。そのうえにひとつ、見方次第ではひどく不恰好な筒状の陶器が載っている。肌の色は薄い茶。それに濃い緑。荒い肌理の上で、炎の気紛れをそのまま描いて、独特の風合いをにじませる。

「主任！　機の用意ができています」

もう一度ドアの外で声がした。戸田はのろのろと立ち上がり、内鍵を外した。はじける勢いでドアが開いた。

「ああ、主任。蛍光分析機の試験用意が完了しました」

　部下の研究員が、遠慮なく部屋に入ってきて、すぐに机のうえの陶器に目を向けた。

「これですか！　これは……凄い」

　そのまま、声を失って机に向かい、全身を硬直させる研究員の姿を、戸田は視線の隅で認めた。研究員は吸い込まれる足取りで、今度は歩き始めた。さほど広い部屋ではない。左右にスチールの本棚と標本用の引き戸つきの棚が二つずつ。部屋の主である戸田の性格をそのまま表して、神経質なほど左右対称を意識して置かれている。その中心線上に、机がある。戸田もまた、同じ線上にいる。研究員は中心線をたどって机まで歩き、戸田を避けて横に逃げた。ゆっくりと腰をおろし、陶器に顔を近付けて視線を泳がせた。これが女性相手であれば、完全に変質者の目である。

　戸田はひどく不愉快な気持ちになった。いっそ、この男の目の前で陶器を叩き割ってやろうかと思うほどだ。

「伊賀……遠州伊賀ですか。はじめて見ました。まさかこれほどの風格を備えているとは、思いもよらなかった」

「……………」

　戸田さえ目の前にいなければ、男はすぐにでも器を手に取り、頬摺りするほどの勢いである。目が、この器をとらえるなり熱病に浮かされたように蕩(とろ)けている。その気持ちが、戸田には手に取るようにわかる。ほんの数時間前、この部屋で桐の箱をとき、器を手にしたときの戸田自身が同じ目をしたのだ。

「これ以上に形を整えると、陳腐になる。ここから少しでも崩せば、ただの駄器に伍してしまう。まさに作る力と毀す力のベクトルが、ここで均衡を保っている。さすが小堀遠州だ」

不快感が、また増した。

「本当に、科学鑑定に回すのですか。そんな必要はないと、私は見ましたが」

そうすることができれば、どれほどうれしいかと戸田は思う。円筒の形をした花器を見るなり、その完璧なまでの美に魅せられたのは、ほかでもない戸田なのだ。

「うるさい、余計なことは言わなくてもいい」

科学鑑定の結果を見るまでもない。はじめから結論はわかっているのだ。

この器を否定する力は、ここにはない。

そのことが、戸田に決定的な敗北感を今も与えている。再び、この場で花器を破壊したい衝動にとらわれた。許されるはずがないからこそ、衝動はますます激しく、精神と肉体を揺り動かす。

「ああ」

と呟く研究員にむかって、唾を吐きかけてやりたかった。戸田とこの研究員とは基本的な情報量がちがう。研究員はこの器を賛美する力と言葉を持ってはいても、それ以上のことは知らない。

――だが……。

戸田は知っている。これを持ち込んだのが橘であり、そしてこの器がわずか二週間あまり前まで、ただの土塊に過ぎなかったことを。だからこそ、不覚にも花器に感動してしまった自分は余計に惨めであるし、この気持ちは自然のなりゆきで捩れて、花器そのものへの憎しみとなっている。

花器を作ったのは、細野慎一である。

まさか、これほどの技術を持っているとはというのが、偽りなき実感だった。

細野がリストを作り、橘が材料を集めていることは、戸田の耳にも入っていた。

「戸田先生、この間は失礼な真似をしてしまいました。もうあのようなことは決していたしませんから、お許しください」

橘が陽気な口調で電話を掛けてきたのは一昨日のことだった。細野慎一が真似事のように花器を作った。私としては満足しているが、どうか国立博物館の科学鑑定にかけてみてほしい。もちろん、そのうえで真正であると結果が出るなら、鑑定書を作ってくれ。このような内容を、例のねばっこい口調で話すのを聞きながら、戸田は新たな怒りを覚えた。

――いったいどこまで私を馬鹿にすれば！

贋作とわかっているものを持ち込み、どうか気の済むまで鑑定をしてみてくれと言っている。これは偽物だ、ただしそれを証明することは国立博物館には無理だ、と言っているのだ。その怒りが、戸田に鑑定を引き受けさせた。

自分は、素直に細野の技術を称賛すべきかもしれないとも、思った。

だが、そうするには戸田はプライドを捨てねばならない。数十年間研究者として過ごした時間は、まったく無駄であったと、あの橘に告げねばならない。それはできなかった。

熱ルミネセンス法を使えば、あるいはとも思った。

贋作であることを証明できるかもしれない。だが、そのためには花器をほんのわずか傷つけねばならない。こうして机に鎮座して、もの言わぬ花器が、

「それができるものならやってみるがいい。私の体をわずかでも傷つける勇気があるなら、さあ、その手に鑢を持つがいい」

たしかにそう言っているのだ。

「これが、大英博物館のケミカルラボの実力、か」

思わず、小さな言葉を吐き出して戸田は、はっとした。けれど研究員の耳には、幸いなことに入らなかったようだ。男は完全に花器に魅了され、視覚以外の感覚が機能

していないのだと知ったとき、戸田は自らの敗北を実感せずにはいられなかった。

それにしても、これほどの技術を持ちながらどうして、細野という人は、あえて橋などと手を組む気になったのか。

戸田の思考は、研究員の、

「よろしいですか。鑑定室に運んで」

この言葉でさえぎられた。

「ああ、そうしてくれ」

戸田の声を聞いて、研究員が意外な顔をした。いつもならしつこいほど「注意するんだ」「万が一のときには、きみの命程度では償えないと思え」などと言葉をかける戸田が、他になにも言おうとしないので訝(いぶか)しく思ったのだろう。あわてて、「言うまでもないが、十分に気をつけるんだ」と言い添えた。

男と花器が部屋から姿を消すと、戸田の頭脳がやにわに働きはじめた。これからあの花器は、国立博物館が誇るX線蛍光分析機（XRF）にかけられることになる。その分析表が、博物館内に保存されている各分析サンプルと照合され、それが小堀遠州のものと一致すれば、真贋を判断する決定的な証拠のひとつとなる。

――だが。

と、伊賀焼の性質を検証してみる。伊賀焼は釉薬をもちいない焼き物で、その表面に浮かぶガラス質の釉は、降り掛かった燃料の灰の成分のうち、珪酸(けいさん)が土と反応して生成されたものである。花器に使われた土だけでなく、XRFは、このガラス質についてもほぼ完全な分析を行なうことができる。成分としてなにが含まれているかを示す「定性分析」と同時に、どれだけ含まれているか（定量分析）が、わずかな時間でわかるのである。問題はガラス質の成分だ。この物質は、窯で燃焼された材料の性質をそのまま映しだす鏡ということができる。植物灰に含まれる成分は、決して同じではない。たとえばイネ科の植物は珪酸を大量に含み、白色の「うのふ」と呼ばれる釉には、なくてはならない素材である。

　では伊賀焼ではどうか。この焼き物の特徴であるビードロ藍は、鉄分とアルカリ分の多い燃焼材をもってよしとする。楢(なら)の木は珪酸を多く含むが鉄分が圧倒的に足りない。樫は珪酸分、鉄分ともに多く含んでいるがアルカリ分が足りない。

　それを考え合わせると、燃焼材は松の木以外にはない。

　しかしそれだけでは不十分なのだ。千利休(せんのりきゅう)の孫弟子で、小堀遠州ほどの才人が、自らの焼き物の焼成に口を出さないはずがない。そして彼が、ただ無策に松の木のみを燃料としたはずがないのである。満足がいく色を出すためには数多くの材料がもちいられ、中世ヨーロッパの錬金術師さながらの作業が繰り返し行なわれたことだろう。その黄金比率を求めねばならない。

さらに難関は続く。たとえ燃焼材の黄金比率を解きあかしたところで、肝腎の材料が手に入らなければ意味がない。植物材は土壌と気候の影響を受けやすく、現代の材料を使ったのではXRFの科学の目は誤魔化すことができない。

「それでも橘は、いや細野はXRFに挑戦してきた。それはつまり」

自分の声の大きさに、戸田はおどろいた。それ以上に、自分の考えがあまりに馬鹿馬鹿しくて、数時間ぶりに口元をほころばせた。

「そんな愚かなことをするはずがない」

仮説のみなら、実に簡単な原理である。その当時と同じ燃焼材を使えばよいだけのことだ。小堀遠州が生きたのは江戸時代初期。その時代の木材が残っていないわけではない。たとえば神社仏閣、工芸品、仏像、日本は木材文化の国である。探すことが不可能であるとは、誰にも言えない。誰にも言えないが、実行するものもいないだろう。最低でも四十八時間以上、窯を燃焼させなければならない。薪の一束や二束では、あってもなくても同じなのだ。古い神社を、ひとつ解体したところで果たして足りるかどうか。

ならば、あの花器はXRFの前に、贋作の馬脚を現すだろうか。

「そんなことはない」

知識が言わせるのではない。長年しみついて本能じみた、戸田の美意識がそう言わせるのである。完全な美は、器の外側のみならず、内側までも支配する。あの完成された花器の美しさが、その原則から外れるはずがない。あと数時間の内にはサンプル照合まで終わり、学芸員たちの称賛を浴びながら、この部屋に帰ってくることだろう。

ある考えが閃（ひらめ）いた。

「窯をミニチュア化すれば、どうだ」

言葉にして、すぐに「こちらの方がもっと馬鹿らしい」と、首を横に振った。山の斜面を利用して作られた登り窯を、二分の一程度に縮小することはできるだろう。それをさらに二分の一にしてみる。これが限界か。これ以上小さくすれば、熱の伝わり方に変化が出る。第一、熱の対流現象を利用し、窯内に均一で、そして高温を供給する登り窯の利点がなくなってしまう。

「だが、それさえも計算することは……不可能だろうか」

さらに小さく、さらに小さく。体積の縮小にともなって、燃焼材料もまた少なくなる計算である。熱伝導率については、風洞実験によって窯のなかの空気の流れを調べ、割り出すことができるだろう。いつのまにか戸田は、電卓と鉛筆をもって複雑な計算をはじめていた。そんな自分に気が付き、はっと手を止めて、苦笑いした。

「あくまでも、計算は計算だ」

苦笑いのあとで、ちぇっと舌打ちをした。いくら計算を重ねたところで、それが実行できなければ意味がない。陶磁器は土と炎の芸術だ。人知を受け入れぬところにこそ、魅力があるのだと、そうした言葉がみな、虚しく感じられた。人知を受け入れぬところとは、すなわち己れは未熟であるということに他ならない。計算ができても実行ができぬとは、俺ができないことが人にできるはずがないという、驕慢にすぎない。

大きくため息を吐いた。

美に屈することに、臆病であってはならないとは、美術関係者の間では日常の挨拶よりも簡単に使われる言葉である。

あれほどの情熱的な色彩をキャンバスに残したゴッホは、弟テオにとっては単なる厄介者の兄にすぎなかった。尾形光琳、乾山兄弟は鼻持ちならない器用者だ。けれどそれが、彼らの残した作品にどれほどの影を落とすというのだろう。同じように、小堀遠州作の伊賀古陶と鑑定されるであろうあの花器の、本当の作者が誰であろうと関係はない。優れた美が、そこに存在するのであれば、たとえあの細野慎一の手によるものだとしても、むしろ美に奉職する自分としては、新たな天体の発見を素直に喜ばなければならない。

ため息の理由を無理に見付け、戸田幸一郎はデスクライトのスイッチを切って、闇に沈んだ。

二日後。

「そのあいさつはないだろう。今日はまたどのような頼まれ物を持ってやってきた」

銀座橘薫堂を訪れた戸田は、ボストンバッグから例の桐箱を取り出した。もうできたのですか、と少しは橘が驚くことを期待したが、すぐにそれがありえないことを知った。橘の顔には、張りついたような笑顔がいつものとおり浮かんでいて、地震で店の品物がすべて瓦礫に変わらないかぎり、表情は変わりそうにない。

桐の箱をライティングデスクに置く手に、いくぶん力をこめた。かたりと、乾いた音にも橘は動じない。小さく「お気に召しませんでしたか」と、笑ったのみだ。もちろん、言葉だけのことで、本気で戸田が花器に文句を付けるなどとは思っていない、不敵な自信がこもっている。

「これを」

内ポケットから、国立博物館の名を印刷した封筒を取り出した。肉厚の封筒の口には開封無効の印が押されている。それを無造作に机に投げ出すと、橘もまた特にありがたみのない仕草で、レターケースにしまいこんだ。

「いかがでした？」

「聞くまでもない。その封書の中身に書き記したとおりだ」

「いや、そうではなくて、先生のご感想として」

戸田は、耳の後にかっと血が昇るのを感じた。

「なにを言うか！」

本当は、なにを言わせるつもりなのか、と叫びたかった。それを抑えることができた自分を、誉めてやりたい気持ちである。

「まぁ、いいでしょう。先生には先生のお立場があることでしょうから」

戸田はあたりを見回した。この部屋に、橘の許しを得ないものが入ることはないと知りながら、そうせざるをえなかった。念入りに確かめたのは、細野慎一の存在である。

「どういうつもりなんだ」

「とは？」

「この花器だ。XRFによる鑑定は完璧にクリアした。これほどの物を作るとなると、相当の元手がかかったはずだ」

橘の表情が、いっそう明るくなった。声まで華やいで、

「よかった。戸田先生にそこまで言わせるものならば、私も安心です」

「どれほどかかった」

ゆっくりと、橘が指を一本立てた。戸田はその指の屹立(きつりつ)を信じられないものを見る

ように眺め、擦れた、そして抑えた声で、

「なにを考えている。この不景気の世の中だ。骨董品の相場も下がりはじめている。そこまで元手をかけたら、三千の値を付けなければ合わないだろう。そんなもの、誰が買うものか」

「おや、おっしゃいましたね。そういえば例の女旗師ですが、狛江の市で派手な相場を張ったそうですよ。ペルシャ彩陶の五点揃い、しかもラスターの入った皿まであったそうで、二千ちょっとで楽に捌けたとか」

「例のって、あの宇佐見とかいう！」

「彼女の動向については、逐一連絡が入ることになっています。これでも息のかかった業者は少なくありませんでね。それは別の話だが、筋の良いものならば、買い手はいくらでもつくのですよ」

「ちがう！　私が言っているのは、そういう意味ではない。これほどの物を作って、どうするつもりだということだ。遠州伊賀の幻の逸品があらわれたと話題にはなっても、買い手はまず、つかない。それどころか、下手を打てば上が動くぞ。そうなれば元も子もない。それがわからないあんたでは、あるまいに」

勝っているが、その境界線は危ういところにある。徐々に感情が激してきた。それとともに多弁になっている。理性がまだ勝っている。

橋の顔を見た。さらに笑みは広がって、今にも肩をふるわせそうなほどだ。けれど橋という男が破顔はしても、声など出さないことを長い付き合いで戸田は知っている。この男の笑い声は、いつも口のなかで完結する。

「上、ですか。動くでしょうか」

「動く！　これほどの……」

橋の目が見開かれて、戸田を見た。「これほどのレベルの物なら」という言葉をいったん飲み込み、結局は同じ言葉を吐くしかないのだと、思った。

「やりすぎだ。これほどの物を作ってしまえば、必ず文化庁は重要文化財の指定にむかって動きはじめることだろう。そうなれば……！」

桐の箱にかけられた組み紐をときながら、橋が表情を変えた。笑顔を意識的にしまいこみ、かわりに口と目の動きだけで、話を切り替えた。

「衆議院議員の石神卓馬という男を知っていますか」

超党派の議員であることは知っているが、それ以上の知識はなかった。「名前だけは」と答えると、

「祖父の代からの代議士でして、いろいろな方面に顔がききます」

「議員一人が動いたところで、文部官僚の頑迷さを拭えるものか」

「そうではなくて。彼はアメリカの幾つかの有力美術館につなぎを取れるのです。そ

れも顔見知り程度の代物ではない。女性の黒髪ほど太くて強力な、つなぎを取れるのですよ」

戸田は混乱を隠せなかった。橘の話の先が、まるで見えてこない。きっと机に引き出された花器が、なにか重要な役目を果たすのだろう。わかるのは、それだけだ。

「ボストン美術館に、具合の良い北斎がありますよ。蔦屋版の版木がワンセット、欲しいですなぁ」

「北斎？　いつから宗旨替えをした。これまでは浮世絵になぞ、見向きもしなかったじゃないか」

「その時間がなかっただけです。私はね、いつかもお話ししましたが、自分が百五十年前に生まれなかったことをつくづく後悔している男です。あの時代、日本人はみな愚かだった。目先の新しい文化に迷わされ、日本が世界に誇るべき文化を次々と、反古同然に海外に流出させてしまった。日本人だけが悪いわけじゃない。西洋の連中にとって、極東の島国の住人なぞは、それこそ未開の人種にしか見えなかったことでしょうよ。安物の飴さえ与えておけば、涙を流しながらそれをありがたがって、すばらしい美術品を提供するのですからねぇ」

戸田は、それまで感じていたものが苛立ちでも、怒りでもないことを知った。恐怖である。長い付き合いを通して、ただの強欲な骨董商としか思わなかった男が、笑顔の下に隠した凄味の一端を、垣間見た気がした。

「馬鹿なことを、考えないでくれ。いや、私を巻き込むのはやめてくれ」

言葉が終わる前に、奥のカーテンが静かに開けられ、

「そうはいかないだろう」

細野慎一が姿を見せた。

「お前！　いったいいつから」

「先程からずっと」

と橘が口元だけで笑った。「ずっとやりとりを聞いていたのか」と絶句する戸田の前に、橘の笑顔ともうひとつ、まるで表情のない顔が並んだ。

「あんたの仕事は、これからが本番だ」

細野の顔を直視することができず、その手を見た。夏だというのに、きっちりと背広を着込んだその袖口から伸びた手は、いくぶん指が長いこと以外、どこといって異質な点はない。けれどそこには秘められた技がある。それが不思議でならなかった。神という存在があるなら、これほど不公平なことはないとまで思った。数十年、美に奉職した自分にこそ、その手は与えられるべき物ではないか。

戸田はまた、言葉を荒らげた。

「ボストンの北斎と、遠州伊賀がどう関わり合う」

「わかりませんか」

「ボストンが、北斎を手放すと思っているのか。たとえ遠州伊賀と交換を持ちかけたところで、ＯＫを出すようなところではない」

細野が、今朝の朝食のメニューを語るさり気なさで、

「国立博物館とボストン美術館が提携を結び、互いの所蔵する逸品を研究のために貸し出し交換すればいい」

と言った。続いて橘が、

「ただし、浮世絵は、日本での専門研究があまり進んでいません。貸し出し期限は特に設けません」

「そんなことが……」

「できないとは言わせませんよ。そうした例は少なくありません」

「だが、無期限の貸し出しなど、聞いたことがない」

「だから必要だったのですよ。重文指定が行なわれて当然の、いや、むしろ完全に指定を受けたほうがよい、そのレベルの遠州伊賀と、それとね」

戸田は、耳を塞いでしまいたかった。

「国立博物館の主任研究員である、あなたの力が」

――俺はどうして、こんな連中と関わりを持ってしまったのか。

そう声に出すには、戸田と橘の関係は時間を重ねすぎていた。すでに三十年以上の月日が流れてしまったのちの現在を考えると、二人は表裏一体といってもおかしくはない。学術の世界では戸田が表に立ち、ビジネスの世界では橘が表に立つ。その裏にはいつだってお互いがいたのだ。そのことは、あまりに多くの人間に知られている。表立って指弾を受けなかったのは、橘が収集する品物が、ほとんど例外なく一級品であるからだ。ただし、常に本物であるという意味ではない。たとえ贋作であっても、一研究員レベルでは、とても贋作と決め付けることのできない物、ということである。

「あとは、政治屋に交渉の糸口を取り持っていただきます」

「急ぎすぎると、危険だ」

戸田の声は、うめき声に近かった。

「わかっています。ゆっくりと一年ばかりかけて準備を進めましょうよ」

「その間に、他の準備を並行して進めればよい」

細野のこの言葉に、戸田の欠片ばかり残った理性が反応した。

「他の準備！」

「そうだ」と言う細野の声は、戸田には当たり前だ、に聞こえた。

「なんのために、私がここにやってきたと思っている。一点二点の物を作るためではないぞ」

「だが、しかし」

橘が割って入った。戸田を宥める目付きで、

「先生のお気持ちはわかります。細野は国立博物館の科学鑑定を従順に手懐ける実力を持っています。けれど、それだけでは不十分なのですよ。いくら彼の技術が優れていても、陶磁器ばかり新発見が続けば、だれかがおかしいと感じます」

「ミスター橘は、切札を望んでいるのだ」

「骨董ブームは、まだまだ続きます。いえ、この熱病のようなブームが去る頃には、骨董に関する意識は完全に市民権を得ることでしょう。そうなれば、どこでなにが発見されても、不思議ではない」

橘がとんでもないことを考えていることを知って戸田は戦慄した。

戸田は、蟻地獄にはまった自分を感じた。こうして次々と生み出される贋作は、橘薫堂のあらゆるビジネスルートを通過して、その由緒来歴を消されることだろう。もともと来歴がないものなのだ。幾人かの手を経るだけで、その来歴が消されたと主張されても、誰も不審に思うものはいない。かえって信憑性があると思われがちなのが、この世界でもある。こうして自分の元には、形のうえでは日本中から世紀の発見が集められ、科学鑑定を依頼されるのである。やがてそれらは、海外へと研究貸し出しの名目で流出する。その代わりに、戸田の元には同じ数だけの、明治維新以降、海

外に垂れ流しにされた日本美術の逸品が集まる仕組みだ。そこから先は想像するまでもない。

ひとこと、橘に言っておかねばならないことがあった。

「あんたは、国立博物館の収蔵庫を、個人の物と思っているのか」

「いけませんか。それなりの出費はしています。この三十年、あなたに名誉も与えてあげた。ときには研究費の名目で、表に出せない金も流した。私を私利私欲の輩と同列に扱うことは、御自分の顔に汚泥を塗りたくる所業でもあるのですよ」

戸田は、意気消沈のていで橘薫堂を出た。「お体には気をつけてくださいよ」という、橘の声にも気が付かない様子で。しかし。

橘薫堂の引き戸を跨ぎ、表通りに出て、次の路地へとまがった瞬間、戸田の表情が豹変した。

――冗談ではない！

橘のやろうとしていることが、荒唐無稽すぎるのではない。むしろ、それなら一笑に付してしまえば良いことである。冷静に考えれば考えるほど、ことは現実味を帯びてくる。それ故の「冗談ではない」である。

「なんとかしなければ」

言葉にすると、頭の芯に冷たいものが走った。橘と細野は今や災厄以外のなにものでもない。二人が走りだす前に、止める手立てを考えなければならなかった。

「宇佐見陶子、か」

その名前を口にしても、なにか妙案があるわけではなかった。しかしキーマンであることには違いがない。なんとか彼女を利用することができないかと、戸田は本気で考えはじめた。


「あの男、大丈夫なのか」

細野慎一が、ぽつりと言った。

「心配はない。もう三十年からの付き合いだ。あいつのことは知り尽くしている」

「窮鼠(きゅうそ)猫を噛むことは？」

「ない。いざとなったら不明瞭な金の流れの一端でもリークして、御退場願う。議員バッジを使ってな」

「それこそ、あの男を逆上させ、なにもかも暴露させる結果にはならないのか」

「余計なことは考えなくていい。お前は自分の仕事を全うすることだけを考えるのだ。あの手の男はな、自分を殺してまで、私を道連れにしようなどとは考えないものだ。いざとなったら疑惑が疑惑のうちに依願退職をして、恩給に有り付くことを選ぶ。そうした男なのだ」

橘が、桐の箱を収蔵庫に入れようと立ち上がりながら言った。

「それにしても宇佐見陶子という女。あまり侮ってはいけないかもしれない」

「接触したのか」

「ああ、あまり疎遠にしていてはやりづらいこともあるからな。前に売り付けておいた『餌』を、買い戻そうかと持ちかけてみた」

「大胆なことを考えるな。その申し入れを受け入れるようであれば、別のアプローチを考えなければならない、か」

「だが、あの女、平然とこう言ったぞ。『残念ですが、もう売り抜けさせていただきました』とな。あの声であの台詞、若いにしてはなかなかの度胸だ」

「田倉俊子の後釜に、どうだ。目利きも並みではない。さすがにプロフェッサーDが公私にわたって面倒を見てきただけのことはある」

橘の顔に、初めて人間を思わせる表情が浮かんだ。

「彼女のことは……言うな。それから練馬署の刑事がしきりと店の周辺を嗅ぎ回っている。これからしばらくは、店に出入りすることは避けてくれ」

「わかった。なにか動きがあったら、電話で、連絡を取ることにしよう」

「それよりも、電子メールの方が」

「断る。必要なことは口頭で伝え、あとはなにも残さないほうがいい」

「それもそうだな」

こうした会話が交わされたことを、戸田幸一郎は知るよしもない。

3

老人の口元を、四阿はじっと見ていた。先程からもつ焼きの串と生ビールのジョッキを、無上の喜びを浮かべながら交互に口へと運んでいる。大きく開けた口の前歯は上下ともに既にない。それでいて、どうやって肉を嚙み切るのか。あるいは、丸吞みであるかもしれない。

そうした老人の表情を見ることは、決して悪くはない。警察官は、おしなべて善意の存在である。人が幸せに浸っている姿は、苛酷な仕事に立ち向かうためのエネルギーの根源ともなる。問題は、老人が先程から一言も口を利かないことだ。喜びの表情の裏には、老人特有の頑(かたく)なさがあって、「で？　どうなんだ」とひとこと聞けば、とたんに険悪な顔で席を立ってしまいそうだ。

「ああ、うんめかった！」

老人が声を上げたのは、生ビールの大ジョッキを三杯、もつ焼きの串を十本あまり平らげてからであった。

「宮城かね、親父さん」

根岸が、ビールのグラスを舐めながら聞いた。すると老人は、決して善人のものには見えない笑顔で「岩手だ」と、一言。

「もっとも、十六で東京に出てからはすっかり国の言葉を忘れちまったが」

――それだけ、なまっていれば充分だよ。

老人が、串を爪楊枝代わりに使いながら、

「銀座の橘薫堂の話だってな」

「ああ、世田谷のある男がね、自分の口から話すわけにはいかないが、あんたなら業界の生き字引で、しかも今は……」

根岸が言い澱むと、ますます意地の悪い顔になって老人は、

「今はもう業界から引退した老いぼれだ。なにをしゃべくっても困ることはない、てか。本当に世田谷あたりから聞き付けたのか。そんな言い方をするのは、狛江の畑中のガキじゃねえのか」

思わず、四阿と根岸は顔を見合わせた。図星なのである。

「フン、あのガキ。気が小さくて人がよいだけの男だからな。もちっと欲を出せば店も市も大きくできるってのに、そんなことだからいつまでたってもちんけな商売しか

できねんだ」

「まあ、ニュースソースは、詮索しないでくれや」

四阿が、根岸を凄いと感じるのはこういう瞬間である。相手によって自由自在に言葉を変えることができる。年寄り相手なら年寄りなりに、地方出身者ならそれなりに、イントネーションまでかえることができる。根岸自身は三代続いた東京人であるはずだ。

「橘薫堂の女社員が殺された事件は？」

「ああ知ってるさ。刺し殺されて、スーツケース詰めになったたってなぁ。あの女、尻尾がとっくに九つに割れた、女狐だ。まともな最期を迎えなくても、当然だ」

「女狐とは、穏やかじゃねぇな」

厨房（ちゅうぼう）にむかって、老人が空ジョッキを突き出した。

「それに、あとネギマを四本。悪いなぁ、ここんところ懐が淋しくて、好きなビールも飲めやしね。六年前に、ちんけな盗品に関わっちまってよ、古物商の鑑札を取り上げられちまった。そしたらこの世界は冷てえな。昨日まで俺のことを親父だ、大将だと言ってた奴らが、奴らだって俺のおかげで随分といい思いをしたはずなんだ。それが掌を返したみたいに、贋作に関わったお人とはお付き合いできません、ときやがった」

威勢の良さは言葉の上だけで、老人の表情はとたんに卑屈になり、上目遣いに根岸を見ている。

この老人、井沢のような男を紹介してくれないかと、狛江の骨董商・畑中雅大に頼み込んだのは、根岸であった。山っ気が強く、裏の情報に詳しい男。なおかつ現在は鑑札を取り上げられていて、現役ではない男。「そんなに都合のいい男がいますかね」と冷やかす四阿に、根岸は真顔で「いるさ。俺はこの数日で、骨董という世界の背骨が見えた気がする。必ずそうした男はいる」と答えた。果たして畑中は「かなりくせの強い男ですが」と、井沢の連絡先を教えてくれた。根岸は、畑中の人の良さまで、簡単に見抜いていたことになる。

「鑑札さえあれば、よ。もう一度でかい相場でも張って」

井沢は、根岸に甘えるような口調でいう。

「そういえば、四阿」

根岸が井沢と同じ口調で言うと、四阿の背筋に、なぜだかいやな予感が走った。

「こっちの所轄の生活安全課に、お前、同期がいるって言ってなかったっけ」

――言ってません、そんなこと。だいたい東京の警察学校を出たぼくが、どうして埼玉県警の同期を持っているんですか！

軽く根岸をにらみ「ええ、まあ」と、話を合わせた。とたんに井沢老人の表情が変

わって、好意的になった。生ビールを一気に喉に流し込んで、

「田倉とかいったっけ。殺された女。あいつはよ、橘の耳役だったんさ」

「耳役？　なにかね、そりゃ」

「ああ、全国を回って、やつの網に引っ掛かりそうな鴨を探して歩くんだ。橘薫堂のやり口には、まったくいつもながら頭が下がる。田倉という女のカバンにはよ、それこそどこかの出版社が作ったんではねかと思えるような、立派な目録が何冊も入っていてよ。しかも解説には、一流どころの美術評論家をそろえてあるんだ。そこまでの品物見せられて、疑うような目利きは地方にはいね。ちょろい骨董業者は、赤子みてえに騙される。

誰だって豪華すぎる目録には注意しろと、頭ではわかっているんだ。けんど、実際に分厚い表紙のついた、フルカラー印刷の実物を見ちまうと、そんなことはどこかに飛んでっちまう。

しかもよ、全部が全部筋の悪いものではないんだ。これが橘のうまいところさ。最初のうちは、儲けを度外視して、いい品物を回すんだ。それで信用がついたところを狙って『実は、表に出せない、いい品物がある』と、クサんだ物を回すのさ。それもどかんとでかい、とびっきりの物を、よ。そういわれたら、売り付けられた人間だって、なかなか表には出せね。そうだろう、今でも橘薫堂からいい品物を極秘で売って

もらったと、涙流して喜んでいるやつが、大勢いるさ」

「じゃあ、田倉が外商というのは」

「外商さ、立派なよ。ただし裏の外商だ。もちろん、疑われては元も子もねから、それらしいことはするけんど」

「そのことは、どれくれえの人が知っているっけかなぁ」

「まぁ、個人マニアで知っているものは、いねな。業者でも、市を持つ程度の男で、ようやく知っているか、いないか。ま、いずれにしてもあまり多く、いねね」

「すると、ビジネスのトラブルは、あまりなかったか」

「表立ってはな。なかには、クサんだ物と知りながら目録ごと買い付けて、地方の博物館か美術館に売り付ける奴もいるってさ。いつだったかな、九州の方の美術館に、仰々しく飾られた古伊万里を見たっけな。俺ンところに、橘薫堂から一度持ちこまれた代物だったよ。俺の目を誤魔化しきれるほどではなかったから、突っ返したけどな」

得意げに話す老人を見ながら
──突き返してはいないな。その古伊万里を、美術館に持ち込んだのは、この男だ。

四阿は確信した。そうした世界であることが、その方程式のようなものが、朧げながら四阿にも、見えはじめていた。

「大将はどう思う？　やっぱり商売がらみで、殺(や)られたかね」

「わからねぇなあ。ここの所、大きなトラブルがあったとは聞かね。いや、それよっか、ここのところ、橘薫堂があんまりまともな商売をするんで、面食らっていると、あっ」

　それまで振り回していたもつ焼きの串が、宙でぴたりと止まった。止まって、すぐになにかを打ち消すように、また忙(せわ)しなく動きはじめた。「どうした」とも「なにか思い出したか」とも聞かなかった。そうしたことについて、四阿も根岸もプロであった。

　根岸が、井沢にわからないように、四阿にむかってアイコンタクトを送った。

「そういえば、四阿の同期、ほら、なんとか言ったっけ」

「だから同期じゃありませんてば。学校時代に世話になった人だって。加藤さんのことでしょう」

　井沢の表情が、驚きに変わった。

「加藤って、課長補佐の、か」

「ええ、むかし世話になったんですよ。どうしているかなぁ、去年まではよく会っていたんですけどねぇ。最近はお互いに忙しくなって酒を飲む機会もない。そうだ、せっかくここまで来たことだし、ついでに逢って帰るか」

加藤の名前は、あらかじめ調べておいた。そうしておけと言ったのは、根岸である。無論、知り合いでも、なんでもない。けれど、古物商の鑑札を失った井沢にとっては強烈な蜜のにおいを振り撒く名前であることは、確かだ。

鑑札には二種類ある。古物商許可証と古物行商許可証で、いずれも地元警察署の生活安全課への届け出だけで、比較的簡単に取得することができる。しかし生活安全課がかつて防犯課と呼ばれていたことからわかるように、警察の目から見れば、この世界は、犯罪の臭いのする品が白昼堂々と売買される、犯罪の温床なのだ。一度失った鑑札は、よほどのことがないかぎり再取得することができない。まして盗品売買に関係した井沢には、半永久的に鑑札は下りない。井沢自身、そのことを十二分に知っていることだろう。

「ほ、本当に加藤課長補佐と、知り合いなのか」

「疑うのは、あなたの自由ですが」

「いや、信じる。信じるよ」

根岸が、間髪を容れずに、

「ところで大将、なにか思い出したことがあったろう」

「え、うん。ああ」

「隠しっこは、なしだ。なぁ、大将」

「それがあまり、確かな情報ではねぇけどな。ちょうど一年半ばかり前から、橘薫堂に妙な男が出入りしているという話を、耳にしたんだ。橘薫堂ほどの商いであれば、外から目利き師を入れても不思議ではないが、どうも実態がつかめねぇ」

「目利き師？　鑑定人のようなものか」

「ああ。目利き師は店の看板だ。動いても動かなくても、店にそいつがいるかぎりおかしな品物は持ち込まれなくなる。だから普通なら、必要以上にそいつのことをアピールするはずだが、いったい橘薫堂はなにを考えているんだか」

「それが一年半前か。気になるな」

　こうして、現役を何年も前に退きながら、井沢は業界の情報を集め続けている。それだけ魅力のある世界なのだ。同時に、この井沢という男に情報を売り渡す人間はいても、彼のために名義を貸そうという人間はいない。そういう男だからこそ、畑中は、決して友好関係を結んでいるとは言いがたい刑事に、紹介したのだとも言える。

「だいたいよ。橘薫堂が怪しい商売をしながら名士で通って、どうして俺が冷飯を食わねばなんね。こういうのは、不平等ってもんじゃないかね」

井沢の口から聞くと、不平等という言葉が、しごくまともなものに聞こえることがおかしかった。

「あいつなんざよ、国立博物館のお偉いさんにまで手をのばして、やりたい放題じゃねぇか」

「そりゃ、どういうことかね」

「鑑定書さ、国立博物館の鑑定書がつけば、鷺をコウノトリだと言いくるめることもできる。それ以上の鑑定がないのだから、文句の付けようがない」

四阿は思わず根岸を見た。あまり話が大きくなりすぎると、自分たちの手には負えなくなってしまう。井沢の一言は、その可能性を充分に秘めていた。

「話がでけぇな。ほんとかね」

「裏をちょいと知った人間ならば、誰でも知っていることさ」

「いったい、いつから」

「わからねぇ。随分と古い付き合いらしい。そうさなぁ、橘が今の店を引き継いだ頃からだって噂もあるしな」

「ちょっと待ってくれ。なんだって、橘が橘薫堂を引き継いだって、どういうことだ。あの店は、橘が作った店じゃないのか。だから屋号に自分の名字を一字入れたとばかり思っていたぞ」

「ちがう、ちがう。ア～ッハッハッハ。あの店も先代の頃は良かったって、古株は言っているさ。昔は今の電通通りの裏手に店を構えていてな。刀と甲冑を扱っていたのさぁ。頑固で、一徹者の親父がいてさ、俺も若い時分に市で怒鳴られたことがあったっけ。お前の入札の仕方には、粋がないってよ。けっ、知るもんかよ。粋ででかい銭が動かせるなら、市に集まる連中は皆が皆、粋を競うって」

「話をそらすな！」

根岸の声が変わった。落としどころを見付けたと、判断したに違いない。こうしたときの根岸は、パートナーである四阿が横で見ていても、恐ろしくなることがある。

「な、なんだよ。驚かす……」

井沢もまた、根岸の変貌に気が付いたらしい。その視線を真っすぐに見返すことができなくなって、串を手にしたまま、俯いてしまった。

「橘薫堂のことだ。橘はあの店を自分で作ったのではないのか」

「ああ。もうかれこれ三十年ばかり前になるかな。東京オリンピックがいつだっけ、一九六四年？　ああ……だったら、その次の年だ。その頃、先代が、ちょっとした銭のいざこざを起こしちまって、店がやばくなったんだ。そこで先代の養子になるという形で、今の橘が乗り込んできたのさ。その当時で三千ばかりの銭を積んでね、結局、先代は静岡の親戚のところに身を寄せ、店は橘が引き継いだんだ」

「橘が、養子。それもほとんど店を買い取る形で。四阿！」

「は、はい」

「一九六五年といえば、橘はいくつだ」

「ええっと。現在六十二歳ですから、三十一ですね」

根岸が井沢に向き直った。

「大将、当時で三千といえば、今の五億円に近い。そんな大金を、どうやって橘は手に入れたのだろう」

「それが当時でも不思議だった。なんでも父親が持っていた山林を相続したので、それを売ったとか売らなかったとか」

「それ以前の橘は、なにをしていた？」

完全に根岸のペースで話が進んでいる。こうなると相手は、弾みがついてしまって、言い澱むことさえ許されなくなるらしい。

「わからねぇ。前々から興味のあった世界に、思い切って飛び込んだと、他の業者に洩らしたことがあるらしい」

「ふうん、なるほど、ね」

根岸が黙り込んだことで、ようやく井沢も自分を取り戻したらしかった。根岸がよほど恐いのか、卑屈な表情で「もう一杯いいかな」とジョッキを振ってみせ、四阿がうなずくと、媚びるような笑顔をこちらに向けた。

「お兄さんは、出世する顔をしているなぁ。ついでだからもうひとつだけ、思い出したことを教えてやるよ」

「そりゃあ、どうも」

「あのな、ここのところ橘薫堂がまともな商売ばかりをしていると言ったが、そうでもないんだな」

「おい！」

　四阿は、そろそろこの男がいやになりはじめていた。事件の関係者に特別な感情をもって接することが、捜査官に許されないのは百も承知で、なおかつ全身が放つ腐臭に、顔を背けたくなる人種が、たしかに存在する。この井沢という老人は、紛れもなくそこに所属していた。先程までの言葉を平然と覆し、尻尾を振るふりをしながら、相手の足をしっかりと掬うタイプである。

　根岸があらぬ方を見ている。考え事をしているのだろう。

「いい加減なことばかり言っていると……」

「いい加減じゃないんだ。畑中の市でつい最近、面白いことがあったらしいんだな。宇佐見陶子という、売出し中の旗師がいるんだが、随分と派手な商売をしてくれたらしい。不景気続きで大きな商いが成り立ちにくいんで、噂になっているそうだ」

　宇佐見陶子の名前が出たことで、根岸がこちらに向き直った。

「それが、どうした？」

　根岸のかわりに、四阿が聞いた。

「どうやら、冬狐堂、これが宇佐見陶子の屋号なんだが、後ろにとんでもないコレクターが付いていて、これからも大きな商いをしばらく続けるとさ」

「もったいつけずに、早く先を話せ」

「へっへへ。この冬狐堂だが、どうやら橘薫堂がクサんだものを売り付けたらしい」

「贋作か！」

「冬狐堂のことは知っているかね。あれは元は東都芸術大学の教授の女房さ。目元はきついが、随分といい女だってなぁ。旦那にベッドの上で、アレコレ仕込まれたことだろナ。プライドの高さも、とびっきりだとさ」

「大将、もって回った言い方はよしにしようや。おたがい、それほど長い付き合いじゃないんだ。ツーといえばカーとわかるほど、おれたちは優秀な警察官じゃない」

「プライドの高い女が馬鹿にされたら泣き寝入りはしないだろって、そう言いたいのさ」

「宇佐見陶子が、なにかを仕掛けようとしている？」

「本人は、頭を隠してるつもりだろうが、でっかいケツが見え隠れしているって評判だ」

「宇佐見陶子は、いつ贋作をつかまされた」

「この二ヵ月か、三ヵ月のことだろう。俺の手下として使っているブローカーからの情報だ。まず、間違いはねえ」

「となると、田倉俊子殺しと、時間的な辻褄があうか」

「な、この話を加藤課長補佐に話してくれや。犯罪を未然に防ぐんだ。でよ、俺のことをしっかりと話しておいてくれ。そうなりゃなぁ」

根岸が立ち上がると同時に、四阿も席を立った。

「おい、帰るのか」

「ああ。貴重な話をありがとう。事件が解決したら、表彰状でも取ってやろうか」

「そんなもの、いらね！　それよりも鑑札だよ」

「ゆっくりと、飲んでくれや」

そう言って、根岸がポケットから財布を取り出し、五千円札を一枚テーブルに置いた。そのまま店を出ようとした。

「待ってくれ。生活安全課の加藤だ。浦和の井沢が捜査に協力したって、おおい！」

いったん店を出ようとした根岸が、回れ右をした。なにをするつもりだろうと、四阿が振り返ると、根岸は井沢の耳元で何事かを囁いた。とたんに、井沢の顔が真っ赤になって、「それはねだろう！　これだけ話したんだ、おい、嘘だろう」

「行こう」と、根岸に肩を押され、四阿は店を出た。

「なにを、言ったんです？」

「別に。ただ、あの男があまりに調子に乗っているものだから、先程の生活安全課の話が人違いだったと、な」

「ひでぇなあ」

そう言いながら、四阿は笑顔を隠せなかった。同じことを井沢にしてやろうと、先程から何度となく思っていたところだ。

——俺も毒に染められはじめたのかな。

それが捜査官としての毒なのか、古美術の化物じみた世界に澱む毒によるものなのかは、わからない。

表に出ると、熱気を帯びた空気が、むっと鼻についた。大きく息を吸い込むと、そのまま肺にも気管にも熱気がこもって、痛みを感じるほどだ。思わずネクタイを弛め、根岸を見ると、こちらは完全にネクタイを外してしまっていた。四阿の視線に気が付いたのか、ひとこと「年寄りは夏が苦手なんだ」と、苦笑いを返してきた。

駅前に置いた車のなかで、

「どう思う?」

と、根岸が口を開いた。

「聞けば聞くほど、理解しがたい世界ですね。それにしても、橘が養子であったとは」

「たしかに驚いた。でもな、おかげで被害者について、はっきりとしたことがある」

「はい」

田倉俊子の銀行取引についての調査報告が、二人の元に今朝、届いていた。港区の老人介護専門病院を訪ねたのが五日前である。これほど迅速に調査が進んだのは、田倉俊子が、たったふたつの銀行しか使っていなかったからだ。「出してくれるか」と根岸に言われ、四阿はポケットコンピュータのスイッチを入れた。

「銀行のデータ管理は、もっとガードが堅いと思っていましたよ。でも殺人事件の捜査だといったら、すぐにファイルを開いてくれたそうです。どうしても駄目ならいっそハッキングでもしてやろうかと、担当の男と話していたんですよ。けれどすぐにメールを……」

「五つだ」

「はあ?」

「コンピュータのカタカナ用語は、三つ以内に抑えろといったはずだ、忘れたか。それを五つも言った。ペナルティだ、今夜の夜食はお前持ちだからな」

「少しは順応性を持った方がいいですよ」

キーボードを操作すると、すぐに田倉俊子の銀行取引に関するデータが画面にあらわれた。それを根岸に渡した。

「なんだかんだ言いながら、これがあるせいで、最近メモも取らなくなったくせに」

「ごちゃごちゃ言うんじゃない！」

根岸の目が、画面に釘づけになった。

「それにしてもすごいな」

田倉俊子は昭和三十四年、郵便局に普通預金の口座を開いている。それを大手の都市銀行に切り替えたのが昭和四十年である。

「昭和四十年ということは、橘薫堂に就職をした機会に、都市銀行に口座を開いたということか」

根岸が「凄い」と言ったのは、その金額である。昭和四十年といえば、大卒の初任給が二万三千円前後の時代にあたる。その当時、田倉俊子に給与として橘から振込まれた金額は、八万を超えていた。当時から歩合制であったらしく、金額に上下があるものの、それでも破格の給与を受け取っていたことになる。

「とてもじゃないが、二十四歳の若い娘が受け取る金じゃない。被害者が目利きであり、耳役であったとしても、当時はそれほどの能力があるはずがないからな」

「常識的に考えれば、橘の愛人であったと思われますね」

「もしくは……だ、三十過ぎで巨額の金を手に入れ、橘薫堂を乗っ取った橘の、よき協力者であったか」

おい！　と根岸が場違いな大声を出したのに驚き、四阿はあわててブレーキを踏んだ。

「もしかしたら、俺は大馬鹿だったかもしれんぞ」

「はあ」

「戻るんだ。すぐにさっきの居酒屋に戻って井沢を押さえるんだ！　いや、ちょっと待て。そうか、俺は奴にしっぺ返しをしてしまった。やはり惚けていたな、あんなことを言うべきではなかった」

「どうしたんです？」

「橘薫堂だよ。井沢が言ったことを思い出してみろ。橘が橘薫堂の養子に入ったのが一九六五年。そのことを思い出すとき井沢は、東京オリンピックの翌年だから、と言ったろう。それが大切だったんだ」

「よくわかりませんよ。普通はそんな覚え方をするものじゃありませんか」

「違う。大きな事件や、よほど身内で大切なことがある場合はそうだが、たかが若造が、銀座の小さな店に入ったことを、井沢はどうして三十年もたった今でも正確に覚えているんだ？」

「そりゃあ、裏の世界についてはかなり詳しい男のようですから」

「俺もあの時はそう思った。けれど三十年前は、井沢だって若造だ。今ほどには裏の世界に通じていたわけじゃない。むしろ自分の商売で手いっぱいだったはずだ」

「すみません。ぼくの想像力を超えています」

「すぐに謝るな。もっと考えるんだ」

根岸が両手を組み、右手と左手で指相撲をするような仕草を延々と繰り返した。

「なにかが、あったんだ」

「橘と井沢の間にですか」

「それなら、さっきの話に一端でも匂わせていたさ。井沢自身になにか起きたか、あるいはもっと大きな出来事。たとえば、だ。古美術の世界に生きるものなら、誰でもが知っているような大事件だ」

「そうか！　その事件をオリンピックの翌年と記憶していて……」

「ことのついでに、橘薫堂のことも頭の隅にあったんだ。いや、あるいは事件と橘との間に何かの関係が……それは考えすぎだな」

「すぐに居酒屋に……いや、自宅に向かいます」

車のギアをいれ、反転しようとしたのを、根岸が止めた。切り返そうとしたハンドルに、意外なほど強い力でロックをかけた。

「待てと言っただろう。もう無駄だ。いまさら、あの男はわたしたちに、なにも話さないだろう」

珍しく、根岸が自身を責めたのは、そこまで計算じたからだろう。

「どうしたものかな。なにかの事件であれば、所轄の資料か、新聞社にでも行けばわかることだが」

「なんて世界でしょうね。あっ、そうなると宇佐見陶子は、どうなるんですか。事件の根元が三十年前じゃ、彼女はどう考えても無関係ですよ」

「理屈ではそうなんだが。どうも、なぁ。宇佐見陶子……そうかその手があったか。彼女に問い合せてみればいいじゃないか。三十年前の事件について、なにか知らないか。たとえ三十年前のことでも、それほど大きな事件であれば、知らないはずがない。なにか都合の悪いことがあるなら、彼女は、なにも話さない。そうだろう、四阿」

四阿にかけられた言葉のようで、実はそうではない。根岸がこのような状態に陥ることを、四阿は幾度となく見ている。言葉は、自分の深いところにむかって投げ込んだ小石だ。その波紋を根岸は自分で見ているにすぎない。

「なぁ、四阿。やはり解答は宇佐見陶子が握っているのかもしれない。本人がそれと気が付いていないだけで」

第四章　追われる狐

1

七月十五日。

もう二時間も、陶子は潮見老人の手の動きを見つめている。節くれの浮き上がった指で、いくつかの道具を取り上げ、切り、削り、組み合わせ、押さえ、引き、形を整える。肘(ひじ)から下は完全に機械と化していて、その動きに毛ほどのためらいもない。言うまでもなく、老人が使用している道具は、銘木屋から引き上げてきた、例の物である。

木地の製作に入ると、老人が電話を寄越したのは昨夜のことである。疲れのにじんだ声で「明日から仕事に入ります」とひとことだけ。その声があまりに尋常ではなくて、夜明けを待たずに車を飛ばして、鎌倉の仕事場まで陶子はやってきた。

内鍵のかかっていない引き戸を開け、仕事場に駆け込むと、鼠色の異様な服装を身にまとった老人がいた。「大丈夫ですか」と、声をかけるつもりが、最初に口をついてでてきたのは「その服装はなんですか」であった。

「やはりおいでになりましたね。ああ、化粧の匂いがしていないのはさすがです。わずかなルージュの紅も、化粧水の香りも、この部屋では御法度ですから」

老人が、雨戸を締め切った部屋のなかで、そこだけがぽっかりと光の輪のなかに照らされるように座っていた。

服装が異様なものに見えたのは、それが時代劇にでも登場しそうな、袴姿であったからだ。そう気が付いたのは、しばらく経ってからのことだ。服装ばかりではない。雨戸を締め切るというのも異常であるし、その真っ暗な部屋のなかで電灯もつけず、平皿に油を張って灯芯を浮かべているというのも、いささか演出に凝りすぎではないかと、陶子を失望させた。

「随分と神経質なんですね」

刺があると思いながら、その言葉が出てしまった。その時だった、潮見老人が唇に薄い笑いを浮かべ、

「儀式かなにかと、間違えておいでのようだ」

その笑顔はこれまでの人懐こさをきれいに拭い去り、酷薄さが滲んだ上弦の月を思わせた。

明かりに、潮見が手をかざした。華奢で、細い指である。そこだけを見れば、三十代で通るかもしれない。数々の道具を使いこなし、そして傷ついていたはずの手。一個の機械か、古びた流木のような姿を想像していた陶子は、意外な手の若さに驚いた。

「こんなことを考えたことがあります。時間の流れとは、果たして平等であろうか、と。やさしさは必要ありませんが、時の流れだけは誰に対しても、どこに対しても平等でなければならない。裁判官の公平さと冷徹さによって、貫かれていなければならない。本当にそうであるなら、この時間のうねりのなかで残るべきは残り、流されるべきものは流されて、荒涼無限の海へと還らねばならない。

けれど時間は本当に平等だろうか。もしかしたら絶対主たる存在にも好き嫌いがあって、本来時のうねりを超えて我々に残して置くべきものを、しばしば消し去っているのではないか。そんなときなのですよ。私は自分の手に使命感を感じるのは。それを言い訳と取られることなぞ、恐れちゃいないんです。自分が信じていればいいだけ

のことですから。だからこの手が作り上げるものは、きっと、不幸にして歴史の隙間に消えていったもの、本来ここにあるべきものが、ようやく姿を見せただけのものなのだと、思うことにしています。若い頃に気まずい後悔ばかり重ねた私には、そのように思うしかないのですよ」

と言って、潮見老人は道具箱から、手槍の形をした槍鉋を取り上げた。

「まず光が、違うのですよ。八百年の歴史を刻み付けたであろう光、きっとこうした稚拙な灯りの下で作られたであろう、金粉、螺鈿のみが持つ光が、違うのですよ。それだけじゃない。あてられた鉋の角度、刃の陰影、揺らぐ炎の下でのみ可能な一本の曲線まで、電灯の下では決して得られません。そうしたところに、目利きは『今様（いまよう）』の影をとらえるのです。すなわち違和感として」

「けれど、どうして日の下で作業をしないのですか」

最初は、太陽の光を素材が嫌うのかとも思った。銘木屋で購入した古材や、潮見が東北で買い入れてきた材料。いずれも、その当時のものを再現するためには、不可欠なものである。けれど、それが日光の下では、なんらかの化学的な作用を受けて、変質してしまうのか。

「それも、なくはありません。化学的作用というよりは、むしろ水分の蒸散を避けることが目的ですが。

ただ、もっと大きな理由があります。当時の職人頭は、大切な作業は夜、行なっていたに違いないと、私は思っているのですよ。鎌倉時代から室町にかけての時代というと、すでに家内工業制の分業体制が出来上がっている頃です。特に工芸品の製作には、弟子と称する人種の他に、外部の職人も多く入っていたのではないでしょうか。そうした連中に、秘伝の業を見せるような真似は、絶対にするはずがありません。技術を持ったものは、誰にも見つからない、そう弟子にさえ見せなかったでしょうよ。深夜、孤独な作業をこうした小さな灯りの下で行なっていたに違いないのです。

　数年前の話になりますが、山口県の小都市で、日本最古の磨崖仏（まがいぶつ）が発見されたことがありました。ご存じですか？」

　陶子が知らないと答えると、潮見は小さく咳（せき）をして、うなずいた。

「古い神社の裏の崖に、頭の大きな、それでいて日本的な感覚からはまったく異質な、アルカイック・スマイルの観音像が見つかったのですよ。様式のみを見れば、熊野磨崖仏をはるかに遡ることができるのは、明らかでした。さて、それが本当に日本最古のものか、それとも後世の模倣か、今も論争が続いていると聞きます。

　私ね、見にいきましたよ、山口県まで。

　失望しました。光がまるで違うんですよ。どれほど過ぎ去った時間を取り戻そうとしても、そのために過去の技法を真似ようとしても、真似しきれないものはあるのですよ。今日の食物ひとつにも事欠く時代に作られたはずのものをね、なに不自由なく暮らす人間が真似ても、そいつは、しょせんは真似事の領域を出やしない。だから、ね」

無造作に、少なくとも陶子にはそうとしか見えない手つきで、潮見が槍鉋をふるった。時代が極限まで凝縮された堅い茶褐色の木目に添って、白い刃が、まるで粘土を削るように、するりと食い込んで、力の方向に抜けていった。

「ご覧なさい」と、切り口を老人が示した。化石と間違えても仕方のない色の表面から数センチ下、艶かしささえ感じさせる木肌がのぞいていた。

「千年たった木材だからって、木は木です。表面がいくら古びたって、少し削りだしてやれば、まっとうな木はいくらでも生き返ることができる。だからこそ、千年でも二千年でも建物がもつんですよ。日本の木材文化をささえた、こんな木が、今はもう手に入らない。たとえば今、法隆寺と同じ建築物を作るとすると、屋久島を裸にしないかぎり不可能でしょう。たった数十年で材木を育てようとするこっぱ役人どもが、まともな材木一本手に入らない時代を作りやがった」

老人が、刃の薄い槍鉋を手にした。両足で古材を挟み、右手は刃先に、左手は柄にかけて、上半身を大きくスイングさせる。荒削りによって大雑把に形をつけられた表面が、そのひとつの動作で人肌を思わせるなめらかなものになった。

――寒い！

見るものをして、鳥肌がたつほどの手練の業である。その刹那、陶子は確かな感覚として、寒気を覚えた。

「鉋を振るう腕の動きをひとつ取り上げてみても、着物とシャツでは同じであるはずがない。衣擦れの不自由さは、いったいどこに表れるのか。頭で計算できることなど、たかが知れているじゃありませんか」

そこで言葉を止めた潮見が、同時に動作も止めた。

「どうしました、か？」

「いや」と言って、再び木を削る作業を、老人は再開した。

「頭で計算できることは、たかが知れている。けれど、それが私の限界なのか。それを凌ぐものがいることは、決して忘れてはならない」

老人は、鉋と古材の向こうに別のものを見ている。陶子はそう感じた。

「もしも作り手が肉を一切食さず、一日二膳の粥しかすすらなかったとすれば、その眼は、どれほどの細かい作業に耐えられたものか。連中に細引超微粒子の金粉を、果たして使いこなすことができただろうか。

美に対する考え方はどうだ。花鳥風月しか楽しむもののない時代に生きた工芸師と、テレビもビデオも普及し、映画では本物さながらに宇宙旅行が楽しめる時代に生きる私と、花や草木の揺らぎを見て美しいと思う気持ちは、果たして同じといえるだろうか。

　手触りはどうだ。この私の手は、汗が玉になって弾けそうな極上の天鵞絨も、あの、冷たさの奥深くに炎を秘めた翡翠の肌も、みんな知ってしまった。だとすれば、私はこの感性をすべて封じ込め、『その日』に帰らねばならない」

「そのために、姿形まで変えて……」

　よく見れば、灯火の陰影かと思われた老人の頬の陰りは、海溝のような皺である。いったいいつから自分の体をいじめているのか、それでなくても小柄な老人のからだから、さらに水分と脂肪が削り取られたようだ。先程から座ったまま位置を移動しないのは、下半身が萎えているのかもしれなかった。

　だが、目が死んでいない。死んでいないどころか狂気さえ帯びて、今も膝で挟んだ箱のパーツを、上から横から眺めて手を入れている。触れただけでポキリと折れそうな指が、槍鉋を操り、堅い檜のパーツを、易々と木屑に変えている。そこに鳥肌が立つようなエネルギーを感じ、陶子の額に、うっすらと汗が浮いた。

「どうかね、作業は進んでいるかね」

「おかげさまで、着々と」

夜。陶子はプロフェッサーDの誘いを受けて、世田谷区三軒茶屋にやってきた。彼が出版関係者に紹介された店だという。商店街からは道を一本はずしたところにあって、静かなビア・バーである。

「たいした贋作者であるとは想像していましたが、まさか、あれほどとは」

「それほどに凄いと？」

「凄い、凄くないのレベルではないでしょう。彼は掌に時間を載せることのできる職人です」

陶子には、この日の誘いがいささか重荷に感じられた。老人を紹介してくれたのはDである。しかし彼がこれ以上、目利き殺しについて関わりを持つのは避けなければならない。万が一でも外部に漏れたなら、Dは帰化以来築きあげた地位も名誉も、すべて失うことになる。ことに、日本人はその手のスキャンダルには敏感な国民だ。昨日まで文化人よ、大学の先生よと握手を求めてきた同じ手で、今日は頰に平手をくれることができるのである。

できれば、この話題には触れたくない。そう思っても、この日のDは、いつになく執拗だった。

「ところで、なにを依頼したのかね」

と問うDの前に、陶子は一冊の文庫本を取り出した。「新古今和歌集です」

話す言葉には不自由しないDだが、漢字にはあまり強くない。雑誌に発表するエッセイも、平仮名で書かれたものを、編集部が漢字混じりにリライトしている。陶子が妻である間は、彼女の仕事だった。

「この中の歌を元に文箱を作ってもらいます」

「歌を元に？」

「根津美術館に、古今和歌集より壬生忠岑の歌を元にした硯箱があります。室町時代の代表的な様式ですが、私はそれよりも少しだけ時代を遡ったものを」

「これまでに例がなく、それでいて決して否定できない作風か」

「その通りです」

店の主人が、二人のテーブルに料理の皿を置いた。ひと皿目はキャナールをローストしたらしい一品、フルーツソースと鴨独特の脂身の焼ける匂いが、鼻孔を刺激する。それに夏野菜をたっぷりとあしらったブイヤベース。ブロックに切り分けた魚介類と、ミニ玉葱、セロリなどが、見ているだけで楽しげに深皿に横たわっている。

「ここの料理は最高だよ。それにビールの種類が豊富であるのがうれしい」

と、食べ物にはうるさいDが絶賛する。陶子が飲んでいるのは度数が八％のビールである。その他にこの店には数種類の度数のちがうビールが常時揃っているという。もちろんワールドビールも二十種類以上置いてある。

ブイヤベースを一口する。魚介類そのものから滲みだした旨味とは別に、かなり深い、骨の旨味がある。

――ふうん。テールスープをブレンドしているのか。珍しい。

「どうかね」と、Dが目で訊ねた。「言うことはありません」と、陶子も同じように視線で回答を示した。ひとしきり料理の話題が続いたことで、目利き殺しのことが忘れられた。かつての夫婦というよりは、今も濃密に関係を保つ師弟であるかのような会話が、陶子にはうれしかった。現実には、離婚してから五月の末に研究室を訪れるまで、陶子は意識的に彼と会わずにいた。人は顔をあわせなければ、思いが立ち消えてしまうわけではない。身勝手にDの妻となり、彼から多くの時間と知識を受け取って、また身勝手に彼の元を去っていった、その思い出さえも決して悪いものではなかった。あくまでも陶子にとっては。ただ、後ろめたさがあっただけである。

――ならば。私はどうして！

どうして、再びDと逢っているのか。夫婦でなくなったあとも、こうして食事をし、話をする機会を、陶子自身がずっと待っていたのは事実である。事実であることと、それを認めることの間には、はるかな隔たりがある。

迷う気持ちに鄭富健の姿が重なった。

『いつか、誰かが橘薫堂の首に鈴を付けなければなりません。彼が好き勝手に御しきれるほど、この世界が素人の集まりではないことを、教えなければ』

ベッドのなかで、つぶやきに似た鄭の声を聞いたとき、どうしてあれほど簡単に、自分は橘薫堂への目利き殺しを決意してしまったのか。

畑中が主催する市で、鄭富健の腕に摑まる若い女性がいたことを思い出していた。後ろ姿と、横顔しか見なかったが、そのとき不思議と、嫉妬めいた感情は陶子にはなかった。鄭と肉体関係を持ったことを後悔などはしていない。それよりも、これから鄭と精神的な交わりを持つことが、どこかで鬱陶しかったのかもしれない。二人の姿を見て、心が乱れなかったといえば嘘になる。鄭が妻帯者であろうと、なかろうと、恋人を持つ自由はあるはずだ。自分がそのひとりであったとしても、彼を束縛する気はなかったし、同じ理由で束縛をされたくはなかった。

――とどのつまり、私は狡くなることを覚えただけだ。

そう思って納得した胸の奥に、自分はDの姿を見てはいなかったか。目利き殺しを決めた自分は、これでDと会える自分を喜んではいなかったか。

「陶子」

Dの言葉がスイッチになった。意識が切り替わる。

「は、はい。すみません、聞いていませんでした」

Dがテーブルに新聞を出した。

「読んだかね」

そういって、一面を開いて見せた。カラー写真で、ひとつの花器が紹介されている。その横に大きな飾り文字で『ボストン美術館と、研究交換か？』と、書かれた見出し。

「これは……！」

陶子は、記事に目を向けるゆとりがなかった。それほどに『幻の遠州伊賀』と、キャプションがつけられた花器の出来は、すばらしいものである。新聞独特の目の粗い写真を通してさえ、真作かそうでないかの論争が無意味に思えるほどだ。あとは、この花器を前にして、人はその美について言葉を尽くすだけでよい。

「遠州伊賀というと、あの小堀遠州の作ですか。よくこんな名品が」

「今まで埋もれていた、と？」

「ええ。少なくとも、我々の世界で見かけたり、噂を聞いたことはありません」

興奮する気持ちをそのままに、記事を目で追った。東北のコレクターが収蔵していたものだが、国立博物館で鑑定を進めたところ、小堀遠州の作であることがわかったと、紹介されている。

「どう思うかね」

とDが問うた。

「どう思うもなにも、これほどの逸品が眠っていたことに、ただただ驚くばかりです」

「そうか、陶子ほどの目を以てしても、それが逸品といいきるか」

Dの目が、皮肉の光と、もうひとつなにか読み切れない感情によって、きらめいた気がした。その読み切れない感情は、そのまま陶子の不安となって、胸のあたりにこびりついた。ただし、小さな影である。もっと理性的な部分で、陶子は自分の目利きをまだ疑ってはいなかった。もしも、これが贋作であるとDが言うなら、それは彼の目の方に曇りがあるのだ。

「紛れもない、逸品です。たぶん重要文化財の指定を受けても、不思議はないでしょう」

だからこそボストン美術館は、互いの文化交流の一環として、北斎の原版との相互貸し出しを検討しているに違いない。こうして新聞に大きく扱われているところを見ると、それもほぼ決定的になっているのではないか。

Dが、苦しげに顔を振った。そして「NO！」とひとこと。

「国立博物館の主任研究員の談話が載っているね」

「はい、戸田幸一郎と、あっ！」

その名前を失念していた自分が、とんでもない愚か者に思えた。それほど遠州伊賀の花器の第一印象がすばらしかった、とも言える。

「彼は、ミスター橘と組んでいる男だ」

「じゃあ、これも橘薫堂が？」

それでもなお、陶子は自分の目利きが正しいことを疑ってはいなかった。自分の目を疑うことは、これまでの実績をすべて捨ててしまうことだ。それは同時に、プロフェッサーDに教わったすべてを、否定することでもある。

そんなことが、陶子に出来るはずはなかった。けれど現実は今、陶子に不安な選択を迫っていた。それをさせようとしているのは、当のDである。

「陶子、この器はなにかね」

かつて夫であった人の口調が変わった。日頃、軽口などたたかないDだが、この時はさらに言葉に重みが増しているように思えた。それだけに、この質問が滑稽に聞こえた。

「これは……その」

花器と答えればよいのか、遠州伊賀と答えればよいのか、しばらく迷って「花器です」と答えた。愚かしいほど小さな声で。

「では、これはどこに置かれるものかね」

「当然、茶室でしょう」

「そう。特に作り手が千利休の流れを引く小堀遠州であれば、この器が置かれる場所は、茶室以外にはありえない」

　陶子は茶をたしなまない。けれど、相応の修業をした茶人で、これを自分の茶室に置き、季節の花を飾ることを望まないものが、いるだろうか。

「では、これが茶室に置かれたところを想像してみなさい」

　言われなくとも、その作業をすでに陶子ははじめていた。茶をたしなまなくとも、茶室の造りくらいは熟知している。

　――そう、置くなら茶をたてる人間の背景となる場所が良い。供される側は、茶人の手元の確かさに酔い、そして背景の花器と……。

　頭に描いた茶室と、そこで行なわれるであろう点前の様子を合成してみる。

「まさか！」

「わかったようだね。きみは美術を学んだ人間だ。それならば茶室の色彩とこの花器の色彩とが、決して同化してくれないことに、気が付いたはずだ」

　茶室においては、そこに存在するすべてが一幅の絵になっていなければならない。茶室に埋没せず、そして自己主張もしないことが、第一の理である。

　もう一度、茶室に置かれた花器を想像した。

「花器の朱が、ほんのわずかですけど浮き上がります」

「このようなものを、小堀遠州という希代の茶人は焼いただろうか」

言葉がなかった。ひどく長く感じられる沈黙ののち、それは虚しい反論となって、陶子の口をついて出た。

「けれど、橘薫堂の橘は、自身が優秀な茶人でもあります。花器の欠点に気が付かないはずがありません。いや、それよりも」

「作った本人が、気が付かないはずがない。これほどの物を作りだす贋作師であれば」

「はい」

「これは、あくまでも想像でしかない。それと踏まえて聞いてほしいのだが、もしかしたらミスター橘は、この花器がしっくりと当てはまる、きわめて特殊な茶室を知っているのではないだろうか」

「特殊な茶室というと」

「色彩的に、普通の茶室に比べて赤の雰囲気が勝った造りの茶室であれば、あの器は見事に自分の気配を消すことができるだろう」

「そのような茶室を、橘は知っている」

「それもかなり強烈な印象として残っているのではないかな。あるいは……この花器に非常によく似た逸品を記憶に焼きつけているのかもしれない」

けれど、と思った。それはあまりに想像の飛躍がすぎてはいないか。話としては筋が通っているかもしれない。ただし、証明する根拠はなにもない。

――いや。

根拠はあった。あの橘薫堂の橘秀曳という男が、この花器を自信を持って国立博物館に持ち込んだとしたら、その行為自体が、なによりの証明といえる。陶子は、最後の反撃を試みた。

「けれど、この花器を橘薫堂が持ち込んだというのは、プロフェッサーの仮説にすぎないのではありませんか」

「たしかに私の仮説だ。けれど数学のメソッドを使用するまでもないだろう。この花器がきわめて巧妙な技術で作られた遠州伊賀の贋作であり、なおかつ国立博物館のキュレーターが絡んでいるとなると、その背後にミスター橘が存在することは自明の理、ではないかね」

「確かに、そうです」

「なによりも、私はこの花器の作者の力量が恐ろしい。ここから先は推測の域を出るものではないが、私には、作者が、わざとこのような花器を作ったとしか思えないのだよ。彼の目的が別のところにあり、なおかつ我々の想像をはるかに凌ぐ贋作技術を持っていたとしたら、私には、それが恐ろしい」

目の前のDの視線が痛かった。彼をして「恐ろしい」と言わしめる世界に、陶子はすでに足を踏み入れている。会話がそこで途切れ、陶子は仕方なしにぬるくなったビールに手を付けた。カウンターのなかから「取り替えましょうか」と、主人の声がした。それには首を横に振って応えた。

プロフェッサーDがなにを言おうとしているのか、わからなかった。気の抜けたビールは、少し生臭く感じられる。舌にわずかに載せただけで、グラスをテーブルに戻すと、間髪を容れずに、代わりのグラスが置かれた。

「すみません、差し出がましい真似をしてしまって。グラスで死んでしまったビールを見るのが、どうしても忍びがたいのです」

精緻なヨークシャーテリアの刺繍が縫い取られた、ワインレッドのエプロン姿が頭を下げた。いつのまにかカウンターの表に出てきた店の主人が、新しいグラスビールを持ってきたのである。「先生もいかがですか」そのタイミングが絶妙だった。

「お願いしようか。それにしてもこのキャナールは、見事だね」

「ありがとうございます。最近はチルドのよいものが入りますから」

主人の登場と、Dとの短いやりとりが、ちょうどいいきっかけとなって、テーブルにわだかまった緊張がほぐれた。Dは新しいグラスが届けられると、それを顔の前に掲げ、「改めて」と乾杯の仕草をした。

「いまさら、陶子が目利き殺しの仕掛けをやめるとは思えない。だが、かつて夫であったものとして、私はすでにきみを気遣う権利すら、失っているだろうか」

「いえ、そんな！」

「だったら、これから話すことをよく聞いてほしい。私はこの新聞記事を見て、すぐにミスター橘の意図がわかった気がしたよ。彼はとんでもないことを考えているのではないか。巧妙に作られた贋作は、明治維新のおりに日本から流出した膨大な量の美術品の代わりに、世界の博物館、美術館に送られるのではないか。一時的な名目は研究を目的とした貸し出しでも、やがては交換という形に落ち着くとしたら。少なくとも、この花器を見るかぎり、その可能性は否定はできないであろう」

「そうですね、たとえば北斎ですが、貸し出し中に研究用として百セットも刷れば、闇のルートで充分に捌けるでしょう。セット五十万はくだらないはずですから、それだけでも五千の金が動きます」

「NO！　そういった問題ではないのだ。ミスター橘は自分の美学によって動いている。きみがそうであるように、だ。彼を策謀家として語ることにやぶさかではないが、単純に善と悪との振り分けをしてはいけない気がするのだ」

「そうでしょうか」

「確かに問題のある人物だ。方法論的にも正しくはない。けれど彼の仕事が一方で称賛されるべき要素を含んでいないと、誰が言い切れるだろうか。かつて諸外国への歪(ゆが)

んだ羨望がこの国を支配して、そのためにすばらしい日本美術が海を越えていってしまった。わずかずつでも、それらを回収することは、日本人にとっての悲願であるはずだろう」

「橘薫堂は、自分でその旗手になろうとしていると？」

「ことが金で解決するのならば、そう、たとえば、きみがミスター橘に罠を仕掛けられたように、だ。そして、きみが同じことを彼に返そうとしても、それは大きな問題ではない。彼の悪が勝つか、きみの悪が勝つかだけのことなのだ。けれど、彼が善悪を超えていたら……。私はそのことを心配しているのだ」

「大丈夫です」

「どうしてそう言い切れる」

少なくとも、自分は橘と同じことをするつもりはない。その言葉を陶子は口にできなかった。今、この瞬間にも潮見老人は箱の製作にかかっていることだろう。そうして約一ヵ月後には出来上がるだろう蒔絵の文箱は、あの橘秀曳をも騙しおおせるだろう逸品に仕上がることを、陶子は疑ってはいない。

けれど、その文箱は最終的に、この世には残されない。

動物的な勘で老人はそのことを見抜いたが、詳細までは報せていない。贋作を橘に売り付けるだけの仕掛けではないのだ。これを成功させるためには、仕掛けを知る人間は、なるべく少ない方がいい。

きっかけを作った鄭富健にさえ、陶子は二週間以上も連絡を取っていない。保険屋としての彼に、いつか協力を頼むことがあるかもしれない。しかし、それは今ではない。

「私は、やはり橘薫堂が悪であることを信じます。彼が贋作を海外に流し、それによって流出した日本美術を取り戻すことが目的であったとしても、共感を覚えることはありません。それは明らかに悪です」

「もしも、この世に完全な悪が存在するとしたら、それはすでに悪ではない。完全な善がこの世にないのと同じ確率で、これは真実だ。しょせん善悪は、互いの比較と評価によって貼り分けられるラベルにすぎないとは思わないか」

Dの声が変わった。どこかにあきらめがある。そんな気がした。

「ずいぶんと日本的なものに染まってしまいましたね、プロフェッサーも」

「過ごした生活時間の長さに比例するのだよ。最近、特にそれを感じる。自分の中で日本的なものが大きくなり、逆に英国的なものが薄められてゆく。きっと、この割合は、どんどん逆転してゆくことだろう。いつかは日本に埋没し、果ててゆくに違いない。そんな自分が恐ろしくもあり、愛しくもある」

疲れたように言葉を終えると、Dは陶子に視線を向けた。責めるでもなく、訴えるでもない。かつて二人の間には、こうした沈黙がしばしばあった。それは限りなく優しく、二度と味わうことはあるまいと思っていた。

不意に、鄭富健に会いたいと陶子は思った。会って、話がしたかった。目利き殺しの仕掛けについてでも、あるいは鄭の肩に寄り添っていた女性のことでも、あの少し擦れた低い声を、今すぐにでも聞きたいと、陶子は思った。

「すみません。もしかしたらD先生ではありませんか」

背後からの声に振り向いて、陶子は小さく声を上げた。たった今、この人のことを鄭富健に聞いてみたいと思った、その女性が手に伝票を持って立っていた。狛江の市で、鄭の腕に抱きついていた、あの女性である。市では、ちらりと横顔を見ただけだが、見間違えることはない。

「先生ですよね」と、女性は言って、セカンドバッグから名刺を取り出していた。陶子のことは眼中にないようだ。

「私、東京美術出版の細野鞠絵(まりえ)と申します」

——東京美術出版といえば。

その名前は、美術関係者には馴染みの深い出版社である。昭和の初めから、数々の美術全集を出版し、戦後は日本美術、西洋美術の総合雑誌をつぎつぎに創刊。出版社名を冠した賞は、各ジャンルの新人の登竜門といわれている。

——そうか、それで、市に。

ただし、この十年ばかり、東京美術出版は大きくなりすぎた、とも陰でいわれている。美術界の開放をうたったのはいいが、専門誌ならではの掘り下げが足りなくなり、評論家の毒舌をそのまま借りるなら「程度の低い美大の女子学生あたりが、ファッションのひとつとして、この出版社の雑誌を持つようになった」と、眉を顰めることも少なくない。その中でも、もっとも一般誌に近いと言われる雑誌の編集部名が、細野鞠絵の名刺に書かれていた。彼女がハイヒールを履いて市にやってきたことからもわかるように、美術をセンスとファッション以上には考えていない編集部なのだろう。

「こんなところで先生にお目にかかれるとは、思ってもみませんでした」

「いや、今日はプライベートだから」

そう言って口籠もるDの言葉も耳に入らないのか、満面に笑顔を浮かべて細野鞠絵は言葉を続けた。

「一度、先生にお手紙をさしあげたことがあるんですよ。エッセイの依頼です」

「申し訳ない。何度も言うようだが、今日はプライベートなのです」

その時になって、ようやく鞠絵は陶子に気が付いたらしい。

「も、申し訳ありません。気が付きませんでした」

歳は、三十に届くか、届かないか。基本は薄い化粧だが、口紅が少し濃い。濃いとは言ってもけばけばしいのではなく、自分の雰囲気を充分に考慮して、わざと明るくしているのではないか。言葉遣いも、決して誉められたものではないが、人に不快感を与えない。そこに立つだけで、周囲に華やいだ空気を漂わせることができるようだ。

それが同性としてうらやましく思えた。

アースグリーンのスーツから、同性も羨むような長い足が伸びている。その先にはブラウンのパンプス。自分の足のシルエットを、最大限にアピールする方法をわきまえている証拠だ。それが悪いというのではない。

「失礼ですが、こちらのかたは？」

また、Ｄが少し困った顔をした。

「プロフェッサーの不肖の弟子です」と助け船を出すと、細野鞠絵は少しの間、陶子を凝視した。

「どこかで、お会いしませんでしたっけ」

ああ、そうか、この人は声質までもが人を魅了するのだ、と思った。どこかとぼけていながら、その口調は明確で、人の神経を逆撫でることがない。殊にその笑顔が付属品でつくなら、人は罵倒されてさえ、微笑ましい気持ちになれるかもしれなかった。

「狛江市の骨董市で」

「ああ、あの時の！　確か鄭富健さんのお知り合いですよね。あれ？　ああ、もしかしたら、あなたは旗師で、あの、つまり先生の……」

こうした性格は得だな、とも思った。三十歳を過ぎて身に染みたことがある。人は他人から好かれることよりも、他人から嫌われないことがもっとも大きな武器になるのだ、と。

「そうだ、四年前まで、私はこの人の夫だった」

言いにくい台詞は、さすがにDが、陶子に代わって告げてくれた。

「申し訳ありません。本当に私、先生のお顔を拝見しただけで、夢中になってしまって。あの、確か宇佐見陶子さんとおっしゃいませんでしたっけ。今度ゆっくりとお話をうかがわせていただけません？　今、若い女性向けの骨董に関する記事を書いているんですけど、この世界のことは、まったくわからなくて」

それは、姿形を見ればよくわかった。精一杯の友好的な笑顔を浮かべ、うなずくと、

「この間の市も、保険会社の鄭さんに無理を言って、連れていってもらったんです。でも……鄭さんの話って専門的すぎて、ちょっと意地悪なんです」

意地悪、の語尾に少し甘えが感じられた。けれど、やはり微笑ましい気持ちが自分から失われないのは、この細野鞠絵の恐るべき魅力としか、いいようがなかった。誰だって、どしゃぶりの雨のなか、立ちすくむ彼女をひとりにはしておけないように、

彼女の誘いは断りようがないのではないか。

「今度、もっと易しいお話を聞かせてください、お願いですから」

そう言われると、同性の陶子まで心が弾んだ。こののち、自分がやろうとしていることまで忘れて、ついこう応えてしまった。

「いいですとも。仕事の合間でしたら、喜んで」

細野鞠絵は深々と二人に頭を下げ、最後にDにむかって、今度エッセイをお願いしますと言い添えて、店を出ていった。

「やれやれ、まるで騒々しいタイフーンだったね。細野か、どこかで聞いたことが」

とDが言うと、カウンターの奥から「ここ一月ばかりのお客さまです。あの性格ですから、他のお客さまともすぐに親しくなられます」と、店主の声が返ってきた。

「やはり以前、手紙をもらったのだろうか」

「返事は書かなかったのですか、プロフェッサー」

「うむ、その覚えがない」

珍しいことにDが、残りのビールを一息にあけ、

「また今度、話をしよう。くれぐれも気をつけるように」

そう言って、伝票を取り上げた。

私が半分払います、とは陶子は言わなかった。

家に帰って鄭富健の自宅に電話をすると、コール三回で、すぐにあの擦れた声が聞こえた。思わぬところで細野鞠絵と会ったことを告げると、

「東京美術出版の？」

「ええ、とても魅力的な人ですね」

「確かに。けれど魅力的すぎて、懐ろを開いてしまい、失敗することが多くありますよ」

「失敗ですか」

「つい、この世界の裏話など、口を滑らせると、とたんに目を輝かせるんですよ。そのあとの記事が恐い」

あの日、市で暗い声を投げ掛けた鄭富健とは別人のように、明るい声だった。そのことを、これほどうれしく思う自分に、陶子は驚いた。

鄭富健には、まだ伝えるべきことがある。背筋を正して、

「あと……もうひとつ。目利き殺しの仕掛けが本格的に動きはじめました」

「陶子さん……それは。まさか、ぼくのせいではないでしょうね」

そうだ、とは言えるはずもなかった。

——どうしてだろう、告げて然るべきなのに。

「あなたに言われたからではありません。きっとこれは……これは自分自身のプライ

ドのためです。すでに第一段階に入っています。この間の市も、実は仕掛けの一部なんです」

「そうですか、それであんなに強引な商売を」

「橘薫堂の首に鈴を付けるのは、私の役目であると信じます。そのためには、私のバックに大きなコレクターの存在があることを、アピールしておくのが重要なんです」

「そこまで考えるとなると、大きな仕事になりますね」

「きっと、鄭さんも驚きますよ。私のとっておきの仕掛けには」

気持ちの弾みが声に出ていると、自分でもわかった。最近、時折、こうしたナチュラルハイに陥ることがある。それがDと会って食事をしたことによるものなのか、細野鞠絵と出会ったことによるものなのか、あるいは鄭と電話で話ができたことによるものなのか。

すべてが理由で、すべてが理由ではないことを、陶子は感じていた。

「一度、私の仕事場にいらっしゃってください。お見せしたいものがあります」

その声に、返事を返して受話器を置くと、肩のあたりに急速に重いものがのしかかってきた。ナチュラルハイの反動が、陶子に吐き気をもよおさせた。

2

七月三十日。

橘薫堂から届いた荷物を、未だ戸田幸一郎は開けかねていた。「コワレモノ」と指定され、大手運送会社の美術担当者が、わざわざ届けてきたものである。クッション材の中身が桐の箱であることは、形ですぐにわかる。五十センチ四方。ただし高さがあまりないから、机においてしまうと、実寸よりもずっと小さく見える。箱の中身は見なくともわかっていた。数日前、橘から「今度は古伊万里でいきましょうよ」と電話があったばかりである。

――となると、初代の柿右衛門(かきえもん)の大皿あたりか。

見なくてもわかるというのは、裏を返せば見るのが恐いということでもある。完璧に再現された柿右衛門の「朱」と、長い時間を経たものだけが許される時代色。今度こそ、戸田は細野慎一の前にひれふしてしまうことだろう。けれど戸田には、この箱を拒む権利はない。それは三十年も昔から、決定づけられたことである。

細野慎一の、いかにも酷薄そうな薄い唇を思い出した。いっそ軽蔑の笑いを浮かべればよさそうなものなのに、そこには何の表情もない。窓の外の風景に向かうのと同じ無関心さで、戸田を見るばかりである。

「ばかにするな！」

思いっきり大きな声を出すことができるのは、ここが研究室でも、自宅の書斎でもないからだ。一年前に収蔵物の保管と、執筆活動に使用する書斎として、都内北区に購入したマンションの一室である。ただし、購入資金の半分は、橘薫堂の橘が支払った。隠れ家のつもりで購入した安息の場で、我知らず気分がささくれだつのは、そのせいでもある。

――対策を練らないと、たいへんなことになる！

このまま橘と細野に引きずられて、自分にまともな将来が続くとはどうしても思えなかった。研究者としての誇り、名誉、退職後の将来、すべてがガラス越しの品物に変わってしまうことは確実である。

「そんな馬鹿なことがあっていいはずがない！」

動物園の住人のように、デスクの周囲を何度も往復した。一往復するたびに、デスクのコーヒーカップに口をつけた。数回でカップの中身がなくなり、今度はキッチンに向かった。そのとき、部屋のドアベルが鳴った。ちっと舌打ちをして体を返し、玄関に向かった。ドアチェーン越しに表を見ると、背の高い若い男と、逆にひどく小柄な中年男が立っていた。

「戸田先生でいらっしゃいますね」

「はぁ、なにか」

「練馬署の根岸といいます。後ろは四阿。橘薫堂の田倉俊子さん殺しを捜査していま す。少し先生のお話が聞けないかと、夜分遅くに推参しました」

推参とはまた、古めかしい言葉を使う刑事だと、ドアチェーンを開けたところで、大変なことに気が付いた。表向きは、誰もこの場所を知らないことになっているのだ。事実、家のものは、戸田がこんなマンションを持っていることさえ知らないはずだ。橘は知っていて当然だが、まず彼が刑事に話す可能性はない。

「失礼ですが、この場所を誰からお聞きになりました？」

戸田は、リビングに案内しながら、二人の刑事にそう訊ねずにはいられなかった。

「いや、まぁ、商売ですから」と、根岸と名乗った刑事が、屈託なく笑う。

「誰かが話したのですか？」

「いいえ、調べたのですよ。電話番号から逆に辿って」

なるほど、と思った。この部屋にも電話は引いてある。特に後ろめたいことがある部屋でもないので、本名で加入し、電話帳だけは名前を削除してもらっていた。警察機構なら、電話帳に載っていない加入者の氏名を調べるつてがあるのだろう。

また、新たな疑問が浮かんだ。二人はいったい田倉殺しのなにを、自分から聞き出そうとしているのか。橘薫堂も田倉も、自分とは表向きの付き合いはないことになっている。

コーヒーを入れながら、

「田倉俊子さんの事件というと」

「殺されたことはご存じですよね」

「ええ、新聞で読みました。しかし、それ以上は」

「おや、特別にお付き合いがあったわけじゃないのですか。橘薫堂の橘氏と」

「確かに、仕事上の付き合いはあります。美術品の鑑定や、収集の面で、何度もお会いしていますが、それ以外となると」

カップを二人の前において、自分はデスクチェアに腰を降ろした。

「個人的な付き合いはない、と?」

「ええ、もちろん田倉俊子さんとも、面識以上のことは、なにもありませんよ」

根岸がコーヒーをすすり、ひどく意地の悪い笑顔を口元に浮かべた。戸田幸一郎は瞬時に、この二人の刑事が、すでに戸田と橘の関係について、かなり正確に把握していることを知った。とたんに額に汗が浮いた。

「駄目ですよ、先生。わたしたちはプロです。先生の銀行の隠し口座のことや、このマンションの購入資金の流れも、すべて調べた上で、うかがっているのですから」

「…………」

「先生は、橘薫堂の橘氏と特別な関係にあります。それも昨日、今日の付き合いじゃない。そうでしょう、当然ながら田倉俊子さんとも、長い付き合いでいらっしゃる。そうした人のお話をうかがわないことには、この事件は解決しません。私達は、そう考えているんですよ」

根岸が、やけに丁寧な口調で言った。それが癇に触って仕方がない。

「私は、事件とは無関係だ」

「そうかもしれません。そうでないかもしれません。けれど私たちが今日、お聞きしたいのは、もっと昔の話なのですよ。田倉さんが橘薫堂に勤めた頃のお話です。そう、あなたは大学を卒業して文化庁に入られ、国立西洋美術館に配属になって三年目でしたね」

額を流れる汗を、ハンカチで拭った。なんとも粘着質の、いやな汗のかきかたであった。それが拭っても拭っても治まる気がしない。こうした姿を刑事に見せることが、どれほど自分を不利な状態に陥れているか、わからない戸田ではない。しかし肉体の現象として、どうしても止めることができなかった。

「ある人物の話から、橘秀曳という人物が、不思議な経歴の持ち主であることを知りました。きっと今では気にする人もいないのでしょうが、彼はまるで彗星のごとく、この世界に登場しているのですね。莫大な資金を持ち、銀座の橘薫堂を買い取る形で養子に入っている。同時に田倉俊子は、橘氏の下で、桁外れの賃金で雇われているのですよ。そして」

戸田は、刑事という人種と接するのは初めてである。彼らには、特殊な才能がある、とつくづく思う。こうして笑顔を絶やさなければ絶やさないだけ、人に異様な威圧感を与える。四阿と紹介された若い刑事が、背広の内ポケットに手を入れただけで、戸田はびくりと顔をあげた。

「これは一九六七年、第五十五回参議院文教委員会で、小林武彦議員による爆弾質疑が行なわれた際の新聞記事です」

よくご覧になってください、という根岸の言葉が、恐ろしく白々しいものに聞こえた。「見る迄もないことでしょうが」と、明らかに言っているのだ。

「答弁に立ったのは、富永国立西洋美術館館長です」

——そんなことはわかっている！

あの当時、国会中継の行方を、国立西洋美術館の学芸員は全員、固唾を飲んで見守っていたのだから。

フェルナン・ルグロ。

その名前と顔を、今も戸田は忘れることができない。淡い緋色でウェーブのかかった髪の毛と、人懐こい大きな瞳。笑い声はいつだって陽気で、ヒステリーを起こして泣き喚いたときでさえ、その男の美貌は少しも陰ることがなかった。商談がまとまり、ルグロが陽気な口笛を吹くと、だれもが乾杯したい気分になったものだ。もしかしたら詐欺の天才とは、ああした男かもしれないと、戸田は今でも思う。国立西洋美術館、および数人のコレクターに数々の贋作を売り付け、当時、日本円にして一億円に近い現金を母国に持ち帰った男。

事件は一九六三年からはじまった。その翌年に東京オリンピックを控え、日本全体が熱病にうなされていた時期でもあった。その様子は、少なくともバブル景気などの比ではないと、戸田は記憶している。つぎつぎに変貌してゆく東京の町並み。ふるいコールタール塗りの杉の木の電柱がコンクリート製に代わり、町からは木製のゴミの収集箱が消えた。一足早く昭和三十年代に、あるいは戦後に訣別するのだという、狂気であったかもしれない。

熱病は、博物館、美術館内でも例外ではなかった。やがて世界各国から政治、経済、文化の各有名人たちが、この東京を訪れる。それを迎えるには、東京都内にある美術館、博物館の収蔵物は、あまりに貧弱であった。殊に、問題視されたのは国立博物館、国立西洋美術館である。国立の名を冠しても、それは名ばかりであり、収蔵物は民間の財団系美術館にくらべて、はるかにお寒いものだった。

――目玉になるものを。とにかく世界に誇れるものを！

当時、国立西洋美術館の館長であった富永惣一は、配属になって間もない戸田にさえ、このような愚痴をこぼした。そんなときであった、ヨーロッパを中心に広く商売をしているという触れ込みで、青い瞳を大きく見開き、どのような相手に対しても十数年来の友人と同じ口調で話すことのできる画商があらわれたのは。それがフェルナン・ルグロであった。

彼について、すでにヨーロッパの画商は疑いの目を向けはじめていた。彼と組んだ贋作者のエルミア・ド・ホーリィは申し分のない天才であったけれど、彼らはあまりに派手な商売をしすぎたのである。それでもルグロが、完全に贋作屋であると烙印を押されなかったのは、彼のやり口がきわめて巧妙であったからだ。

たとえば一九六〇年以前、彼はこんな手口を使ってみせた。

当時、まだ印刷技術はそれほど発達しておらず、美術品の目録にはしばしば生の写真が添付されていた。彼はそこに目を付けた。まず目的の目録を手に入れ、そこに添付された写真を元に贋作をホーリィに描かせる。次に完成した贋作を写真に撮り、古色を付けて目録に添付されたものと取り替えてしまうのである。この、実に単純な手法に、多くの画商が騙されてしまった。すでに技術としてあったスライドを使って、現物と写真とを映像で重ねあわせた画商もいた。けれど、写真そのものが贋作を写したものなのだから、寸分の狂いもあるはずがなかった。

こうした才知に長けた画商が、よい匂いをぷんぷんとさせるチーズを持って、日本にやってきた。そうして一九六三年から六四年にわたり、ドラン、デュフィ、モジリアニと言った巨匠の作品を各一点ずつ、国立西洋美術館に売り付けていったのである。事件が問題になったのが一九六七年である。国会での答弁がいかに激しいものであったか、今でも戸田はよく覚えている。

国立西洋美術館にも、言い分はあった。ルグロからの購入決定直前に、ちょうど日本に滞在していたフランスの文化大臣アンドレ・マルローに、これらの作品を見せているのである。マルローは作品を見て、その値段を聞くなり「これほどの作品ならば、その値段は仕方がないでしょう」と断言。そればかりか、「このような名作が、我がフランスから流出してしまった事実を、遺憾に思う」とまで明言していたのである。

購入当時、諸手をあげて喜んだマスコミも、贋作とわかるや態度を豹変させた。連日のように国立西洋美術館の無能さを暴きたてた。それでも、事件のすべてが完全に明らかにされたわけではなかった。そのことは、戸田が誰よりもよく知っている。国会で富永館長は、繰り返しフランス文化大臣のお墨付きであったことを証言した。それはひとつには、どうしても秘密にしておかねばならないことがあったからだ。フェルナン・ルグロは、決して自ら絵の売込みにやってきたのではなかったという事実である。彼は日本から招きを受けたのである。その主が他ならない国立西洋美術館であったこと、もっと詳しく言うなら、戸田幸一郎が館長に進言したという事実だけは、富永館長は明かすわけにはいかなかったのだ。もちろん有望な新人をかばう気持ちもあっただろう。それよりも館長自らの名前で、世界的な贋作屋を招いた事実は、決して公にはできなかった。

もっとも、館長も知らない事実を、戸田は、もうひとつだけ知っていた。

「戸田先生、聞いておられますか」

根岸の声が、戸田を現実に戻した。

「この、一九六三年から六四年にわたる国立西洋美術館を巻き込んだ贋作事件を、まさか忘れてはおられませんよね」

「もちろん、よく覚えている。国立西洋美術館に残る、汚点のひとつだ」

「先生の経歴にとっても、ではありませんか」

「馬鹿なことを言うな。どうしてわたしが」

「橘薫堂の橘氏が、札ビラを切って店を買い取ったのは、翌年です。同時に田倉俊子が橘薫堂で働くようになったことは、先ほどお話ししました。橘秀曳、先生、田倉俊子、この御三方が、ちょうど一九六四年前後に、ひとつの場所に接点を持っているというのは、これはなにかの偶然でしょうか。そして先生が、その後、橘薫堂と深い関わりを持つようになったのも、これまた偶然でしょうか。さらに続けます。私たち、田倉俊子さんのご母堂を病院に訪ねました。そこに橘氏がいましてね、ご母堂に迫っているんですよ。『なにか預かりものは、ないか』って。これはまるで次元のちがう話ですか。先生がたの世界から見ればどんな偶然も起こりうるのかもしれない。しかしあいにくと殺人事件は、こちらの領分なんです。私達はね、こんな偶然は認めないのですよ」

根岸が一気にまくしたてるのを、戸田は茫然と聞いていた。やがて、少し気持ちにゆとりが生まれた。ゆとりは、さすが警察権力だという彼らへの、かすかな畏怖と尊敬とになった。けれど一方で

――二人の刑事は、肝腎の領域には達していない。

ここで、うまく処理することができれば、その領域へは永遠に立ち入ることはないという安堵感も生まれていた。戸田はコーヒーをすすり、二人へも「どうぞ」と勧めた。

「矛盾を指摘してもいいですか」

戸田は自分の声に落ち着きを感じた。

「どうぞ」

「仮に三十年前の国立西洋美術館を舞台とした贋作売買事件が根底にあるとして、それがどうして、現代に至って殺人事件を引き起こしてしまったのでしょうか」

話しておいて、自分の胸のなかに、あるひらめきがあった。それが表情に出なかったかどうか心配になって、二人の刑事を見た。幸いなことに気付かなかったらしい。

「それは次の段階の証明です。とりあえずは、先生がた三人の関係を結ぶきっかけとなった事件について、私たちは調べなければなりません」

「なるほど、そういうことでしたら、私の答えはＮＯです」

「三十年前の事件とは、何も関係がないと？」

「もし、そのことに関係する証拠でもありましたら、どうか提示してください。私の口からお話しすることはありませんよ」

「わかっておいでにならないようだ」

根岸の表情がかわった。それまでの皮肉めいた笑いが、深いところに引っ込んだ。

「私はね、本当はもっとソフトな話し方をする人間なのですよ。けれどあなたのようなタイプの人には、駆け引きは無用です。いいですか、私たちは先生が一業者と不正に繋がりを持ち、マンションの購入資金まで提供を受けていることをつかんでいます。これは明らかに国家公務員の職務法で禁止している、賄賂ではありませんか。もう一度言います、あなたには反論の余地はないのですよ。私たちに三十年前に起きた出来事の真相を話すか、それとも、現在の地位を失うか」

「それは脅迫ですよ」

「取引です」

「応じられませんね。第一、私はなにも知らない」

その時になって、初めて二人の刑事の顔に、ちがう色があらわれた。彼らは小心者の役人ひとりくらい、少し高飛車に出れば、ぺらぺらと話しはじめると、高をくってやってきたのかもしれない。確かに、自分には小心なところがあることは、充分に知っている。しかし小心な人間は、時として鉄壁の守りを固めるのである。

「根岸さん、と言ったかな。私は確かに仕事を離れたところで、橘くんとは友人関係にある。このマンションを購入する際も、資金を貸してもらったよ。しかし、あくまでも友人間の金の貸し借りだ。なんなら借用書を見せてもいい。それから過去の金の流れについても同様だ。私は彼に金を借りたことは認めるが、すべて返却している」

そのような形を取ってくれと持ちかけたのは、戸田である。借用書を書き、期限がきたら同額の現金を受け取って橘の口座に振込んでおく。こうすれば裏の金の流れは、あくまでも個人の貸し借りにすり替えることができる。

――馬鹿な連中だ。それくらいのことを想定していないと思ったのか。

今や、精神的優位に立つのは自分であることが、はっきりとした。畳み掛けるよう

に戸田は、

「三十年前の事件については、国会に議事録が保管されているはずだ。それを閲覧したまえ。真実は、そこ以外にはない」

それは事実である。たとえフェルナン・ルグロを戸田に紹介し、国立西洋美術館への陰の斡旋役をつとめたのが竜岡周平、現在の橘秀曳であったとしても、その記録も証拠もどこにもない。

「きみたちは、どうやらとんでもない迷路に彷徨いこんだらしいね」

「もしかしたら、そうかもしれません」

いかにも苦々しげに、根岸が言う。今や若い四阿は完全に言葉を失っていた。逆に戸田は、それまで自分を憂欝にしていたすべてが、晴天の元で霧散したがごとき爽快感を味わっていた。

「当時の一億は、今の十億以上に匹敵するかもしれない。いかに国立の美術館でも、負担と責任は大きすぎた。だから館長以下、私のような新人研究員まで責任を取り、進退伺いを出したほどだ」

「存じあげています。その結果、先生は国立博物館へと異動する結果となった。そして翌年、橘は橘薫堂を買い取った。そこから、あなたと橘氏との関係が始まったと、私は見ているのですがね」

「すべては想像でしかない」

「確かに、やはりなにも話してはいただけませんか」

根岸の声が、驚くほど卑屈なものに聞こえた。戸田の気分はますます高揚していった。ゆとりが口調を鷹揚にする。

「あなたがたも大変ですな。ときには脅迫めいた方法まで駆使して証言を取らねばならない。まったく同情しますよ。今日のことについては不問に付すことにしましょう。本当は先程まで、かなり立腹していたのですが、お互い公務員同士、なにも啀み合うことはない。私の地位なら、政治家との付き合いも少なくありませんが……その方面からクレームを上層部に伝えることはやめておきましょう。安心してください」

「ありがとうございますと、あなたにお礼を言うべきでしょうな」

「なんの。そうだ、どうしても私への疑いが晴れぬようであれば、ひとついいことを教えてあげましょう。フェルナン・ルグロについては、もうひとつ調べる方法があります。かつて名優オーソン・ウェルズが『フェイク』という映画に主演しています。あれはフェルナン・ルグロをモデルにしたものなのですよ。そうだ、その原作となった本が、ミステリーの老舗であるH書房から出ているはずですよ。そこに国立西洋美術館をめぐる事件についても書かれていたと記憶しています。それを読めば、フェルナン・ルグロがどういう男であったか、詳細に知ることができるでしょう。なんでも……」

暗やみで、触れてはならないものに触れて、全身が凍り付いたような気がした。精神が、肉体を遊離した。その原因が、目の前の二人の刑事の笑顔であることに気が付くのに、少しばかり時間を要した。

「どうしました。私が続けましょうか？　フェルナン・ルグロは一億に近い現金とポータブルテレビを持って、日本を離れたのではありませんか。テレビは、贋作者であるエルミア・ド・ホーリィへのお土産です。確かに、そう書いてありましたね、本には」

「読んだのか、本を」

「はい、国会図書館に行って。ついでに国会の議事録も読みました」

――これが目的だったのか。

二人の来訪の目的が、自分にこのことをしゃべらせることであると、初めて気付いた。しかし、その次がわからない。わかっているのは、再び立場が逆転したことだけだ。

「これで、はっきりしたことがあります。実は、三十年前の国立西洋美術館に事件の根幹があったら、どうしようと考えていたのですよ。今では真実を知る手がかりが、ほとんどない。田倉俊子殺しを事実関係だけで追い掛けても、やがてはお宮入りになるかもしれないと、心配していたんです。

けれど、違いますね。あなたがそこまで自信を持ってお話しになるかぎり、本当の根っ子は別のところにある。もちろん、国立西洋美術館の事件が無関係であるはずはないでしょうが、事件が発覚するのは六七年になってからです。もっと別の事件があったのですね」

二人が立ち上がった。戸田は、それをぼんやりと見上げることしかできなかった。

「次にお邪魔するときまでの宿題ができたようです。ありがとうございました」

そう言って背を向けた根岸が、隣の若い刑事に向かって「職務質問とはこういう具合にするもんだ」とでも言っているような気がした。最初「先生」と自分のことを呼んでいた根岸が、いつから「あなた」と呼称を変えたのか、そんなことをぼんやりと考えた。先ほど、花火を見るように浮かび上がったある考えについては、戸田は思考の触手を、それ以上のばすことができなかった。

何度か簡易ライターで火を付けようとして、そのたびに風に邪魔される根岸のくわえ煙草に、四阿は自分のオイルライターの火を差し出した。

戸田のマンションを出て駅に向かい、ここで少し休んでいこうと根岸が指差したのは、夜の公園である。周囲にはラブホテルが立ち並んでいるが、ウィークデイの今夜は、人通りもほとんどない。

「うまくいきましたね」

「あの手の連中は、自分が精神的に優位に立つと、裏を返したように饒舌になる」

「いかにも小役人らしい」

「おかげで、ターゲットが絞りやすくなった」

「別の事件って、なんでしょうね」

「今度こそ、宇佐見陶子に質問をぶつけてみるさ。面白いことになりそうだ。それよりも、だ。田倉俊子の死亡推定時間だが、もう少し確実なところがわからないかな」

「たぶん、周囲の状況から五月二十一日だと思われますが、どの時間帯までかは、ちょっと」

「そうじゃなくて、その日付が正しいか、どうかだ」

「それは部屋に配達された新聞の溜り具合から」

「不十分だ。おれたちが今、集めているのは、しょせんは状況証拠だ。容疑者が確定され、それを追い詰めるには物的証拠が足りないことぐらい、警察学校で教わっただろう」

「ですが、遺体の腐乱状況を考えると、これ以上は無理でしょう」

「無理と決め付けたら、なにも進展はない。なぁ、田倉俊子は、どうしてスーツケース詰めになっていたと考える？」

「遺体を移動させるためでしょう。その後、どこかに保管するにしても、スーツケースに詰めておけばなにかと便利です」

「罪悪感に責め苛まれたときには、いざとなったら宅配便で地元警察署に配送できるからな。それよりも、もしかしたら殺害現場を特定されることを恐れたのではないかな」

根岸のチェーンスモークの煙が、四阿の顔を直撃した。それに咳き込んで、

「もちろん、それがメインの目的でしょう」

根岸とコンビを組んで、もう二年になる。署の内外で「練馬署の犬猿コンビ」などといわれ、特別に打ち合せなどしなくても、先程のようにコンビネーションプレーをこなせるようになった。それでも時折は、根岸という老獪無比の警察官の思考に、四阿はついていけなくなることがあった。こんな時に「意味がわかりません」などと言おうものなら、即座に「すぐに諦めるな、自分で考えるんだ」と、罵声が飛んでくるだろう。そう心得ていながら、なおかつ、

「根岸さん、なにを考えています？」

四阿は、恐る恐る問い掛けることしかできなかった。

「あるいは、犯行現場に長く遺体を放置することができなかった」

「たとえば血痕が残ってしまうと困る場所ですね。自宅とか」

「むしろ自宅こそは、最適の場所だろう。遺体が発見されるまでは誰も家宅捜索をしようなどとは思わないし、ましてスーツケースに詰めているんだ。数日のタイムラグ

が生まれる。その間に徹底的に室内から痕跡を消すことは、不可能じゃない。

そう言えば、遺体の状況におかしな点がいくつかあっただろう」

「はい、被害者が受傷後数時間は生きていたという点、それに、その間、体内で働くはずのグリア細胞の反応が見られない点、ですね」

「あの傷の様子で、なおかつ数時間生き延びたとすれば、きっと凶器は体に突き立てたままだったろう」

「そうでなければ、たちまち出血死、でしょうね」

「しかも、犯行は五月の半ばだ。腐敗する前に、化膿しないはずがない。となると田倉俊子は、かなり大きめの冷蔵庫内で傷を受け、そこにある一定時間放置されたのち、死亡が確認され、スーツケースに詰められた。こうなるわけか」

根岸が、つぎつぎに煙草の火を付ける。一本吸うのに数十秒しかかからない。四阿はそのたびに自分のオイルライターを差し出し、しまいには、根岸の手にそれを握らせた。

カチリと、根岸がオイルライターの蓋を開け閉めする音が響いた。

「あるいは、こんなことも考えられないか。犯行が行なわれた場所で、予想不可能な非常事態が発生した。犯人は遺体を移動させざるをえなかった。それが大きな冷蔵庫だ。彼女は、そこで完全なる死を迎える。

あるいは、その場所から移動するためには、突き立てられた凶器が邪魔になる。それで凶器を引き抜こうとすると」

「まだ、死亡に至っていない被害者のからだから大量の血液が流れだした。それで思わず、もう一度凶器を傷に押し戻した。それであれば、所見の五番目に指摘されていた、二度の受傷という言葉も納得できます」

そう言いながら、とても公園で話し合う事柄ではないな、と四阿は思った。基本的に根岸は署内を好まない。捜査会議は元より、上司への報告もほとんど四阿まかせである。そんなことをするくらいなら、ひとりでも多くの事件関係者に話を聞いたほうがましだ、そうした根岸の考えは、時に機構重点主義の捜査方針への痛烈な皮肉となって、行動にあらわれる。それが二人を、署内で浮き上がった存在にしていることにも、根岸はほとんど頓着しない。若い四阿は、ようやく最近、そのことに慣れてきた。

「なにもかもが推測だな」

と根岸が言う。

「はい、推測です」

「あと少しばかり材料が揃えば、推理の域まで達する気がするんだ」

四阿は、返す言葉を持つことができなかった。

戸田幸一郎は、来客用のソファーに体をあずけ、ただ息をするのみであった。ほんの二十分前、この部屋で起きた出来事が絵空事のようだった。

――なにが、起きたのだ？

今でも、二人の警察官が最後に残した言葉が、信じられなかった。

「あの出来事が、公にされる？」

声までもが知覚を裏切って、他人のものに聞こえた。

「虎松事件が、まさか！」

ドアベルが鳴ったが、体を動かす気になれなかった。

「いや、大丈夫だ。虎松事件こそはなんの証拠もない。私が関与していた証拠も、橘が関与した証拠も」

言葉にした内容を、誰よりも戸田自身の理性が疑っていた。もう一度ドアベルが鳴った。気持ちのどこかで、それを感知し、別のところで無視をした。

「あの二人は、どこまで調べるつもりなのか。いっそ橘が子飼いにしている国会議員に頼んで、圧力をかけてもらうか」

自分のところに田倉俊子殺しの捜査で警察官がやってきた。しかも自分と橘、そして田倉とを結ぶ三十年前の交差点に注目している。そう伝えれば橘は、すぐにでも動くだろう。

「だめだ！」

言葉を吐き出した。

さらにドアベルが二度、ゆっくりとした間をおいて鳴らされた。

「これ以上、橘と関わるのは危険だ。それに」

あの二人が、議員の圧力で引き下がるとは思えなかった。戸田には、根岸という警察官の不気味さがなによりも恐ろしかった。

金属音を聞いた、気がした。

「そうか、宇佐見陶子か。あの女をうまく利用すれば」

意識のはるかに深いところで、戸田は田倉俊子殺しについて、犯人像をすでに作っていた。

――と、すれば……。

「宇佐見陶子をうまく利用すればいいのじゃないか。そうだ、橘と細野が企んでいることを伝えてやれば、計画は、すべて流れる」

テーブルのメモ用紙に、「宇佐見陶子」という文字を書いた。

『どうして三十年以上前に起きた贋作事件が、現代の事件を引き起こしてしまったのか』

先程の自分の言葉がよみがえった。

――どうして……今になって。いや、それよりも。

「そうだ、宇佐見陶子にコンタクトを取るんだ。そして何もかもぶちまけてやる」

テーブルのメモを取り上げた。背後から、

「それは許されません」

ふりかえってみると、人のシルエットが見えた。顔を見るまでもない、声によって識別できる。

「なっ、どうしてここに」

「不用心ですね。ドアが開いていました」

白い手が伸びて、戸田の手からメモ用紙を取り上げた。

「なんのつもりだ」

そう言ったつもりが、頭部に受けた激しい打撃で言葉が途切れた。口のなかに鋭い痛みが走って、自分が舌を嚙み切ったことを知った。続いて、打撃。なにかを握らされた、そう感じる間もなく、戸田幸一郎の意識がシャッターを閉じた。

3

室内に、ストロボの光が何度か弾けた。宇佐見陶子は、背後に二人の刑事の視線を感じながら、仕事に没頭しようとした。室内に作った臨時のスタジオ、畳一畳ほどのアクリル板をテーブルの上でたわませ、そのうえにビロード質の布を敷いている。それらを取り囲むように大小四つのストロボが設置されている。

カメラをのぞいているのは横尾硝子である。陶子は硝子が「よし！」というたびに、撮影台に並べた被写体を取り替え、硝子の指示によって前後左右のポジションを決める。「この瑠璃盃は、なかなかだね」

「今回の目玉のひとつだもの。正倉院モノにも匹敵すると思う」

「ちょうど到来物のいいワインがあるんだ。どうだい、陶子。五十くらいで私に売らないか？」

「ゼロをあとひとつ付けてくれたら、考えてもいいね」

背後で、ひゅっと息を呑む音が聞こえた。ほぼ同時に、撮影台に近付く足音に向かって陶子はふりかえることなく、

「そこまでです。そこから先は近付かないでください」

と声をかけた。

「わかるんですか、触るつもりはありませんが。見るだけです」と、根岸が言った。厚手の瑠璃色の盃を撮影台からおろし、木箱に詰めて、次の平皿を取り出した。

「刑事さん、革靴をはいているでしょう。音でわかります。革靴にはさまざまな油が塗られていますし、それに革自体が硬く仕上げられていますから」

「ははあ」

硝子が女性にしては太い声で「もう少し右へ。そう、レンズに向かって少し傾けよう」と言う。

「表の幾何学模様を残らず出してね。歪んだりしてたら、あとでひどいから」

「馬鹿に機嫌がいいじゃないか。年下の男でもできたかな」

「寝言は寝ているときだけにして、早く終わらせよう。仕事のあとは生ビールが待っているから」

「あの……」

根岸が、数歩離れたところから二人の会話に割り込んできた。

彼のさらに後ろの位置で、壁に寄り添うように立っている四阿が「お聞きしたいことがあります」と電話を掛けてきたのが、午前中のことだった。今日は一日、撮影がありますからと、暗に断りを入れたつもりが、根岸が取って代り、「それはちょうどよかった、お邪魔するつもりはありませんから、仕事の合間にでも質問に応えていただけませんか」と、強引にやって来たのである。

「なんでしょう」

硝子に撮影を任せて、陶子は根岸を見た。

「宇佐見さんのお仕事は、こんなことまでするのですか」

「これは特別です。蔵開きですから」

「蔵開きというと？」

それに応えるかわりに、陶子はデスクの上の紙を取り上げ、根岸に渡した。

ご案内状

（略）このたび岡山のさる旧家に縁をいただきまして、私が、蔵開きの仕切りをさせていただくことになりました。ご当家の先代様より二代にわたって収集された和物、洋物のコレクションは六十点あまり。詳しい内容については、添付いたしました図録をご参照ください。いずれも私が責任を持ちまして保証させていただく逸品ぞろいです。お取り引きは、図録にあります価格を下値とし、すべて入札にて執り行いたいと存じます。なにぶん、ご当家におきましては急の物入につき、すべて現金にてのお取り引きをお願いいたします。（略）

冬狐堂　宇佐見陶子

「これは？」

「ある家が、急にお金が必要になったので、コレクションを売ることにしたのですよ。

その仕切りを私が任されました」

「なるほど、蔵ごと売りに出すから、蔵開きですか」

もちろん、これらはすべて、陶子が三年間に集めた品物ばかりである。岡山に該当する旧家などありはしない。潮見老人が命を削りながら蒔絵の文箱を仕上げている間、陶子がなしておかなければならないのは、目利き殺しの舞台作りである。

「特に今回は、業者の手をほとんど経ていない品物ばかりです。大きな商いになるでしょう」

根岸が、見てあまり楽しくはない笑顔を頬に浮かべた。

「そのような品物のことを、ウブいものと言うのでしょう」

――これだから、この根岸という刑事は侮れない。

本来、刑事に見せてよい作業ではなかった。けれど、あえて陶子は反対の手法を取ることにした。前回の訪問で、根岸のしたたかさは、いやというほど身に染みている。こうした相手には、すべてを隠しおおすことは、不可能だ。

肝腎の部分をのぞいて、手の内を曝（さら）け出すほうがいいと、判断したのである。

シャッター音が消えていた。硝子がカメラを持ったまま、こちらを見ていた。

「硝子さん、手を休める暇はないって。全部で六十点もの写真を今日中に撮るんだから」

硝子が、手にした小さな箱を、撮影台にかざした。ボタンを押すと、そのたびにストロボの閃光が迸り、彼女の口から「五・六半、八」などと、絞りの数値が読み上げられる。一定の光が全体的に回るよう、ストロボの位置が調節される。

「六十点以上ですか、すごいな。三億の金が動くのか」

背後で、四阿が言った。

「まさか、三百万を超える品物は、せいぜい五点です。あとは百前後のものが数点、ほとんどは二、三十万で取引される品物ばかりです。そうですね、高く見積もっても四千万の現金が動くかどうか」

「そんなものですか」

「だから、高値がつきそうなものは、こうして丹念に写真を撮っておきます。これが一点売れるのと、そうでないのとでは、商いに天地の差が生まれてしまいますから」

「胃が痛くなりませんか、仕事とはいえ、ギャンブルのようなものですな」

と根岸が言う。

「好きなだけです。こうしてコレクションに接するのが」

嘘ではなかった。Dと離婚して旗師となった陶子は、これまで順調に商売を続けてきた。徹底的に仕込まれた目利きは、この仕事でさらに磨きをかけたといってよい。そうして得た利益の大半を費やして収集したのが、このコレクションなのである。いつかは手元を離れてゆくだろうとは覚悟している。それでも、積み上げられた札束の高さだけでは買主を決めたくないと、思いをこめた品物たちだ。

陶子には現金が必要だった。橘薫堂に目利き殺しを仕掛けるためには、とりあえず数千万の現金が手元になければならない。いずれ橘薫堂から、きっちりと耳をそろえて返してもらう金であっても、それまではまちがっても資金不足に陥るわけにはいかなかった。

——それならば。

と、ためらいもなくこのコレクションに手を付けることを決断した自分に、不思議な感情さえ湧いている。あとは、自宅マンションを抵当に入れて、銀行から二千ばかり引き出せば、陶子サイドの準備は完了する。

「どうしたんですか、舌なめずりなんかして」

根岸の声に、顔が緊張した。

「おかしいんですよ、最近の陶子は。妙に肌の艶がいいし、どこかに若い男でも囲っているのか、とも思ったけど、どうやら、そうでもないらしい」

「ははは、仕事に夢中になる時ってのは、そうしたものです。羨ましいかぎりです」

陶子は、うつむくように次の白磁の壺を取り出した。

気を抜くわけにはいかなかった。

十分すぎる警戒心を持っていても、この根岸という警察官はするりと相手の懐ろに入ってくる。そうしておいて、人の隠しておきたい部分を刳り出し、質の悪い笑顔を残して去ってゆく。犯罪者にとっては、あるいは、これから犯罪に手を染めようとしているものには、これほど疎ましい存在はあるまいと、思われる。

もうひとつ、手におえない感情があった。

目利き殺しの仕掛けが着々と進み、不安が自信に変わるほどに、こうした刑事の来訪を楽しんでいる自分がいる、そのことである。

——私は贋作の製作者であり、販売者であり、購買者であり、告発者である。

学生時代に読んだ推理小説に、そんな内容のものがあった気がした。

「ところで」

根岸が声色をかえた。

「今日、こちらに伺ったのは、少しお聞きしたいことがありましてね」

「というと？」

「別に宇佐見さん個人に関することではないのです。なんというか、この世界で、かつて起きた事件というか、出来事というか。もしご存じでしたら、教えてほしいのですよ。

宇佐見さん、三十年ほど前に国立西洋美術館で起きた、一億円相当の贋作の売買事件をご存じですか？」

「もちろん、この世界で生きるものなら、だれもが知っています。その件でしたら……」

「いえ、その件ではないのです。翌年あたりに、似たような事件がなかったかどうか。私どもも当時の新聞を調べたのですがね、それらしい事件は捜し出すことができませんでした。で、宇佐見さんなら、と。先日も申し上げましたが、この世界の方は口が堅すぎて、私どもも難儀しているんです」

「はぁ、そう言われても」

「なにか、心当たりはありませんか」

そこで根岸の口から、橘秀曳の不思議な出現と、今回の殺人事件の被害者である田倉俊子の関係、国立博物館の戸田幸一郎との関係、国立西洋美術館での事件。根岸が今回の事件の根元を、そこに見いだそうとしていることを聞いた。もちろん、刑事という職業人が、手元の駒をすべて明かすはずはないと、陶子は思う。きっとここまで話すのは、自分の口をなめらかにするための潤滑油のつもりなのだろう。

「事件があった一九六四年というと、私が生まれた年ですからねぇ。その翌年……」

「おや、そうなんですか。もっとお若いかと思いましたが」

「褒め言葉ですか。それとも」

「あっ、いやそんなことは決して。それにしてもその若さで、これほどのお仕事をこなされるとは」

横尾硝子が、カメラの後ろのメモリーパックを引き抜いた。電子スチールカメラにフィルムという観念はない。レンズがとらえた映像は電気信号に変換され、メモリーに蓄積される。レンズからメモリーまで、電気信号への変換システムが搭載されているために、全体のフォルムはどうしても鈍重になる。三十五ミリのカメラでありながら、見た目は中型カメラだ。女性の手には少し持て余す大きさだが、硝子の手つきには危なげなところが少しもない。すでに手に馴染んでいるのだ。

「それは？」

「電子スチールカメラです。デジタルカメラとも呼ばれていますが」

そこで陶子は、ごく簡単に電子スチールカメラについて、説明をした。もっともその内容の何分の一が正確に伝わったか、自信はない。さらに、コンピュータを工程の大部分に取り込んだ印刷システム・DTPにしたところで、印刷そのものの基本知識がなければ、どこが優秀なのか、理解することはむつかしい。予想したとおり、根岸も四阿も「はあ」と、思いっきり気のない声をあげただけで、そこから突っ込んだ質問をしようとはしなかった。モバイル・コンピュータを操るくらいであるから、四阿はコンピュータの世界にかなりの知識をもっているはずである。それでも印刷というジャンルに話が及ぶと、理解の範疇を超えてしまうのだろう。

「要するに、デザイナーやら、他の職人が手を入れない分、コストが軽減されるということですか」

「そうですねぇ。あとは日程がかなり詰められます」

まちがっても「幻のコレクターを隠すためです」とは言えなかった。

「ねぇ、陶子」カメラから目をあげた硝子が、言った。

「ん？」

「さっきの話の続きだけど、ほら、三十年ほど前に起きた事件がなにかないかって」

「ああ、心当たりがあるの？」

根岸と四阿の顔が、硝子に向けられた。

「あれじゃないかな、横浜で起きた」

「ああ、虎松事件！」

根岸が顔を輝かせて「どんな事件ですか」と割り込んだ。

「そうですね、確か東京オリンピックの翌年に起きた出来事だと聞いていますが。結局あまり表に出なかった事件なので、私も詳しくは知らないんですよ」

「それだ！　東京オリンピックの翌年になにがあったのです」

根岸の声を聞きながら、おやっ、と思った。陶子の気持ちのどこかにささくれができた。

「その……」

逡巡する陶子を、根岸は見逃さなかった。

「どうかしましたか、宇佐見さん」

「なんでもありません。事件そのものは、この世界ではよくあることなんですよ。あるコレクターが、お金の必要があって自分の収集品を売ろうとしたんです。ところがそのほとんどが価値のない偽物であったという」

――だれだっけ。たしか、コレクターの名は……。

「要するに、その人が目が利かなかったということですか」

あからさまな失望の気配が、四阿の声に交じった。

「いや、それほど単純ではないのです。コレクターというのが」

――そうだ、確か横浜に住む在日韓国人の貿易商で。

「かなり有名なかただったのですよ。そのコレクションである陶芸品にも定評がありました。そこで売買には大きな期待が寄せられ、地元の博物館、美術館、確か国立博物館も絡んでいたと思いますが」

「国立博物館、ですか！」と四阿が声を上げた。

「ええ、かなりの金額が動くといわれていたはずです。ところが売買の直前になって、コレクションのほとんどが贋作と判断されたのですよ」

「それはどうして?」

「贋作者が名乗り出たんです。浮谷虎松という自称陶芸家が、あのコレクションのほとんどは、自分が作ったもので価値などないと」

陶子は、絶望的な気持ちになりつつあった。

——貿易商の名は、鄭。そうだ、鄭といった。

「どうしましたか、ひどい顔色ですよ。気分が悪いのなら、向こうで休んだほうが」

「大丈夫です」と言いながら、陶子はまるで別のことを考えていた。こんなところで警察官の相手をしている場合ではない。一刻も早く鄭富健に逢わなければ、と思った。しかし、自分は根岸に顔色の変化を見られてしまっている。この強かな中年の警察官が、それを見逃し、黙認するはずがないことも、充分に予想のできる展開である。

「浮谷は、贋作である証明をしてみせたそうです」

「どうやって?」

「さあ、そこまでは。私が知っているのは、それくらいのことです」

これで、勘弁してくれるだろうか。祈るような気持ちは、

「本当ですか。本当にそれだけしか知らないのですか」

根岸のひと言で、見事に砕かれた。そこへ、

「その先なら、私が少しは知っている。虎松という男は、自分が贋作を作っている工程を、細かく写真に残していたそうですよ。それが決定的な証拠になったって」

硝子が、助け船を出してくれた。きっと陶子のなかに芽生えた疑惑について、硝子は知らないだろう。けれど、尋常ではない陶子の反応を見て、助け船を出す気になってくれたのだ。

同性の友人の心遣いが、陶子には嬉しかった。

「すべての品物について、写真の記録があったのですか」

「そうではないと思うな。ところが、それがこの世界の恐ろしいところなんです。なかに一点でも贋作があると、ほかのものまで怪しく見えてしまう。結局、コレクションの売買は、完全に失敗に終わったはずです。表に出なかったのは、売買の取引前にそれが発覚したから、そしてこの世界ではありふれた出来事だからじゃないかな。前年には東京オリンピックもあったし、人の耳目は経済の急発展に集中していたから」

根岸と四阿の視線は、完全に陶子から離れた。

「虎松事件ですか。そのコレクターの名前は？」

「さぁ、なんといったか。御免なさい、記憶にないようです」

「宇佐見さんは、いかがですか」と、根岸がふりかえって陶子を見た。

「いえ、私も記憶にありません」

「本当ですか？　名前を思い出されたのではありませんか。それに、もっと重要なことを思い出されたようにも……。それが事件に関係することなのか、あるいはあなた個人に関係することなのか。ここまできて隠し事はなしにしませんか、宇佐見さん」

根岸の視線は容赦なく陶子の神経をえぐり、言葉は秘密のシーツをはぎ取ろうとする。陶子には、そう感じられた。

「たしかに、思い出したことはあります。けれど私の個人の問題です」

「よろしかったら、話してくれませんか」

「………」

「また、沈黙ですか。この世界のかたは、みんな都合が悪くなると沈黙してしまう。人がひとり死のうが、関係はないとでも思っているのでしょうか」

今はただ、二人の警察官がこのスタジオから出ていってくれることだけを、陶子は望んでいた。

——すぐに、鄭に連絡を入れなければ。

真意を聞き出さなければならない。一九六三年から翌年にかけて起きた国立西洋美術館での贋作売買事件。その翌年に突如、橘薫堂を買い取った橘秀曳、当時美術館の研究員であった戸田幸一郎。そして虎松事件の重要なパーツを担った、鄭一族と同じ名字を持つ男、鄭富健。

　並んだ要素が、どんなシステムによって繋がるのかは、まるでわからない。そのもどかしさは爪の内側にできたジンマシンのようだ。搔こうとしても搔けない、苛立ちである。

『復讐のためです』

　その一言が、ぽっかりと雲のように浮かんでいることは、先程から気が付いていた。ただ、見てみないふりをしただけのことだ。虎松事件に橘がなんらかの形で関係していたと仮定する。それによって被害を受けた鄭一族のひとりである鄭富健は、なんらかの形で復讐を誓う。そのための手駒に選ばれたのが、陶子である。

　推測に、なんら矛盾はない。

　けれど、現実味もなかった。なぜ三十年前なのか。そして、なぜ現代なのか。ふたつの事件の間に横たわる時間は、あまりに長すぎる。

「けれどね、刑事さん。三十年も経って、急に人を殺すというのは、なんだか納得がいかない気がするけれど」

　陶子と同じ疑問を、硝子が口にした。

「同じことを、戸田幸一郎先生からも言われました。私どもにとっても、そこが頭の痛いポイントなのですよ」

四阿の言葉を、「けれど」と根岸が引き継いだ。

「こう考えることはできませんか。三十年前の出来事は、いわば地下に眠る不発弾のようなものです。その爆弾を、今になって掘り返し、信管を新しくしてスイッチまで作ってしまった人間がいた。あるいは、そうしようと画策しはじめた人間がいる」

「そのために田倉俊子は殺された？」

「橘薫堂の橘秀曳にとって、被害者は裏の仕事の耳役であり、重要なパートナーでした。仕事の性格上、なんらかの動きを察知した可能性は否定できないでしょう」

根岸の言う「スイッチ」という言葉が、陶子の理性の部分におかしな引っ掛かりかたをした。

――それが、私？　私が鄭富健にとってのスイッチとなったのだろうか。

ちがう、と思った。鄭富健が三十年前の復讐のために陶子に近付き、それが元で田倉俊子が殺された。そう考えて矛盾はないようだが、根本的な三十年という月日への疑問は解決していない。三十年間、機会を窺い続けた鄭富健が、橘薫堂によって陶子にもたらされた贋作をスイッチとして、復讐の自動人形を動かしはじめた、と考えてみる。しかし鄭は、陶子が仕掛けようとする目利き殺しの細部を、なにひとつ知らないのだ。そんな杜撰な復讐劇が、あるはずがない。

さらに、次の疑問が浮かぶ。なぜ陶子なのか。結果として潮見老人がいるから、今回の目利き殺しの仕掛けは可能なのだ。ということは、鄭はあらかじめ陶子の周囲に潮見老人の姿があることを知っていなければならない。

　そして橘薫堂から陶子が贋作をつかまされるのを見計らい、部屋を訪問する。

　あまりにも偶然性に頼りすぎていて、三十年に及ぶ周到な復讐を企てたにしては、穴だらけではないか。先ほど感じた現実味のなさの正体は、そこにある。

「田倉俊子さんは、いつ殺害されたのでしたっけ」

　硝子の声によって、陶子は思考の世界から現実へと引き戻された。

「司法解剖の結果によると、五月二十日前後。この季節ですから遺体の腐敗の状況が進んでいまして、それ以上詳しいことはわかりませんでした。ただ、五月二十一日の夕刊から、新聞が自宅の郵便受けに溜まっていました。そのことから我々は、五月二十一日を犯行日と考えています」

　鄭富健が、はじめて陶子のマンションを訪れたのは、まさしく五月二十日ではなかったか。詳しいことはシステム手帳を見ればすぐにわかる。それができない今の自分の状況が、情けなかった。

「宇佐見さん、これは私の個人的な推測の域を出ません。しかしね、私は今回の事件は、あなたがたの世界に深く関わっていると信じています。そして橘氏は重要なキーマンであり、事件の種が三十年前に蒔かれたことも、確信しているのですよ」

「問題はスイッチですか」

「まぁ、それも虎松事件について調べてみればわかることでしょう。今日は、これで失礼します。どうぞ作業を進めてください。撮影のあとは生ビールですか？　いや、羨ましいですなぁ。こちらは当分、勝利の美酒を飲めそうにはありません」

二人がふりかえったところで、甲高い電子音が聞こえた。硝子が自分の上着に手をのばすのと、四阿が内ポケットに手をのばすのはほぼ同時だった。電子音は四阿の携帯電話の呼び出し音だった。

「は、四阿です。はい……いいえ、え？　もう一度お願いします」

四阿の声の調子が尋常ではなくなり、すぐに根岸が替わった。背中を向けて会話するのは、根岸ほどの男でも表情が変わるのを見せたくないからなのか。声を聞くかぎり、やはりとんでもないことが起きたようだ。会話の端々に「北区の」「推定時刻が」などという単語が挟まれている。

電話を切って四阿に返し、根岸が陶子を見た。

――どうしてそんな目をするのか。まるで憐愍のような。

「すみません。生ビールは少し順延していただくことになりそうです」

「えっ？」

「北区のマンションで、戸田幸一郎氏の遺体が発見されました」

周囲が完全に硬化した。人も空気も、もしかしたら時間さえも。

「戸田って、あの、国立博物館研究員の？」

「はい。しかも彼が握りしめていたメモ用紙に、宇佐見さん。あなたの名前が書かれていたそうです。これはあくまでも任意ですが、うちの署までご同行いただき、詳しい話をお聞かせ願いますね。

もちろん、今度は沈黙はなしで」

嚙み締めるような根岸の言葉が、耳から入って、全身に染みる気がした。陶子が犯罪者であることを、根岸は言い聞かせているのかもしれなかった。

4

暑い。うつむき加減に歩く四阿の額に吹き出た汗が、学生時代、ガールフレンドがなんとかいう俳優に似ていると言ってくれた形の良い鼻梁を、先程からなんども洗い流している。太陽の光には明らかな殺意があるし、梅雨は明けたというのに湿っぽい空気は、少なくとも昨日の三倍の重さは持っていた。

——横浜市港南区上永谷……。

緩やかな丘陵地帯と、そこから滑り落ちるような低地部とが、幾重にも重なるこの地域を、すでに一時間以上も、四阿は歩いている。

「たぶん、宇佐見陶子を引き止めておくにしても五時間が限界だ。その前に虎松事件について、どんなことでもいい。情報を集めてくるんだ」

「ダイングメッセージがあったのでしょう。なんだったら重要参考人扱いで勾留してもいいんじゃないですか」

「大胆なことを言いなさんな。戸田の事件とこちらの事件が無関係ではないとは思う。それにしたって合同捜査本部が置かれるのに二十四時間はかかるだろう。戸田幸一郎と宇佐見陶子の間にいたっては、なんら関係が浮かび上がっていない。そんなことで重要参考人扱いしたら、隣の八百屋の親父だって怪しくなる」

「ですが」

「虎松事件については、東京美術出版という出版社に、詳しい資料があるそうだ。なんでも美術関係の書籍の老舗で、雑誌の特集に組んだこともあるそうだから、それを参考にしてくれ」

「それがなにかの役に立つのですか」

「わからん。ただ、虎松事件のことを聞いたときの宇佐見陶子の反応が気になる。案外、そのあたりが事件の突破口になるのではないかと、期待しているんだが」

「無駄骨になるかもしれない、と」

「だからこそ、急いでくれ。単独行動を許したことがばれると、また課長に文句を言われる」

「課長の説教など、なんとも思っていないくせに」


【虎松事件】


四阿は内ポケットの端末コンピュータから、先ほど作ったばかりのファイルを取り出した。そこにこれから訪ねるべき住所が書かれている。宇佐見陶子を取り調べ室に案内するとすぐに、根岸が単独行動を命じた。捜査中の警察官が、単独行動を許されていないことを知りながら、根岸は、しばしばこの命令を四阿に与える。

すぐに西新宿にある東京美術出版におもむいた四阿は、そこで虎松事件に関する資料を集めた。とはいっても、さほどのものがあるわけではなかった。一九六五年、東京オリンピックの翌年に発生したこの事件は、美術の世界でこそ大事件ではあったが、世間一般の耳目をさらうことはなかったのである。

問題のコレクションは、横浜で貿易関係の仕事を営む、鄭富義の所有する数々の陶磁器のことだった。すでに鄭一族は離散状態であることを、編集部の人間が話してくれた。どうやらコレクションの売買がご破算になって以来、貿易事業もすっかり駄目になってしまったらしい。と言うよりは、傾きかかった事業にてこ入れするための、起死回生の手段が、コレクションの売却だったのだろう。鄭富義の片腕として事業を引き継いでいた長男の鄭富国は、事件後の一九六六年に交通事故で死亡したという。

これ以上のことは調べようがない。帰ろうとしたところへ、古株らしい編集部員が、

「あの事件についてなら、確かもっと詳しいお人がいますよ」

「というと？」

「事件ののち、鄭家の屋敷は大手都銀がビジターハウスとして買い取ったのですよ。なにせ先々代のいちばん羽振りの良いときに特別注文で作らせた和洋折衷のお屋敷でしてね。建物の外観は煉瓦造りでも、庭は和風。離れには茶室まであるという、ここまでくればグロでしかないはずなのに、よほど先々代の美的感覚がすばらしかったのでしょう。見事に調和のとれた屋敷でしてね」

男はよほどの話好きなのか、あるいはその屋敷によほどの思い入れがあるのか、うっとりとした表情さえ浮かべて話し続けた。問題は四阿に、あまり時間がないことを、この男が知らないだけである。

「屋敷のことよりも、虎松事件について」

「ええ、その屋敷で今も管理人をしている老人がいるんですよ。確か関谷とか言ったかな。彼は、かつて鄭家で運転手をしていた男ですよ。あの当時も住み込みでしたか

らね。はい、私は何度か鄭家にお邪魔したことがあるんですよ。コレクションの写真をお借りするために。けれど、あの事件は残念でしたねぇ。そりゃあいいものがたくさんありました。今でもあれが贋作であったなんて信じられない思いがしますよ。それでも国立博物館が贋作といったのですから、我々にはどうすることもできませんでした。

コレクションがどうなったかって？　それは贋作といわれたら屑同然ですからね。どこかの業者がただ同然で引き取ったと聞いています」

この話を聞いてわずかに考えたのち、四阿は横浜まで足をのばすことにした。捜査本部への連絡は、単独であることを考えて、やめた。

——それにしても！

住宅街には、苛立たしいほど人の姿がなかった。立ち並ぶ住宅はいずれも塀が高く、そのうえに常緑樹の厚い緑がおおいかぶさっている。それがこのあたりの町並みを迷路のように見せている。しかも

——高級住宅街の住人というのは、番地標示を出すのが嫌いなのか。

いくら住所がわかっていても、自分がどこにいるのかわからないのでは仕方がない。急いで帰らなければならないことを考えると、焦りはつのる一方である。

あたりをもう一度見回した。五月の下旬に、神奈川県内は記録的な集中豪雨で、かなりの被害を受けている。横浜市内のこのあたりも、決して無事ではなかったはずだ。斜面の形状の関係で、わずかに凹地になっているところは、例外なく床上浸水の被害を受けたと聞く。しかし、こうしてみるかぎり、その痕跡は、どこにもない。無残な爪痕をいつまでも放置しておく感覚は、このあたりの住人にはないのかもしれないなど四阿は思った。

さらに数分歩いたところで、周囲の木々に埋もれるような交番を見付けた。なかに制服姿を認めて、ようやく四阿は一息ついた。

「は、M銀行のビジターハウスですか」と、交番に待機中の警察官が、地域地図をひっぱりだして、調べはじめた。わずかにページをめくっただけで「ああ、てんぷら屋敷のことか」と、小声でつぶやくのが聞こえた。

「なんですか、てんぷら屋敷って」

「聞かれてしまいましたか。いえ、このあたりでは、みんながそう呼び慣わしているものですから」

そう言いながら、警察官が地図の上を示したのは、なんのことはない、先ほど迷路のような壁だと思った、その地点を指している。あまりに規模が大きすぎて、ひとつの屋敷だとは思えなかったのである。そうとわかれば、住所標示が無かったこともうなずける。一つの屋敷にいくつも住所標示を出す必要はないという、常識上の判断が働いていたのである。

「それにしてもすごい屋敷ですね」

「なんでも屋敷を作ったのが、朝鮮半島からやってきた商人だそうです。その人が向こうの儒教寺院の外観を真似て作ったことから、いつのまにかテンプル屋敷と呼ばれるようになり、それがさらになまって」

「ははぁ、てんぷら屋敷ですか。ところで、そこに関谷という、屋敷の管理人がいるそうですね」

「名前はどうだったか。ただ正門を入ってすぐ右手に、管理人の家がありますよ。ははは、自分たちの官舎よりもはるかにでかいと、仲間内では有名です。ただ……」

その警察官に正門までの道を聞き、四阿は交番をあとにした。

「ただ」と言葉を濁して、警察官は管理人のことを「たいそう変わった男です」と、続けた。冷静かつ中立の立場を貫くことが原則の警察官が、あえて「変わっている」と表現する男が、どれほどのものか、胸のなかで根岸との対比を考えると

――たいしたことはあるまい。

と思えた。

門扉、と言うよりは、まさしく「正門」と言ったほうが正しい、豪奢な青銅造りの

門の前に立って、四阿はしばらく声を失った。大きな屋敷という概念では、とらえることのできない、まるでなにかの会社か、もしくは公益の建物としか見えない建築物が、視界にあった。それでも建物の全体像をとらえることはできない。あくまでも古い時代の匂いを強く残す、西洋風建築の一部が見えるばかりである。

「どこから声を掛けようか」とつぶやいたが、それ以上に考える必要はなかった。門扉に指が触れるとほぼ同時に内側から、ひどく聞き取りにくい擦れた声が、飛ばされた。

「なにか用かね」

六十に手が届くか届かないか、微妙な年齢の男が立っていた。

「東京の練馬署の四阿といいます。こちらの」

「ここは銀行の来客用施設でね。普段は誰もいないんだ、本社のほうをまず訪ねてくれ」

「いや、違うんだ。用があるのは関谷という管理人だ。あんたのことではないですか」

大手都銀に雇われているからだけではないだろうが、門扉を境にして四阿と対応する男の身形(みなり)は、悪くなかった。真っすぐに折り目の入ったグレイのスラックスと白のポロシャツ。それでもこの男に胡散臭いもの、狷介(けんかい)さを感じるのは、これまでの捜査によって培われた拭いがたい不信感のためかもしれなかった。

──どいつもこいつも、歪んでいる。

男が、意外そうな顔をして四阿を見た。

「いかにも関谷だが、練馬にある警察署の人間がどうして」

「管内の石神井公園で発見された、女性の殺人事件を担当しています」

トランク詰めの腐乱死体で発見された田倉俊子のことを話しても、男の表情は何一つ変わらなかった。ふと、この男に事件の概要をどこまで話して良いものか、四阿のなかで疑問が湧き上がった。理路整然と話を進めるためには、田倉と橘薫堂の関係、さらには橘という男の謎めいた存在、三十年前の国立西洋美術館での贋作売買事件にまで話を進めたうえで、鄭家で起きた虎松事件について、聞き出さねばならない。すなわちそれは、警察の手の内を見せてしまうことになる。第一に、今は時間が惜しかった。

「彼女が長年にわたって、ある人物を脅していた節があるのですよ」

思い切って話を飛躍させ、短縮を図った。やりすぎかと思う一方で、案外真実をついているかもしれないと、四阿は思った。

「それが、今から三十年前に起きた、虎松事件に関係している可能性がありましてね、当時のことを知っている関谷さんにお話を伺うために、お邪魔しました」

濁りのある目で四阿を見て、男はひとことだけ、

「……忘れた！」

と吐き捨てた。

「忘れたってことはないでしょう。当時あなたは住み込みの運転手だった」

「俺は美術品には興味がない。自分の仕事に関係する以外のことは、みな忘れた」

と、まったく取りつく島がない。四阿は、男の表情のなかに何事かを見いだそうとしたが、そこには奇妙にのっぺりと顔に張りついた皮膚と、その下にある骨格以外には、なにも感じられない。先程と同じ言葉が浮かんだ。

――まったく、どいつもこいつも歪んでやがる。

「鄭家のコレクションは、みな贋作だと判定された。それで、この家は離散した。そこに橘秀曳という男、そして田倉俊子がなんらかの形で関係していたはずなんだ」

「知らない」

「この家でなにが起きたのか、それだけでも」

「忘れた」

「事件後のことでもいい。この家の人間がどうなったのか、それだけでもいい」

「俺には関係がない。話がそれだけなら帰ってくれないか。これから家のなかの掃除をしなきゃいけない」

「どうして鄭氏は、贋作と判定されたことについて、反論しなかったのかな」

「俺は美術のことは知らない。興味がない。覚えてもいない」

被疑者がこのような頑なな話し方をするときは、なにかを知っていると警察官の常識がささやく。ささやくが、確信ではなかった。警察官が話を聞きだす作業とは、自分の気持ちを相手に対してどの位置に定めるか、でもある。位を高く持つか、低く持つか。その判断を狂わせるところが、この関谷という男にはある。こんな時、根岸ならばどう攻めるだろうかと、思案しかけたところで、四阿は関谷の指先に注目した。

――あの動きは！

明らかに見覚えがあった。田倉俊子の母親を、老人介護専門病院に訪ねたおりのことだ。橘が執拗に質問を繰り返すのに対し、母親は、指先を同じように動かしながら沈黙と笑顔を絶やさなかった。その動きが、今ここで繰り返されている。

おもに動いているのは、親指である。病院で見たときには、なにか編み物をしているようにも見えた指の動きに、四阿は意識を集中させた。

「鄭家の主人はどのような人だったかね」

「厳しいお人だった」

質問はどうでも良かった。

親指は、他の指の関節をなぞっているように見えた。こんな動きをどこかで見たころうなぁ」

とはなかったか。

「貿易商をやっていたそうだが、この家の広さだ。さぞかし大勢の使用人がいたのだ

「そりゃあ、たくさんいたさ」

――そうだ。魚河岸だ。仲買人は指の関節の動きで、億単位の数字を競り人に伝えると聞いたことがある。

では、これはなにかの数字を表しているのか。

男の表情に、わずかな変化が見られた。主人のこと、そして昔の使用人のことを話すとき、かすかだが男は瞬きをする。それが唯一の感情の動きである。

右の人差し指と中指が交差して、すぐに離された。

なにかの手話ではないのか。

自分の直感を信じていいとささやいたのは、警察官の本能めいた認識かもしれない。

しかしそれが四阿の限界であった。そこから先を、思考の触手で探ろうとしてもなにも見つからない。確かなことは田倉俊子の母親とこの関谷が、同じ癖を持っていることであること。それは言葉にすることのできない思いを、相手に伝えるための手話のようなものと。それのみである。もっとも、手探りでこの屋敷にやってきて、それだけでも知ることができたのは大きな収穫といって良いかもしれない。

「なにか思い出すことがあったら、練馬署の四阿か根岸まで、連絡をくれないか」と、言い置いて、四阿は屋敷をあとにしようとした。そうして見せて、いきなり振り返ったのは根岸のやり方を真似たにすぎない。

「田倉タキさんを、ご存じですよね」

「知らない」

「いや、知っている」

「知らない」

「だったらどうして、病院で惚けてる老人と、同じ癖をあんたが持っているんだ。田倉タキのことだよ！　その奇妙に動いている指は、なにか手話のようなものなんだろう」

初めて、関谷の表情に大きな動きが出た。両手をぱらりとほぐし、腰の下に泳がせた。

「もう、遅いよ。若造を舐めちゃいけない。その癖については、今度ゆっくりと聞くさ。大きな屋敷で、使用人もたくさんいたって？　だったら昔のことを知る人間も、まだいるだろう」

今度こそ、関谷に背を向けた。その表情を探ることをあえてしなかったのは、そのほうがより相手に深い重圧になると、この場所にいるはずのない根岸が言ったからだ。

頭のどこかで。

「手話？」

湯呑みを手にした根岸が聞いた。

戸田幸一郎が殺害された事件の捜査本部は、北区滝野川署内に設置されている。宇佐見陶子が捜査本部に参考人として召喚されることは、間違いない。ただし、戸田幸一郎が握っていたメモに宇佐見陶子の名前があるとして、それが直接彼女に結びつくまでには、いくぶん時間が掛かることだろう。合同捜査本部を設置することは、すでに上層部で決定しているそうだから、彼女に関するデータは、こちらから提供することになるかもしれない。いずれにせよ、その前に、こちらとしては宇佐見陶子の身柄を少しでも長く練馬署内に確保し、彼女からできうる限りデータを収集しておきたかった。その目算で、四阿が虎松事件についての情報を集める間、宇佐見陶子を縛り付けておくはずが、練馬署に戻ってくると、彼女はすでに解放されようとしていた。

宇佐見陶子を取り調べ室に待たせたままデスクに戻ってきた根岸が、

「なんだ、不満そうだな」

「やけに、すんなりと帰すそうじゃないですか。せっかく虎松事件について、おもしろいことを聞き込んできたのに」

「うん、失敗した。先に戸田幸一郎の死亡推定時刻をしゃべってしまったんだ。結構遅い時刻だったから、アリバイをあんなに簡単に申し立てるとは思わなかった」

「アリバイがあったのですか」

「死亡推定時刻は午後十一時前後。隣家の住人が聞いた物音と、被害者の壊れた腕時計が示していた時間とが、ほぼ一致している。ところがその三十分後に、宇佐見陶子は自宅で電話を受けているんだ。北区の滝野川の現場から、宇佐見陶子のマンションまでは、どこをどう飛ばしても三十分では帰りつくことができない」

「そんな！　みえみえのアリバイ工作じゃないですか。転送電話を使えば不可能じゃありませんよ」

「ふふふ、むきになるなって。それとも四阿は本気で彼女が二件の殺しをやってのけたとでも？」

「……そういうわけでは」

「その電話を掛けた相手が問題だった。何日か前に出会ったばかりの、雑誌の編集者だそうだ。ほらっ、お前さんが今日訪ねた東京美術出版だよ。編集部は違うらしいがね。そこの編集者が、取材の約束を取り付ける電話を掛けているんだ。アリバイ工作の気配はなかった」

「裏はとったのですか」

「まだだが、あの口調では嘘ではないようだ。それよりも先にお前さんの報告の続きを聞こうか。手話とかなんとか言っていたろう」

「そうでした」

四阿は、横浜での出来事を順を追って話した。話すうちに、根岸はポケットから煙草を取り出し、いつものように瞬く間にそれを吸い尽くした。根岸の顔のまわりが、薄紫の煙で包まれた。

「その関谷とかいう管理人と、田倉タキとが、同じ癖を？」

「はい、たしかに同じ癖でした。なんとか鄭家で昔、働いていた人間を、他に見付けられませんかね」

「どういうことだ？」

「仮説です。もしかしたら、田倉タキは鄭家で働いていたのではないでしょうか。夫が横浜の高校教員であったからには、市内に住んでいたのでしょう。可能性はありますよ。

我々の業界を引きあいに出すまでもなく、あらゆる職場には隠語があるでしょう。陰の符丁といいますか、外からきた人間が聞いたのでは、まるでわからない言葉を使うじゃありませんか」

「それが鄭の家では、指文字であったと」

「掌をキーボードに置き換えて考えてみたんです。たとえば右の指で子音を示し、左の指で母音を示す、とか」

四阿は「これが〝あ〟です」と左の親指で人差し指の第一関節を示した。カ行以降の仮名についてはまず右手で子音を示し、続いて左手で母音を示せばいい。

「この方法を使えば、ひらがなはすべて表現できるはずです。コンピュータで言うところの作業領域にまだ余裕がありますから、他の常用熟語を加えれば、かなり自由な会話がかわせると思うのですが」

人差し指から小指までの関節の数は十二。子音の数は「ん」を入れて十一であるから、最後の一関節が余ることになる。たとえばここを数字モードの切り替え、もしくは英単語の切り替えのモードに設定しておく。ワープロのキーボードの感覚をそのまま取り入れればよい。仮名を表すだけなら、左手は五つの関節しか使わない。数字モードに切り替えた後は、人差し指から中指までの関節九つでもって、〇から九の数字に該当させることができる。そして小指の三つの関節を各数字の位に相当させれば、少なくとも三桁の数字を表すことができる。

「アルファベットは？」

「左右四本ずつの指の関節の数は二十四です。これに各掌を加えて二十六」

単純に考えても、これだけの表現が可能であるから、もっと細かい約束事を設定しておけば、ほぼ完全な会話が可能なのではないか。

これが帰りの道々に考えた、四阿の仮説である。

「おもしろいな」

根岸のひとことに、四阿はその顔を見た。すでに三本めの煙草をくわえて火を付けようとしている。

「おもしろいですか」

「今のこと、宇佐見陶子にぶつけてみたらどうなるかな」

「でも、彼女は」

「鄭家のことは知っているさ。だから虎松事件の舞台となった横浜の貿易商の話のところで、彼女は顔色を変えた」

「だからといって、宇佐見陶子が興味を示しますかね」

「餌の投げ方による。興味を引くように、別の要素を加えてやるさ」

二人は取り調べ室へ向かった。宇佐見陶子は、椅子に真っすぐな姿勢で座り、ドアを開ける気配をあらかじめ感じていたのか、部屋に入った四阿を真っすぐに見た。少しきつい感じのするアーモンドのような目、化粧を感じさせない肌、やや尖った顎。ストレートの髪をうしろでまとめたスーツ姿は、どこかの教師といわれても、納得ができそうだ。

――自分のまわりには、いなかったタイプだな。

結婚五年目で、すでに家事と姑の介護に疲れ果てている自分の妻と、比べてみた。宇佐見陶子は四阿の妻より三つ年上である。それでもこちらのほうが、はるかに若く見える。ふと、妻のたるんだ頰を思って、痛ましい気持ちになった。

「もうよろしいのですか」

苛立っているわけではない口調で陶子が言った。ただし、言葉に疲れがにじんでいる。

「すみませんが、もうひとつだけ。この四阿が横浜に行ってきまして、おもしろい話を聞き込んできたのですよ」

きっと、わざとだろう。根岸がひどくのんびりとした言葉をかけると、宇佐見陶子の眉がキュッと引き締まった。

「ええ、鄭家です。美術に詳しい出版社で虎松事件を調べまして、そこから横浜の鄭家を割り出しました。こんなことはまぁ、仕事柄、朝飯前でして。ところで宇佐見さん、鄭家のことは知っていますよねぇ」

宇佐見陶子はなにも言わなかった。それを承知のうえだろう、「ところで」と、根岸が横の壁に向かってうそぶくように言った。そして、被害者田倉俊子の母親が老人介護専門病院に入院していること。根岸と四阿が病院を訪ねたとき、橘薫堂の橘がすでにやってきて、なにかを探しているらしい会話をしていたこと。田倉タキの奇妙な癖と、老人性痴呆症のさまざまな症例。そして今は銀行のビジターハウスになっている鄭家で管理人をやっている関谷老人と、その奇妙な癖について、およそ持ち得るかぎりのデータをすべて明かしてみせた。

――これは賭けだ。

警察官という職業は、必要と思われること以外の情報袋の口は、いつもしっかりと握っている。まして被疑者のひとりに、手の内をすべて明かすような馬鹿な真似はしない。ということは、根岸は宇佐見陶子を被疑者のひとりに数えていないということでもある。

「どうです。おかしいとは思いませんか、二人の人間がまるで同じ癖を持っているなんて。そこで四阿がこんな推測をしてみたんです。これはある種の手話ではないか、と。ひそかに相手とコミュニケーションをはかるための指文字ですな。そして、二人はそうする間柄であった。恋人か、あるいは兄弟か。四阿は二人がかつて同じ場所で働いていたのではないかと推測しています。たしかに兄弟や恋人同士で指文字を使う必要はない。むしろ職場でこそ、こうした陰のコミュニケーションの手段が発達したと、考えるべきでしょう」

宇佐見陶子が、明らかに興味を示す顔つきとなった。目が大きく見開かれ、口元に、なにかを言いたげな仕草が浮かんだ。根岸が、デスクに紙を広げた。

「あまりにいろいろな要素が錯綜しすぎているようです。ひとつ整理してみましょう」

まず紙の中央に「田倉俊子殺害事件」と大きく書いた。その下に「橘秀曳・橘薫堂」。

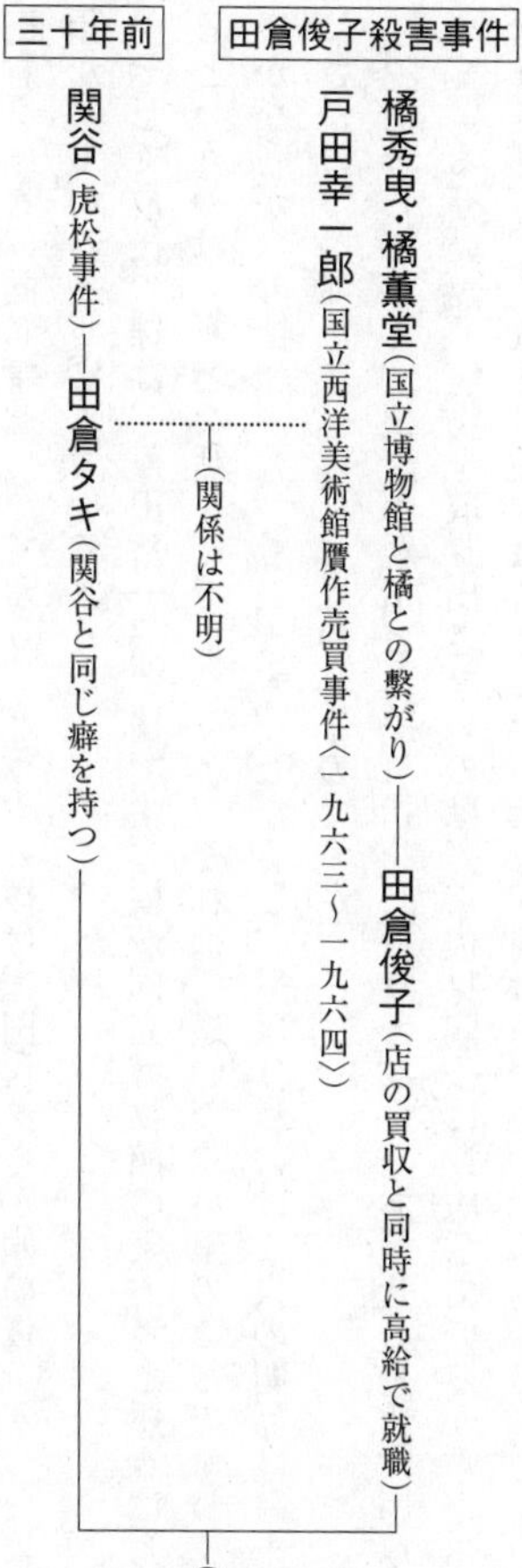

田倉俊子殺害事件

橘秀曳・橘薫堂（国立博物館と橘との繋がり）──田倉俊子（店の買収と同時に高給で就職）

戸田幸一郎（国立西洋美術館贋作売買事件〈一九六三〜一九六四〉）

（関係は不明）

（親子）

三十年前

関谷（虎松事件）──田倉タキ（関谷と同じ癖を持つ）

「被害者が、ビジネススーツ姿で殺害されている点、さらに所持品に白い手袋があったことから、仕事の最中、もしくは仕事上のトラブルが原因であったと見られます。

そして二人の接点を求めると、三十年前、橘が橘薫堂の養子に入ることで、店を買い取った時点にまで、さかのぼります」

「そして三十年前。国立西洋美術館を舞台とした贋作売買事件が発生し、翌年には虎松事件が。橘が橘薫堂に入ったのは同じ年で、その際に三千万近い金が動いています。虎松事件の舞台となった鄭家には、関谷がいました。その関谷と被害者の母親である田倉タキとは同じ癖を持っており、どうやら橘は、田倉タキが娘の俊子からなにかを預かっていると、疑っているようだ。

そして最後の線は、戸田幸一郎と橘です。橘が国立博物館の実力者と懇意にしているというのは、有名な話なんですって？　それは間違いなく戸田のことですね。ええ、確かな筋からの情報が入っています。となると、やはり私には二人の関係は三十年前にさかのぼって然るべきだと思われるのですが」

説明をしながら、根岸が親指と人差し指をしきりとこすりあわせるのは、煙草を求めているせいだ。実物を取り出さないのは、宇佐見陶子に遠慮しているからだろう。そうさせる雰囲気を、彼女は持っていると、四阿は思った。

「しかし……あまりに希薄な関係線ですね。こうして図にすると、いかにもそれぞれが怪しく絡み合っている気もしますが、これを偶然の産物であると断言しても、あまり非難されないのではありませんか」

「ははは、まったく痛いところを突く。本当に頭の良い方だ。昼間、あなたのマンシヨンで話したことを覚えていますか」

「何十年も前の事件を掘り起こし、そして現代で爆発させるためのスイッチを作った人間がいた、という、あれですか」

「ええ。いったい誰だと思います？」

「さあ、そう言われましても。私にとっては、生まれたばかりの赤ん坊の時代に起きた事件ですから」

悪魔が契約を迫る瞬間とは、こうした馬鹿丁寧な言葉になるのではないか。四阿はようやく、根岸の意図を知った。

──このくそ親父は、とんでもないことを考えていやがる。

まちがっても、この手の人間を敵に回すものではないと、心から思った。

「けれど、いくら赤ん坊の頃に起きたことでも、今のあなたならそれを調べ、掘り起こすことができるはずだ」

「………………」

「宇佐見陶子さん。あなたではないですか、過去の事件を掘り起こしたのは。そうとしか考えられないフシがいくつもあるのですよ」

「そんな。私は関係ありません」

「そうでしょうか。では、どうして田倉俊子のノートには、あなたの詳しい経歴が記してあったのでしょうか。宇佐見さんは、かつて東都芸術大学のD先生の奥様だったそうですね。そんなことまで調べてあったのですよ。それはなぜでしょう。まだあります。殺害された戸田幸一郎氏は、あなたの名前を書いたメモを握って死んでいたのですよ。これはなぜでしょうか」

「私は、戸田さんが殺された直後に、自宅で電話を受けています」

「はい。聞きました。けれど今は電話の転送なんかすぐにできるそうじゃありませんか。なにもむつかしい機械は必要ない。NTTで転送電話の契約をし、携帯電話と組み合わせれば、都内のどこにいても自宅にかかった電話を取ることができると、この四阿が教えてくれました」

四阿は舌を巻いた。たしかに転送電話を使用すれば、とは言ったが、ディテールについては、なにひとつ話していない。その可能性について、根岸はすでに自分で調べていたのである。メカ音痴のようにふるまっているが、いざ事件に直接関わりがあるとなると、別の頭脳が働きはじめるのかもしれない。

「そんな契約はしていません」

「調べればわかりますが、また別のやり方がないとは限らない。いいですか、まもなく我々の田倉俊子殺害事件と、戸田幸一郎殺害事件は、合同捜査本部を置くことになるでしょう。その接点は、宇佐見陶子さん、あなたなのですよ」

「けれど、私には動機が」

「ないとは言わせませんよ。あなたは橘薫堂から贋作を摑まされたそうですね。その時期は、田倉俊子殺しの数ヵ月前です。そして、あなたは橘にたいして何事かを企んでいる。ええ、そんな証言が確かにあるのです。これは十分すぎる動機です、いかがですか」

「しかし、私は関係ありません。私は人を殺さないし、第一、田倉俊子さんにも戸田幸一郎さんにもお会いしたことがない」

「どうでしょうか。そこのところはおいおい調べてゆけばはっきりするでしょう。ま、今日は結構です、お引き取りください。また任意でお呼びすることがあるでしょうから、その時はよろしくお願いしますよ」

宇佐見陶子が、完全に根岸の術中にはまったことを確信して、四阿は少しだけ胸を痛めた。自分には、決してこのような真似ができない。そこが根岸との決定的な違いなのだろう。

顔色の悪い宇佐見陶子を見送ってから、根岸は煙草を取り出して、うまそうに吸った。

「これ、違法捜査ではありませんか」

「どこが」

「だって、根岸さん！　宇佐見陶子に事件を調べさせるつもりでしょう。彼女は絶対にそうしますよ、降り掛かった火の粉は自分で払うタイプの女性のようですから」

「俺は知らん。彼女が勝手に調べることまでは止められない、それだけだ」

「ひどい話ですよね。疑ってもいない人間を容疑者扱いして、その本人に捜査を任せてしまうなんて」

「俺は、警察官が古美術の世界に足を踏み入れる限界を感じた。あの世界は、少なくともおれたちの常識が通用する場所じゃない。とすれば、その世界に通暁（つうぎょう）した人間を動かすのがいちばんだ」

「宇佐見陶子は、鵜（う）飼（か）いの鵜ですか」

「うまい表現だな。詩人になれるぞ」

「けれど、危険じゃありませんかね。人が二人も死んでいますよ」

「それを陰からガードするのが、きみの役目だ。おっと、鵜飼いの鵜といえば」

「どうかしましたか」

「滝野川署に連絡を取っておかなければ。連中がへたに宇佐見陶子に接近すると、彼女も動きづらいだろう。あれはうちの監視下にあって、泳がせているとでも言っておかなければ、な」

「本当に鵜飼いをするつもりだ」

「手綱は一本でいい。二本もあると鵜は働かない。いいか、これから先は俺たちも宇佐見陶子への接近をやめるんだ。静かに身を沈めて、あくまでも陰から見守っていよう。彼女は必ず面白いところに辿り着く。その能力を持っている。そうは思わないか」

第五章　孤高の狐

1

八月六日。

この日の朝、潮見から連絡が入った。木地への下地塗りを終え、いよいよ蒔絵を描き付ける作業にはいるという。

「つきましては、絵柄の内容について、もう一度検討したいのですが、ご都合はいかがでしょうか」

受話器から流れる老人の声は、ますます細くなっているように思えた。それでいて、毅然としたところを失わないのは、「時代」への同化が前以上に強くなっているからなのだろう。「いかがでしょうか」と言葉つきは丁寧だが、有無を言わさぬ厳しさが感じられた。

警察で事情聴取を受けたのが一週間ほど前である。

——鄭富健のことをはっきりさせておかなければ。

そう考えるなら、ここで作業を中断するのが妥当な策である。

しかし老人の声が、そしてなによりも旗師としての陶子が、どうしても中断を切りだすことを許さなかった。心の隅で「計画はいつでも中断できる」と言い訳をして、一方で本当はそうではないという声を聞きながら、陶子は、

「はい、すぐに伺います」

自宅をあとにした。

漆器は、まず木地に「下地塗り」と言われる漆材を塗ることから始まる。採ったばかりの生漆を、天日にさらして水分を取った物のことを「くろめ」といい、攪拌して漆分を均一にする作業を「なやし」と呼ぶ。こうして作った精製漆は飴色の半透明で、下塗りの素材に適している。古木材で作った文箱に精製漆を塗り、「漆風呂」と呼ばれる乾燥器にいれて、数日で下地塗りは乾燥する。

乾燥は、漆器にとって最も重要な製作ポイントの一つである。乾燥の悪い漆器は、使用者に漆かぶれを引き起こすばかりか、本来の長所である防腐性も著しく低下する。漆にはおもしろい性質があって、周囲の湿度が低すぎると生乾きになってしまう。我々の持つ常識の逆である。

漆中に含まれるゴム質・ラッカーゼに酸化触媒作用を起こし、空気中の酸素によってウルシオールを酸化、固定することで初めて漆器は乾燥する。そのためには、意外なことだが気温三十度、湿度八〇％という、かなりの高温多湿状態が必要なのだ。漆風呂とは、温度と湿度を調節できる、戸棚のようなものである。

下地塗りを終えた器に、さらに漆を重ね塗りにする。木炭で均すように研ぎ、そこへ金粉、螺鈿などの絵の素材を蒔き付けたものが蒔絵工芸である。そのまま乾かし、蒔絵の部分にだけ漆をかけて最後に木炭で表面を仕上げれば、素材の肉厚感をそのまま生かした蒔絵となる。また、最後にもう一度漆を全体に塗り、乾いたところを木炭で研ぎ上げて下の絵を浮かび上がらせる研ぎだし蒔絵には、象嵌細工のようなおもしろさがある。

八月に入ったというのに、日差しはいつもの年よりもずっと穏やかで、空の青の深さだけを見れば、夏を通り越して秋が来たのかと間違えそうである。ただし、山道を歩くと鳥のなき声よりも、遠いセミの声が、まだよく響く。

陶子は潮見老人の顔を見て、あっと息を呑んだ。すでにそぎ落とせるものはすべてそぎ落とし、凄愴の気だけが支える顔である。大丈夫ですか、という声を喉の奥で止めたのは、潮見の顔に広がる満足気な笑顔があるからだ。ポッカリあいた眼窩の奥で、黒曜石の瞳が濡れ濡れと生気を溢れさせていた。

陶子は老人の顔を直視した。初めてこの家を訪れた日から、いくばくも月日は流れてはいない。けれど、あの頃の自分であれば、きっと、この顔をまっすぐに見ることなどできなかったろう。

「わずかな間に、いい顔つきにおなりになった。いろいろあったようですね」

と言ったのは潮見の方である。

中断を持ちかけるなら、今しかない。

鄭富健が、なにを考えているのかわからない。確かなことは、彼が自分を使って、橘薫堂に何事かを仕掛けようとしている、そのことだけである。たぶん復讐であろうとは思う。しかし、一介の旗師に贋作を作らせ、それを売り付けたところで、三十年前の復讐ができるとは、とうてい思えない。まして鄭富健は、陶子が考えている仕掛けの方法をまるで知らない。橘薫堂に贋作を売り付けるわけではないのだ。狙いは、もっと別のところにある。今のところ、それを知るのは陶子ただひとりだ。蒔絵の文箱を作っている潮見でさえ、計画の細部を知らない。確か、鄭という名字は韓国では決して珍しくはないはずだ。

もしかしたら、ただの偶然か、とも思う。

そうしたことがすべてクリアになって、仕掛けを再開しても遅くはないという、ためらいが陶子にあった。

「はい、強くなければ、この仕掛け、うまくはいきません。潮見さんも、あと少しですから気張ってくださいな」

このひと言だった。潮見は「それが聞きたかった」とかすかに笑い、作業場に陶子を招いた。

「では詰めに入りましょうか」

老人は、黒塗を施した文箱を取り出した。これから装飾を施されるのを待つばかりの、鎌倉時代最末期の作、蒔絵文箱の原形である。

「ご要望は、新古今、藤原朝臣家隆の作との歌合わせでしたな」

「下紅葉かつ散る山の夕時雨濡れてやひとり鹿の鳴くらむ、を題材にしていただきたいと、お願いしました」

「そこで、いくつかの下絵をこしらえてみました」

潮見が、四通の紙束を作業台に並べた。箱の原寸に合わせて、和紙に描いた下絵なのだろう。いずれも封書包みにされて、中身がわからない。

歌に合わせるかぎり、構図は紅葉と鹿をあしらったものに違いない。だが、その仕様がそれぞれに異なっているのだろう。

一枚目の下絵を広げた。箱の腹側から大胆に紅葉の葉をあしらい、葉影を透かして遠くに鹿をのぞき見る図である。箱の下部に雉(きじ)が一匹、蕭然(しょうぜん)とした姿で配置されている。羽根を力なく落とした様子から、降り続く雨の冷たさを表現している。

「面白い構図ですが、デザインが勝ち過ぎていませんか？　光琳を思わせるようで、時代に合わない気がします」

尾形光琳は江戸初期に活躍した美術界の巨人である。絵画、書籍、工芸品の各界に、大きな足跡を残している。

「ほう、巨星と同席に扱われるとは最大級の光栄ですね。しかしお気に召さないのでは仕方がありません」

そう言って、特に気にするふうでもなく、次の下絵を一番上に広げた。

この一枚は、構図が横位置になっている。右手に紅葉の木と葉を置き、その下部には桔梗(ききょう)、萩(はぎ)といった秋草が一面に咲いている。遠近法を無視した形で、鹿が二匹。その背後に険峻な稜線(りょうせん)、山の端にはやはり雉が一匹いる。遠近法を無視したのはわざとに違いない。その手法が日本に取り入れられるのは、遥かに時代を下った江戸期のことだ。一枚目の構図にくらべて遥かに華やかなものとなっているが、そこがどうも気に入らないのである。

「いけませんか?」

「すみませんが」

「謝る必要はありませんよ。そうですね、これは室町も終わり頃の構図だと言われても仕方がないかもしれません。横位置でもありますしね」

仕方がない、を繰り返しながらも老人は、どこか楽しそうだ。きりりと胃の下をえぐる緊張感が走った。三枚目の下絵を広げる潮見を見ながら、陶子ははっきりと、老人が自分を試そうとしていることを感じた。どのような理由を付けたところで、二人がやろうとしていることが非合法であることに変わりはない。道を踏み外すかぎり、パートナーにその資格があるか否か、潮見が試そうとするのは当然ではないか。ここで陶子が判断を誤れば、結果として出来上がるのは、ひどく不完全な蒔絵の箱だ。完成後の具体的な目利き殺しの仕掛けについては、潮見にもなにも話してはいない。しかし、潮見が納得のゆかないものを仕立てる以上、橘薫堂・橘秀曳の目を曇らせることはまず望めない。

——まして、その先に立つのは……!

口内にわきあがった唾を飲み込んだ。国立博物館の戸田幸一郎が死んだ今、鑑定は誰が行なうのか。背骨から腰にかけて、ピンと緊張の気が走って、思わず居住まいを正した。

橘薫堂に出入りしているという、大英博物館からやってきた男の存在が大きく感じられた。

そのことを、たった今まで失念していた陶子の脇の下に、冷たい汗が流れた。段取りを間違えれば、陶子の仕掛ける目利き殺しが無残な失敗に終わることは、火を見るより明らかではないか。なによりも、仕掛けに必要なアイテムである鑑定書が、得られなくなる。

潮見老人の顔を見た。

「いかがしましたか」

「大切なことを……」

「もしかしたら、国立博物館の戸田幸一郎が殺された件ですか」

「ご存じでしたか。こうなると、鑑定書を手に入れることができません」

潮見が、両目を閉じた。手を膝のうえで組み合わせた姿は、祈りに似ている。やがて、

「大丈夫でしょう」

胸のつかえを、すとんと落とす不思議な音質でひとこと言った。

「あなたは鑑定書を必要としているようですが、それは橘に任せておけば良い。鑑定書は、あれにとっても必要なものでしょう。必要なものを手に入れることは、彼にとっては日々食事を取ることとかわりがない。どんな手段を以てしても、鑑定書は彼の手元に置かれることになる」

「大丈夫……ですか」

「橘のところに出入りしているという、大英博物館からやってきた男は?」

「かえって、科学鑑定ができなくなるはずですから、仕事は進めやすくなるか、と」

「そうですね。私の取り越し苦労なのでしょう」

「これから先も、あなたはさまざまな不安と戦わなければならない。もし、それを恐れる気持ちが大きくなりすぎているのなら」

潮見の口が、「ここで仕掛けを中断しましょう」という前に、陶子は、

「続けましょう。私は大丈夫です」

そう言わせた気持ちの動きを、はっきりと説明することはできない。悪には悪の信頼感があるのだと、開き直ったのかもしれなかった。汗がすっと引いた。

「では、次の絵柄をみていただきましょう」

その声を聞いたときには、自分を取り戻した気になっていた。

潮見が唇に酷薄な笑みを浮かべて三枚目の下絵を広げてみせた。

手前に鹿が二匹、悲しげに天を仰いでいる。足元には大きく紅葉の葉が六枚、いましも枝を離れて地面へ向かうように散らされている。微かな線で、稜線が背後に描かれている。その細さが、いかにも秋の長雨に煙るように見える。

絵を見た瞬間に「これこそ！」という声を得た。

確かにそのような気がした。この仕掛けを始めてから、陶子が収集を続けたあらゆる材料が、この図柄に答えを求めた。それよりも、陶子の中で培われた美意識が、ジャンルを超えて共鳴しているのである。

この絵の中にも雉がいる。歌の中に現われていない雉を「是非とも構図のどこかにいれてほしい」と依頼したのは、陶子である。歌に紅葉と鹿が描かれている以上、このふたつの要素は欠かせない。そこに雉を入れたのは、鹿と紅葉同様、紅葉と雉もまた、季語をふまえたデザインとして、一般的なものであるからだ。そこに今回の仕掛けの成否がかかっている。

作業台に広げられた下絵を指し、

「これでお願いします」

と陶子は言った。

「よろしいんですか、四枚目を見なくて」

「結構です、これが最高の構図だと、声がします」

「天の声、ですか」

「そう言うと、笑われるかもしれませんが」

潮見が満足そうに、四枚目の紙の束を広げてみせた。ただの白紙がそこにあった。初めからこの構図以外にはなかったのだ。陶子はまっすぐに潮見を見た。直視した目の奥に
——いかがです。この世界の厳しさは、生半(なまなか)ではないでしょう。

そんな言葉が聞こえた。

「あとは、素材ですか。あまり豪奢にすべきではないと思いますが、潮見さんは、どのような心づもりを？」

「大切なのは、兼ね合いでしょう。平凡に仕上げることは難しくはないが、それでは銀座の強欲な狸は餌にかからないかもしれない。かといって非凡が勝ち過ぎては、疑いを持たれやすい。ギリギリの見極めをどこに求めるかでしょう。細かい点については随時相談させていただくとして、とりあえずの全体像だけを申し上げておきましょうか。

まず紅葉の葉ですが、形は螺鈿を使いましょう。菱型(ひしがた)に切った薄貝を置くのがよさそうです。鉄錆(てつさび)を黒酢で溶いて、渋みと赤みを出します。周辺には少し荒目の金粉を散らせて雨に見立てましょうかね。鹿の造形は、金箔(きんぱく)を重ねてやや重たげに。体の模

様は墨で毛書きします。鹿から後ろの稜線にかけては、綿蒔き(わたま)で煙った様子を出すつもりでいますが。

いかがですか？」

「結構です。あとはご老人の、腕と目を信じています」

「人間性は？」

「それはこの際、置いておきましょう。お互い悪党ですから」

「本当に、狡(ずる)くおなりだ」

「そう言われて、嬉しいと思うのはおかしいですか」

潮見は顔の造りを中心部にねじ込むように笑って、首を振った。

「ところで、科学鑑定は本当に行なわれないでしょうか」

ざっと聞いただけでも、潮見が常軌を逸した緻密(ちみつ)さで、細部にわたって計算していることはわかる。しかし、それよりも恐ろしいのが、科学鑑定の目なのである。炭素14による年代測定をはじめとして、X線透視検査、使用木材の年輪鑑定など、贋作の技術と鑑定の技術は、未来永劫のかなたに向けて切磋琢磨(せっさたくま)を重ねるしかない。そのような運命なのだ。中でも、近年の贋作者を脅えさせているのが、X線による蛍光分析である。作品からサンプルを切り取ることなく鑑定ができるうえ、金属、陶器、ガラス器、木材と、広範囲にわたって分析ができる「電子の目」である。どれほど巧妙に時代を作り上げても、一つの本物さえあれば、比較分析の結果、贋作がまとった衣は簡単に剝がされてしまう。

その恐怖のX線蛍光分析機が、国立博物館にはある。館内に大きなつなぎを持っている橘が、戸田の事件くらいで科学鑑定をあきらめるだろうか。

潮見は、だが、それを気に掛ける様子もなく蒔絵の道具を揃えはじめた。

「あの……」

「X線蛍光分析機のことなら、ご安心なさい。布石はきちんと打ってあります」

潮見の言葉はそっけなく、陶子を振り向きもしない。

「布石ですか?」

「なんのために、私がこんな格好をし、こんな光の下で作業をしていると思っておいでですか。これから使う金粉にしても、すべて手作りです。東北で手に入れた鎌倉仏の一部を使いましてね、砂金と一緒に木炭の熱で溶かし、叩いて伸して、刻んだものです。木炭は木地に使った古材の余りで作りました。ええ、蛍光分析をかけたところで、八百年前のものとなに一つ変わらぬ分析結果が出ますよ。

あなたをこの作業場に入れるのもね、化粧っ気が、まるでおありにならないからなんで、そうでなければ別の部屋で応対させていただくところです。部屋の空気に女性の化粧が混じりますと、てきめんに出てしまうそうですからね。もしもX線蛍光分析機を使ったところで、恐れるものはなにもない」

潮見の口調は、さも当然のことを話して聞かせるようだ。逆に気恥ずかしさを覚えたのは陶子の方である。それを素早く感じたのか、老人はこう付け加えた。

「もちろん、あなたが気に掛けるのは当然です。こうしたことは、念には念を入れて、なお入れすぎることはない」

さらに潮見は、雉の図柄について、

「体の造形については金箔を埋め込み、尾羽の複雑な文様には銀線を象嵌しましょうか。ちょいと渋みの入ったいい銀が、東北で手に入っています。中世の頃ですから、全国を渡り歩いた職人、山の民がいても不思議はありません。たとえ都に職人がいても、そうした材料は比較的自由に手に入ったはずです」

「そうなのですか」

「日本が狭くなったのは、近世以降でしょう。以前に山の民について書かれた研究書を読んだことがあります。当時、天皇の名の下に日本中を渡り歩いた民族がいて、互いにネットワークを作っていたそうです。源義経が東国に逃げたのも、そのネットワークがあったからだとか。ほら、金売りの吉次（きちじ）、彼がそうだったようです」

そうか、それで東北へ、と納得した。

X線蛍光分析機は、時代の特定とともに、産地の特定を得意とする鑑定方法である。

当然、蒔絵の技術は都の職人の手によって伝承されたと考えるのが常識である。その材料を東北に求めるのはいかがなものかと、ずっと気になっていたのだ。

「山の民、ですか」

「首から胴にかけての鈍色(にび)は、いかがしましょうかねえ。螺鈿を曇らせるか、いっそ玉虫の羽を使ってみるか」

「そこに、ひとつ仕掛けをお願いしたいのですが」

「今回の要ですね」

「……はい！」

鎌倉の潮見老人の家を出て、陶子は車をそのまま高速道路に乗せた。この日、新橋の汐留(しおどめ)操車場跡地に中央区の古物商が集まって、骨董市を開いている。日頃の業者間の市とは違って、一般客を目当てにした露天売りである。陶子に、この市の招待状を送って寄越したのは、他ならぬ橘薫堂であった。丁寧すぎる毛筆体で『よろしければ市への特別参加をお願いします』などと書いてあるが、参加のための準備期間を考えると、それが本音とはとても思えなかった。

餌に食い付いたのかもしれないという予感がした。

練馬署での事情聴取を終えた夜、マンションに帰った陶子はさっそく、硝子の残しておいてくれたメモリーパックを元に、図録の作製にかかった。図録といっても、正味十五ページほどのものである。こうした編集作業を効率よく行なうためのデザインソフトを使い、翌朝までには、思うとおりのものを仕上げた。それを高田馬場にある、専門出力センターに持ち込み、グラビア用のコーティング紙にプリントアウトしてもらう。するとひとめ見ただけでは印刷したものとほぼ変わりないものが出来上がった。各百五十枚ずつプリントアウトして、それを製本屋に持ち込んだのがその日の夕方。翌日の午後に百五十部の図録が完成したのである。

橘薫堂を含む都内の有力業者に速達で発送し、その二日後には橘薫堂から、今回の市への招待状が送られてきた。陶子が仕掛けた架空のコレクターの蔵開きに、橘が興味を示したのである。仕掛けは次の段階に入ろうとしている。

アクセルに乗せた足に、力が加わった。ハンドルを握る手が軽い。細胞の一つ一つに生命力があふれていて、どこにも立ち止まったり、躓いたりすることがないかのようだ。この高揚感を、プロフェッサーDならばどのように説明するだろうかと、思った。

人は神の子などではなく、堕天使の末裔なのかもしれない。

第三京浜を玉川で降り、用賀から首都高速道路に乗った。悪名高い首都高速道路が思いがけなくスムーズに流れ、まもなく霞が関に着いた。

会場について何分も歩かぬうちに、「冬狐堂さん」と声がかかった。振り返るまでもなく、粘着質の声は橘のものである。

「今日はどうも、お招きにあずかりまして」

型通りの挨拶をしたところで、橘の横に立つ背広姿の男に気がついた。今日も橘は柿渋色の和服を一点の隙もなく着こなしている。横の男の服装にも、やはり隙がない。橘より頭一つ分高い身長、腕二本分広い肩幅が、すっくと立っている。ボディガードに見えなくもないが、五十歳近い容貌と辺りを睥睨するような視線が、男の公的地位の高さを、そして橘との特別な関係を物語っているようだ。「こちらは、衆議院議員の石神卓馬先生。先生、以前にお話ししておいた冬狐堂の宇佐見陶子さんでございますよ」

橘の紹介と同時に男は名刺を差し出し、代わりに陶子の名刺を受け取ると、痛いほどの握手を求めてきた。

「お話は伺っていますよ、まだお若いのに、大層な腕だとか」

「噂が一人歩きしているだけですわ。正味はまだまだ半人前です」

橘の言葉に引っ掛かるものがあった。この石神という議員に、いったい自分のなにを話したのか。同業者相手ならいざ知らず、客に商売敵を紹介するなど、まず考えられない。

――となると、あの硝子碗か。

「そういえば、橘薫堂のご主人から以前にお電話をいただきましたわね。ガラス器の古いものをお探しになっている方が……」

「そうそう、この石神先生でございますよ。あの器は、すぐにどこかに回されたのでしたね」

「ええ、地方のさるお得意様に、どうしてもと乞われたものですから。おかげでずいぶんといい商売をさせていただきましたわ」

もちろん、橘が売り付けた贋作のガラス器は、今も陶子の借りているトランクルームに眠っている。時には取り出し、眺めることもある、そのたびに沸き上る怒りは、陶子の中でエネルギーへと変換される。それをここで言うわけにはいかない。

「残念なことをしました」

と、口を挟んだのは石神である。恰幅（かっぷく）もいいが、声もいい。見事なバリトンである。議会でもさぞや見事な答弁をするに違いない。が、「せっかくの機会に、あなたのような美人に出会えると、楽しみにしておったのですが」と続けたところで、陶子はこの男に興味を失った。橘と石神がどんな話をしたのか、およそわかる気がした。

「そういえば、冬狐堂さん。こないだはずいぶんと派手に商いをされていましたな」

と、橘が言ったとたん、陶子の全神経はそこに集中した。

「狛江の市でのことですか？」

「それも、ね。それもあります。けれどあの図録には驚きました」

潮見の作っている文箱はもうじき完成することだろう。今のうちから橘に餌の臭いをかがせておくためだ。この機会を待っていたのだ。

「岡山、でしたか。よくあれほどのコレクションがウブい状態で見つかったものです」

橘の声の質が、ますます粘度を増したような気がした。

「岡山というのは、一応の目安と考えてください」

「本当は、ちがうどこか？」

「なにぶん、相手先に複雑な事情があるものですから、そこから先はご勘弁くださいな」

橘にしてみれば、自分の情報網が気づかないところで行われた蔵開きに、少なからず興味があるのだ。もっとあからさまに言えば「許せない」という気持ちがあるにちがいない。だが「相手先に事情がある」というひとことの重さは、橘のような業者さえ沈黙させる力がある。それほど表にできない取引の多い業界である。

「それにしても、あれほどの大きな蔵開きの情報を、よくぞつかんだものだ。どんな手蔓を使いましたか」

「それもご勘弁ください」

「ふふ、企業秘密というやつですね」

「女一人が細腕で、暖簾を守るための知恵ですわ」

「いやいや。その細腕は、なかなかの豪力を秘めていらっしゃるようだ。そう、たとえば最新のコンピュータ通信を使うとか、大人の手蔓を使わずに、子供から攻めるとか」

　橘を見る目が、瞬きを忘れた。沈黙は、この際不利な結果を招くとわかっていながら、言葉にならなかった。

「今ではコンピュータの普及は驚くべきものがありますね。それを扱う高校生に注目するとは、ね。ホームページですか、あれを利用してアンケート式の情報収集をするなんて『業』は、私どもには、ありませんからね。やはり、その筋ですか。今回の蔵開きも」

　陶子は、自分の頬に笑顔が浮かぶのを感じた。

　本当に笑顔なのかどうか、自信はない。ひどく質のよくない、引きつれにも似た筋肉の痙攣である。

　いかにDの元で鑑識眼を磨いたとはいえ、わずか四年で十分な利益を生みだす旗師になれたのは、奇跡に近いといってよい。口さがない同業者の中には、陶子が女を売り物にして、客層を開拓したと公言するものが少なくない。陶子があえて反論をしなかったのは、そう思わせておいて、自分の「切札」を隠しておくほうが、商売には、はるかに有利であるからだ。その切札に、この男は気が付いた。

この世界の情報網は、容易に新しい人材を受け入れない。そこで陶子が目を付けたのが、コンピュータ・ネットワークだった。骨董業者であることを隠し、いくつかのネット上に開設した陶子のホームページには、ある時は町の情報誌を作るという名目で、ある時は高校生の持ち部屋状況を知るという名目で、また、住宅のアメニティ調査という名目で、アンケートが集まる仕組みになっている。そのいずれもが、町の旧家の情報や、そこに改築予定があるかなどの、骨董業者にとっての「おいしいネタ」が隠されているのである。そうして得た得意先が、今の陶子の大切な宝となっている。当然ながらネット上の協力者には十分すぎるほどの謝礼をきちんと払い、また陶子の本当の職種がわからないように細心の注意を払っている。

情報とは、中心にいる者からは得づらい。そうした閉鎖的な性格を持っている。むしろ情報に触れていながら、なおかつ、その情報に興味を示さない者こそ、アクセス手段が残されているのだ。そのことに気が付いてしまえば、ごく常識的な方法である。骨董業者とコンピュータ・ネットワークという、相反するイメージが煙幕のかわりをしているのだ。

――そう言えば、田倉俊子は電子メールを使っていたとか。

橘自身も、ある程度はコンピュータの世界に理解があるのだろう。「それにしても」と、改めて橘が、油断のならない相手であることを、陶子は知った。

話題を自分の利益に傾くほうへ急いで変えた。

「でも、久しぶりに大きな商いで、私も少々気持ちが上擦ったようです。まだまだ未熟であることを痛感しました」

「そうですとも、あれはいくらなんでも値段が低すぎました」

「不得手なものも結構あったものですから、値をついつい低めにつけたのです。失敗でした。相手方にも悪いことをしたようで」

「そんなときこそ、相談してくだされればよかったのですよ」

――餌に引っ掛かった。

ここで仕掛けなければ、後に疑いを向けられる恐れがあった。

「実は一点、私の手に負えない品物がありまして。今回のリストからも外してあるのですが、一度見ていただけませんか？」

「ほう、物は？」

「蒔絵の文箱なのですが、ものは決して悪くはないと思います。たぶん歌合わせになっているのではないかと……売り手は言っているのですが、なにぶん私はその方面に暗くて。橘さんは、その方面には目がおありですか」

橘の表情を窺った。反応はない。表向き、橘の得意ジャンルは陶磁器系統となっている。その実、ダミーを立ててまで収集しているのが、漆工芸品であると教えてくれたのは、潮見である。橘が、自らの垣根を外すかいなか、大きなポイントである。なんの興味も示さなければ、目利き殺しもへったくれもない。

「蒔絵です、か。確かによほどの目利きでも、判断が難しい品物ですな」

言葉の外に「自分クラスの目利きでなければ」という響きをとらえて、陶子はほっとした。決して興味がないわけではないのだ。あからさまに興味を示すことで、足元を見られるのを恐れている。そのためのポーカーフェイスなのだろう。

「時代は、どのあたりですか」

「売り手は、室町よりも時代が下ることはないと言っているのですよ」

「それはまぁ、話し半分でしょうねえ」

「ただ、時代色の付き方からみても、江戸よりこちらに歩いてくることはないか、と」

「それにしても、十のうち九までは贋作でしょう。まぁ、一度店の方にお持ちくださ い。なに、拵え(こしら)のよいものでしたら、たとえ贋作でも、いい値段で引き取らせていただきましょうよ」

　こうやって贋作として引き取られたものが、数年後に国立博物館の鑑定書付きで数百倍の値段で取引されることが、ままある。陶子が幾人もの同業者から耳にした情報である。橘は、そうした商売を、もっとも得意としている。

「潮見さん、魚が引っ掛かりましたよ。あとはあなたの腕次第です、陶子は、そう叫びたかった。

　翁面に似た橘の笑顔の下の表情を、陶子は読み取ろうとした。すでに戦いは中盤戦に入っている。潮見が蒔絵の文箱を仕上げてしまえば、そこからは一気に終盤戦、決着へと傾れ込む。きりきりと胃を刺すような緊張感が、かえって心地よい気がした。

　陶子は精一杯の喜色を浮かべて、「ぜひともよろしくお願いします」と言葉を返した。

　二人の会話と体の間に石神が割り込んだ。

「よいものでしたら、私がいただきましょう」

「そりゃあいい。この石神先生はね、ことのほか美術品に造詣が深い方でしてね。ご存じですか、国立博物館とボストン美術館が、研究品の相互貸し出しをするという話。それにも少なからぬご助力を注がれているのですよ。冬狐堂さんも、ご懇意にしていただいて、決して損はありませんよ」

　橘の言葉を、得意そうに石神が引き継いだ。

「私の家は、祖父(じい)さんの代から国政を預からせていただいていましてな。いや、昔は食い詰めた芸術家の卵がうろうろしておりましたよ。外国からの留学生も多く、書生扱いにして面倒を見ておったのですが、たまたまその中の一人がボストン美術館に勤めていたわけです。日本では、浮世絵の研究が進んでいないと、話に聞きましてね、ひとはだ脱ぐことにしたのです。だいたい、日本の芸術である浮世絵の研究が、諸外国に比べて十年も遅れておるとは、何事ですか。私は直接、ボストン美術館に出向きましたよ。ところが、最初はむこうも渋るわけです。私はその研究員相手に怒鳴りつけてやりました。日本には一宿一飯の恩義という言葉があるが、アメリカ人にはそのような人情の機微に通じたものはいないのか。そんな貧相な情緒しか持たない民族に、芸術など必要ない！

とね。やっこさん、慌てて上の研究員と相談をはじめまして、すぐに貸し出し条件を出してきましたよ」

周囲を見回してしまうほどの大きな声で、さも気持ちよさそうに武勇伝を語る石神を見ながら、陶子は暗澹(あんたん)とした気持ちになった。国宝レベルの美術品の交換・貸し出しが、今の話ほど簡単に決まるとは思えないが、似たような経緯(いきさつ)はきっとあったのだろう。かつて日本から大量の美術品が流出したのは、ひとことで言えば日本人の無知と無責任ゆえである。それを忘れて、現在の所有者に声高らかに自らの主張ばかりを押しつけようとする無神経さを、この国会議員はどう考えているのだろうか。

もちろんこうした感情は、表には出さない。笑顔は陶子の顔に乗っかったままだ。

「ところで橘さん。田倉俊子さんのことを伺いました。大変ですね」

と話題をかえた。自分がその容疑者の最前部にいることを、話そうか話すまいか迷って、結局やめた。

そのままにしておくと、目利き殺しの領域に、あの根岸と四阿が絡みかねない。四阿はともかく、根岸だけは介入させてはならない。そのためには、陶子自身が事件の真相に近付き、その情報を彼らに流す以外にない。

橘は完全無視の姿勢を取った。

会場に静かな音楽が流れ、この市の終わりを告げた。

「いかがですか、せっかくですから、お食事でも」

石神が、陶子を誘った。

「よろしいんですか、お時間は」

「大丈夫です。時には芸術の話をたっぷりとしたいと思っていたのですよ」

「そうでございますよ」

と笑う橘の声が作り物めいて聞こえる。

それから陶子は、二人に誘われて神楽坂の会員制の料亭へと向かった。評判の鳥料理を食べ、その後は銀座へ。誘いを断わらなかったのは、田倉俊子の件があるからだ。酒が入ることで、橘の口が少しは軽くなることを期待したが、それほど甘い男ではなかった。さり気なく田倉が耳役であることを匂わしても、逆に、

「いっそ、冬狐堂さんがうちの専属になってくれたら、ありがたいのに」

などとかわされるだけであった。

——当然か。

すでに他の手は打ってある。狛江の畑中の伝手を使い、虎松事件当時、鄭家で働いていた人間を探してもらっている。

口当たりのよい、強い酒を数杯勧められたところで、予想どおりに石神の手が膝の上に載せられた。それを邪険にならないようすっと押し戻し、いつものように優雅に笑って「では、明日が早いので、今夜は、これで不調法させていただきます。本当に楽しかったですわ、ぜひまた誘ってください」と席を立った。

毎度、気の重くなるような付き合いだが、こうしたことを露骨に断わったのでは、のちのち商いに差し障ることは、目に見えている。まして橘と、それに連なる政治家となれば、断わるわけにはいかなかった。

旗師になりたての頃こそ、ぎごちなかった人あしらい、男あしらいも、今ではすっかり水商売の専門家のように板についている。それが気持ちの表面のところでささく

れとなることもある。

　離婚することで身に付けた器用さ、賢しらさと思うと、気持ちが沈んだ。

　男性に優しくされることが嫌いなほど、性格はねじ曲がっていない。だが、自分が女であることを正面きっての商売の武器にするほど、図々しくもない。

　大通りに面したところでタクシーを待つ間、陶子の首はせわしなく辺りを見まわす。爪を噛む。どこを見ても、目に入る景色が気に入らない。自分が女であることを汚らわしいとさえ思ってしまう瞬間、この癖が出る。

　時間がよほど悪いのか、タクシーを捕まえることができなかった。陶子は車を拾うことをあきらめて、新橋方面へ歩き始めた。少し酔いを醒まし、自分の車を使って帰ることにした。

　首都高速道路のガードの下の、公衆電話ボックスに入った。横尾硝子に、仕事の依頼をするためである。潮見老人はいよいよ外造りの製作に入る。仕上がりまでは二週間という。その完成品を撮影しなければならない。

「宇佐見陶子ですけれど」

「もしもし陶子？」と返す声が、いつもより一層低い。

「このあいだは、撮影を途中から任せてしまって御免なさい。ところでもう一件、仕事をお願いしたいのだけれど、硝子さんの都合はどうかな」

「ちょっと待って、その前にアタシの質問に答えてくれない？　答え如何によっては、仕事は断わるかもしれない」

「断わるって？　硝子さん」

「今日、アンタを見たよ。新橋の青空市にいたよね。ねえ陶子、アンタはあんな連中と付き合っているのかい？　それは商売上の色気から？」

陶子は言葉を失った。まさかあの市に硝子がいるとは、想像もしなかった。

「黙っているのは、アタシの想像が当たっているからかい。だったらアタシは仕事に乗れない。今回は断わるよ」

沈黙を守る陶子に向かって、硝子はさらに言い立てた。

「陶子だって、あの連中の評判の悪さは知っているじゃないか。アタシは仕事柄、仕方なしに橘薫堂の撮影を引受けたことがあるけど、後味は決してよくない。連中に泣かされてる業者の話だって、五本の指じゃきかないほど聞かされているんだ。まさかアンタまで、あんな連中の片棒を担ぐなんて、思ってもみなかった」

どうやら硝子が、とんでもない勘違いをしているらしいことに気がついて、初めて陶子は声を出した。

「ちがう！　それは大きな誤解」

「なにが誤解なんだ！」

「私は、橘のビジネスパートナーになんかならないわ」

「じゃあ、どうして」

　陶子は、再び沈黙を守る。ここで硝子以外の人間に仕事を回す気は少しもない。写真撮影は、陶子の仕掛ける目利き殺しのキーポイントのひとつとなる。これから先の作業は、陶子にとっても潮見にとっても、ただのひとつの齟齬も許されない領域に入るだろう。それと同じ厳しさが、硝子の写真にも求められることになる。

　目利き殺しの仕掛けを、彼女に話すべきなのか。できれば、そうはしたくなかった。表にできない仕事だけに、硝子はなにも知らないほうがいい。同時に、彼女以上の成果をもたらすことのできるカメラマンを、陶子は知らない。だからこそ、これまでなにも話さなかったのである。

「なにか喋ったらどうだい。それともアタシには話すことなんか、ないって？」

「そうじゃないけど」

「アタシは御免だよ。納得のできない仕事を、なにも知らずにただこなすなんてのは。そんな仕事師じゃない、それが誇りなんだ」

「それはわかっています」

　そのこだわりこそが、陶子の望むものである。けれど、真実を話すことで、横尾硝子はそれでもなお、陶子に協力してくれるだろうか。たぶん、してくれるだろうと思った。だからこそ彼女は、巻き込みたくはなかった。

それを許す状況ではないことは、すでにわかってなお、陶子は逡巡した。

なにも聞かないで、という言葉を幾度か飲み込んだ。私を信じて、などという言葉ほど、この場にそぐわないものはないだろう。

この沈黙をなんとかしなければと思いながら、それでも受話器の向こうになにひとこと、陶子は話し掛けることができなかった。世界は、近くのビルから漏れるカラオケと、首都高速をすぎる車のエンジン音のみだ。

やがて。

「バカだね」と、受話器のむこうから短いメッセージ。

「どうして、はっきりと言わないんだい。銀座の狸にいっぱい食わせるから、協力してほしいって」

「硝子さん……どうして」

「あんたが大切なコレクションを売るくらいだもの。なにか理由があることくらいわかるさ。そのあんたが、橘に接近しているとすれば、他に考えようがないじゃないか。そのことをひとことも話してくれないから、少し意地悪をしてみたくなっただけさ」

「あの……」

「そんなおもしろい遊びを独り占めしようなんて、根性が気に入らない」

「うん」

「アタシは、あんたが仕掛ける品物を撮影すればいいんだね」

「うん」

「だったらカメラはいつでも空けておく。出来上がったら、いつでも連絡してきて」

「ありがとう」

それから、と受話器の向こうから「もう少し器用に動かなきゃいけない。狸はうまく騙せないよ」

硝子の低い声が聞こえて、電話が切られた。ボックスを出て、陶子は、なぜだか身震いをした。一度、二度。身震いをしたあとで唇を噛んだのは、涙を流すと張り詰めた神経に隙間ができそうだったからである。

2

奇妙な夢を見た。

体が底のない闇の一点に向かって吸い込まれて、気が付くと見知らぬ工房にいた。

一人の男がいる。男は大理石に向かい、一心に鑿(のみ)をふるっていた。大理石は、瞬く間に人の形を作り、それはやがて救世主を胸に抱く聖母の姿となる。男の額から流れる汗は、大理石の微粉を含んで眉上の隆起に白く溜まっている。こけた頰と、乾ききってひび割れた唇が男の内面の荒涼を現しているようだ。

陶子は、この男を知っている。ひときわ男の顔面の中心で自己主張する、特異な鼻の形を美術専門書で何度も見ている。

――アルチェロ・ドッセナ……。

一八七八年、イタリアで生まれたドッセナは、彫刻の世界で最高峰の「贋作者」として、その名を美術史に残す。彼が二人の古美術商ファッソーリ&パラッツィと組んで、八年間に稼ぎだした贋作の代金は、ざっと七千万リラ。メトロポリタン美術館の「ゴシックの女神」、ボストン美術館の「ミーノ・ダ・フィエソーレ作の棺」など、すべては彼の贋作であった。世界の名だたる美術館の学芸員たちの審美眼が、彼の鑿の前にひれ伏したのだ。

一九二七年、妻の死をきっかけに彼は贋作者の仮面を脱ぎ捨てる。自らの贋作の現場を記録映画に撮り、一般に公開してみせた。贋作者としての栄光が、常に日陰にあることに我慢できなかったのか、それとも贋作代金のほとんどを懐ろにいれ、なおもドッセナに次の作品を要求する、二人の欲深い古美術商を目の前から消し去りたかったのか。

いずれにせよ、仮面を脱いだ贋作者に世間が寛容であったはずがない。彼がローマの貧民病院で失意のうちに息を引き取るのは、わずか十年後のことである。

それにしては、この男に溢れている生気はどうだ。

罪の意識など毛ほども感じさせぬ顔。ときおり神経質そうにゆがめられ、一部を痙攣させるけれど、後悔も脅えもない頬。

夢の中のドッセナの顔が、変形した。天才贋作彫刻家ではない、別の男の顔になっていた。

男の特徴をもっともよく現しているのは、後頭部だ。細く疎な髪の毛を、丁寧になで付けた後ろ頭が、卵を寝かせたような形をしている。

男の目の前には、一枚の絵がある。完成していると思われる絵に向かって、男は煙草の煙を吐きかけ、毛筆のような絵筆で薄く溶いた墨汁を塗っている。

時代付けの技法である。

描き上げたばかりの贋作絵画に、数百年の時代を付ける技術について、潮見が詳しく教えてくれたことがある。

『一番いいのが煤でしてね。こいつを薄いアルコールに溶かして万遍なく画面に塗ると、じつにいい時代がつくのですよ』

夢の中の男が、いましも時代付けを行っている絵はあまりに有名で、日本にも多くのファンがいる画家のものだ。

――フェルメールだ。

作品名は「キリストと姦婦」。もちろん現在では、この作品が十七世紀のオランダの画家・フェルメールの手によるものではないことが証明されている。だとすれば、男の正体は自ずと知れる。現在、数十点しか残っていないと言われるフェルメール作品の、さらに半分はこの男が描いた贋作ではないかと主張する美術鑑定家は、今も多い。

――ファン・メーヘレン……。

元々ゴシップ誌の発行人であり、イラストレーターであったメーヘレンは、雑誌の廃刊とともにオランダから姿を消した。彼が再び世間に姿を現すのは第二次世界大戦終了後の一九四五年のことだ。大戦中にドイツ軍によって略奪同然に奪われた美術品の中にフェルメールの「キリストと姦婦」があったのだ。売り主はファン・メーヘレンとなっていた。メーヘレンは国家の宝である美術品を敵国に売り渡した罪で逮捕され、厳しい取調べを受けた。それによって彼は、一九三七年に発見されたフェルメールの「エマウスでのキリスト」を始めとする、自らの贋作をすべて白状したのだった。

当時の美術界はパニックに陥った。すでにメーヘレンが描いたとされる贋作は、いずれも高額で美術館に買い取られていたからだ。それらがすべて贋作であったとなれば、美術館の学芸員はその審美眼をおおいに疑われる。結果、贋作者が自らの罪を認め、美術鑑定家らがそれを認めないという奇妙な状況になった。最終的にメーヘレンは、多くの警察関係者の前で、フェルメールの贋作を描いて見せ、自らを立証した。

裁判で詐欺罪に問われたメーヘレンには、禁固一年の刑が科せられた。服役中の彼の元には、世界中から絵画の注文が殺到したという。それがなかったがゆえに、贋作者に身を落としたメーヘレンが、贋作によって有名画家になるとは、これ以上の皮肉はないだろう。だが、彼はこの注文をこなすことはできなかった。すでに麻薬と酒でボロボロになっていた体は、獄中の生活に耐えきれなかったからだ。裁判からわずか二ヵ月後に、メーヘレンは心臓麻痺で急死する。

――ドッセナ、メーヘレン、いずれも贋作に精神と肉体を食い尽くされ、破滅した。

そんな会話を、どこかでしなかったか？

――あれはそう、四年ぶりにプロフェッサーの研究室を訪れたときだった。

ファン・メーヘレンが視界から掻き消えて、陶子は闇に放り出された。

――プロフェッサー、私はどこかで道を間違えたでしょうか。

橘薫堂の橘に目利き殺しを仕掛け返すこと自体が間違いだったのか。それとも根岸と四阿の二人の警察官の口車にうまく乗せられ、殺人事件の真相にまで近付こうとしているることが、間違いなのか。

――でも……。

「陶子、君は潮見老人から贋作のテクニックを伝授された。もう普通の骨董業者には戻れないよ」

Dの声が、どこからかした。

――伝授？　私は見ていただけです。後は口頭で二、三のことを教わっただけで。

「それこそが、きわめて日本的な、秘伝の伝授法ではないのかね」

――私は、ドッセナやメーヘレンのような人生を歩むと？

「…………」

――教えてください、プロフェッサー、……D！

「陶子。ミスター橘は危険な男だよ。それでも戦うつもりかね。ならば、きみは私の言葉を思い出さねばならないよ」

――言葉、ですか。

「四年ぶりにきみが私の研究室を訪ねたとき、私は話しておいたはずだ」

――ああ、確か。保険を逆手に取る橘のやり口は、誰かによく似ていると。

「私は、その名前を告げたはずだ」

――フェルナン・ルグロ！　国立西洋美術館における、贋作売買事件の主犯！

「フェルナン・ルグロ！」

自分の声で陶子は目が覚めた。

奇妙な感じで、首から背中に掛けて重りがへばりついているようだ。昨夜の疲れが残ったとか、寝ている間に筋を痛めてしまったというような種類の重さではない。肩を二度、三度と回すと、今度は胃に鋭い痛みと、吐き気を覚えた。

――……！

ベッドの横の姿見に、自分の顔を映して驚いた。まるで一晩が十年ほどの長さがあったように、老けこんだ陶子の顔がそこにある。顔は土気色、なによりも唇がひどい。どう見ても腐乱寸前の死体である。頬から喉に掛けて、皮膚のたるみが明らかに見て取れた。こうした要素がたった一晩で現れ、陶子にはるか未来の己れの顔を見せている。

「そう言えば」と声に出してみた。やや擦れている。

昨日はなにを食べただろう。午後三時すぎに行きつけのイタリアンレストランで、バジリコのスパゲティとオレンジジュースだった。いつもは旺盛な食欲を示す陶子が、珍しく残したので、シェフがわざわざテーブルまでやってきたのだった。

ほかには、朝からなにも口に入れていなかった。

さらに記憶をたどると、その前日も、そのまた前日も、陶子は自分の食欲が極端に落ちていたことに、ようやく気が付いた。

熱いシャワーを浴びると、細胞の一つ一つに活力がよみがえった。冷蔵庫を開けてフレンチトーストを作り、生のグレープジュースで流し込んだ。

新橋の市で橘にあってから、すでに四日がすぎている。潮見からは、まだなんの連絡もない。

居間の電話が鳴った。電話はいつも留守番電話の状態にしてある。体の不調もあって、そのままにしておくと、銀行の口座担当者から、昨日中の入金の報告がスピーカーから流れた。例の図録を業者に送り、すでにいくつかの売買契約が成立している。その入金である。頭の中で、素早く手持ちの資金を計算した。

――今のところ、手持ちは三千五百。あと二千は入るだろうから、この調子ならばマンションを抵当にして、銀行から資金を借入れなくてすむかもしれない。

気分が落ち着くと、昨夜の夢について、あれこれと考えはじめた。どうして今まで思い出さなかったのか。たしかにDは、四年ぶりに訪ねた研究室で、フェルナン・ルグロと橘が非常によく似た手口を使うことを示唆していたのだ。今でこそ保険を使った美術品の詐欺事件は、オーソドックスな手法であるといえる。しかし三十年前はどうであったか。フェルナン・ルグロは、自分の手元にある贋作に多額の保険を掛けることで、本物に見せ掛けるテクニックをしばしば使ったという。ほかにもいくつかのバリエーションがあるが、いずれもルグロが日本に持ち込んだテクニックである。

これが果たして偶然の一致であるかどうか、判断がつかなかった。

思考を言葉に変えた。

「橘秀曳はフェルナン・ルグロの日本における後継者として、その技術を習得したと考えたら、どうなる」

陶子は、三十年前の橘の姿を思い描いてみた。今でこそでっぷりと肉のついた下膨れ顔だが、当時はかなりの好男子だったのではないか。昨日、国会図書館で『贋作者』を読んだばかりである。その中の一説に、フェルナン・ルグロが同性愛者であることが、かなりのページにわたって書かれていた。

「だけど、それだけじゃない」

これまで分散していた個々の情報が、ある種の意志に支えられて連結されようとしていた。ルグロという男が、単に異国の黒い瞳の青年に魂を奪われ、贋作屋としてのテクニックをすべて授けたとは、とても思えなかった。

「そうだ。ルグロをその当時、国立西洋美術館の学芸員であった戸田幸一郎に紹介したのが、他ならぬ橘だったんだ」

すでにヨーロッパでは仕事がしづらくなっていたルグロは、新しいマーケットを求めていたことだろう。橘はそこに目を付け、彼を日本に招く。そして野心家の戸田を巻き込み、国立西洋美術館への絵画納入のコーディネーターとなったのだ。そして報酬が、ルグロの持つテクニックの伝授であったとしたら。陶子の前に「虎松事件」の悲劇が、実感をともなって浮上してきた。

「ルグロが日本を離れたのが一九六四年。手に入れたテクニックを橘が使わないはずがない」

その標的となったのが、鄭家である。

「つまり、橘が鄭家のコレクションにもちいたのは、本物を贋作に見せ掛けるための目利き殺し、か」

その手引きとなったのが、当時鄭家で働いていた田倉タキの娘、俊子である。

陶子は、机のうえのメモを手元に引き寄せた。

「これで一応の流れは、説明がつく。あとは証明の問題と」

メモに大きく、

『なぜ三十年後の今になって、事件はよみがえったのか』

『田倉俊子は、なぜ殺されてしまったのか』

と書いた。根岸のいう、不発弾に新しい信管と爆破スイッチを作ってしまった人間、その理由については、今はなにもデータがない。けれど田倉俊子の事件については、

考える余地が、

「十分に残されているんだよなあ」

飲みかけのグレープジュースを、喉に流し込んだ。

「そうだ。まだあった」

陶子はメモに『なぜ、戸田は宇佐見陶子の名前を書いたメモを握って、死んでいたか』と、三つめの疑問を書き入れた。

「けれど、とりあえずは田倉俊子殺しだ」

橘が、田倉俊子殺人事件のあとで、タキの元を訪ねたそうだ。そこでなにかを探していたという。警察では、なにか田倉俊子が橘の弱みを握っているのではないかと考えているようだ。だとすれば、三十年前の虎松事件に関する、決定的な証拠であるのかもしれない。古美術の世界には、少なくとも時効はない。

「たとえば、いつでも古美術の世界から、橘を葬ることのできる、ブツかな。だとすれば田倉殺しにもっとも近い動機を持つのは、橘ということになる」

Dと離婚して、新たに覚えた癖のひとつが、この独り言である。言葉にすることで、思考はより客観的になるようだ。要するに人の脳の中には、どんな質問、疑問にも答えがすでに用意されている。それをどのように引っ張りだすか、頭脳が明晰(めいせき)かそうでないかはそこで決まる。

「けれど、信じられないな」

田倉俊子は三十年にわたって、橘のベストパートナーであったはずだ。耳役としての彼女の優秀さは、多くの業者が知るところだ。それが、田倉俊子の『恐喝』という糸によって結ばれたものだとは、思えない。

「あるいは、鄭富健が」

そう声に出して、ブルッと体を震わせた。彼が橘に対して復讐を考えているとする。その邪魔を田倉俊子がしようとしていたとすれば、鄭富健にも大きな動機が存在する。あまりありがたくない話では、ある。

「そんなことはないはずだ、そんなことは」

彼が犯人であるとすると、

「私は、立派な共犯者に、なるかな。なるな」

鄭富健が、本当に鄭家の流れを引くものであるかどうか、確実な証拠はない。

陶子は立ち上がった。横浜の旧鄭家を訪れるためである。四阿が会った関谷という老人に話を聞いてみようと思い立った。刑事には話すことはなにもなくても、少なくとも鄭富健を知っている自分になら、いや、彼の復讐の手伝いをしている自分になら、話してくれることもあるはずではないか。田倉タキが本当に鄭家の使用人であったかどうかも、確かめる必要がある。その時、表のドアチャイムが鳴った。

スコープで表を覗くと、小柄な六十前後の男が立っている。

——滝野川署の刑事かな……。

ここ数日、警察からの連絡がまるでない事を、陶子は訝しんだ。

「どなたですか」

「恐れ入ります。私、関谷と申しまして」

あわてて陶子はドアを開け、男を部屋に招きいれた。


ＪＲ高田馬場駅から早稲田通りを望むと、右手のビッグボックスを中心にして商業ビルが立ち並ぶ。駅前の交差点を早稲田大学と反対方向に坂を上ると、左手にパールカラーのビルがある。分厚いガラスのドアをくぐると、受け付けのところに鄭富健が立っていた。

それまでは受け付けの女性社員と談話をしていた鄭が、陶子の姿を見ると駆け寄ってきた。

「お待ちしていました」と言うなり、陶子の顔色がすぐれないことに気が付いたのか、鄭の表情もまたかたく引き締まった。受け付けに向かって、

「ダイヤルインのナンバーをこちらの大代表に回すようにセットしてくれないか。そう二時間程でいい。その間は連絡事項はすべてプールしておいてほしい」

そう言って、陶子をエレベーターに案内した。

最上階の『社長室・役員室』と書かれたボタンを押した。苦笑がこぼれそうになった。

「すごいところにあるんですね」

「新設の研究室なのですよ。空いているところがここしかありませんでした。別棟を、とも考えたそうですが、美術品の鑑定を行なうのだから、なるべく権威を持たせたほうが良かろうと」

「それで、社長室と同じフロア、ですか」

「いかにも、日本人的な発想でしょう」

陶子の顔に、初めて笑顔らしいものが浮かんだ。

エレベーターをおりて、社長室と標示された案内板にそって廊下を進む。敷き詰められた濃紺の絨毯と、たまにすれ違う恰幅の良い男、それに付き添う淡いピンクのスーツを着た女性の姿とが、このフロアに特別な雰囲気を与えている。なによりも、そうした男たちが皆、鄭にたいして慇懃とも言える態度で、挨拶を寄越す。当然ながら陶子に対しても、特別な視線を注ぐ。

社長室の横に、美術監査部と真新しいプレートのかかった部屋があった。

「隣ですか」

「一応、組織的には社長直属の部署となっています。私が主任をしていますが、そのうえには課長も部長も存在しません。正確には名前ばかりの役職がいるにはいますが、権限はなにも持っていない」

ドアを入ってすぐのところに小部屋がある。そこのロッカーを使用するように言われ、手回りのバッグなどを収納した。かわりに、白衣が渡された。

「これも、一応の規定でしてね。ここから先は、さまざまな機器があります。中には埃(ほこり)を嫌がるものも、いくつかはあります」

部屋の隅の小さなスチールデスクに、花車を刺繍したキャンバスバッグが置かれているのに気が付いた。

どこかで見た覚えがあった。

神経質なほどの厚さを持ったドアをくぐると、鄭の言葉が決してオーバーではないことが知れた。その部屋のみを見れば、とても保険会社の社長室の隣にあるとは思えない。無機質な機械と、白い壁とが空間を占拠する研究室である。たぶん、ここを訪れる人間は、部屋に足を踏み入れた瞬間に、独特の雰囲気に飲み込まれてしまうことだろう。言葉は、ほとんど意味をなさない部屋である。美意識も感動も、この部屋では即座に数字に変換される。その数値の上下のみが、ここでは正義を名乗ることが許される。その世界を非情と思うより、心強く思える者だけに、プロの称号が与えられるのかもしれない。

「あら、宇佐見さん！」

部屋には先客がいた。細野鞠絵である。

「ああ、この間は、どうもありがとうございました。かえってご迷惑をおかけして、すみません」

「とんでもない！　それよりも警察のほうは納得してくれましたか」

「ええ、なんとか」

戸田幸一郎が殺された夜、犯行推定時間の直後に、自宅マンションに電話を掛けてきたのは、他ならぬ細野鞠絵であった。以前、三軒茶屋のビア・バーでDと食事をしている最中に声をかけてきた鞠絵は、その時に約束した取材の打ち合せのために、陶子に連絡を取ってきたのである。それが幸いした。

「細野さんは、科学鑑定の技術について取材に来られたのですよ」

「ああ、そうだったんですか」

陶子は、少しだけ失望した。これから二人がしなければならない話の重大性を考えると、出版社の編集部員が、ここにいていいはずがない。

「でも、私は駄目！　なにを説明されても、ほとんど暗号と同じだもの」

「結構、嚙み砕いたつもりですが」

「それでも、まるでわからないのは、才能がないのかしら」

二人の会話を聞き流しながら、陶子は部屋の隅に目を留めた。多くの機器がそれぞれを埋没させあう部屋にあって、そこだけが特別な光を持っていた。

「あれは！」

スチールの本棚をふたつ組み合わせたほどの大きさの分析機と、筒状の端末、それにいくつかの光学レンズの端子を持った、灰色のマシンが部屋の一角を占めていた。

「ご存じでしたか。X線マイクロアナライザーです」

「やはり……」

X線マイクロアナライザーは、X線蛍光分析機に電子顕微鏡を組み合わせた、科学鑑定機の切札である。日本には数台しかないと聞く。陶子も話には聞いただけで、実物を見るのは初めてであった。

「さすがは冬狐堂さん」

うしろで細野鞠絵がささやいた。その息が耳をくすぐって絡んだ。

「微量の試料を取り出して、試料台にセットします。その表面に向けて、極限まで絞り込んだ電子線のニードル・プルーブをあててやるのです。すると試料からは反射電子と二次電子が飛び出し、さらに試料に含まれる元素特有の特性X線が放出されます」

そう言いながら、鄭が機械のスイッチを入れた。

「ちょうど、先程まで行なっていた鑑定の試料が残っています」と、いくつかの端子を操作した。

「アナライザーのすぐれている点は、こうした放出電子を検出機に受け、それをブラウン管の輝度に変調して走査線像を作りだせることです」

「つまり、これまで数値で表されてきたデータを、肉眼でとらえることができるということですか」

「まったく、その通りです」

画面に、砂絵を思わせる模様があらわれた。透き通るようなターコイズブルーの欠片と、みどりの欠片。そこに黒い欠片が複雑に入り交じって、砂絵というよりはモザイクの模様である。

「フェルメールイエローを取り出し、残留する鉛を解析したものです」

「フェルメールって。新しいものが日本にあるんですか」

鄭が、陶子の質問に応えずにマイクロアナライザーのスイッチを切った。

「バブルという時代は、日本を美術界の化物市場に変えてしまいましたね。多くの美術品が、投機対象として動かされ、巨額の資金の担保にもなりました。ところがバブルは、それこそティーンエイジャーのにきびよりも簡単に弾けてしまった。あとに残ったのは、出所もわからないような、膨大な量の美術品です。うちの専用倉庫にも、山ほど眠っていますよ。それはそれで価値のあることです。ところがこれらが皆、不良資産になりかねないとなると、話は別です。保険会社は収蔵する美術品の資産価値を、早急に知る必要に迫られました」

「それで、このラボが？」

「二年前に設立された当時は、これほどの設備はありませんでした。ところが皮肉なものですね。資産価値の査定が必要なのはウチだけではなかった。銀行、信用金庫までが、たいへんな量の美術品を抱えていたのですよ。

このラボはね、名目こそウチの美術監査部ですが、他の金融組織からの多大な資金が投入されているのですよ。だからこそ、ここまでの設備がそろえられました。この研究室のみが、いわば複合企業体といっても過言ではない」

淡々と話す鄭の言葉を、細野鞠絵が区切った。

「ごめんなさい、私はこれで失礼します」

「ああ、そうですか。お役に立ちましたか？」

「はい、と言いたいけれど、本当はまるっきり。いいです、今度、冬狐堂さんに取材したときに、わかりやすく説明していただきますから。ね、いいでしょう」

そう言って、細野鞠絵が、屈託のない笑顔を向けた。

かなわないな、と思いながらも、陶子はうなずき返すほかはない。

「冬狐堂さん、じゃあ、また連絡を入れますから、詳しい日程はその時に詰めるということで」

「ええ、お待ちしています」その答えが言いおわらないうちに、鞠絵はきびすを返して出入口に向かっていた。その仕草さえも、無礼には感じられない。細野鞠絵はそんな空気を振り撒くことのできる女性である。陶子は彼女にたいして、敬意さえ感じていた。それは自分のアリバイを証明してくれたから、と言うだけでは説明しきれない感情である。

鞠絵が帰ると、鄭の顔つきがわずかに変わった。人懐こい表情が、すっと薄くなった。

どうぞ、と言って部屋のいちばん奥に置かれた応接セットに座るよう勧められた。この部屋によく似合った、黒い革張りであること以外、なんの特徴もないソファーに腰をおろした。いったん姿を消した鄭が、まもなくコーヒーカップをふたつ持ってきた。デスクに残っていた、ウェッジウッドの白いコーヒーカップは細野鞠絵が残したものだろう。彼女の唇と同じリップスティックの赤が、カップの縁に残っていた。そんなことさえ細野鞠絵は鮮やかなひとつの印象に変える。ひとことで言えば、ちがう世界の住人なのだと、思った。

陶子は、その時になってラボ内の別の空気に気が付いた。

「あの、他のスタッフのかたは？」

どう見ても、鄭がひとりで動かし、鑑定をする規模の部屋ではない。

「専任スタッフが、あと三人います。けれど今日は表に出てもらいました。きっと他の人に聞かせられる話ではないと思いましたから」

陶子は、うなずいた。

『お話ししたいことがあります。関谷さんが自宅の方にお見えになりました』

そう鄭に電話をしたのは、関谷が長い長い話を終えて帰っていった、昨日の夕方のことである。

「関谷はなにを話しました？」

「三十年前の虎松事件について。そして鄭家が、なぜ橘の仕掛けた目利き殺しをはねつけられなかったか、について。さらには、その後のあなたがた家族に起きた悲劇について」

「そうですか、みんな喋ってしまったんだ」

「どうしてですか？」

このどうしてには、ふたつの意味があった。どうして橘への復讐のパートナーに自分を選んだのか。もうひとつは、どうして三十年後の今になって復讐を開始したのか、である。鄭はゆっくりとコーヒーをすすり、少し顔を歪めた。初めて自分のマンションを訪ねてきたときの、あの明朗な笑顔は、既にない。

「橘への目利き殺しを、やめますか？」

「質問に質問を返すのはフェアではありません」

「ではどう言えばいいのでしょう。私は、ここで土下座をしてあなたに協力を得るべきですか」

「最初に話してほしかった。虎松事件のことは」

だったら、ベッドまで共にしなかっただろうに、とは言えなかった。そのことを後悔しているのではない。鄭が、復讐を行なうために自分を抱いたのだと思うと、遣り切れないだけである。

「結局、あなたは私を実にうまくコントロールして、今回の目利き殺しを私から橘に仕掛けさせた。まるで私はラジコンの人形じゃないですか」

「それは、ちがう」

「なにがちがうのですか！」

「ずっと探していたんです。あの事件が起きた三十二年前、ぼくはまだ小学校に通う、なんの力もない子供だったのですよ」それから中学、高校、大学に進み、その間も一度だって橘の顔を忘れたことはなかった。けれど、ぼくになにができただろうか。大学の研究室に進み、専門の職に就いてから、ようやく事件のからくりが読めてきた。それでもひとりでは力が不足していた。ぼくはずっと探していたんです。自分のパートナーになる人を。

　だから、橘が贋作を売り付けたらしいと情報を得ると、かならずその人を訪ねた。そうして会話をかわすことで、自分のパートナーにふさわしいかどうかを確かめた。けれどね、この世界は余りに汚泥にまみれています。人は小賢しい正義を振りかざすよりは、むしろ橘のパートナーになるほうを選んでしまうんです。けれど、きみは違った。真っすぐな怒りと、確実な技術、なによりも稚気を兼ね備えていた。だから、ぼくは」

「だったら、どうして最初から」

「きみには贋作を売買したなどというレッテルは、絶対に似合わない。卑怯と誹られようとも、きみには最低限の関わりしかもってほしくはなかった。それがぼくの持ち得る正義であると、今も信じています」

　同じ思いを、自分が横尾硝子に抱いていたことを思い出していた。

「けれど、それは無理です。この仕掛けには私のような旗師が不可欠です。それに」

言葉を切って、陶子は唇をかんだ。痛いほどに。関谷の言葉がよみがえった。

『富健さまにお力を貸してさしあげてください。お察しの通り、富健さまは鄭家のご次男です。長男の富国様が事件ののちに失意のうちに交通事故でお亡くなりになり、直後に旦那様もお亡くなりになりました。

それから鄭家は離散し、あれほどいた使用人も、私が他の方の手にわたった邸宅の管理人となった以外は、ちりぢりとなりました。これから先、あの楽しかった時代は戻ることはないのだと、あきらめて私は生きてきたんですよ。

ところが、富健さまがあの橘というやくざものに、仕返しをすることを聞きました。宇佐見さん、あなたがそのための手足になっていただけると。しかし、富健さまはやさしいお方です。きっとあなたに、虎松事件と自分との関わりをお話しになっていないのではと、それでお宅に伺った次第です。

いいえ、包み隠さず申し上げますと、あなたが畑中氏を通じて、旧鄭家の使用人を探していると、聞きおよびました。ということは、富健さまが、あなたに自分の出生について、なにひとつお話しになっていないということでしょう。

私がすべてお話しします。ですから、どうか富健さまのお力になってさしあげてくださいませ。お願いいたします』

膝をつき、頭を深く垂らして懇願する関谷の姿が、今も目に焼き付いている。

――けれど私は、鄭富健の助けにはならないかもしれない。

「やはり、仕掛けは中止にしますか。あなたにとってぼくの態度は重大な裏切りであったに違いありません」

鄭が、陶子を見ずに言った。その響きが余りに重すぎて、「はい」ということができなかった。

「サルベージ物だったそうですね」

「そんなことまで、関谷は話しましたか」

鄭家のコレクションについて、関谷は驚くべき事実を話してくれた。明治の半ばから横浜に住み、辛酸を嘗めながらも貿易商を営んだ鄭の祖父は、その財力を使って、ひそかに朝鮮半島新安沖で、数回に及ぶ海底盗掘を行なっていたのである。東シナ海は、倭国と朝鮮列国との海上貿易がはじまった当初から、海の難所と呼ばれていた。朝鮮半島を経由して、日本に運ばれるはずであったおびただしい中国製陶磁器も、海難事故により、数百年にわたって、新安沖に眠ることになった。海底に沈んだ遺物が、ごくたまに漁師の網に引っ掛かり、それが高値で取引されることは、コレクターの間でも有名であった。塩分に余り影響を受けない陶磁器は、海底に眠っていた分、かえって保存の状態がよかったからである。

鄭の祖父は、自らが所有する船を改造し、サルベージ盗掘専用のチームを作り上げた。もちろん、当時の朝鮮政府に許可など申請していない。そうして集められた逸品が、鄭コレクションと呼ばれるものの正体であった。

「そこに、あの男は目を付けたのですよ。非合法で手に入れたものならば、決して裁判ざたにはすまい、とね」

「橘秀曳ですね。彼は国立西洋美術館におけるフェルナン・ルグロの贋作売買事件の仲介者だったのではないですか」

「そんなことまで調べあげたのですか。もしかしたら、あなたには古美術商の他に別の才能があるのかもしれない」

「茶化されるのは、好きではありません」

橘秀曳、いえ、その頃は別の名前だったのですね。彼はフェルナン・ルグロから贋作を取り扱うためのテクニックを伝授された。それがルグロからの報酬だった。そして彼は、半年もたたないうちに鄭家のコレクションに目を付けた。事業資金の調達のために、コレクションが売りに出されることを知った彼は、浮谷虎松を使って、コレクションをすべて贋作に見せ掛けてしまったのですね」

「あの当時は、熱ルミネセンス鑑定法も確立されてはいなかった。まして国の宝でもある海底の遺物を、勝手に盗掘していたことが明るみに出れば、父も兄も本国で裁きを受けなければならないことは、必定だった。だから、積極的に反論ができなかったのですよ」

「それを橘に教えたのが、田倉タキの娘である、田倉俊子」

「橘は浮谷虎松を使って、実に巧妙に目利き殺しを仕掛けました」

その後の経緯については、当時の資料を読んで陶子も知っていた。鄭家にとって致命傷であったのは、それ以前にコレクションの撮影を繰り返し行ない、多くの写真資料を残し、あるいは出版社に貸し出していたことである。それを基に橘は浮谷に贋作を作らせた。フェルナン・ルグロが、かつてカタログを使って行なった絵画贋作を、そっくり裏返した手口である。さらに彼らが巧妙であったのは、その過程を逐一写真に残していたことだ。

土捏ねから始まって、ろくろ、染め付け、焼成に至るまで、手順にそって細かく撮影された写真は新聞、雑誌に送り付けられ、掲載された。

その直前までは、関東近県の博物館、美術館が鄭家のコレクションをめぐって、激しい買入合戦を繰り広げていたが、雑誌掲載と共に、これらの動きはぴたりととまった。当時は、鄭の言う通り、まだ熱ルミネセンス年代鑑定法は確立されていなかった。また、科学鑑定そのものの態勢が、脆弱(ぜいじゃく)であったことは否定できない。そうした面がすべて、虎松事件によって表出してしまったのだ。

疑わしきは罰せずとは、刑法上の理念である。けれど、この世界では通用しない。

「わずかでも疑いのあるものは、黒に等しいのが、わたしたちの世界の鉄則ですからね」

陶子の声に、鄭富健は哀しげに笑うばかりであった。そして、

「やはり中止にしましょう」

鄭の表情が、苦しげに歪んだ。

「いいえ、続けます」

「どうして。あなたは知らなくていいことを知ってしまった。これ以上は私に関わってはいけない。これまでに掛かった費用は、私がなんとかします」

「お金の問題ではないんです。まして、あなたの過去とも関係はない。私は私のために橘薫堂に目利き殺しを仕掛けます」

その言葉に嘘はない。すでに作業は大詰にさしかかっている。中止する気は、最初からなかった。たとえ鄭の口から、どのような言葉が飛び出しても、その気持ちは変わらない。

「どうしても、やるのですか」

「はい」

そう言っておいて、陶子は鄭を真っすぐに見た。昨日から、体調が少しすぐれない。たぶん微熱があるのだろう。胃のあたりに、鈍い痛みがある。それでも「はい」とい

う一言が、陶子の体を組織する細胞に、力を与える。

「私のための目利き殺しです。だからあるいは、あなたの力にはならないかもしれない」

「というと?」

「あなたは、私になにをやらせるつもりだったのですか」

「質問に質問を返すのはアンフェア、ですよね」

気が付くと、とうに中身のなくなっているコーヒーカップを、デスクに置いた。

「わたしなりに考えました。贋作を売り付け、多少の損をさせたところで三十年前の復讐にはなりません。

鄭……そうでしょう」

初めて陶子は、鄭富健を呼び捨てにした。これから先に起きる出来事は男と女の関係の延長線上にはなく、まして鄭富健の過去への同情の上にも存在しない。だからこれからは「あなた」とは呼ばない、そう決めた。

「鄭は、贋作を暴くつもりでしょう。そうすることで橘を、美術の世界から追放するつもり。違いますか」

「はい」

「けれど、そうすれば私の手元にいる贋作者も傷つくことになります。もしかしたら、別のところで傷つく人がいるかもしれない」

　プロフェッサーDを思った。彼にだけは、迷惑を掛けるわけにはいかなかった。

「私は、それを黙ってみているわけにはいきません。だから、私は私なりの方法を採らせてもらいます。そのために鄭の意志に反することになるかもしれない」

「そうすることで、あなたは守るべき人を守れる、と。そして傷つくのは橘薫堂の橘ひとりに限定されると、確信するのですか」

「そのつもりです」

　この仕掛けのなかで、陶子は贋作者であり、販売者であり、買い手であり、告発者でもある。そう説明すると、鄭が初めて首を傾げた。

「今、私の手元に届こうとしているのは、蒔絵の文箱です。そのことは、前に話しましたね。その箱にはある仕掛けがあります」

　鄭の眉が、顰められた。

「仕掛けですか。余り感心しませんね。そのやり方は危険ではないですか」

「そうでしょうか。蒔絵の図柄は新古今和歌集の歌に合わせています。仕掛けはその中の雉にあります。雉の首には、黒い輪が入っているのですよ。雉自体は図柄の主役ではありません。箱の隅に配置されているから、目立つことはありません」

「どうして、私に相談してくれなかったのですか。それははっきりいって失敗です。

そんなことで橘は騙されるはずがない。首の黒い輪ですか、たしかに盲点ですね。黒い首の輪は雉が高麗雉であることをさしているのでしょう。年代物の蒔絵の箱に、明治以降に日本で繁殖をはじめた高麗雉が描かれるはずがない。けれど！」

鄭の声がいつになく感情的になるのを、陶子は指でその唇を押さえた。

「ただし、黒い輪があらわれるのは、かっきり五十日後です」

「……？」

「そのような仕掛けをお願いしたのですよ。作者に」

『可能ですか』

陶子の問いに潮見老人は笑顔で答えた。

『不可能とは、言わせていただけないのでしょう。承知しました。首まわりの装飾は銅を使いましょう。それならば胆礬（たんばん）を使うことで、品の良い黒をだすことができる』

『ああ、煮色仕上げ』

『ええ。さらに酸性度を調節することで、発色の時間をずらせます』

「可能なのですか。そこまで細かい時間の指定が」

鄭が、潮見の家で陶子が発したのと同じ質問をした。ただ、表情がちがう。

――なんだ？　この表情の変化は。

ふとよぎった不安が、陶子の胃を締め付けた。

「大丈夫です。それが可能な人です。鄭が心配をすることはありません」

「それほどの、腕を持っているのです……ね」

どこかがおかしくは、ないか、そんな気がしてならなかった。

「陶子さんは、どうして五十日という時間を？」

「あの人の作ったものであれば、ひと月もあれば鑑定がすむことでしょう。それを計算したうえでの日数です。ここから先は、私でなければ計画を進めることができません。私はこの文箱を橘薫堂に持ち込みます。当然彼は鑑定にかける。その結果、ひと月後には彼の元にはあの文箱と、鑑定書が揃うことになるのです。

私は、それを再び買い戻します」

鄭は、なんの質問もしなかった。まるで熱に浮かされたように、陶子は喋り続けた。

「買値は、売値よりも高くなるでしょう。けれど売り主に不都合があって買い戻すといって、四割も上乗せすれば問題はないはずです。あるいは倍を出してもかまわない。買い手が決まるまでは、それなりの利益を保障さえすれば、買い戻しができるのが、私どもの常識です。今度は私の手元に、鑑定書と文箱が揃います。ちょうど雉の首のところで発色が終わり、だれが見ても贋作であるとわかる文箱と、鑑定書が残るのです」

「そう言うことか。鑑定書があるかぎり、それは本物でなければならない。明らかに贋作とわかるものが、そこにあってはいけないということか。当然、陶子さんは橘薫堂にクレームを付けるだろう」

「預り品の破損、異常は三倍返しが定法です。贋作者に支払う金額を引いても、私には損のない金額が残ります」

「けれど、橘薫堂が知らないと突っぱねたら？」

「写真を撮っておきます。発色の表れていないものを」

「あなたが買い戻すよりも先に、橘薫堂が売手を決めてしまったらどうします」

「鄭は、研究者ではあってもコレクターではないわ。わたしたちのような世界に住んでいる人間は、ビジネスマンである前にコレクターなのです。手に入れたお宝は、かならず自分の手元において、飽きがくるまで眺める。とくに橘のような男はそう。決して売り抜けはしない」

「あなたの仕掛けは、それでよしとしましょう。しかし三倍返しで品物を引き取った橘薫堂は、それをどこかに売り付けるでしょう。贋作が彼の売買ルートに乗ったうえで、新たな犠牲者が出てしまいますよ」

「きっと、そうなるでしょうね。けれどその時は先程の写真がどこからか表れて、マスコミに掲載されることでしょう」

「橘という男は、それくらいでは引き下がらないかもしれませんよ。雉の仕掛けについても、言い抜けるかもしれません」

「かまいません、彼がいくら策を弄し、詭弁を駆使しても、この世界の原則は『疑しきは黒』。それを三十二年前に証明したのは、他ならぬ橘ですから」

鄭が、大きく息を吐いた。擦れた声で「そこまで手を詰めていたのですか」。

「私には、守らなければならない人がいます。そのためには、たとえマスコミが騒ぎだしても、かならず私のところで追及の手を止めてみせる。そこが鄭とはちがうところです。あなたは橘をつぶすためなら、平気で贋作者を生け贄に差し出せるでしょう」

「守るべき人ですか。それならば、ぼくにもいる」

「えっ？」

「なんでもありません」

それは一族の誇りなのだと、思った。

「それに私には強味があります。贋作として橘薫堂に文箱を持ち込むのではありません。自分では価値がわからないから、橘の目利きに頼るという原則があるかぎり、贋作の領域からは一歩引いて構えることができます」

今度は、鄭の大きな吐息が陶子の耳たぶにまで届いた。

「この仕掛けは、すべて、陶子さんが……」

「はい」

「驚きました。少なくとも話を聞くかぎり橋に逃げ道はない。あとは、品物の出来ですが……いや、それも心配はないのでしょう」

その後に訪れた沈黙は、陶子の高ぶった精神には心地の良いものだった。鄭は腕を組んだまま、なにも言わない。やがて、

「わかりました。あなたの思うようにやってみてください」

「鄭、それでも私のパートナーでいてくれますか」

二人の立場が逆転した。

「ぼくも、もう引き返せないところにいます。ひとり蚊帳の外に出されたのでは、たまらない。写真をマスコミに出すことがあるなら、そのルートはぼくがなんとかします。そう、たとえば細野鞠絵さんを使えば、ニュースソースを明らかにせずに、発表できるでしょう」

「ありがとう。ついては、品物が完成したときに、ここの機械で科学鑑定をお願いできるかしら」

「もちろん。必要があるなら……」

高田馬場の駅前まで、鄭が送ってくれた。

学校帰りの小学生のなかに、兄弟らしい男の子が二人。小さな方の子が泣きじゃくっているのを、片方がしきりとなだめている。道路の反対側でそれを眺め、鄭が洩らした。

「ぼくは、兄にとって決して良い弟ではなかった。そんな気がする」

その声が余りに湿っているので、陶子は顔を背ける以外になかった。

まだ、鄭に聞いておかねばならないことがあった。田倉俊子のことである。けれど、なにを、どう質問すればいいのか、思考は少しもまとまることなく、二人は駅前で別れた。

3

九月三日。

「失礼します」と声を掛け、陶子はプロフェッサーDの研究室のドアを開けた。プロフェッサーに会うのはじつに二ヵ月ぶりのことである。もっとも、その前は四年以上も会わずに過ごしたのだから

——時間的なことだけを言えば、たいしたことはない。

自分にそういい聞かせた。

本音を言えば、会うことがためらわれたのである。これから先のDとの接触には、望むと望まぬとにかかわらず、危険が付きまとうことになる。国立大学の要職にある彼に迷惑がかかることを、陶子はなによりも恐れた。その一方で、潮見老人を紹介してもらうためだけに、かつての夫を迷惑も顧みずに訪ねた女だと思われたくもない。Dという人が、決してそのように考えることのない人物であることを知りながらなお、陶子はためらい続け、結局、今日の日を迎えた。

「どうぞ」という声に迎えられ、部屋に入った。四年ぶりにこの部屋を訪れたのは今年の五月末だった。すでに三ヵ月以上の月日が流れている。それからの経緯は必ずしも長いとはいえない。この部屋は周囲から完全に隔絶され、時間の流れまでも止っているかのようだ。同じことを、四年ぶりに訪れた日も感じた。

「ひさしぶりだね」

部屋の主が言った。痩身の体軀(たいく)に、淡いストライプのスーツがよく似合っている。一本一本の線が優雅に折り曲げられて、針金細工のプロフェッサーが、幾百人も折り重なっているように見えた。

「どうしたのかね、少し顔色が悪いようだが」

それには応えず、陶子は手にした風呂敷の包みをゆっくりとデスクに置いた。これもまた、三ヵ月前と同じである。

「ようやく、できあがりました」

Dが包みを解くと、引き出しほどの大きさの桐の化粧箱が現われた。女性のような細い指が蓋を取って、箱書にあたる部分をちらりと見た。左隅に銘が書かれているだけの、そっけない裏書きである。

「さすがに、大仰な箱書までは」

「そこまですると、悪意の証明になりかねませんから」

「だいぶ、悪に染まったようだね」

中身を手にして、Dの動きが止まった。

——歌合(うたあわせ)紅葉(いろは)鹿獣(かじゅう)蒔絵文箱。これをプロフェッサーはどう見るか。

漆黒の箱の表面には、色を抑えながらも七色の光を吸収し反射する、螺鈿の紅葉が躍っている。山の中の情景である。鹿が、天を眺めて悲しそうに鳴いているのが見える。その背中の辺りから遠くに見える山の稜線にかけて、漆の黒がぼかしを刷いたようにくすんでいる。色が褪せているのではない、「綿蒔き」と呼ばれる手法が使われている。

濃緑色に輝く美しい羽根が、画面の端に見える。全体から見れば、ほんの悪戯描きのような大きさだが、はっきりと雉であることがわかる。赤っぽい顔から首にかけてを彩っているのは銅箔である。その下は、玉虫の羽根をはめ込んで胴へと至る。肩羽から背部、尾羽までの複雑極まりない文様を、金箔と銅箔を交互に使って表現している。

注目すべきは、技術の精密さではない。箱全体が主張する優雅さであり、万人の目が認めるであろうほど、しっかりと刻み付けられた時間の重みである。よく見れば、漆の表面には細かいひびが縦横に走っている。それが短所ではなく、かえって時代の面白みとして見える。

Dの広い額に汗が滲んだ。

「これが、ミスター潮見の作品か。さすがに腕は少しも衰えていなかったらしい」

呻きとも、感嘆ともつかぬ声が、「ああ」とDの喉から搾り出された。それを聞いて初めて、陶子は安心した。

「個々の技術はともかく、この時代付けの見事さはどうだ。数多くのフェイクを見てきたが、世界にこれほどの技術を持ちえたものが、幾人いたことか。たぶん、我が大英博物館のラボにもこれほどの腕の持ち主は、いない」

大英博物館と聞いて、陶子の脳裏に橘薫堂に出入りする男の存在が浮かんだ。

「どうやって、これほどの時代を付けることが出来たのだろう」

「私もその手法には驚きました」

「見たのかね！」

「はい、潮見さんが、参考になるだろうと」

「さぞかし、複雑な工程を重ねるのだろう。私もぜひ見たかったものだ」

「ウフフ……」

笑いながら胃の下に引きつれを感じた。

「その笑いはどういう意味かね」

目の前の文箱には大きく分けて、二つの時代付けの技術が施されている。一つは下地塗りの段階で、断紋と呼ばれる細かいひび割れを、塗りの面に付ける技術である。数百年の月日を経た漆器には、どうしてもこのひびが現われる。逆に言えば、断紋のあるなしは、時代鑑定の大きな要素となる。

断紋を付けるにも、様々な技術があるようだ。潮見はそうした技術を特に惜しむでもなく陶子に伝えた。

『手っ取り早いのは、漆味の抜けたくろめを使って下地塗りをして、蒔絵を研ぎだした後で炭火にかざせば、かなり近い効果が得られます。最初はそれも考えたのですが、どうも断紋の入り方が面白くありませんで』

断紋についてしばしば言われることがある。贋作者が断紋を人工的に作り出した場合、どうしても亀裂の目が正しくなりすぎる点である。三百年、五百年を経て生まれた亀裂の目は、あるかなしかのはかなさとおとなしさを持っている。ところが即製でこしらえた断紋は、いかにも今作られましたという、わざとらしさがある。

結局、潮見が用意したのは、蒸気によってわずかに湿気を含ませた木地だった。

『そのうえにね、あの時代の古文書を煮て作った糊を薄く、薄く刷いてみました』

その上から下地塗りを済ませ、漆風呂で半乾きにしたものを陰干しで四日、ひなた干しで二日、さらに漆風呂で完全に乾かして、炭火にあてるというやり方だった。この間に薄くコーティングされた紙質材が、木地と漆との隙間でわずかな収縮を生む。

「やはり、相当の手間ではないのかね」

「それだけではありません。もう一つの時代付けの手法が、これがまた」

陶子の顔に浮かんでいるのは笑顔ではなかった。口にするだけで、胸の悪くなりそうな話なのだ。それなのに頬が引きつれて仕方がなかった。結果として、笑顔のようなものが張りつくことになる。

「一人で笑っていないで、私にも説明してくれるとありがたいのだが」

「すみません」

笑顔ではない、とは言葉を返さなかった。

もう一つの時代付けは、箱全体に施されている。どれほど保存状態のよい漆器でも、いや漆器のみならずすべての骨董品の「真作」が備えていなければならないのが、時代の風合いとよばれるものだ。これを言葉でこうだと説明することは難しい。簡単に言えば「どことなく古びている」というだけのことなのだが、それだけではない。さらに「風格をもって」「時代の喜怒哀楽を背負って」などと、言葉の鎧を付け加えるたびに風合いの意味に近づくが、いずれも正確ではない。目で見て、心で感じる以外には説明できない印象である。

この蒔絵の文箱には、みごととしかいいようのない風合いが備わっている。

「完成した箱に、老人はいきなりクリームを塗り始めました」

しかも少量ではない。手のひらいっぱいに塗りあわせたクリームを、無造作に箱の全面になすり付けていった。

「それは、ミスター潮見の秘密のクリームかなにか？」

「たしかに秘密の品物であるかもしれません」

陶子の口内に甘い唾が湧いた。あとからあとから唾が湧きあがって、それが軽い吐き気になった。

「どうしたのかね」

「いえ、そのクリームのことを、思い出すと、ちょっと……」

『特殊なクリームと言ってよいものか。すくなくとも私の手製じゃありません』

これです、と潮見はクリームが入った小さな容器を振ってみせた。学校の理科室にでも置いてありそうな、ラベルも貼っていないガラスの容器である。それを見るなり陶子は小さく悲鳴をあげた。そしてＸＲＦは、市販のクリームには、ＸＲＦに反応する成分が含まれている場合がある。ＸＲＦは、正確無比にその成分を暴きだす。

『大丈夫です、こいつはどこにも市販されていません』

市販をされているか、いないかの問題ではなかった。陶子がそれを口にすると、潮見老人はすっかり肉の落ちた頰を左右に広げて、ぽっかりと開いた穴のような笑いを見せた。

ややうつむきかげんに視線を落とし、ビンを撫でながら言った。

『陶子さん、風合いと呼ばれる化物の正体はね、このビンのなかに入っています』

どういうことか、陶子にはわかるはずもない。

『私を信じてください。それに……これ以上は聞かないほうが、あなたのためでもある』

その時だった。陶子は老人の手元を照らす、油の入った平皿にうっかりと触れてしまった。安定の良くない皿から油がこぼれ、運悪く灯心の火に引火した。しまったと思ったときには右手の親指の付け根あたりが、発火していた。それでもまだ、潮見老人と出来上がったばかりの蒔絵の箱の方へは、火を向けないだけの冷静さがあった。足の下に敷いていた座布団を、右手にかぶせて火を消した。すぐに老人が手桶に水を汲んでくれたのへ右手をつけ、冷やしたが、親指の付け根には大きな火膨れができた。しかもかなりの痛みがともなう。どうやら皮膚の表面だけの火傷ではすみそうにないと、陶子は胸の中で舌打ちした。旗師にとって、商品に直接触れる手は大切な「道具」である。それを簡単に傷つけたのは、老人の作った蒔絵の文箱の出来を愛しむ気持ちと、謎のクリームの正体を訝しむ気持ちとが、絡み合ったからだ。

火膨れの部分へ、老人が木綿の手ぬぐいをあてて水気を取った。そうして、例の小瓶からクリームをたっぷりと取って傷に塗りこめた。

『これで大丈夫、傷はほとんど残りません、ええ、大丈夫です』

老人の表情が妖怪じみていた。

鎌倉の老人の家で箱の完成品を見たのは、六日前のことだ。「最後にわずかな仕上げが残っています。それにクリームの効果が表れるまで、少し寝かせておいたほうが良い」と、老人が言うので、箱は持って帰らなかった。それが今朝、美術品の専門運送業者の手によって、陶子のマンションに届けられた。横尾硝子による撮影も、午前のあいだに終えてある。

陶子はDに向けて、右手を差し出した。親指の付け根には、わずかな赤みが残るだけで、ほぼ完治の状態である。

「驚きましたか」

「本当に六日前の火傷かね」

「はい。それ以上は老人はなにも言いませんでしたが、うっすらとクリームの正体がわかった気がします」

「なるほど、そう言うことか。彼が詳しく話したがらないはずだ」

生活器としての性格の強い漆工芸品にとって、時間の経緯とはすなわち人の肌に触れることである。

「そうした時代色を巧妙につけ、なおかつ火傷などの傷に対して抜群の効果を示すものというと」

――人の皮下脂肪。

それをどうやって手に入れたか、潮見老人でなくとも話したがらないのは当然である。

「恐ろしい老人だね」

「そして、希有な人物です」

「それは旗師の君にとってかね。それとも贋作者の」

Dは、最後の言葉を濁した。陶子も応えられなかった。

蒔絵の箱をしまい込もうとする陶子の腕を、Dが摑んだ。だが、その力はあまりに弱く、振り切ることさえためらわれた。

「行くのかね？」

「夕方に橘薫堂に届ける約束になっています」

「実は、老人から数日前に電話があった。君がフェイクをミスター橘に売り付ける以上のことを考えているらしいとね。詳しいことは彼にも話していないようだね。

陶子、君は今なにをやろうとしているのだろう？　私にだけは話してくれないか。君が私のことを気遣ってくれるのは嬉しいが、私はそれ以上に君のことが心配なのだ。君は自分が今、どれほど美しくなっているか、自覚しているか。肌は透き通り、頬には悲しみの陰がある。なによりも真っすぐに前を見るその眼は、まるで宗教者のようじゃないか。すなわちそれは、破滅にいたる狂気だ。陶子」

陶子は身じろぎもせずに、かつての夫を見た。

四年前には自分の身勝手を許し、結婚という契約を破棄して自由の身にしてくれた。

その顔がはじめてみせる厳しさで歪んでいる。

最後の夜だった。陶子の好きな、ボディの重い赤ワインを開けながら、Dは笑った。

『気にすることはない、人は誰も自分の好奇心と夢とを縛る鎖を持つべきではない』

そして四年後の今も、自分はこの愛すべき人を、手前勝手な紛争に巻き込もうとしている。

――やはり彼の元を訪れたのは間違いだった。

それができなかったのは、陶子のどこかにDと共犯になることを望む気持ちがあることにほかならない。

「プロフェッサー、私なりに考えたことなのです。誰にも迷惑をかけない、とはいえません。しかし、すべてにリスクが小さくなるよう、考えた結果なのです」

「ひとりで背負うには、重すぎる荷だよ」

小さくうなずいた。

「この箱には、どんな仕掛けが隠されているのかね？」

それには応えず、陶子は研究室を後にした。

校門からつづく並木道を歩きながら、陶子は潮見からの手紙をバッグから取り出した。蒔絵の箱に入っていたものである。驚くほど毛筆の文字がたどたどしいのは、箱の製作に体力を使い果したせいかもしれなかった。少なくとも、受け取ったときはそう思ったものが、急に気になりはじめた。

手紙は、二度とこうした贋作に手を出してはならないと、しつこいほどに説いていた。それは、今回の仕掛けに取り掛かったときから、暗黙の了解として陶子と潮見の間にあったことでもある。気になったのは、最後の部分であった。しばらくは連絡を取ることも控えてほしい。でき得ることなら、自分のことは忘れていただきたい、と。

それを陶子は、潮見の怒りであると思っていた。もしかしたら、潮見はとうに引退した贋作師であったかもしれない。それを無理遣り現役に復帰させたことへの、怒りである。

違和感が生じたのは、潮見がDの元に連絡を寄越したと聞いたからだ。

再び生唾が湧いてきた。そして吐き気。

上野公園から銀座までは、地下鉄銀座線を利用するのがもっとも早く、便利だ。にもかかわらず、陶子はタクシーを捕まえた。朝から少々熱っぽかった。朝からというのは正確ではない。ここ数日、陶子の食欲はますますなくなっていた。時折胃が痛み、たちの悪い悪寒がした。体調の悪さが、地下鉄の人混みよりもタクシーを選ばせた。

——あと少し、あと少しで大きな峠を越える。

潮見の手紙に感じた違和感を、気のせいだと思い込むことにした。

そう自分に言い聞かせると、タクシーを降りるころには、不思議と体から不快さが消えた。橘薫堂の店の前に立ったときには、全身に気力のみなぎりを感じた。踏み出す足に力がこもり、陶子は自分でも驚くほどに快活な声で「ごめんください」と敷居をまたぐことができた。

すぐに四階へと案内された。四角い炉の向こう側に陶子を迎える橘がいる。

「遅くなりました、道路が思いのほか混んでいまして」

「ちょうど私も、来客が長引いていました。気にしないでください」

そう言いながら、橘の声がどことなく冷たいことを、陶子はいち早く感じ取った。買い手に回るという気持ちが、声に出ているのだと思った。その証拠に、いつまでたっても橘は、炉の前から動こうとはしない。店員がごく普通の茶を運んできて、下がると同時に「さて、見せていただきましょうか」と手を出した。その腕の長さが、いやらしいほど貪欲に見えた。

――いよいよ始まる。

陶子はみぞおちの奥深いところで、覚悟の痛みを感じた。

風呂敷の包みを解き、桐の箱から袱紗(ふくさ)に包まれた蒔絵の文箱を取り出した。

「まずは、箱書を見せていただきましょうか」

といいながら桐の箱の蓋を橘は裏返した。中身の身上書と言うべき箱書は、蓋の裏側に書かれている。

「歌合紅葉鹿獣蒔絵箱ですか。箱書の書き手の名がありませんね。これはいけない。書体は確かなようだが、共箱でなければ意味がない」

箱書に、作品名と作者の署名が並んで書かれていないことを、瑕疵として指摘している。買い手は、品物を褒めてはいけないというのが、この世界の原則である。褒めればそれだけ値段が吊り上げられる恐れがある。売り手の得点主義、買い手の減点主義ということがよく言われる。橘が、特に歪んだ性格をしているわけではない。同じ立場に立てば、陶子も同様のことを言ったはずだ。ただし、橘の口調には、どこか相手を苛立たせる音律があるようだ。

胃がまた痛んだ。

「箱書以外に鑑定書は？　そう、ありませんか」

――また減点だ……。

実物さえ見せれば大丈夫という自信はあった。敢えて箱書の署名、鑑定書を付けなかったのも「そのほうが自然に見える」という、潮見の言葉に従ったからだ。老人の自信は、今や陶子の自信でもある。

だが、一方で試験の結果を待つ受験生のように、橘の一挙手に神経を擦り減らす陶子がいることも確かだ。なるべく自然を装うことを心掛けるが、橘の上目遣いの視線が向けられるたびに、心臓の動きが活発になる。

それにしても、橘の目は、桐の化粧箱からなかなか離れようとはしない。すでに欺瞞の臭いを嗅ぎ付けた猟犬のように、視線を触手に変えて箱の表裏を睨め回している。

――なぜ、早く現物を見ようとしないのか？　もしかしたら私が目利き殺しを仕掛けようとしていることが、すでに知られている……！

――やはり、箱書にも何か仕掛けを施すべきだったのか。

つぎつぎと疑念が湧きあがった。

いざとなったら、化粧箱は「後世にあつらえたものらしい」と言い訳をするつもりでいた。

今がそのときなのかもしれない、きっとそうに違いない。

そう判断して陶子が「あの」と、言いかけると同時に、橘が箱の中身に手を掛けた。薄物の袱紗をはらい、中身が顔をのぞかせると、橘のポーカーフェイスは一瞬で砕け飛んだ。驚愕で瞳が瞬きを忘れているのがよくわかった。信じられないものを見つけたように、極度の緊張を指先に伝えながら、蒔絵の文箱を持ち上げた。緊張しているのは橘だけではない。今や陶子の緊張も最高潮に達している。首のすぐ横で、心臓の鼓動がはっきりと感じられるのは、体調が優れないからだけではない。

橘の視線は、蒔絵の箱にだけ集中している。視線だけではない。五感がすべて外部との接触を断ち、手元の蒔絵の箱に世界を凝縮している。きっと橘の頭脳の中では、数十年の知識と経験の蓄積が今、真贋の天秤の傾きを決すべくフル回転しているのだろう。

だが、心が感動の方向へ導かれようとしているのは明らかだった。

そのことが、陶子にはよくわかる。それが決して真作でないことを知っている彼女でさえ、文箱を見た瞬間には、同じ感動を覚えたのだ。それまでの工程がすべて見せかけで、実は正真正銘の蒔絵の文箱を潮見が調達してきたのだと言われても、信じたに違いない。

雉に仕掛けられた細工が、気にかかった。今はまだ、どこにもあらわれるはずのない仕掛けにまで、橘の触手が伸びているようだ。

およそ三十分。橘は箱を見回して緊張を解いた。そう見えた。呼吸を大きく整えた。

――勝った!

陶子は確信した。再びポーカーフェイスに戻った橘に向かって、

「どうですか」

と問うた。

「なかなか筋の良さそうなものです。ええ、悪くありませんね。鑑定書がないのは少々気になるところですが、それにしてもよくこんなものが」

橘が陶子を見た。

いったいどこで手に入れたのかが気になるにちがいなかった。陶子が蔵開きを仕切った「旧家」とは、本当のところはどこなのか、探り出さずにはおかないという、目である。

陶子は艶然（えんぜん）と笑って、視線を横に流した。目利き殺しを半ば成功させたゆとりが、その笑みを許した。

「持ち主の家に古くから伝わっているものだそうで。多分、中世期に諸国を放浪していた公界人（くがいにん）の作ではないかと、いうことです」

「当時は、多くの工芸職人が諸国を旅していたらしいですね」

「私は、どうもそのあたりは不案内でして」

「結構です、とりあえず預からせていただき、もう少し様子を窺わせてくださいますね」

「もちろんです。よろしくお願いします」

陶子の緊張もまた、この時完全に解かれた。

それから例の国会議員の石神の話などした気がするのだが、はっきりと記憶にない。

どうやって銀座から自宅まで帰ったのかさえ、よく覚えてはいなかった。

気がつくと陶子は、自宅のダイニングに座って濃い珈琲を飲んでいた。寒気と共に胃が痛む。だが、珈琲の香りがもたらしてくれる精神の安定には代えがたかった。本当はぐっすりと休みたかったが、このあとの段取りをもう少し整理する必要があった。

「まず……」

と言葉に出してみた。胃がまたひどく痛んだ。吐き気も少々ある。

橘はあの文箱を、二、三の同業者に見せるだろう。贋作として出回った前科がないか、確かめるためだ。

それが約一週間と陶子は計算する。出来上がったばかりの文箱に前科などあろうはずがないから、橘の中での信用はますます大きくなる。問題はそこからだ。次に待っているのが、博物館の学芸員である。これまでの経緯を考えると、最終的な鑑定を科学鑑定に委ねないわけはない。実のところ、鑑定書まで偽造しなかったのは、それを見込んでのことだった。

けれど、どれほど優秀な学芸員が鑑定にかかっても、あの蒔絵の箱を贋作だと見破ることはできない。まして雉の仕掛けは誰にも気付かれない自信がある。「雉」が示す季語は、春である。ただし雉そのものを歌った歌は、新古今和歌集の中にはない。だからこそ、この歌集を選んだのである。雉に仕掛けを施す以上、構図の主題になっているのでは、都合が悪い。雉はあくまでも付け合わせであることが大切だった。幸いなことに、冬を除くあらゆる季節、日本では雉を見ることができる。そのためか、花鳥風月のあらゆる題材と雉は組み合わせることが可能だ。雉とりんどう、雉と春草、雉と山水など、多くの構図が残されている。今回、秋の山と鹿の構図に組み合わせたが、違和感はないはずである。潮見の腕と言葉を信頼するなら、X線蛍光分析機の鑑定も恐れる必要はない。

そこまで考えて、陶子の長い眉がふいに歪んだ。

——なにか、なにか大切なことを忘れている。そう、潮見老人の手紙だ！

どうしてあんな手紙など寄越したのか。なにか不測の事態が、老人の身に起きたのか、もしそうだとすれば、それは陶子の問題でもある。

胃の痛みが一層増してきた。錐で刺すような痛みであったものが、さらに鋭く、範囲を広げていた。痛みをなだめるように、老人の手紙にはさほど意味はないのかもしれなかった。受話器に手を伸ばそうとしたところ、無理にでもそう考えようとしたところに、電話がかかった。受話器に手を伸ばそうとしたところ、今度は脇腹にひどい痛みが走った。絶息しそうな痛みに耐えながら、ようやく電話に出た。

「宇佐見ですが」

「冬狐堂さん？　銀座の橘ですが」

「ああ、さきほどは」

と言おうとして、息をのんだ。

——バレたか！

脇の下を、焦りのせいとも痛みのせいともつかない、冷たいものが流れた。

「先程の蒔絵の箱ね」

やはり、橘の目を誤魔化すことは無理だったのかと思うと、自然に口唇を噛んでいた。

「いただくことにしましたよ」

「えっ!? はい」

フッと、力が抜けるのを陶子は感じた。

「いかがしました、冬狐堂さん？」

「はぁ」

「あの蒔絵の文箱をね、いただくことにしたと申し上げているのですよ。つきましては、お値段ですが、もしもし冬狐堂さん、聞いていらっしゃいますか」

「あ、はい。聞いております」

「で、いかがなものでしょう、千二百ほどでは」

陶子の頭の中で、別の危険信号が点滅を始めた。

少し値がつきすぎるのである。

彼女の計算では、せいぜい七、八百万で橘に引き取らせるつもりだった。あまり高すぎては、その後の段取りに狂いが生じる。

橘は橘で、陶子の沈黙を不満と受け取ったらしかった。

「ふむ、やはりあれほどの品物ですからね。ご不満ですか。それならば、駆け引きなしの値段を申し上げましょう、ギリギリ千五百までならお出ししましょう。いや、ぜひともそれで、納得していただけませんか」

否も応もなかった。ここで逆に「もっと安くても結構です」などと言えば、自ら「贋作です」と明かすようなものだ。陶子には、

「ありがとうございます」

と言う以外にはなかった。代金を振込にしてもらうことなど話して受話器を置くと、陶子はその場に座り込んだ。

なにかが違っていた。強いていうなら歯車の噛み合わせが狂っているのだ。必死になって、思考を働かせようとした。痛みが背中全体に広がっていた。寒気はほとんど痙攣（けいれん）のように、手も首も、乳房も腹部も震わせた。

――体に穴が開く！

たまらずに再び受話器を取り、一一九をコールした。自宅の住所を告げ、受話器を置くと、その場に座り込んだ。

ドアチャイムが鳴った。よろめきながら玄関に向かい、ロックとチェーンを外した。

電話をかけてからまだ二分と経っていない。もはや不審感を抱く力も、陶子には残されてはいなかった。

ドアが開いて、ふたつの人影が入ってきた。陶子の正確な記憶はそこまでで、あとにつづく声については、理解することができなかった。

「宇佐見陶子さん。練馬署の根岸です。少しお話を伺いたいのですが、署までご同行願えますか」

第六章　嗤わぬ狐

1

「目が覚めましたか」

「ここは？」

「警察病院です」

男の声で、陶子はようやく周囲を確認するだけの意識を取り戻した。

あたりの壁が、白い。それに微かな薬品の匂いがする。

「警察病院。あの」

「驚きました。私と根岸がお宅を訪ねると、あなたがドアを開けるなり倒れて」

「ああ、それでは私が呼んだ救急車は」

「わたしたちもすぐに救急車を呼んだのですよ。そしたら二台の救急車が、あなたのマンションの前で鉢合わせです」

練馬署の四阿が、さもおかしそうに言った。そして、顔をそむけた。こうしたとき、人はなにか言葉にしづらいものを胸に秘めている。そのことに気が付かないほど、浮かれた人生を陶子は送ってはいなかった。

病室のドアを開けて、根岸が入ってきた。

「どうやら、お目覚めのようですね。よかった、胃に穴が開いていたそうですよ。危うく内容物が漏洩する寸前だったとかで、私どもも心配をしていました」

「…………」

身体全体が、ひどく頼りない。腕に力を入れようとして、そこに大きな針が打ち込まれ、その先に点滴の容器があることに気が付いた。

「緊急手術だったのですよ」

「手術？」

腕を見た。ひどく頼りなげなのは、見慣れたそのものよりも、一回りも細くなっているからだ。頭の芯に鈍い痛みを覚えた。痛みが拡散するにつれ、それまで散乱していた記憶の欠片が、系統だって並べかえられた。

「あの、私はどれくらい眠っていたのでしょうか」

「それは、どれくらい生死の境を彷徨っていたか、という質問と同じですね。私どもが、あなたのマンションを訪れたのは二週間前です」

「二週間！」

起き上がろうとするのを、「まだ無理です」四阿が止めた。新たな疑問が湧いてきた。自分が、どうして警察病院にいるのか、そのことだ。疑問を口にすると、根岸が先程の四阿と同じ表情をした。

「ええっと……どうして私はここにいるのでしょうか」

何度目かの質問のあとで、四阿が根岸に目でサインを送り、根岸がそれにうなずいた。四阿が新聞を取り出した。

『殺害された古美術店の女性店員の手帳に、謎の女性ブローカーの名前』

そう書かれた見出しの先には、殺された田倉俊子の経歴と、その手帳の存在。そして同じ古美術ブローカーのUが、事件に関係している可能性があること。Uは橘薫堂とトラブルを起こしているうえに、最近、不審な商品取引を繰り返して、大金を集めようとしていること、などという記事が、かなり扇情的に書かれていた。Uが宇佐見陶子を指していることは言うまでもない。

「宇佐見さん、最近の話ですが、加村という男とトラブルを起こしていませんか」

「加村……いいえ、たぶんないとは思いますが」

どこかで聞いたことのある名前だった。けれど、それが思い出せずに、いいえと応えた。体の節々に、投げ遣りな気怠さがある。根岸が「大丈夫ですか」と聞くのに、声を返すのも億劫で、陶子は顎を上下に動かした。

「そうですか。この男が警察に投書を送ってきましてね。田倉俊子事件は、宇佐見陶子が犯人に違いないから、早く逮捕をしろ、と。私どもだけなら一笑に付すのですが、この加村という男、新聞社にまで同様の投書を送り付けてしまったんです。

投書には、あなたが橘薫堂相手になにかを企んでいるとまで書かれていましたが、それだけは新聞サイドに申し入れて、記事になるのを防ぎましたが」

「それに」と、四阿が困った顔で言葉を濁した。

「わが署内でも、あなたへの嫌疑を捨てきれない連中が二、三いまして。それがいつのまにか大きな力となってしまったのですよ。とにかく一度は参考人として、署に同行してもらい、日を改めて、あなたのアリバイを実証してみせるつもりでした」

四阿の言葉が、どこか遠くで聞こえた。それでも眠るわけにはいかないと、陶子は思った。ここで情報を集められるだけ集めておかないと、という義務感が唯一の支えである。

「それで、私が警察病院に」

声に力をこめると、腹部が痛んだ。

「一般病院だと、マスコミの連中がうるさいのですよ」

「それほど騒ぎが大きくなっているのですか」

――まずいな。

わずかずつだが、冷静に頭が働きはじめていた。余り話が大げさになると、陶子の仕掛けた目利き殺しそのものの予定が狂うことになる。

「もうそれほどではありません。私どもが、あなたのアリバイについて、はっきりとした見解を示しましたから」

陶子の気持ちをよそに四阿の声は軽い。

「今だから申し上げるが、あなたには済まないことをしたと思っています。捜査の初期段階で、あなたのアリバイがはっきりしていることはわかっていたんです。けれどわたしたちは、あえてそれを公開しなかった。あなたに、古美術の世界で動き回ってもらうためです」

「私は、生け贄ですか」

苦笑すると、また腹部に痛みが走った。

「いえ、代理捜査官とでも言いますか、古美術の世界は私どもでは自由に動きが取れないことが、当初から言われていました。だから、あなたにかかった嫌疑をあえて払拭しないことで、あなたに捜査の端末機として、動いてほしかったのですよ」

そう言って、二人の警察官が頭を下げた。あっと、陶子は声を上げた。

「どうしましたか」

「加村という名前……あれは、そうです。狛江の市で私にからんできた男たちがいました。そのリーダーが加村という男だったと思います」

ペルシャ彩陶の揃いの器を市で競り落とし損ねた、客師のグループである。四阿がポケットからコンピュータを取り出して、陶子の言葉を打ち込んでいった。根岸は曖昧にうなずくだけである。「そうか、すると単純なビジネス上の怨恨か」と、つぶやく声が陶子にも聞こえた。

まもなく医師と看護婦がやってきた。

「それでは宇佐見さん、加村の件は心配なさらずに。ゆっくりと養生をしていてください。そうそう、どうせ病室では暇でしょう、あとで面白いものをお持ちしますよ。面白くは、ないかな。田倉俊子に関する捜査資料です。あなたの感想を聞かせてくれませんか」

四阿が、基本的には面会は禁止だが、こちらを通して頂ければ便宜を図ると言い残して、二人の警察官は病室を出ていった。

体温をはかり、問診の形で医師が体調の良否を尋ねた。脱力感のみを訴えると、それは当然でしょうと、医師はさして気に掛けない口調で言った。手術後の経過を良好にするためといわれ、いきなりベッドの上で上半身を起こされた。内臓器の癒着を防ぐためであるらしい。とは言っても陶子には自力で起き上がる力はない。看護婦がベッドの下のスイッチを操作すると、リクライニング式にベッドの上半身部がせりあがった。

声にならない声が、喉から迸る。痛みなどというものではない。手術後の傷跡が、それこそ開くのではないかと思われるほどの、激痛である。

「大丈夫ですからね」などと、看護婦が声をかけてくれるが、陶子の目からは涙がこぼれた。この運動は約三十分間。医師と看護婦は「経過はきわめて良好です」と、事務的に言って、部屋を出ていった。

病院は、患者の精神を圧迫しないために、天井が高く作られているのだと、硝子と話したことがあった。二年前、硝子は交通事故を起こして三週間の入院生活を体験している。陶子は、これまで医者と無縁の生活を送っていた。それが誇りのひとつでもあった。今回の手術では胃の三分の二を摘出しなければならなかったそうだ。胃の三分の二がどれだけの重さの臓器なのかはわからない。それを失うことで、自分の身にこれから起きる変化もわからない。

白い天井を見ながら、考えた。

まだ二週間しか経っていないのなら、仕掛けは続行できる。どれほど長引いてもあと、三十日以内に退院することは、可能なはずだ。

それから先の手順を思うと、気分が高揚するのがわかった。自然と口元に笑みがこぼれる。自分の体がプレッシャーに耐えられなかったことさえ、少しの間忘れることができた。

こうして贋作者は、自ら破滅に向かって全力疾走をするのかもしれなかった。

そうわかっていても、陶子は今回の目利き殺しに、自分がのめり込んでいることを痛感した。

贋作を扱う者には、二種類のタイプがあるのだと思った。フェルナン・ルグロのように、贋作によって金銭を得ようとするもの。その技術を受け継いだ橘薫堂もまた、同じタイプである。しかし一方で、贋作の持つ黒い魅力に取りつかれ、情熱を傾ける者がいる。それが

――私だ。

鄭富健は、どうなのか。どちらの人種に当てはまるのか、あるいは未知の三番目の人種なのか。鄭の浅黒い顔を思い出すと、先程までの高揚感が消えて、凛として冷静な陶子が目を覚ます。

「田倉俊子はどうして殺されたのだろう」

つぶやくと、腹部の傷がわずかに疼いた。鄭富健が、田倉俊子に対して殺意を抱いたとしたら、その根元にはどんな既成事実があったのか。彼女は、虎松事件を引き起こした張本人でもある。彼女は自分の母親が鄭家の使用人であることを利用して、橘に情報を流した。復讐の対象であることも考えられる。しかし橘に対する復讐が古美術界からの失墜で、田倉俊子への復讐が殺人では天秤の傾きがどうしてもあわない。あるいは鄭の復讐計画に対して、田倉俊子がハードルとなったことがあげられる。けれど、と思うのは、三十年前の虎松事件に決着をつけることが、目の前にあらわれたハードルを強制的に排除してまで行なわねばならない、彼の運命なのだろうか。

鄭自身は、パートナーの出現を待つうちに、今日までの年月が過ぎたのだと語った。だとすれば、パートナーである陶子が現われなければ、まだまだ復讐のプログラムは発動しなかったはずなのだ。そのことが鄭の持ち得た殺意という仮定を、ひどくあやふやなものにしている気がした。動機が希薄すぎるのである。

では、橘はどうか。虎松事件から始まって、橘秀曳と田倉俊子は常にベストパートナーであったはずである。

「果たしてそうかな」

ベストパートナーではなかったと仮定したらどうか。あるいは、田倉俊子はベストパートナーだと思っていたかもしれない。けれど橘がそう思っていなかった可能性は、あるのか。

「ないな」

田倉俊子が優秀な耳役であったことは、業界の人間の多くが知るところである。彼女に対して、橘は破格の給与を与えていたらしいが、少なくともそれに見合う仕事は、こなしていたはずなのだ。田倉俊子は耳役であると同時に、優秀な目利き師でもあったはずだ。

ありふれた結論かもしれないが、田倉俊子殺害事件に関して言えば、「動機」が確定されていないことが、犯人逮捕を遅らせている最大の原因なのだろう。そして動機は、背後にある仕組みや人間関係によって生まれる。こうした関係の中心に入る人物こそが、殺人者であるはずなのだ。

——人間関係……仕組み……目利き殺しの仕掛け。

そんなことを思ううちに意識は判然としなくなり、陶子はやがて深い眠りに落ちた。

翌日。根岸と四阿が病室にやってきた。

「あなたへの嫌疑は完全に解いておきましたよ」と、部屋に入るなり四阿が嬉しそうに言った。

「おかげで、私らは上司からこってりと絞られましたが」

「いつでも別の病院に移ることが出来ますが、どうしますか。嫌疑は晴れても、マスコミはまだあなたを追い掛けるでしょう。美人古美術商が事件と関連あり、こんなおいしいネタを奴らが簡単に手放すわけがない。それを考えると、ここでゆっくりと体を癒したほうが良いのではありませんか」

陶子が笑ってうなずくと、

「ではお約束の宿題です」

と、根岸が分厚いファイルを差し出した。

「いいんですか、私が見ても」

「大丈夫ですよ。遺体の写真などは外してありますから、気持ちの悪いことは」

「そうではなくて、捜査資料なのでしょう」

そう言って陶子は、昨日考えたことなどを断片的に話した。鄭のことは一切触れずに。「私には、この程度のことしかわからないのですよ」

根岸が真顔になった。

「動機ですか。それに動機を生み出すための仕組み……。もちろん我々も、犯罪捜査の基本は動機の確定であると考えています。しかし、それを生み出すための仕組みについては、考えたことはなかったかもしれない。つまり、古美術業界に根ざし、そこでしか生まれ得ない仕組み、ですね」

「ええ。背景とでもいうのかしら。その世界設定がはっきりしないことには、事件は解決しない気がするんです。そしてその延長線上に、戸田幸一郎氏の事件があるのではないでしょうか」

「やはり宇佐見さん、その資料に目を通してくれませんか。あなたは古美術業界に生きる人だ。同じものを見ても、違う結論を引き出せるかもしれない。これはお願いです、どうか、捜査資料をあなたの目で見てください」

そう言われて陶子は、初めてファイルを開いた。実のところ、興味がないわけではなかった。そして、もうひとつ。田倉俊子の事件に協力することで、目利き殺しの仕掛けに、警察の目を向けさせずに済むかもしれないという陶子なりの計算があったからである。

『捜査端緒報告書』と書かれた文書が、まず目に入った。どうやらスーツケース詰めにされた田倉俊子が発見された際に、石神井公園に駆け付けた派出所の警察官が、上司に報告するという形の文書であるらしい。

『平成八年六月十二日に当所署内において発生した被疑者未定に対する殺人被疑事件について、当職が事件を探知した経過を報告する』

という文章ではじまる報告書は、決して読みやすいものではなかった。

「読みづらいですか」

根岸が陶子の顔色から判断したのか、そう言った。

「悪文の代表ですね」

「憲法の条文とタメを張るとも言われていますから。けれどね、これに慣れると普通の文章が、かえって読みづらくなるんですよ。まして小説なんて、とてもじゃないが軽すぎていけません」

「あまり笑わせないでください。お腹の傷が開きそうです」

続いて、遺体の検死報告書、監察医による司法解剖の報告書があった。

陶子が、ファイルを読む動作をぴたりと止めたのは、田倉俊子が遺体で発見されたときの所持品の一覧表を目にしたときだった。

「どうかしましたか」

「いえ、少しだけ」

「どんな小さなことでも構いません。なにかわかったことがあれば」

「ひとつ質問があります。どうして警察は、田倉俊子さんがビジネス上のトラブルに巻き込まれ、殺害されたと結論付けたのでしょう。この『捜査報告書3』という文書に、田倉俊子さんが五月二十一日から二十二日までのどこかで、仕事の最中になんらかの理由で殺害されたと仮定される。このように書かれていますよね」

「主として理由は二つあります。ひとつは彼女の服装です。彼女の自宅を捜索した際の報告書にあると思いますが、クローゼットのなかには、ブランドものの服がぎっしり詰め込まれていました。ところが遺体で発見された彼女は、それこそ郊外の安売り店で買ってきたような地味な吊しのスーツです。彼女、有名だったそうですよ。ビジネスで着る服と、プライベートで着る服を極端に分けることで。もっとも、今の女性はみんな、そうなのでしょうが。

もうひとつは、スーツの内ポケットに入っていた白い手袋です」

「ああ、手袋は必需品ですからね」

「逆に考えるなら、プライベートのときくらい、そんなものは周囲に置いておきたくはないでしょう。なによりも、彼女が持っているはずのバッグやコンピュータの端末機などが消えています」

四阿の言葉を聞きながら、陶子の頭の中には別の思考がまとまりつつあった。

鄭富健が、陶子のマンションにあらわれたのは五月二十日。その翌日か、あるいは翌々日に、田倉俊子は殺されている。二つの出来事には、関連があると考えるのが常識だろう。けれど陶子の頭に浮かんだ推理は、それを否定する。

「聞いていますか」

四阿の声が、陶子を現実に戻した。「もちろん」とひとこと。

「死亡推定時刻については、はっきり言って未定です。日時の特定については、以前、お話ししましたよね」

「郵便受けに残っていた新聞から、と」

「そうです。以上のことから我々は、田倉俊子は仕事のさなか、なんらかのトラブルに巻き込まれたと判断しました」

陶子は、ファイルを掛け布団のうえに置いた。

「それはちがうと思います」

気持ちのどこかに、ぽっと明るい光がともった。

「どうしてそう言えます？」

と根岸が問い返した。

「あなたがたは、わたしたちの世界を知らない。たとえばなにかの理由があって、プライベートでも地味なスーツを着ることはあるでしょう。そうしてその内ポケットに白い手袋が入っていることもあるかもしれない。けれど、我々の仕事の世界に決して持ち込んではならないものを、彼女は持っています。これだけで、彼女が仕事に出掛けたのではないことがわかるんです」

二人の警察官の視線が、自分の口元に集中する。

「なんです、それは」

「靴。我々は仕事がからむ限り、どんな理由があってもハイヒールを履きません。ハイヒールを履くくらいなら、裸足でいることを選ぶのですよ。わたしたちという人種は」

田倉俊子がハイヒールを履いていたことは所持品のリストにはっきりと書かれている。

「それは」

四阿が聞いた。

「もちろん商売物の美術品を守るためです。それはわたしたちの気持ちの深いところに根ざしています。仮に挨拶(あいさつ)をするためだけの目的で出掛けたとしても、そこでどんな品物と出会うかわかりません。だから、ハイヒールを彼女が履いているかぎり、それは明らかにプライベートタイムであったことを指しています」

根岸がうめいた。「ハイヒールか」と、唇を噛んだ。

――そうか、田倉俊子殺しは、私の目利き殺しと分けて考えてよかったのか。

二人の警察官は、なんとも言えない苦い表情のまま、寂として声もない。

「すべて、一からやりなおしか、まいったな」

根岸がつぶやくと、今度は四阿が陶子に向かって、

「それは、確実なことですか。例外はないのですか」

と聞いた。陶子は唇をキュッとしめて大きくうなずいた。うなずきながら

――これで私は、目利き殺しに専念できる。

二人の警察官が、これから先は自分の仕掛けに関わることがないだろうと思うと、ひどく残酷な気持ちが、どこかで湧きあがった。

午後になってDが見舞いにやってきた。四阿から連絡があったのだという。

「あまり、やつれた姿は見せたくはないだろうが」

と、話す声に、どことなく力が感じられない。小さな蘭の鉢植えを枕元に置くと

「元気そうでなによりだ」と、口のなかでつぶやいた。

「病み上がりの人に、なにを持ってゆけばいいものやら、見当がつかなかった」

「あら、私はサンテ・ミリオンのボトルで十分でしたのに」

「それも考えないではなかったが、少し胃を悪くしていてね」

「これ以上ダイエットをすると、北風にさらわれてしまう」

話しながら、陶子の中で不吉な予感が急速に成長していた。決して暇な人ではない。かつての妻を見舞う暇もないほどではないが、なによりもDという人の意識の底には英国紳士がいつもいる。先程の言葉ではないが、手術を終えて、やつれた姿を見せたくないという女性の気持ちくらいは、気を回すまでもなく理解できる人なのだ。

卒論の口頭試問を受ける口調で、おそるおそる聞いてみた。

「なにか、ありましたか」

Dはなにも言わなかった。ただ、陶子を見つめるばかりである。その沈黙が恐ろしかった。Dの沈黙のうらには、耳を塞ぎたいような現実がある。そのことだけが、今二人の間に真実として、ある。

「陶子」と、やわらかすぎる口調でDが口を開いた。

「もうなにもかも、やめにしてはどうかね」

陶子が彼を巻き込んだことを後悔しているように、Dにもまた陶子の計画を許してしまった自分への罪悪感があるのかもしれない。やわらかすぎるその口調に、苦々しい感情がにじんでいた。

「すべてを忘れてしまってはどうか、と言っている。それに殺人事件まで絡んでいるようじゃないか」

そのあたりを詳しく説明できるだけの体力は、陶子にはなかった。仕方がなく言葉を濁した。

「けれど……」

「年の暮から、私は中国へゆく。仏教美術と遺跡の視察だ。君の都合がつくなら、外部のスタッフとして参加できるよう、便宜を図れるはずだ。期間は五ヵ月、どうかね」

自分の目に触れさせたくはないなにかが、周囲で起こりつつあるのだろうか。それをプロフェッサーDが、知っているように見えた。知らないのは、自分ひとりなのかもしれなかった。

「私は、橘薫堂への目利き殺しはやめません」

すでに走りだした自分が、いまさら立ち止まれないという思いがある。

「だれのための、目利き殺しかね」

だれのためでもない。いつのまにか自分を染め上げた贋作への黒い情熱は、

「自分のためです」

と陶子に応えさせるばかりであった。

「そう言うと思ったよ。やり遂げるのだね」

「今度こそは精神力をしっかりと持って、胃に穴を開けないようにします」

「穴を開ける胃は、もうないだろう」

「そうですね」

Dが、ビジネスバッグから雑誌を取り出し、ページをめくって、陶子に渡した。

「三日後に発売予定のものだが、今朝、知り合いの出版関係者から届けられた」

『中世工芸の奇跡』と、題されたグラビアのページに、陶子が見紛うはずのない蒔絵の文箱があった。文箱だけではなかった。その隣にまったく同じ図柄の蒔絵の笛入れが、寄り添うように置かれている。二つが一対となっていることは、だれの目にも明らかである。「馬鹿な!」と絶句したまま、陶子は凍り付いた。

文箱について、橘がマスコミに過剰な情報を流すことは十分に考えられた。しかしグラビアのページには、あってはならないものが写っている。

「驚いたかね。これを届けてくれた編集者の話によると、印刷機を止めてまで差し込まれた、緊急の記事であったらしい。それよりも紹介文の先を読みたまえ。君にとっては限りなく残酷なことが書いてある。けれど君は、それに直面しなければならない」

そういわれても、陶子の視界に、文章はとても入る状態ではなかった。たとえ入ったとしても、意識が拒絶することだろう。

――どうして、潮見老人が裏切ったのだろう。

陶子が読むことの出来なかった記事は、このような内容であった。

『中世期に全国を流浪して歩いた、無名の天才の作。この一対の蒔絵細工は、近くボストン美術館との協議により、あちらに収蔵される北斎の原版と交換貸し出しされる見通し』

2

四阿は、戸惑いと不機嫌とを隠しきれない表情で、ネクタイを締め直した。こんな朝は何度締めなおしても、結び目が崩れてしまう。それが気になって仕方がない。つい先程のことだ。食事を終えると、妻が思い詰めた顔で「話があります」と切り出した。聞かなくてもわかっている。今は二階で静かに寝ている、母親のことである。半年前から老人性痴呆症が進み、同時に足腰がひどく弱ったので、今は寝たきりだ。ただの寝たきりではない。すでに自分の半生も、名前も忘れ、ただむずがるばかりの巨大な赤ん坊である。その世話は、すべて妻が見ている。済まないと思う反面、四阿のような仕事では、仕方がないとも思う。

「あの、お母さんのことなのだけれど」

その言葉が出るだけで、四阿は不機嫌になった。元来がおとなしい、内向的な性格の妻は、四阿のそうした顔を見るだけで、あとは押し黙ってしまう。それがいつのまにか、幾日おきかの二人の行事になっていた。その朝も、同じことが繰り返されるのかと、眉を顰めた。けれど妻は、いつになく執拗に、そして少し声を震わせて「お願いします」と繰り返した。

「今晩では駄目なのか」

「お願い。お願いだから私の話を、今すぐに聞いてください」

仕方なしにうなずいた。するといきなり妻は床に手をついて、

「もう限界です。私を解放してください」

「解放って。そりゃあ、どういう」

「お母さんを専門施設に入れるか、私と離婚してください」

なにか言えば、怒鳴りつけてやろうかとも思っていた。それが完全に先手を取られ、いきなり王手をかけられたことを、四阿は知った。それほどまで、妻は追い詰められていたのか。痛ましい気がして、言葉にならなかった。かといって、実の母親を姥捨山に放りこむことなどできるはずがない。四阿は捜査で、田倉俊子の母親のいる、老人介護専門病院の実態を見たばかりであった。

その場で結論を出すことなど、できるはずがなかった。今晩、ゆっくりと話し合うことにして、家を出ようとしたところへ、電話がかかった。根岸であった。

「四阿か。宇佐見陶子が、警察病院を逃げ出した」

電話が繋がるなりそう言われても、容易に理解できる言葉ではなかった。まして頭はパニック寸前である。

「逃げるといっても……彼女の容疑は晴れているわけですから」

「だから要するに、無断退院だ。今朝、看護婦が回ってみると、ベッドに置き手紙があったそうだ」

「で、我々はどうすれば」

「どうにもならんさ。だが気になって仕方がない。三日前に、彼女の前の旦那が見舞いに来ている。それがきっかけになった気がするんだが。とにかく医者は、まだとても動くことが出来る状態ではないといっているそうだ」

「でも、我々は捜査官であり、保護者ではありませんよ」

「どうした。今日はやけにドライだな」

「そんなことは……」

「とにかく、彼女を探す必要がある。こうなったら恥も外聞もなく言っちまうが、俺の勘が、まだ彼女を手放してはいけないと言っているんだ」

ちょっと待ってくれと、受話器のむこうで根岸が言った。どうやらキャッチホンが入ったらしい。ほんの一分ほど待ち受け音が鳴って、次に根岸が出たときに、明らかに声の調子が変わっていた。

「勘が、当たったかもしれない」

「どうしました？」

「介護人が消えたそうだ」

「彼女の担当の、ですか」

「馬鹿！　田倉俊子の母親を見ていた、坂東とかいう介護人だ。おまけに田倉タキの手荷物をごっそり持っていってしまったそうだ」

「そういえば、そんなことを橘が坂東に言い付けていましたっけ」

「病院が、坂東の失踪と一緒に報せてきたそうだ」

「やはり、坂東が向かったのは橘のところでしょうか」

「他に考えられるものか。それに、宇佐見陶子が向かったのも橘のところではないかな」

「それで、勘が当たったと」

「とにかく、タキのいる病院で落ち合うことにしようや」

「了解しました」

四阿は家を出た。妻の顔をなるべく見ないように、そして思いをなるべく、事件に向けるようにして。

二時間後。竹芝桟橋にある六樹苑に四阿はついた。狭い駐車場に車を入れると、すでに根岸は到着していて、建物の入り口から煙草の煙で合図を寄越した。

「根岸さん！」

「急ごう。田倉の母親に会うんだ、病院の許可は得ている」

二人が病室に向かうと、担当医と看護婦が迎えてくれた。めずらしく、根岸の顔から人を馬鹿にしたような笑顔が消えている。それは、この男の緊張の度合いが、急に高まっていることを意味している。

「先生、少しの間で結構ですから、タキさんとわたしたちだけにしてくれませんか」

その言葉が聞こえるのか、聞こえないのか、タキは相変わらずにこにこと笑ったままで、あらぬ方向を見ている。四阿は、その手元を見つめた。やはり左右の指が忙しなく動いている。

この指で、彼女はなにを語ろうとしているのか。

担当医は「しかし」と渋ったが、それよりも根岸の気迫が勝っていた。

「お願いします」

「わかりました。しかしくれぐれも患者を興奮させないでくださいよ。このところ感情の起伏が激しくて、手に負えないことがありますから」

「もちろん。わかっていますよ」

医師と看護婦が出てゆくと、根岸がタキの正面に向かい、そして膝をついた。タキの視線と同じ高さに顔を位置して、複雑に動くその両手を、ゆっくりと包み込むように握った。タキの表情に変化はない。笑いだけが目と鼻と口とにべっとりと張りついている。

「もう、こちら側に帰ってきませんか」と、根岸。ほんの一瞬、タキの肩が震えたが表情は変わらない。

「こうして指で本当の心の言葉を語り続けることで、あちら側にいったふりをしているのでしょう」

あちら側、という言葉に反応したのは、四阿の心であった。すでにそこへ行ってしまった母親と、今まさに境界線を飛び越えようとする妻の顔が、オーバーラップした。

「娘さんは、あなたになにを残したのですか。橘秀曳はなにを恐れているのですか」

まだ、タキの表情は変わらない。

「三十年前、鄭家で起きた出来事については調べました。あなたが鄭家で働いていたことも、娘さんが、あの事件に関わっていたことも、わかっています」

細いタキの眼差しが、一層細くなった。笑いの延長線ではない、別の感情がそこに生まれた。

「今、一人の女性が橘の元に向かっています。もしかしたら、とても危険な目に遭うかもしれない。けれど私たちにはそれを止めるすべがない。あなたが娘さんから託されたものさえあれば、彼女の危険は避けることができるかもしれません」

笑いが、老女の顔から消えた。なにかを口籠もるように、唇が動いた。根岸が、今度はタキの肩を抱いた。そして「もう、いいでしょう。昔のことは誰にも責めることができないのですから」。

老女の唇の動きが、震えに成長した。乾いた粘膜が、かすかな、かすかな音をたてひび割れた。そこに血が滲み、細い赤い糸となって流れた。吐く息に薬臭い匂いがぷんと交じっている。絞りだす吐息が、声帯の揺らぎとなって幾重にも束ねられ、そのまま数分間が過ぎて、ようやく細い声になった。

「なに？」と、根岸が老女の口元に耳を寄せた。

「よく、聞こえない」

老女が大きく息を吸い込むと、胸の辺りで軋み(きし)に似た音がした。

「ア・レ・ハ」

言葉にあわせて、ゆっくりと指が動いた。タキが根岸を見た。木肌を思わせる頬に、この小さな体のどこにこれほどの水分があったのか、大量の涙が流れた。

「誰かに、殺されても、仕方のない、娘です」

「なにがあったのですか」

タキが、枕のほころびに指をさし入れ、なにかを取り出した。小さな鍵である。

「二年近く、前、でした。娘が、私に、これを」

そうして、ようやく口をききはじめたタキが、ゆっくりと時間をかけて話したのは、次のようなことだった。

約二年前。田倉俊子は、まだ自宅で一人暮らしをしていた母親の元を訪れ、この鍵を渡した。三十年前、鄭家で起きた虎松事件の重要な資料が入っているという。その時になって、初めてタキは、かつての事件に娘が大きく関わっていたことを知った。

「私は、情けない、やら、人様に、顔向けが、できぬやら、で」

さらに俊子は驚くべきことを言いだした。

「虎松事件が、もう一度？　それはどういうことです」

虎松事件が再現されると、死の直前に見舞いにやってきた俊子が告げたのだという。

「本当に、俊子は虎松事件が再現されると言ったのですか」

タキが、うなずいた。

『けれど橘のやつ、私を切り捨てるつもりらしい。女は信用できないって、いくら腕の立つ男が大英博物館だか、なんだかからやってくるからといって、ひどい話。これまで、いったいどれだけの金を稼がせてやったと思っているの。いまさら私を切り捨てて、儲けを独り占めしようとしたって、そんなこと許さない。私だってあいつの弱みを握っているんだから。今度の企みにだって、なにがなんでも食い込んでやるわ。母さん、その鍵を誰にも渡しては駄目よ。それが私たちの切札なんだから。母さんだって、三十年前のあの事件では共犯なのよ。いい、わかった？　私一人が悪いわけじゃないんだから』

「どうしていまさら、虎松事件が!?」

思わず四阿は声を上げた。それを根岸が制した。

「私には、むつかしい、ことは、わからん。こんな親だから、娘の、不始末に、何十年も気付かなかった」

「教えてほしい。あなたは、娘が虎松事件に関わっていたことを、知らなかったのか」

タキが何度もうなずいた。

「いつ知った？」

「二年と、ちょっと……前」

「それであなたは、惚けたふりをしたのですか」

——ショックを受けたタキは、惚けたふりをすることで、この世界と一切の関わりを断った。それしか道がなかったのか。

四阿はタキに自分の母親を重ねて、顔を背けた。

しかも、俊子はこの鍵をあずかることで、タキが今回もまた共犯になるのだと、言い放ったらしい。

「私は、娘が、いなければ、その日に、口にするもの、だって、手に、入れることの、できない、つまらん、年寄りです」

「もういいよ。わかったから、もう自分をそんなに責めるんじゃない」

そう言っても、タキは言葉を止めなかった。指文字は、鄭家の使用人が使っていたものだった。鄭の先代は、ことのほか性格が厳しく、なおかつ自らの民族に強い誇りを持つ男であったという。鄭家では、ハングル以外は使用することを禁止されていた。

それでも使用人たちが長く居着いていたのは、高給ゆえと、厳しいなりに優しさも十分に見せる鄭の先代の気質ゆえだったそうだ。そんな中で、使用人たちは日本語で会話する代わりに、それを指で表すことを考えだした。

「これはなんの鍵ですか」

「貸し、金庫」

そう言って、ある銀行の名前を告げた。

「それで、介護人の坂東は貸し金庫のことに気が付いたのですか」

タキはうなずいて、「だから、貸し金庫の、鍵、の、札に別、の鍵を付けて」と言った。

「貸し金庫の札って」

「たぶん、銀行の名前の入ったタッグのようなものが付いていたんだろう」

タキの言葉が、急速に少なくなり、そして嗚咽(おえつ)に変わった。

「ばかな、ばかな……ばかな、娘だから、死んで当然だ」

指はすでに動かない。根岸が、目で合図をしてドアの向こうを指した。四阿はうなずいて、静かにドアに近付いた。

介護人の坂東は、真っすぐに銀行に向かったことだろう。しかし彼女が持っていった鍵はまったく別の代物である。じきに戻ってくることは火を見るより明らかであった。その足音を根岸がとらえたのである。

四阿はドアに手を掛け、素早く引いた。体を隙間に滑り込ませ、同じ速さでドアを閉めた。驚いて立ちすくむ女の姿を認めると、なにかをいう前に口を塞いで、病室から引きずるように離した。介護人の坂東が、私服姿で四阿をにらんでいた。

根岸の口調を真似た。真似たというよりは、相手に対して高飛車になるときの癖として、すっかり身についた口調である。

「橘とは、どこで落ち合うことになっている？　店にはいないことは確認しているんだ。無駄な話はお互いに止めよう」

「…………」

「黙っているのは、自分のやったことが単純な窃盗だとでも思っているからか。それならいいか、これは殺人事件なんだ。おれたちは田倉俊子殺害事件の捜査をしている。あんたが動いてくれたおかげで、橘秀曳が事件に大きく関わっていることがはっきりとした」

宇佐見陶子は、田倉俊子がプライベートタイムに殺害されたことを示唆した。相手が橘であれば、それも納得のできることではないか。

「橘は、田倉俊子の持っているものがほしくて、彼女を殺害した可能性が極めて高い。とすれば、あんたは共犯ということだ。それでもまだ、黙っている気か」

「そんな！　私はただ……」

「ただ、橘に言われただけだな。だから、あんたは橘がいる場所を教えるしかないんだ。他に道はない」

坂東が、ある地名と場所を四阿に告げると、病室から根岸が出てきた。

「聞き出したか」

「ええ。そちらは？」

「寝かし付けた。後は、あの人が自分で決めることだ」

「それで済みますか」

「わからん。わからんが、もうおれたちの出る幕じゃない」

「残酷ですね」

「他になにか方法があるか。それとも警察官をやめて看護士にでもなるか」

四阿は首を振った。そして坂東に向かい、警察にいくように告げた。

「逃げたら、逮捕状を請求する。今なら自首扱いにしておいてやろう。どちらを選ぶかは、あんたが決めろ」

あんたが決めろという言葉が、四阿は自らの胸に突きささった気がした。

それは、てんぷら屋敷の関谷にもいえることだった。

「どうして田倉タキは、惚けたふりをしながらも指文字を使い続けたのでしょうか」

「胸のうちから溢れる言葉を抑えきれなかったのさ」

「言葉、ですか」

「正気の人間が、惚けたふりをするってのはつらいぞ。もしかしたら田倉タキは、本当に狂ってしまいたかったのかもしれないな。けれど、そうはならない自分がいる。正気を保ったままで、娘の犯した非道に胸を痛め、なおかつそれを表にできない自分がいる。おまえがそんな立場に立ったら、どうする？」

そう言われて四阿は、再び妻の姿を思った。胸が痛んだ。

「タキは真実を訴えていたのですね、だれにも届かない言葉で。そうすることではじめて、惚けたふりを続けることができた」

「たぶん、関谷とかいう老人も同じだろう。王様の耳がろばの耳であることを、自分一人の胸に秘めておく苦しさは……まてよ。どうして関谷が指文字を使う必要がある？」

「そういえば、変ですね。彼は別に犯罪を犯したわけじゃない。いや、指文字でなにかを隠そうとしてるということは」

「関谷も、どこかで犯罪行為にからんでいる！」

「そうですよ、根岸さん。たぶん、あの男も今回の事件のどこかで関わりを持っているんです」

「まあいいさ。それもこれも、橘に会えばわかることだ。急ごう」

「まったく無茶をするね」

車を運転しながら、硝子が言った。警察病院を抜け出し、部屋に帰った陶子は彼女の元に連絡を入れた。これから潮見老人のところに向かうつもりの陶子だったが、自分で車を運転する気力まではなかった。まして電車に揺られる体力など、ありはしない。頼る相手は硝子しかいなかった。

「で、先に向かうのは鎌倉だったね」

事情を説明すると、この日の仕事をすべてキャンセルして、陶子の依頼を快諾してくれた硝子には、ありがとうの言葉以外、返せるものがない。

「ええ。駅に着いたら道順を教えます」

「いらない。潮見さんのところだろう。場所は知っているよ」

「えっ？」

「あんたからブツの撮影を依頼される前かな。潮見さんから電話があってね、先にあの箱の撮影の仕事をしたんだ」

そういえば、と陶子は思い出した。文箱が完成する直前に、潮見から電話が掛かってきた。箱の撮影をするカメラマンの連絡先を教えてほしいといわれた。どうしてと尋ねると、深く聞かないでほしいと言うばかりなので、それ以上追及しなかったのである。

「でもどうして」

「あんたが依頼した箱ね、別の写真を撮ってくれといわれた」

「別の写真？」

息が苦しかった。目をさましてからも、栄養は点滴で摂っている。未だ流動食すら摂ることができないのである。

硝子が、運転をしながら封筒を渡した。中を開けると八×十サイズのポジフィルムがあらわれた。蒔絵の例の箱を写したものである。もしかしたら、雑誌に掲載されていた笛入れの写真ではないかとも思ったが、それは杞憂(きゆう)であった。

陶子は、潮見に尋ねずにはいられない。どうしてあんな笛入れを作ったのか。それよりも、あれほど橘薫堂の橘への目利き殺しの仕掛けに肩入れをしてくれた老人が、踵(きびす)を返すように敵側についてしまった理由を問い質したかった。

潮見は陶子に向かって「自分たちは決して正義ではない」と言ったことがある。あれは、このような裏切りの可能性を示すものだったのか。そうは思いたくはなかった。

「よく見てごらん」

硝子に促され、ポジフィルムの面に、意識を集中させた。目を瞑るだけで、意識を手放しそうになる。「これ、もしかしたら」

図柄の端にいる雉に目がいった。問題はその首の部分である。はっきりと、黒い輪が描かれていた。

「どうして潮見老人はこんなものを」

雉の首の黒い輪は、箱が仕上がってからきっかり五十日後に現れるはずのものである。それがはっきりと描かれ、写真にまで撮られている。

「どうして」と同じ言葉を陶子は繰り返した。

「わからない、私には。でもね、潮見さんはこれをあんたに渡してくれといったんだ。あの人が橘薫堂の側に付いたかもしれないって、陶子は言ってたよね。でも、この写真を私に託したときの潮見さんは、決してそんな顔をしていなかったよ」

　もちろん、そうであってほしいと陶子も願う。けれど現実に笛入れは存在している。もしかしたら、この写真には潮見老人のメッセージがこめられているのかもしれない。けれど、それを理解するには、陶子は余りに気力を失いすぎていた。今、陶子を動かしているのは、あるかなしかのわずかな情熱である。贋作者のひとりとして、ことの成否を確かめずにはおけない、黒い情熱である。

「少し寝た方がいい。ひどい顔色だ」

「美貌が台無しだな」

「事件は、片付くのかい」

「たぶん、もう少しで」

「そうしたら、二人でホスト顔の男でも引っ掛けて遊ぶか。お尻のけばまで、抜いて」

「三十女のジョークには、品が無くていけないね」

「あんたの体調がこれ以上、少しでも悪くなったら病院に直行だからね」

――寒いな、ちょっと寒い。

「大丈夫、それほどやわな体はしていないもの」

そういうのと、眠りに陥るのがほぼ同時だった。


どれほど眠ったのかわからないまま陶子は、「着いたよ」という硝子の声に起こされた。鎌倉にある、潮見老人の家の前である。その表構えを見るなり、ああこれは駄目だと思った。人の気配がない。それも一日や二日ではなく、相当の時間、主人を失った家の寂れようが、戸のあたり、軒のあたりにあった。果たして、先に車を下りた硝子が、数回戸を叩き、裏に回って帰ってきて、首を横に振った。

やはり返事はなく、老人の気配すらなかった。

半ば予想されたことであり、恐れていたことでもある。頭の片隅で、本当に老人は行ってしまったのだな、と思った。同時にそれは、陶子の敗北宣言でもある。老人が向こう側に付いたかぎり、目利き殺しは成立しない。

たぶん、あの蒔絵の文箱からは、すでに仕掛けが外されていることだろう。いったい、なにが起きてしまったのか。どこで道を誤ったのか。

「陶子」と、硝子の声も、うわの空となった。

目利き殺しのことが、橘に伝わってしまったことは明らかである。

あの狛江の市で、派手な動きをしたことが失敗だったのかもしれない。三人の客師を前にして、陶子は自分の戦闘本能を抑えることができなくなってしまった。三人は陶子への憎悪とは別に、何事かを感じ取ったのだ。それがやがて警察、およびマスコミへの怪文書となった。同じことが、橘にも伝わったのではないか。自分が贋作を売り付けた女旗師が、今度は何事かを仕掛け返そうとしている。当然ながら橘は、陶子の身辺を調べただろう。

あるいは、とも思った。興信所に依頼して、陶子の行動を逐一調べたかもしれない。その結果、潮見老人の存在が明らかになる。

狛江の市で、鄭富健が「今日のやり方は感心しない」と言った、その声が耳によみがえった。

「陶子、どうする?」

「うん」

「病院に帰ろうか。疲れただろう」

「ねぇ、硝子さん。私、どうやら負けちゃったみたいだ」

「潮見さんは、やはり裏切ったと」

「裏切りではないと思う。誰もあの人を縛りつけることなんてできないもの。彼は依頼にたいして忠実に作品を仕上げてくれた。同じように、別の依頼に対しても、誠意をもって応えただけだもの」

ただ、その相手が橘薫堂であっただけのことだ。

「でもねぇ」と、硝子がつぶやいた。

「陶子、私はあの老人を信用してみたい気がするんだ」

「だけど」

言葉を、切った。

——写真だ！

もう一度ポジフィルムを取り出した。そして雉の首の部分を凝視した。

——敵側に回った老人が、どうしてこんなものを残す必要がある？

「今現在をスタートラインにするんだ。蒔絵の文箱にはなにも仕掛けが施されていない。同時に対の笛入れもある」

「どうしたんだい、なにか思いついたの」

「もう少し考えさせて！　そうするとこの写真はどんな意味を持つの。雉の首に黒い輪のある文箱の写真。そうか！」

写真は全部で三枚ある。真上から撮った俯瞰の構図が一枚。真横が一枚。そして斜め上位置が一枚。

「硝子さん、この構図は老人が指定したの」

「ああ。わざわざファインダーまで自分でのぞいてね」

「そうか、そんな意味があったんだ」

「顔色がよくなったよ。潮見さんは、この写真でなにを告げようとしているの」

「これからの、私が取るべき道」

「よくわからないね」

「とにかく、早く潮見老人の居場所を探さないと。たぶん橋のところだ」

「と言ってもね、店にいるわけはない。どこか工房を持っているんだろう」

「工房？　……そうだ、あそこがあった」

「どこか心当たりが？」

「そうじゃないけれど、ねえ硝子さん、もう少し運転手をお願いしていいかな」

「当たり前だ」

「だったら、厚木へ」

　陶子は、箱を作る前に訪れた銘木屋のことを思い出した。

　──やはり、頭がどうかしているな。老人が、あの笛入れを作るためには新たに木地を手に入れなければならない。

となると、あの銘木屋を再び訪れることは、間違いない。老人でなくとも、たとえ橘薫堂の使いであっても、なにがしかの手がかりはあるはずだ。

　車は国道二四六号線を下って厚木に入り、そこから相模湖へと向かう県道に入った。陶子の中で、別の可能性が生まれ、それが活力になりつつあった。

「そこ！　車を止めて」

　見覚えのある店の前で、陶子は車をおりた。硝子を待たせ、ひとりで店に入っていった。

「御免ください」と声をかけても、返事は期待しない。ただし、かならず店の奥に眠っていると、確信していた。二間間口の引き戸は、相変わらず軋んで動かない。かつて潮見がそうしたように、足の先を隙間にいれて、片側に引いた。

　ここを初めて訪れて、もうどれほどの時間が経っただろう。プロフェッサーの研究室同様、この場所は時間の一切がとまっている。

「いらっしゃいますか」と声をかけると、店の奥の一部がのそりと起き上がった。これもまた、以前と同じである。

「おっ、あんたか」と、牛乳瓶の底のような度の強い眼鏡の奥で、小さな目が動いた。

「お世話になっています」

「また、ひときわ凄味のある別嬪さんになったじゃないか」

「ありがとうございます。ところで」

「まぁ、特別の話でもなきゃ、ここに来るような人じゃないか。で、なにが聞きたい？」

猜疑心の強そうな目が、人の心の襞のひとつも見透かすように開かれた。

この人物も只者ではない。

ひがな一日をこの薄暗い店で過ごし、夢の中で暮らしていながら、いざとなったら心の鬼を自由に目覚めさせることのできる裏の世界の住人だ。

「潮見老人が訪ねてきたはずです。先日いただいたものと同じ材料を仕入れるために」

「来ないね」

「それでは、橘薫堂の使いの者が、同じ材料を仕入れにきたはずです」

そう言って、陶子は紙封筒を差し出した。五十万の現金が入っている。封筒の厚みを確かめて、男がそれを返した。

「足りなければ、まだ」

「いや、金はいい。十分にあるから、これ以上は望まない。それよりも、な」

男の視線が、陶子を上から下までねめ回した。

「どうかね」

視線の意図は明らかだった。陶子は寸分のためらいも見せず、ブラウスのボタンをはずしはじめた。肩から落とし、下着を外した。恥ずかしさがないわけではない。

「おっ」と、男が声を上げた。

恥ずかしさは、今はもうすっかり膨らみさえなくした乳房を人に見せることへの恥ずかしさであり、無残に腹部につけられた、傷を見せる恥ずかしさである。

「こんな体で良かったら、いつでも」

背中で「陶子！」という、硝子の声が聞こえた。不思議なことに、笑みさえ浮かんだ。男が、ふんと鼻を鳴らして、封筒を手にした。

「傷物の女を抱いたって、面白かねぇか」

「それはどうも」

陶子が脱いだ順番を逆にたどるうちに、男がなにかを紙片に書き付け、渡してくれた。

「これは？」

紙片に電話番号が書かれていた。市外局番から、埼玉県の三郷(みさと)市であることがわかる。

「次の品物を頼まれた。揃いしだい、ここに電話をしてくれってな」

「ここに、橘の工房があるのですね」

「屋号は三郷古美術。経営者も別の名前だが、あいつのダミーだ」

「ありがとうございました」

背中を向けた陶子に向かって、男が「おい」と声をかけた。

「病気をしたって聞いたが」

「胃を切除しました」

「そうか、悪かったな。恥をかかせてしまって。それよりも今度、あんたの体が元に戻ったら、飯でもどうだ」

ふりかえって「ええ」と応えた。

「橘のところに出入りしている細野という男に気をつけろ。それにおかしな客師連中が出入りしている。およそ、おれたちの世界には似合わない、荒事の匂いがする」

陶子は、驚いて問いなおした。

「細野？　それはもしかしたら大英博物館からやってきたという」

「ああ、凄腕の男だ。レプリカを作ることにかけては鎌倉の爺さんに匹敵するだろう」

それよりも、細野という名前が、陶子には気にかかった。気がかりの根っ子には、自分のうかつさを責める気持ちがあった。目利き殺しの仕掛けに夢中になりすぎて、大英博物館から来た男に対するリサーチが疎か（おろそ）になっていた。

決して忘れていたわけではなかった。

想像をはるかに凌ぐ潮見老人の腕に寄り掛かりすぎた自分に、歯軋りする思いだ。

――それにしても細野鞠絵……もしかしたら彼女が橘の切札として、我々に近付いていたとしたら。

鄭から、自分たちの仕掛けを聞き出すことは可能ではないか。絶対的な女の魅力と、いざとなったら

――女そのものを武器にしてでも！

細野鞠絵ならば、それが可能であろうと思えた。ようやく、陶子には今回の一連の出来事の全体像が見えてきた。

車内に戻り、車を発進させながら「行く先は三郷だね」と硝子が言う。それにうなずいた。

「私は結局、橘に踊らされていたんだ」

「説明してごらん。私にわかるように」

陶子は鄭富健という男のこと、そして細野鞠絵について、簡単に説明した。

「つまり、鄭富健は最初から橘の監視下にあったのだと思う。彼を監視するうちに私に辿り着いたのか、あるいは私の仕掛けがはじまったことを察知して、そのうしろに鄭がいることを嗅ぎつけたのか。どちらにしても、たいした問題ではないわ。大切なのは、細野鞠絵という女性が、橘の情報端末であることだと思う」

「ちょっと待ってごらん。細野という男が橘薫堂に出入りしているからといって、その女性が細野の身内だとは限らないだろう。決してめずらしい名字じゃないよ」

それはそうである。まして陶子は、彼女によって間接的にではあるがアリバイを証明され、戸田幸一郎殺しの嫌疑から逃れることができた。

「けれど、彼女が橘とつながっていると仮定することで、この計画が失敗した理由があっさりと説明できるもの」

「潮見さんが、あちら側に寝返った理由も？」

「ええ。橘は私たちの計画を知り、さらには潮見さんまで突き止めた。他の人間なら、私たちの計画に乗せられないよう気をつければいいのだけれど、あの貪欲な男は、さらに上を考えたのよ。つまり潮見さんを仲間に引き込むことを。すると、客師の加村が怪文書を流した理由も、説明がつく。私を、とにかく潮見さんから遠ざけたかったのだと思うわ。ただし、潮見さんはあちら側に寝返ったりはしていないわ」

「あの、写真だね」

「そう。彼は自分が作る贋作が表に出たときには、あの写真をマスコミに公表しなさいと、言っているのね」

だったらここで無理をする必要はないではないかと、この無謀な行為を止める陶子がいる。一方で、一刻も早く老人をつれ戻し、これ以上贋作を作らせてはいけないと叫ぶ陶子もいるのだ。

そして贋作が世間に問われるときは、潮見老人の破滅のときであることに他ならない。

潮見は幕引きを陶子の手に委ねたことになる。となると、選択すべきは後者の陶子以外にない。

「そこのところの仕組みが、よくわからないんだ」

「それよりこの写真だけど、これしかないのかな」

「そんなことはない。同じカットだけでも三枚ずつ撮ってあるし、露出の上下で、さらに三枚ずつ」

「どこに置いてある?」

「私のオフィスに」

であれば安心したと、陶子が写真に託された潮見のメッセージを説明する間に、車は三郷市内に入った。

3

三郷古美術の住所は、電話帳を逆に利用することで、すぐにわかった。職業別電話帳の古美術商の欄に、その名前はすぐに見つかったからだ。記載された住所に着くと、車をその場所から少し離れたところに止めた。ここから先は危険だから、どうか車で待っていてほしいといくら頼んでも、硝子は言うことを聞かなかった。

「駄目だ。あんたひとりを行かせるわけにはいかない。見てごらん、あんなにも民家が密集しているところにあるんだ。もしもの時は、大声を出せば、それで済む」

そう言って、結局、ついてきた。

四間間口の店の前に立つと、この三郷古美術という店が、営業的に決して熱心ではないことがすぐにわかった。建物の大きさに比べて、店の奥行が極端に小さい。表に立っただけで、奥の帳場まで見通すことができる。ざっと見ただけで、この広さではまともに商品を並べることはできない。

店頭のウインドウに並べられた品物を見ても、この店の「顔」を特定することはできない。書画が場所を埋めるための道具のように壁に掛かり、その下に七福神の木像が、所在なげに置かれている。市で仕入れてきたものを、素通しに売っているだけの店舗なのだ。突き詰めれば、商売などどうでもよいという雰囲気が、全体に漂っている。

「どうする？」と硝子。

「正面から行きます。他に方法がないもの」

陶子は間口をぐぐって、奥の帳場にむかった。

「済みません」と声をかけると、暖簾をくぐって中年男が現れた。人生のなにもかもが面白くないといった顔で、「なにか」と、返す。その声にも覇気がなかった。

――これが店主、か。つまりは橘のダミー。

「こちらに、橘さんがおいでではありませんか」

「知らないな、そんな人は」

「銀座で、橘薫堂という古美術商を営む、橘秀曳さんです」

「知らないといっているだろう。客じゃないなら帰ってくれ」

陶子は、バッグから鑑札を取り出した。

「旗師の宇佐見陶子といいます」

その名前を聞くと、男は表情を変えて、陶子を見た。

「いらっしゃいますね、橘さん」

「知らない！　用がないなら帰ってくれ」

「では、工芸職人の潮見老人をお願いします。いないとは言わせませんよ」

「そんな人間もいない。あんた、頭がおかしいんじゃないのか。なんだったらいい病院でも紹介してやろうか」

「ご親切に。けれどその前に潮見老人に会わせてください」

「いないと言っているだろう！　帰れ！　帰ってくれ！」

「いいのですか、帰っても。私たちが帰ると、例の蒔絵の箱の件で困った立場に追い込まれるのは橘さんですよ」

腹に力をこめた。店の奥にまで届くよう、声を大きく、半ば叫び声のように話した。

「ふざけるな！」という、男の声が終わる前に、奥から「お通ししなさい」という、聞き慣れた粘着質の声が届いた。

男が不満そうに陶子と硝子をにらみ、少し経って「こっちへ」と、奥に招いた。

暖簾をくぐると、そこは二十畳ばかりの板の間で、店頭には置いてない「筋の良さそうなもの」が所狭しと並べられている。その中央に、橘秀曳がいた。そして陶子が「お久しぶりです」と声をかけたのは、客師の加村であった。加村は薄ら笑いを浮かべて顎をしゃくり、

「なんでも、急な病で胃袋を切除したって聞いたけど」

「ありがとうございます。おかげさまで経過は良好で」

「良好って顔色をしていないぜ。なにかと心労が多いんじゃないのか、殺人事件の犯人にされたり、よ」

陶子は艶然と笑って、それに応えなかった。まだなにかを話そうとする加村を、橘が止めた。

「やめないか、冬狐堂さんは私に用があって、わざわざいらっしゃった。さて、お話をうかがいましょうか」

「単刀直入に言わせていただきます。例の蒔絵の箱ですが、売買契約を破棄したいのですが」

緑茶が目の前に運ばれた。といっても、とても飲める状態ではない。タンニンの匂いを嗅いだだけで、今の陶子は胃に痛みを覚えるほどだ。

「フッフフ、それはまた、唐突なお話ですね」

「もちろん、提示して頂いた料金に、相当額を上乗せしたうえで差額分をお支払いしますわ」

「無理ですね。あれはもう嫁入り先が決まってしまった」

「それをキャンセルする手立てを、お持ちしたんですよ」

周囲に、険悪な空気が膨れあがった。橘の顔が、凄味のある笑顔になった。陶子もまた、同じ笑顔を返す。少なくとも、そのつもりだった。

「いい顔だ。いかがです、ウチで田倉の跡をとって働いてみませんか」

「遠慮、しておきます。それよりもこれを」

陶子は、ポジフィルムを出した。橘に手渡したとき、その肌にかすかに触れた。冷たい汗が感じられた。

潮見老人が、思うように動かせないのだと直感した。それで橘は焦っているにちがいない。

「これが、どうかしましたか」

「わかりませんか、構図の下にいる雉が、どのような状態になっているか、よく見てくださいな」

橘の眉が、わずかに吊り上がった。

「雉の首に黒い輪が見えるでしょう。これがなにかわかりませんか」

橘はそれに応えず、陶子をにらむ。

「黒い輪は、雉が高麗雉であるなによりの証拠です。高麗雉が明治になって日本に入ってきた種であることまでは、さすがの橘薫堂さんでもご存じないかしら。いくらなんでも高麗雉が描かれたものは、室町では通りませんよね」

「それがどうしましたか。いくら写真があっても、あの箱と同一であることまでは証明できない」

「それはそうです。写真にはレンズの歪み(ゆが)から生じる誤差がありますからね。スーパーインポーズ法をもってしても、両者が完全に一致するとは言えない。ところで硝子さん、あの写真の誤差は、どれくらいですか」

硝子が、「そうだな、中型カメラで、しかもレンズは蛇腹で歪みを矯正しているから、せいぜい誤差率二％といったところかな」と、応えた。

「冬狐堂さん、二％の誤差は大きくはありませんかな」

「そうでしょうか、逆に二％の誤差を考慮すれば、完全に一致すると、私は考えますが」

「認識の相違だ。話にならない」

「確かに、そのように思う人もいるでしょう。けれど、そうではない人もいる。とくにマスコミは。それともあなたほどの人に、私はこの世界の常識をレクチャーしなければなりませんか。疑わしきは切り捨てるという、根本の常識を」

橘は、なにも言わなかった。

「売買契約を、破棄していただけますね」

陶子は続けた。

「それともうひとつ。潮見老人を返していただけますね」

険悪な空気は、極限まで広がった。こうして板の間にいるだけで、脇の下に冷たい汗が流れるほどだ。それは陶子の体調が悪いせいではない。

まもなく、さらに奥の部屋から潮見老人がつれてこられた。最後に見たときに比べて、顔色は悪くない。

「潮見さん、ご迷惑をおかけしました」

潮見が、なにも言わずに笑顔でうなずいた。

「帰ってもよろしいですか」

――これで、終わった。

だが、終わらなかった。

「お待ちなさい！」

橘が、大きな声をあげた。声に敗北の色は見えない。それどころか、ようやく本調子を取り戻して、これからゲームを楽しもうとする余裕さえ感じられる。陶子は、橘がまだ切札を持っていることを直感した。それに比べて、自分はすべての札を出し尽くしてしまっている。絶対無敗のジョーカーであるという自信はあるが、それよりも橘の余裕が恐ろしかった。

「冬狐堂さん、あなたのことだ。もう三十年前の虎松事件については、ご存じでしょうなぁ」

「ええ、もちろん」

なにがおかしくて仕方がないのか、橘がうつむいて肩を震わせる。その仕草が余計に陶子の神経を逆撫でした。橘が顔をあげた。そして真顔になった。そうすることの効果を、知り尽くしているようだ。

「どうです、陶子さん。私のところで働いてみませんか。あなたは目利きとしていい腕を持っておいでだ。神経も太い。なによりも、その美貌は捨てがたいものがある。あなたのような方が私の懐にいれば、なによりも心強い」

「先ほど、お断わりしました」

「断わることは、できないのですが、ね」

「？」

「私はね、この潮見さんをずっと探していたのですよ。本当にずっと。もう三十年にもなります。これほど待ち焦がれた人を、そう簡単に手放すわけには行かないんですよね」

不安は、恐怖の域に達しようとしていた。

「この潮見さんこそは、あの虎松事件の影の贋作者だったのですよ」

えっ、という声さえあげられなかった。青天の霹靂という言葉があるが、それを用いてもなお言い表わせない驚愕があることを、初めて知った。陶子は潮見を見た。潮見は橘を見ていた。あの柔和な潮見が、人が違ったかと思うほど、あからさまな憎悪の目をして、橘秀曳を見ている。

「潮見さん」と、陶子が声をかけても潮見はなにも応えなかった。

「浮谷虎松という男はね、ある日私の元にやってきて、作品を見てくれといったんです。そりゃあ見事な古伊万里の写しでした。その頃、私の頭にちょっとした計画がありましてね、それには打ってつけの男でした。すぐに話にのってきましたよ。けれど酒焼けのする虎松の赤い顔を見た瞬間に、こいつが本当の贋作者でないことはわかっていました。陶芸家を名乗るわりには、指がね、まるでちがうのですよ」

そして、虎松事件は幕を開けた。

「男の周囲を探り、なんとか影の贋作者を突き止めようとしたが、そっちの方面はさすがに慎重で、とうとう尻尾を見せませんでした。それから三十年、私は諦めなかった。あの神業を持つ贋作師が、私の手元にいれば、すばらしい仕事を残すことができる。

私はね、なにも私利私欲で潮見さんにお手伝いをしていただくつもりはありません。これは日本人に課せられた義務なのですよ。遠い昔に詐欺同然に奪われた日本の美術品を、もう一度私どもの手に取り戻すこと。そのお手伝いをしていただきたいだけのことです」

「けれど、取り戻した美術品は、自分の手元においておきたい、そうでしょう」

「それのどこが悪い！」

初めて、橘が感情を表に出した。

「かつての無知については、なにも弁解がましい事は言うまい。けれど、それを反省したなら、美術品を返還すべきではないのか。大英博物館もそうだ、ルーブルだって、ボストンだって、メトロポリタンだって、あいつらは未だに私らのことを黄色い未開人としか思ってやしない。あの豪奢な収蔵品はみな、あいつらの小狡い掠奪の歴史そのものだ。それを取り戻してやるんだ、私の手元に置くぐらい、許されて当然じゃないですか」

「それを、私利私欲というんじゃないですか」

言葉にしたとたんに、横にいた加村がいきなり陶子の腹部に蹴りを入れた。周囲の古美術品を気遣ったのか、陶子の首の後ろを摑んだままの蹴りである。衝撃を逃がせない分、余計に体に響いた。かすかに潮見の声を聞いた気もするが、さだかではない。陶子が蹲ると同時に、橘がポジフィルムを加村に投げた。加村はそれを受け取り、ライターで火をつけた。

駆け寄ってきた硝子が、陶子に肩を貸す。けれど陶子は立ち上がることもできなかった。硝子が引き離され、加村がもう一度陶子の腹部に、同じ攻撃を加えた。

「荒事は本意ではないのですがね、ええ本当に」と、橘は口にするだけで一向に加村を止める様子はない。加村の仲間の一人が、潮見を羽交い締めにしているのが目に入った。

加村が「プライドが高すぎるんだ、この女は」と吐き出した。

「なにか良い方法はあるかね」

「任せておいてください。そんなことならお手のものだ」

陶子は、激しい痛みと嘔吐感で、今にも失われようとする意識をぎりぎりのところで捕まえていた。胃のなかに吐き出すものはない。と、思ったときにはなにかが込み上げてきた。てっきり内臓の傷跡が破れたのかと思った。口と鼻から、苦いものが吹き出した。床にこぼれた液体が、黄色い色をしている。

「橘！」と叫んだ硝子が、今度は加村のターゲットになった。平手打ちの大きな音がまず響き、次にくぐもった音が数度。

「こんな気が強い女も同じだ。プライドをズタズタにしてやればいいんだ」

今度は布を引き裂く音がした。硝子の身に起きていることは、想像するまでもなかった。

「ねえ、冬狐堂さん。私の提案を聞き入れてはくれませんか。決して悪いようにはしませんから」

「無駄ですよ、橘さん。こんな女はね、裸に剝いてやるんです。徹底的に辱めて、裸のまんま一週間も飼い殺してやるんだ。そしてね、糞もしょんべんも、人の前でさせてやるに限る。そうすりゃぁ、プライドなんてものは、欠片もなくなっちまう」

「宇佐見陶子さん、アタシはね、そんな真似まではしたくはないんだ。どうですか、私と一緒にやりませんか」

加村が、陶子のブラウスに手を掛けた。唇も頬も、先程はきだした胆汁にまみれて、目を開けることもできなかった。

「おい、シャッターを閉めるんだ。そうすりゃここは防音の造りになっている。なにがあっても表にはわからないからな」

加村の声に応えるように、表の店の方向で、シャッターを降ろす音が聞こえた。

その音が、途中で止まった。二、三の言葉のやりとりが聞こえた。声に聞き覚えがあった。陶子は最後の力を振り絞って叫んだ。

「根岸さん！　ここです、陶子です！」

性急な足音が近付く。

「動くな、練馬署の根岸だ。動くな！」

――助かった。

そう思った瞬間に、不覚にも涙がこぼれた。

「大丈夫ですか、宇佐見さん」

その声は、四阿だった。ハンカチで顔の汚れが拭き取られるのを感じた。

「傷害の現行犯だ。橘、お前も教唆(きょうさ)だ。動くんじゃない」根岸の声も聞こえる。

四阿が猫のように横に飛んだ。なにかが倒れ、砕ける音がした。うっすらと目を開けると、加村に馬乗りになった四阿が、拳に手錠の鉄の輪をはめ、加村の顔面にふるっているのが見えた。その横で、根岸が逃げようとする三郷古美術店主の首の後を捕まえ、平手打ちを交差させている。

——なるほどね。

と思うゆとりが生まれた。四阿が格闘技の達人にはとても見えない。まして根岸は、である。その二人が縦横無尽に立ち回り、それを橘らが押さえることができないのは、周囲に置いてある古美術品が気になって仕方がないからだ。気にする者と、気にしない者、両者の立場の違いが、二人の警察官に思わぬ力を与えている。

硝子を見た。はぎ取られたボロ屑のような服を、取り敢えず身にまとった硝子が近付いてきた。その手が肩に伸ばされ、抱き締められた。

「陶子」

「ごめん、ごめん。ひどい目に遭わせちゃった」

硝子の腕の力を、上半身全体に受けとめた。

「あんただって、さっきは材木屋できれいなヌードを見せたじゃないか。おあいこさ。三十女は、これぐらいじゃめげないって。もっとも、助かったから言えることだけど。それよりか、あんたは大丈夫かい」

「なんとか、壊れてないみたいだ」

加村と橘に手錠をかけて、二人の警察官が近付いた。

「宇佐見さん、あんたは無茶をしすぎる。本来ならベッドから起き上がることだってできないはずなのに」

「済みません。どうしてもこの橘さんにお話ししたいことがありまして」

「お話？　私の見るかぎりでは、とてもお話どころではありませんでしたよ」

加村がわめく。手錠を振り上げ、

「そうだ。ちょっとした商談がこじれただけだ、こんな大袈裟なものは外してくれよ」

「傷害の現行犯だ、と言っただろう」

それまで、ことのなりゆきを見守っていた橘が、意味深な笑顔を浮かべて、

「冬狐堂さん、帰ってきたら、ゆっくりと話の続きをしましょう。私はまだ、諦めてはおりませんのでね」

――冗談じゃない！

「ことは、あなたの元の旦那様にも関わることですよ」

――そんなことは、絶対にさせない。私のところで、ガードしてみせる。

「おい」と、根岸が声をはさんで、分厚いＢ５サイズの封筒を取り出した。

「お前が欲しがっていたものだよ」

「？」

「田倉俊子が、貸し金庫に預けておいたものだ」

「三十年前の虎松事件の顚末が、詳しく書かれている。そうそう国立西洋美術館を舞台にした贋作売買事件な、あれの資料も入っているぞ。お前とフェルナン・ルグロの仲睦まじい写真もな。あとは、フロッピーが一枚」

四阿が嬉しそうに、

「その中身も見せてもらった。田倉俊子の、本当の営業日報だったよ。この二年あまり、田倉とお前さんが売り付けた贋作のリストと、買手のデータ」

「これだけ資料があると、なかなか戻ることはできないと思うが、な」

「傷害の教唆に、詐欺罪、そしておれたちが調べている田倉俊子殺害容疑」

橘が、身を揺すった。狼狽がにじむ声で「私じゃない！」と叫ぶのを聞いて、陶子は初めて力が抜けるのを感じた。

4

二週間後。

陶子は正式に退院した。その間、警察病院での取り調べは、二人の警察官の配慮もあってか、さほど厳しいものではなかった。

蒔絵の文箱については、最後まで作り手が潮見であることを隠し通した。あくまでも販売を委託された品物であり、潮見は、橘に言われて文箱の対となる笛入れを製作しただけであると、言い通した。その件については、もっと厳しい取り調べがあるかとも思ったが、警察は思いの外、簡単に取り調べを終えてしまった。後で聞いたところによると、陶子が橘に文箱を渡してから余り日数が経っておらず、その支払いがまだ、されていないことが大きく影響をしたらしい。陶子の「あれは私では鑑定ができないので、専門の橘薫堂に持ち込んだところ、橘が引き取ると言いだした」という主張が全面的に認められたのは、現金の流れがないかぎりは、詐欺罪での立件が難しいと判断されたのかもしれなかった。

なによりも。

田倉俊子の残した資料が大きくものを言った。根岸の言葉を借りるなら、「いったい幾つの罪で立件できるか、署内のトトカルチョの対象になっている」そうだ。

蒔絵の箱は、現在警察に保管されている。例のボストン美術館との交換貸し出しの件は、どうやら流れてしまったらしかった。マスコミは、橘秀曳を希代の贋作者グループの頭に据えることに必死で、陶子らの裏の動きについては、興味がないようだ。加村の流した田倉俊子殺しに関する怪文書の件も、戸田幸一郎殺しが無実だとわかったとたんに、彼らはおいしい匂いと興味を失ったらしい。

気になることがひとつあった。細野慎一という男の存在である。彼の足取りがよくわからないらしい。取り調べの最中にも何度かその名前が出たが、陶子の元には余りにデータが少なすぎた。

「陶子さん！」

病院の玄関口に、鄭富健が花束を抱えて待っていた。その屈託のない笑顔を見ると、陶子は体の傷が癒える気がする。思わず走りだし、引きつれるような痛みを感じて腹部を押さえた。

「ほら、無茶をするから」

鄭富健のうしろには、硝子もいた。

──これで、なにもかもが終わったということか。

──本当にそうかな。

三人は鄭の車に乗り込んだ。

「ご案内したいところがあります」

「どこですか？」

「今回の一連の事件のルーツです」

「というと、鄭家？」

「はい、関谷が開けておいてくれるそうです。なんでも今日は利用者がひと組もないそうですから」

「それは楽しみですね」

「ぼくにとっても、実に久しぶりなのですよ」

第三京浜に入ると、雨が降りはじめた。鄭がいっこうにスピードを緩めないのが気になったが、さほどの雨量ではないからなのだろう。

日野のインターチェンジで高速道路をおり、県道を使って港南区の鄭家に到着した。

「これは、凄まじいな」

と言ったきり、硝子が押し黙った。他に言葉が出ないのである。贅(ぜい)を尽くすとは、こういうことかと、だれしもが納得できるのが、鄭家であった。豪奢な外装にもまして、内装が凄い。西洋建築の造り、日本建築の造り、それ以外にもどこか異国風の造りが渾然(こんぜん)一体となって、この世のものにはあらぬ統一感で訪れるものを押し包む。

強いて言うならば、造り手の美学が、正直に現れている。現れているなどというものではない。柱一本、窓ガラス一枚、階段の手摺りに至るまで、その美学は徹底的に追求されている。ある引き戸の桟(さん)が汚れているなと思ったら、実は一面の彫刻だったなどは生易しいほうで、トイレの床そのものが香木でできていると聞かされたときには、虚(うつ)ろに笑うしかなかった。

狂気としか言いようがなかった。

「陶子、私はたぶん、あんたと同じことを考えていると思う」

硝子の声に、

「やっぱり」

「うん。それにしても、こんな館を造った鄭さんのお祖父さんって、どんな金持ちだったのかね」

鄭富健が笑いながら、

「一時は、横浜を買い取るとまで豪語していたと聞きますが」

「それ、きっとジョークじゃなかったと思うよ」

「けれど、父の代ではもう、この屋敷を維持する力はなくなっていました」

数十人の食事会にも十分に対応できそうな食堂で、陶子たちは昼食を摂った。

「済みません。今日はコックがいないそうで、デリバリーのランチで勘弁してください」

デリバリーとは言っても、立派な日本料理のコースである。味もひどくはなかった。

食前酒には、よく冷えた辛口の日本酒。

「大丈夫ですか、日本酒なんて飲んで」

鄭が聞くと、陶子に代わって硝子が応えた。

「三郷でのやりとりがあって、すぐに再入院でしょ。ところがその一週間後には私に向かって小声でね『シャブリのきりっと冷えたやつで、エスカルゴが食べたい』だって。流動食に切り替えたばかりの患者が言う台詞かな、と思いましたよ」

「さすがに、それはねぇ」

「まぁ、こっそり病室に届けて、二人でエスカルゴを一ダースばかりやっつけたけど」

鄭が、箸を持ったまま二人を見比べた。そして小声で「なるほど」とつぶやき、苦笑した。

「食事の後、庭に出てみませんか。雨も小降りになったようです。茶室がありますから、一服たてましょう」

「お茶もたしなまれるんですか」

「少しだけですが」

鄭家は、凹型の屋敷が、正門を背にして庭を囲む配置になっている。

鄭の案内にしたがって、庭を一巡した。庭といっても、そこに鄭の祖父の美意識が反映されていないはずがなく、奇観は陶子らを圧倒した。

「サン・ホセにウィンチェスターハウスって、あったよね」

「話には聞いたことがあるけど」

「あれは単なる悪趣味だけど、この屋敷を作った人間は、正真ものの天才だ。どうしてこれほど雑多な美のパーツが、統一されて存在するんだ」

「目、だと思う。極端に見開かれた目、美の裏表を瞬時に見通す目」

「そうなると、もう宗教の世界だよ」

「かもしれない」

茶室は、庭の片隅に建てられている。この庭にあって、唯一「普通の感性」で建てられた小さなかやぶきの建物だ。ただし、庭にしっかりと埋没して、浮き上がった感じはしない。

躙(にじ)り口から茶室に入るのと、急に雨足が強くなるのとが、ほぼ同時だった。あわてて取り出したハンカチで、濡れた肩のあたりを拭き、正座をして、改めて茶室内を見回した。

――……！

その一瞬のひらめきは、天啓とでも言う以外に、説明のしようがなかった。

すでに茶室内の炉には炭が入れられ、釜から白い湯気がかすかにあがっている。正座をした鄭は、真っすぐに背を伸ばし、陶子に向き直った。

「陶子さん、今回は本当にありがとうございました。経緯は少し問題がありましたが、おかげさまで三十年前のわが一族の恨みを晴らすことができました。本当に感謝しています。橘は、二度とこの世界に戻ってはこれないでしょう」

「いいえ、とんでもありません。かえってご迷惑をかけたのではありませんか」

そう言いながら、陶子は茶室に集中した。

鄭が、見事な手つきで茶をたてた。その動きの一つ一つにめりはりが利いていて、一点の戸惑いもない。

「少し変わった茶室ですね」と、硝子がいう。

「おわかりですか」

「たぶん、梁（はり）や柱に使われている柿の木材に、漆を引いているのではありませんか」

陶子は言った。そのために茶室には、全体に赤の雰囲気が漂う。かといって明らかな色使いではない。あるかなしの、はかない朱色である。これが、茶を飲むものの気持ちを華やかにするのだろう。

――けれど、私は違う。

陶子の前に、茶碗が置かれた。掌全体で包み込むように茶碗を取り、縁のあたりに口をつけて、また元の位置に戻した。

「どうしましたか」

「この茶室は、矛盾に満ちていますね」

――そうして、それら矛盾が瓦解する茶室でもある。

「なにがおっしゃりたいのでしょう」

「私は以前、すばらしい花器を見たことがあります。正確にはその写真です。遠州伊賀の逸品とされるその花器が、贋作であることには少しも気付きませんでした。教えてくれたのはプロフェッサーです」

「D先生のことですね」

「はい。彼はその花器の色彩が、どんな茶室にも合うことがないと見抜き、『少し赤の勝った茶室ならば』と言ったのです。私にはようやくわかりました。あの花器は、この茶室の為に造られたのですね。とすれば、あの花器を作った人は、この茶室のことを知っていなければならない。漆によって独特の錆色を付けた、この茶室に今いる人と、遠州伊賀を模した花器を作った人は、きっと同一人物なのですね」

外の雨音に、別の音が交じった。

硝子が、心配そうにこちらを見ている。きっと、陶子がいきついた結論が理解できないでいるのだろう。

「あなたが細野慎一だったのですね」

「陶子！　あんた、なんてことを」

「硝子さん、少しだけ黙っていて。お願いだから。

鄭、あなたは私の前では鄭富健と名乗り、橘の前では細野慎一を名乗っていたのでしょう」

鄭が、困ったようにうつむいて鼻のうえあたりを掻いた。

「細野、と言うのが本名なので、ね。橘という男の前では、もちろん鄭の名前を名乗ることはできなかった。私はね、三歳の頃に妹と共に細野の家に養子に出されたのですよ。父の方針でした。いくら民族に誇りを持っていても、やはり国籍の壁は、私たち朝鮮半島の人間には厚く、高いものでした。そこで父は兄を韓国国籍の人間として、私を日本国籍の人間として、育てることにしたのです。妹は……女性ですからね。結婚のことも考えて日本国籍にしたのでしょう。

それにしても、あの花器を見破るとは、ね。ちょっとした橘への挑戦状だったのですよ。見破ることなどできないと踏みましたが、どこかで鄭一族の復讐であることを教えておいてやらないと、不公平ですからね」

鄭と顔が似ているだけの、まったくの別人が、そこにいる。ではどちらが真作で、どちらが贋作なのか。わかりきった解答を出すことが、陶子は恐ろしかった。

「けれど、どうして今になって復讐など？」

以前、陶子というパートナーが見つかったからといった鄭の言葉は、すでに信用ができない。すべての事件は、鄭から始まっているのだ。

「あなたは、橘を使って、私に硝子碗を売りつけた」

「あれはすばらしい出来だったでしょう。私が作った贋作のなかでも、最高水準の物のひとつだ。ただどうしても、フッ化水素の匂いが残るので、焙じ茶を使った目利き殺しの方法まで、橘に教えてやったのですよ」

「そうしておいて今度は、あなたは復讐者を名乗り、私の所にやってきて贋作をけしかける。これはもちろん、潮見老人を捜し出すためですね」

「あまり色事は得意ではないのですが、どうしてもあなたに贋作を造らせる必要があったのでね。あの日のことはお詫びします」

「あの日のことって、なにがあったんだい、陶子」硝子が口を挟む。

「心配しないで、おかしなことなんてなにもない。ただ彼に抱かれただけ。私はベッドトークで贋作者に仕立てられてしまった、未熟でだらしのない三十女というわけ」

——でも、どうしてこの人は私に……。

陶子と潮見老人が顔見知りであることをどうして知ったのか、疑問が残る。

「すべては、ね。二年前に始まったのですよ」

二年前といえば、陶子はすでにDと離婚し、旗師になっていた頃だ。

「私の勧める大英博物館に、日本のさる研究者から寄贈品が届きました。見事な高麗象嵌青磁の壺でした。ほんのわずかに壺口に傷があるだけで、完璧な美の結晶を見るようでしたよ。けれど、ぼくを驚かしたのは、その美しさではなく、むしろその傷の方だった。だってそうだろう、壺に傷をつけたのは、他ならない七歳の時のぼく自身なのだから」

「だからって」

「話は最後まで聞くがいい。その傷は間違いなくぼくがつけたものだった。細野の家に引き取られ、ごくたまにしか鄭の家には行くことのできなかったぼくが、兄とふざけていて、壺を倒してしまったんだ。ただし、ぼくが傷をつけた壺は象嵌青磁なんかじゃなかった。ただの青磁の壺だったのですよ」

「そうか、虎松事件ののち、鄭家のコレクションをただ同然で買い叩いた橘は、それをまったく別物に仕立てて、売り捌いたのね」

それまでよくわからなかった潮見老人の役割が、このとき初めて理解できた。いくら老人が虎松事件に関わっていたとはいえ、浮谷の陰で贋作を数点作ったぐらいで、どうして橘がそれほどまでに彼に執着するのか、理解ができなかったのである。

潮見老人は虎松事件そのものに関わったのではなく、その後に大きく関わったのだろう。もちろん、橘には直接姿を見せずに、だ。

雨がさらに激しくなった。風も出てきたようだ。

――こんな日だったのだな、あの時も。

陶子は別のことを考えていた。

「だけど、どうして私に罠を仕掛ける気になったの」

「さる研究者とは、だれのことだと思います？」

――この人はとても残酷な言葉を用意している。

けれど陶子は、耳を塞ぐことのできない自分を感じていた。

「あなたの元の夫、プロフェッサーＤだったからですよ」

どうしてこんな所で彼の名前を聞かねばならないのか、陶子は混乱した。

「Ｄ先生が送ってきた壺は、明らかに我が家にあったものでした。しかもぼくはね……鄭家から流出したコレクションの行方を密かに追っていたぼくは、あの潮見老人の贋作テクニックも研究していたのですよ。

まさに奇跡的な出来でした。三十年前の技術も凄かったが、時を経た今の出来は、さらに神の領域に近付きつつありました。ええ、壺を見ただけで、あれが三十年前と同じ人物の手になるもので、なおかつ最近作られたものであることは、すぐにわかったのですよ」

贋作者の技術は、指紋と同じ意味を持つと話してくれたのは、潮見ではなかったか。いつだったか根岸が、「三十年の時を経て爆弾にスイッチを作ったものがいる」と言った。

――まさか、それがプロフェッサーだったなんて。

「これは、きっと天の啓示であると思いました。ぼくに復讐の時は来たれり、という。

すぐにぼくは博物館を辞め、日本に帰国したのですよ。すでに細野の両親はいませんでしたが、妹の鞠絵が住んでいたので、決断も早かった。ぼくは、絶対に贋作者を見付けるつもりでした。ではどうやって？　その時に、実にいいことを思いついたのですよ。橘だって、ただで済ませるわけにはいかない。だったらやつを踊らせ、浮かれさせて、喜びの絶頂にいるところを、奈落の底に突き落としてしまえって。彼にはその『権利』があるとは思いませんか」

「私は、橘の掌ですっかり踊らされていると思ったけど、その橘もあなたが踊らせていたなんて」

「本当は、鄭の名前を使うことは危険が伴いすぎるとも、思いました。けれど、あなたを贋作に引き込むためには、いざとなったら虎松事件の顚末と、私の一族の復讐という、情の部分に訴え掛けるしか、方法はないと思っていましたのでね」

「もっと早く気が付くべきでした。おかしいとは思ったのですよ。保険会社のあなたのラボを訪れたとき、あなたは受け付けで待っていた。どうしてそんなことをするのか、不思議に思ったけれど、あれは私が受け付けで『鄭さんをお願いします』と言うのを防ぐためですね。会社に所属するかぎりは身分を証明するものが必要でしょうから、どうしても、あなたは細野の名前を使わざるをえない。それを、私に知られないために」

「そう、結構はらはらしたのですが、おかげであなたは、ぼくに絶対の信頼感を寄せるようになってくれた」

あの日、陶子に協力する、させてくれといった鄭の言葉が、すべて嘘であったとは思いたくはなかった。けれど、あの日あの言葉をかけてくれた鄭富健は幻で、こうして陶子を嘲笑う細野慎一が、現実なのである。

「みんな、あんたが仕組んだことなんだ」と、硝子の声が突きささるように響いても、細野慎一は微動だにしなかった。

「橘は、大英博物館帰りのぼくが接触すると、すぐに話に乗ってきた。最近、大英博物館に寄贈された壺が、贋作ながら見事な出来だと、最初は持ちかけましてね。少しずつ、研究の成果だと言って、鄭コレクションを改竄したものとの類似点をあげていったんです。すると、橘はもうまたたびに酔う猫も同然でした。

どうやらこの壺を送った主は、贋作者とかなり近いところにいるらしい。けれど相手は国立大学の教授だ、うかつに手を出すよりは、彼の別れた女房にアプローチをしてみてはどうか。幸いなことに旗師として調子に乗っているから、そいつのプライドをズタズタにするような贋作を押しつけてやろうじゃないか。そして橘に贋作で仕返しするように仕向ければ、かならず伝説の贋作者に行きつくだろう。

これが、ぼくの計画でした。

そうして最後には、贋作者ともども、橘も……。

それだけじゃない。あの贋作を送り付けて、そ知らぬ顔をしているDだって社会から抹殺してやろうと思っていた。少なくとも、その時点では……」

「プロフェッサーは、そんな人じゃありません。あの人は自ら正義の看板を外す人ではありません」

「けれど、実際に彼は壺を送ってきたのですよ」

男の言葉が自嘲気味に聞こえた。

――なぜだろう。

「博物館のケミカルラボの連中は、愚かにも贋作を見破ることができなかった。なにが世界最高の鑑定機関だ、今もまだ、あれは真作の仮面をかぶって展示室に並んでいることだろう」

陶子は反論できなかった。どうしてそのようなことになったのか、推理する材料さえない。子供のように「プロフェッサーはそんな人じゃない」と繰り返すばかりだった。

「そう、彼はそんな人じゃない」鄭が付け加えた気がするが自信はなかった。

「贋作に携わるものなど、みんな滅びるがいい」

その声が悲鳴じみて聞こえた。そして男の表情は破壊され、道化のように笑った。

つぶやくように「なにもかもが真実じゃない。誤解から始まってしまった」。言葉の意味がわからない代わりに、陶子にわかる真実がこの茶室にあった。息を整え、いくつかの言葉を用意した。

「だから、田倉俊子は死なねばならなかったのですか」

細野慎一の目が、挑戦的な光を消して陶子を見た。

「ここで、田倉俊子は殺されたのでしょう」

「どうしてそんなことが言えるんです」

「あなたは知らないかもしれない。私、病院で彼女の事件に関する捜査資料を、すべて見ています。そこから浮かび上がった疑問も、矛盾も、この茶室を中心に考えると解決できるはずです」

それよりも、表にいる人を中に入れてあげては、どうですか」

先程から、傘を叩く雨の音が、しきりと聞こえている。誰かが茶室のなかの様子をうかがっているのだ。最初は関谷かとも思ったが、今では、表にいるのは、細野鞠絵であることを確信している。この場所にいるべき人間は彼女をおいて他にない。

「入れてあげないのですか」

そう言うと、躙り口から人影が、猫の素早さで茶室に入ってきた。思ったとおり、細野鞠絵である。華やかな服装とは裏腹に、笑顔はかなぐり捨てているようだ。

「兄さん」とひと言。言葉には非難の調子が含まれていた。

「誰も彼もが、あなたたち兄妹に翻弄されたわけですね」

陶子の言葉を無視するように、鞠絵が、

「どうしてなにもかも話してしまったの、こんな人たちに」

となじった。それを受け流して、男が、

「なにもかも、終わったんだ。だから話した」

おやっと思った。

細野が鄭富健に戻っている。疲れた調子で、妹を宥める男の顔は、明らかに鄭富健のものである。

「まだ、終わっていない！　だってあの贋作師が、まだ生きているじゃないの」

陶子も硝子も、兄妹の世界からとり残されていた。ひとつ、大きく息をすった鄭が、

「彼とは、けさ会ってきた」

「……？」

「会ってきたんだ、潮見老人に。そのこともあって、陶子さんをこの屋敷に呼んだ」

鄭富健に戻った男が、陶子に向かって「話を続けてください」と言った。

「なにが、この茶室からわかったのですか」

「田倉俊子が、ここで殺されたという事実です。教えてくれませんか、どうして田倉俊子は殺されなければならなかったんです？」

「あれもまた、贋作者の一味であったから、という説明では納得してくれそうにありませんね」

「およその見当はついているつもりです。もしかしたら、彼女はあなたの正体に気が付いたのではありませんか。細野慎一と名乗って橘薫堂に出入りしている男が、別の場所では鄭富健と名乗っていることに」

「まさしく、その通りです」

「兄さん、どうして！」と、鞠絵が叫んだ。けれどその声は余りにかすかで、すぐに外の雨音にかき消された。

「陶子さんは、本当にすぐれた能力をもっていらっしゃる。以前は贋作者の才能もあると思っていたが、探偵としてもやっていけるようだ。たしかに田倉俊子は、ここで死にました。彼女を刺し殺したのは、私です。それからついでに言ってしまうと、戸田幸一郎を殺害したのも私です。あなたに嫌疑をかける計画でしたが、失敗してしまいました。よりによって妹が、あなたの部屋に電話を掛けて、アリバイを成立させてしまうとは、ね。これも、なにかの因縁かもしれない」

鞠絵が、鄭富健の腕にすがった。妹が玩具かなにかをねだる、そんな仕草に見えなくもなかった。ただし表情ははるかに険悪だ。ここで自分たちを殺害して、その次に潮見の所に乗り込もうとでも言うつもりなのか。陶子はそれよりも、鄭と潮見の話の内容が聞きたかった。できることなら、殺人事件のことなど忘れたふりをしてしまいたかった。

「老人は、なんと言っていましたか」

鄭が振り向いて笑った。

「たしかに大英博物館に送った壺は、D教授に頼まれて製作したものだと。三十年前の事件の時に、ひとつだけ細工をせずに置いていたものを、素材にしたそうです」

「では、やっぱりプロフェッサーは」

「心配する必要はない。彼は贋作のモデルのひとつとして送ったのだそうです。ところが博物館でのトラブルが、すべての予定と人生を狂わせてしまった。教授の送り状の前半部分が、まちがってクロスシュレッダーにかけられてしまったんだ。我々は後半部分だけを読んで、単純な寄贈品と勘違いをしてしまった」

アハハと笑う鄭の声は、空々しさを超えて、恐怖さえ感じさせた。

「こんな馬鹿な話があるものか。おまけに大英博物館の学芸員が総掛かりで鑑定をしても、それが贋作であるとは見抜けなかった。老人の技術が凄すぎたために、ぼくは……、妹まで巻き添えにして、いったいなにをやっていたんだろう。そう考えると、老人への憎悪が弾けてしまった。今はただ、自分の愚かさを笑うしかないのですよ」

先ほど「贋作に携わるものなど滅びるがいい」といった、その言葉は、他ならぬ自分への呪咀(じゅそ)の言葉であったことを、陶子は知った。

「兄さん、私たちの怨念はまだ晴れてはいないのよ。簡単にあの贋作者を許したりしないで」

「もういいんだ。彼は当時、浮谷虎松にだまされたのだそうだ。習作のつもりで作った写しの陶器を、勝手に橘に持ち込まれたうえに、そのことをねたに脅され、無理矢理、協力者にさせられたそうだ。浮谷虎松の強欲さが、橘の目から自分を守ってくれたこと。事件直後に虎松が病死したおかげで、自分は表舞台に出ることなく姿を消すことができたことなどを、話してくれたよ。彼の言葉に嘘はない、そう思った」

あれはいつだったか。潮見老人が陶子の運転する車の中で、今回の贋作について「いつかやらねばならない仕事」と言った、その言葉を思い出した。

「そんなことは、関係ない」

兄と妹の会話が痛ましく、陶子は「お黙りなさい！」と大きな声をあげた。二人の声がぴたりと止んだ。つい今し方、忘れてしまいたいと願った殺人事件の顛末の続きを、どうして話し始める気になったのか、陶子にも自分の心の空模様がわからない。

――強いて言うなら、それが私の役目だから……。

「鄭、あなたがどのような結末を選択するのか、私は口を挟むつもりなどありません。けれど、ひとつの真実だけは、はっきりとさせておかなければならない気がします」

そう言って、陶子は鞠絵を見た。

「田倉俊子に関する資料を見たとき、私がすぐに気が付いたのは、彼女がハイヒールをはいていた点でした。だからこそ彼女はプライベートタイムに殺害されたと、二人の警察官にも言いました。でも、この茶室にきて、別の可能性もあることに気が付いたんです。もしかしたら彼女は靴をなくしたのではないか、と。彼女は犯人に呼び出され、ここで殺害されました。そう仮定してください。犯人は遺体を移動させようとして、たいへんなことに気が付いてしまったのです。そこにあるはずの靴がない。彼女が裸足でやってきたはずはないのに、どういうわけだか靴がないのです。もちろん犯人には、その理由がわかっていました。きっと犯人は、必死になって探したことでしょう。けれど靴は見つからなかった。もしかしたら、その間には何日かあったかもしれませんね。遺体は死後硬直が解けてからスーツケースに詰められていたそうです。ここならあの大きな食堂があるほどですから、それに見合う、死体を保存してもなんら問題のない大きさの冷蔵庫もあるのではありませんか。

しかしどれほど探しても、靴は見つかりません。いえ、本当はすぐ近くにあったのだと、私は想像します。けれど犯人には見えなかった。靴という要素から警察の追及が始まることを犯人は恐れました。なぜなら見つからなかった靴が、警察の手で、しかもこの屋敷内で発見されたら致命傷になるからです。仕方なしに犯人は、彼女の所持品からキーを抜き出して、彼女の部屋に向かったのです。代用の靴を取りに行くために。そうして持ってきたのが、あのハイヒールなんです」

「そうだ、すべてぼくが工作した。スーツケースに詰めた遺体を捨てたのも、ぼくだ」

「いいえ、違います。どうして靴が見つからなかったのか、それを考えれば、すぐにわかることじゃありませんか。どうして殺害現場が、ここでなければならないか。警察では犯行日時は五月二十一日と見ているようです。けれど腐敗が進んでいて、はっきりとした日時の特定はできないそうなんです。だとしたら、その前日であってもいいわけです。五月二十日、このあたりは記録的な集中豪雨で、床下浸水を含む大きな被害が出たはずです。たとえ床上にまで水が届いたとしても、玄関に置いてある靴ならば、どこにもいきません。けれど、茶室は違います。靴は躙り口の下の石に置いてあるだけです。床下浸水程度の水があれば、流れてしまったのもわかります」

「陶子さん、もういい。それもぼくの計算違いだったんだ」

そう言う鄭にたいして、陶子は残酷な気持ちになる自分を抑えられなかった。あるいは憎悪は、鞠絵に向けられていたのかもしれない。

「違う。鄭は犯行など行なうことができなかった。だって集中豪雨に見舞われたあの日、あなたは私の部屋にいたんだもの。

それに、あなたはハイヒールを持ってくるなんてミスは犯さない。それ以前に、すぐ近くにあったはずのスニーカーは見逃さない。そう、俊子さんはスニーカーをはいていたはずなんです。私もそれを見逃さない、ここにいる硝子さんだって、同じです。私たちにとって、スーツ姿にスニーカーは常識だもの。けれど犯人は、まさか女性がスーツの下にスニーカーをはいているとは思わなかった。だから、すぐ近くにあったスニーカーが、被害者のものであることに気が付かなかった。きっと近所の子供の物が流れてきてしまったのだろう、ぐらいにしか思わなかったはずだと、私は想像します。そんなミスを犯すのは」

「やめろ!」という鄭の声には、あえて耳を塞いだ。

「そんなミスを犯すのは、骨董市に大きな宝石のリングをはめて、さらにハイヒールまで履いてきたり、コーヒーカップに平気で口紅を残したり、およそ美術の世界のことを知らない人。つまり細野鞠絵さん、あなただと私は推理します」

細野鞠絵が、顔を背けて壁をにらんだ。聞き取りにくい小さな声で、

「だから私は反対だったんだ。こんな女に近付く必要はないって言ったのに」

そう聞こえた。さらに、

「あの田倉とか言う女は、兄さんの後を尾け回していたんだ。自分がお払い箱にされ

るのを恐れて、なんとか兄さんの弱みを握ろうとしていたらしい。あの夜、あんたを訪ねた兄さんは、あいつが尾けてきているとも知らずに、玄関口で鄭の名前を使ってしまった。もっとも、あの女のあとを、さらに私が尾けていることには気が付かなかったみたいだけど。私は、この屋敷に残る美術品を密かに持ち出して、一緒に捌こうと持ちかけて、ここに田倉を連れ込んだ。そして殺してやっただけよ。ところがあの雨が！　床上にまで水が上がってきそうになって私は遺体を移動させるしかなかった。雨に濡れた痕跡から、警察がなにか割り出すことができるんじゃないかと不安になったのよ。そしたら！　……あの女の靴が見つからないじゃないの」

——たぶん死体の移動を手伝ったのは、関谷だろう。

関谷は、要所要所で鞠絵の補佐を務めている。あの日、陶子のマンションを訪ねてきたのも、他の使用人から鄭富健が養子に出された事実が漏れないようにするためだったはずだ。そして、それを指示したのは鞠絵だったと、陶子は思う。

「わからないことがひとつある。どうして戸田幸一郎殺しの時に、私のアリバイをあえて作るようなことをしてくれたの」

「それは」と鄭が言った。声がいかにも辛そうで、それでいて、あきらめが漂っていた。

「ぼくが指示をした。あの夜、妹から電話を受けたんだ」

「そうよ、私は兄さんに報せてあげたの。戸田を殺したあと、ちょうど宇佐見陶子の名前を書いたメモが置いてあったから、それを握らせてやったって。あの男については、前から橘に、様子がおかしいから近付いてそれとなく動向を探るように言われていたのよ。あいつはね、橘の計画が大きくなりすぎることを恐れて、あんたに連絡を取ろうとしていた。すべてをぶちまけるために。そんなこと、許せるはずがないじゃない」

「でも、どうして私のアリバイを」

「いずれ警察は、田倉俊子の正確な死亡推定日時も死亡推定時刻も割り出すに違いないと思った。そうなれば五月二十一日の陶子さんのアリバイは、ぼくが証明しなければいけなくなる。きみをふたつの事件の犯人であるかのように偽装することには、無理が生じる。そうなると今度は、きみの行動を知っている周囲に警察が目を向ける恐れがあると思ったんだ。そんな事になるくらいなら、きみの無実を証明して、まったく別のトラブルで二人が殺されたことにした方がましだと……そう考えただけだ」

「でも、警察は田倉俊子の死亡推定時刻はきわめてあいまいだと」

「科学捜査を過大評価しすぎていた。変な所で、科学者としての自分が顔を出してしまったのですよ。警察の科学捜査技術をもってすれば、どんな状態の死体からでも、正確な死亡推定日時、時刻を割り出すに違いないと、ね。勘違いから始まって、勘違いで事態を悪化させた。こうなると、あとは喜劇で幕を閉めるしかないとは思いませんか」

　両手で顔を覆って、嗚咽とも笑い声ともつかない声を鄭はあげた。

　茶室の外で、別の嗚咽が聞こえた。関谷のものにちがいない。

　陶子は、あえて表情を消した声で言った。

「私は警察官じゃない。だから幕の閉め方については、鄭に任せます」

「だったら、どうして」

　あえて鞠絵を追い詰めるようなことを話さなければいけなかったのか。鄭の目がそう言っていた。

「自分のためです。私自身、この贋作劇の幕を引くためには、真実を語るしかなかった」

　本当にそれが自分の真意であるかどうか、自信はなかった。けれどそう言う以外に、陶子は言葉を持たなかった。

　——はじめから、鄭は細野鞠絵が田倉俊子を殺害した犯人と知っていたのだろうか。

　知り合った当時の快活さを思うと、そうではない気がした。

　もしかしたら、戸田幸一郎が殺された夜に、初めてすべてを知ったのではないか。

　そんなことを思ったが、今となってはどうでもよいことのように思えて、陶子は言葉にはしなかった。

エピローグ

中入りを過ぎてから、市は急に賑やかになった。

中央の競り台に、柿右衛門の絵皿がかけられた。

「では百二十から願います！」と、競り人が威勢の良い声をあげた。

――落とし値は二百前後かな。

そう読んで陶子は「百六十！」と、一気に値を吊り上げた。自分が競り落とす気はない。売り主から、会のはじめに頼まれたのである。盛り上げるために、捨て値で参加してくれと。陶子の本当の目的は、次の荷にある。

今年、最後の市である。

あの雨の夜から、どれだけの日時が流れたのか、今ではもう遠い昔のようだった。

つぎつぎに声がかかり、絵皿の値段は吊り上がってゆく。このままでゆけば二百三十まで上がると見越して、陶子は「二百五」の声をあげた。

あれからすぐに、潮見老人から一通の手紙を受け取った。鎌倉の家を引き払うという報せだ。転居先についてはなにも触れられていなかった。けれど陶子は、いつか老人と再び逢うことがあるだろうと、確信している。

二百三十五万で、皿が落ちた。

硝子は数ヵ月の日程でアメリカに行っている。一度、国際電話が掛かってきたが、なにを話したのか、もう忘れてしまった。Dは、これから中国に行くと、数日前に連絡があった。最後まで同行しないかと言ってくれたが、こうして市に参加していることからわかるように、陶子は話を断った。彼には大英博物館に送った壺の話は、一切しなかった。ただ、陶子が博物館にことの顛末を書き送ると、パトリシア某という学芸員から、すぐに展示から外すという、短い手紙を受け取った。

事件の後遺症というわけでもないが、贋作に関わったという噂が一部に流れ、陶子は幾つかの市の会員としての資格を失った。そのひとつに、狛江の畑中の市がある。

今、陶子が参加しているのは、湯布院で行なわれている市だ。競り台に萩焼の、いかにも素性の良さそうな茶碗が並んだ。これが陶子のお目当てである。

「では十万からお願いします」

無名でも、ものは確かだ。誰と競ることになるのか、陶子は口唇を歪めて笑顔らしきものを作った。

とりあえず「十五!」と値をつけて、会場を見回した。

細野慎一と鞠絵の兄妹については、どんな情報からも耳を塞ぎ続けた。あれから根岸がやってくることはない。四阿からは一度だけ、深夜に電話があった。酔いを感じる声で、四阿は家庭の状況を話した。痴呆症の母親のこと、妻のこと。どんな答えを返したのか、もう覚えてはいない。ただ最後に四阿が「ありがとうございました、ふっきれました」と言った、その声だけは記憶に残っている。

縦縞のブルゾンの男が陶子を見ていた。どうやらその男と一騎打ちになると、陶子は踏んだ。

最近、「凄味が出てきたね」と言われることがある。もちろん、やわでいられるはずがない。

「三十」と、一気に値を吊り上げ、次の瞬間には、競り人の「落札します」という声を聞いた。

凄味つきの笑顔を、陶子はブルゾンの男に投げた。

参考資料一覧

日本のやきもの1~5　（読売新聞社）

The骨董1~4　（読売新聞社）

日本の漆器　（読売新聞社）

骨董屋入門　（光芸出版）

アンチック屋入門　（光芸出版）

骨董買いウラ話　（光芸出版）

図解仏像のみかた　佐藤知範　（西東社）

開かずの間の冒険　荒俣　宏　（平凡社）

真贋ものがたり　三杉隆敏　（岩波書店）

骨董にせもの雑学ノート　佐々木三味　（ダイヤモンド社）

新古今和歌集　佐佐木信綱校訂　（岩波書店）

法医学入門　八十島信之助　（中央公論社）

古陶磁の科学　内藤　匡　（雄山閣）

贋作大博覧会　吉村作治監修　（ワールドフォトプレス）

美術品の真贋　S・J・フレミング　（共立出版）

古美術の科学　小口八郎　（日本書籍）

欺し欺され　陳舜臣編（日本経済新聞社）
陶磁大系29　高麗の青磁　長谷部楽爾（平凡社）
陶磁大系31　李朝の染付　村山　武（平凡社）
贋作者列伝　種村季弘（青土社）

＊これらの書籍を中心に、さまざまな資料を参考にさせていただきました。しかし物語の性格上、事実とは異なる表現をした部分がいくつかあります。したがってすべての文責は著者が負うものであります。

解説

終わりなき騙しの世界に生まれつく
～あるいは、宇佐見陶子の「三種の神器」～

阿津川辰海

○名シリーズ、復刊！

北森鴻――その名をご存知であろうか？

「とっくに知っている、作品も読んでいるよ」。そんな皆様には、失礼いたしました。この名作の復刊を共に寿ぎましょう。

しかし、もし、まだ知らない人や、あるいは「古美術のミステリって、なんだか難しそう……」と二の足を踏んでいる方がいたら、安心してほしい。

実を言うと、高校生の頃の私自身、「なんだか敷居が高そう」となかなか手が伸びなかったのだ。古美術の知識はまるでないし（テレビで有名な鑑定番組をたまに見たことがあるくらいで、予備知識はまるでなかった）、それこそ『黒死館殺人事件』のごとく知識の洪水のような本だったら、ついていけないかもしれないと思った。

ところが、社会人になってから、『狐罠』や新潮文庫の『凶笑面』などを実際に読んで、それはまったくの勘違いだったと気付いた。あまりの興奮に、新刊で手に入る北森鴻作品をとにかく買いまくり、むさぼるように読んだ。それほど、心動かされた。

二の足を踏んでいるなら、安心してほしい。なぜなら、北森鴻とは、読者にとって馴染みのない世界の中に、フラットに読者を誘い、引きずり込む天才だからである。読み始めたが最後、ラストまで無我夢中で読んでしまう。こうして今は私も、北森鴻フリークの一人になっている。

『狐罠』は一九九七年に講談社で刊行された長編で、著者の作品としては三冊目にあたる。店舗を持たない美術商、「旗師」の宇佐見陶子を主人公にしたシリーズの一作目でもあり、以後、長編『狐闇』（元版・講談社文庫）、そして二冊の短編集『緋友禅』『瑠璃の契り』（元版・文春文庫）へと続く。今回の復刊では、出版社がバラバラになっていたこの〈旗師・冬狐堂〉シリーズが、遂に徳間文庫でまとまることが、一つの目玉になっている。

〈旗師・冬狐堂〉シリーズは、私見では、少なくとも三つのミステリのサブジャンルの魅力を贅沢に盛り込んでいる。コン・ゲーム、ハードボイルド、本格ミステリの三つだ。そして、どこから切り取ってもエンターテイメントとして高水準であるからこそ、行き先が馴染みのない世界であっても、否応なく物語世界にのめり込んでしまうのだ。

○コン・ゲームとして

『狐罠』は何よりも、人と人の騙し合いを描いたエンターテイメント、つまり「コン・ゲーム」小説である。

この言葉自体は、一九九七年当時よりも人口に膾炙（かいしゃ）しているにちがいない。福本伸行氏の『賭博黙示録カイジ』（講談社）、甲斐谷忍氏の『LIAR GAME』（集英社）、迫稔雄氏の『嘘喰い』（集英社）など、人工的なゲーム空間での騙し合いを描いた漫画作品や、悪党三人組の大胆な信用詐欺作戦をドラマ・映画で展開した『コンフィデンスマンJP』などの影響が大きいだろう。

『狐罠』では、ゲーム空間めいた人工性とは無縁の、リアルな古物商の世界で、まさに「狐と狸の化かし合い」とでも言うべき丁々発止の騙し合いが描かれる。

そのキーワードとなるのが、「目利き殺し」である。

端的に言えば、「品物の欠損をあの手この手で誤魔化す技術」のことを指す。商談相手の「目利き」を誤魔化せれば、贋作を本物と偽って売ることが可能だ。

そんなことをすれば裁判沙汰になりそうだが、そうはならない。古美術の世界には、独特の倫理観と体質があるからだ。つまり、もし「目利き殺し」に騙されて贋作を掴んだなら、それはその買い手が悪いのである。非情な世界に思われるかもしれないが、主人公の宇佐見陶子が戦う相手は、まさしくそういう狡猾（こうかつ）な敵たちだ。

すなわち、『狐罠』では、売り手が買い手に仕掛ける手練手管——「目利き殺し」のトリックが、話の中心をなしている。

中盤以降、贋作者の潮見（しおみ）老人が、徹底した手法と哲学で贋作を作り上げる手際には、「ええっ、そこまでするの」「ええっ、そんなものまで使えるの」と何度もシビれてしまう。闇の世界の住民ならではの、陰影のあるカッコよさだ。

しかし、『狐罠』の主人公・宇佐見陶子は、詐欺を生業（なりわい）とするプロではない——。

むしろ、本書冒頭では、騙されて登場するのである。

○ハードボイルドとして

陶子は同業者の橘薫堂からある器を仕入れるが、それは贋作だった。陶子自身が、「目利き殺し」を仕掛けられたのだ。

陶子は傷つけられたプライドを回復するべく、リベンジ・マッチを構想する。「目利き殺し」を仕掛け返すのだ。しかし、相手は国立博物館をも利用して人を欺くとまで噂される、海千山千のやくざ者である。彼を騙しきるのは、並大抵のわざではない。

それでも、陶子は立ち向かうのだ。

「結構です。あとはご老人の、腕と目を信じています」

「人間性は？」

「それはこの際、置いておきましょう。お互い悪党ですから」

「本当に、狡くおなりだ」

「そう言われて、嬉しいと思うのはおかしいですか」

――第五章「孤高の狐」より

どうだろう。まるで、ダーク・ヒーローものの映画を見ているかのような、シビれるセリフではないか？

同シリーズの短編集『緋友禅』において、陶子は「残酷で、それ故にこそ尊い世界に自らも生きている」というフレーズを使う。騙し騙されが日常茶飯事のダーティーな世界の中で、自らも悪党であることを認めながら、それでも、自分なりの矜持と誇りを貫く。『狐罠』でも、彼女は肉体的にも精神的にもボロボロになりながら、戦うのだ。そんな彼女の姿こそ美しい。本書がハードボイルド小説としても一級品なのはそれが理由だ。

敵役である橘秀曳（たちばなしゅうえい）にも、詳しくは述べないが、独自の行動原理と理由があるのだ。どこか歪んだ世界の中で自分の足場を探す人間たちの戦いの姿が、ここにはある。

○本格ミステリとして

ところが、陶子を襲うピンチは「目利き殺し」だけではない。なんと本書の早い段階で、陶子を騙した橘薫堂の関係者が殺され、陶子は殺人事件の容疑者となってしまうのだ。陶子は、身に降りかかる火の粉を振り払うため、殺人事件の謎と、自分を取り巻く陰謀の全てを、解き明かさなければならない。

陶子に迫る二人の刑事役、根岸と四阿のコンビもまた、脇役と言い切るのは惜しい良い刑事である。根岸の清濁併せ呑む「狸」ぶりは、まさに古美術の事件を扱うのにうってつけの性格だ。本書中盤で明かされる根岸の行動の意図には、思わず驚かされてしまった。

陶子は自ら謎に分け入っていくが、そうしている間にも、橘を相手取った「目利き殺し」は続いていく。つまり、陶子の感じる違和感や見聞きする伏線が、謎解きに繫がるものなのか、「目利き殺し」の成否に関わるものなのかは、解決編に至るまで分からないのである。ここに、本書の謎解きミステリとしてのスリリングさがある。たった一つの物証から事件の構図をがらっと変えてみせる手並みは、実に鮮やかである。しかも、それは古美術の世界をしっかりと描くからこそ際立ってくる手掛かりなのだ。多くの要素を盛り込みながらも、ここには無駄なパーツなど一つもない。

○北森鴻について

以上のように、『狐罠』は、古美術の世界という読者にとって馴染みが薄い世界に、「コン・ゲーム」「ハードボイルド」「本格ミステリ」の魅力——いわば、三種の神器によって読者を巧みに誘い込む、極上のエンターテイメント作品なのである。

本書でも満身創痍になりながら戦った陶子は、続編『狐闇』で、もっとボロボロになりながら、しかもスケール・アップした謎に挑むことになる。この解説のような比喩ではない、本物の「三種の神器」の秘密に迫るのだ。

おまけに、『狐闇』は他の北森鴻作品のシリーズから蓮丈那智、「雅蘭堂」店主の越名集治らがゲスト出演する、いわゆる北森鴻版「アベンジャーズ」でもある。もちろん、『狐闇』から読んで一向に差し支えない。

蓮丈那智シリーズは新潮文庫から刊行されている（『凶笑面』『触身仏』『写楽・考』『邪馬台』『天鬼越』）。民俗学の世界に読者を誘いながら、民俗学の解釈と殺人事件の解決が巧みに重なるという趣向を達成し続ける、謎解きミステリの至宝である。特に著者急逝により断筆し、浅野里沙子氏が完成させた『邪馬台』は、『狐闇』を受けて更に壮大な謎を解き明かす、北森鴻版「アベンジャーズ　エンド・ゲーム」にあたる超傑作だ。

雅蘭堂登場の『孔雀狂想曲』は集英社文庫から刊行されている。店主の越名集治を主人公に、古道具、古美術をモチーフにした連作を披露している。〈冬狐堂〉が「陰」なら、こちらは「陽」で、押しかけアルバイターの女子高生・安積の明るいキャラクターも良い。本書でいう「目利き殺し」を彷彿とさせるようなエピソードもあり、本書にハマったら楽しめるはずだ。

最後になるが、私は二〇一〇年に北森鴻氏が亡くなった後、著者の作品を初めて読んだ。だから氏の作品を読むたびに、もっと早くに読めていたら、もっと早くに出会えていたらと、後悔にキュッと胸を締め付けられるような思いがする。だが、作品は読まれ続ける限り、輝き続けると信じている。

本書『狐罠』を入り口に、北森鴻にハマった同年代の方と、がっつり北森鴻トークが出来る日が待ち遠しい。

二〇二〇年十月

この作品は2000年5月講談社文庫より刊行されました。なお本作品はフィクションであり実在の個人・団体などとは一切関係がありません。

徳間文庫

旗師・冬狐堂㈠

狐罠（きつねわな）

2020年11月15日 初刷

著者 北森鴻（きたもりこう）
発行者 小宮英行
発行所 株式会社徳間書店
東京都品川区上大崎三—一—一
目黒セントラルスクエア 〒141—8202
電話 編集〇三(五四〇三)四三四九
販売〇四九(二九三)五五二一
振替 〇〇一四〇—〇—四四三九二
印刷
製本 大日本印刷株式会社

ISBN978-4-19-894596-1 （乱丁、落丁本はお取りかえいたします）

徳間文庫

現代の小説2020　日本文藝家協会編
恋のかたち、愛のいろ　唯川恵他
さよならくちびる　原案・脚本 塩田明彦 ノベライズ 相田冬二
D列車でいこう　阿川大樹
植物たち　朝倉かすみ
地下鉄に乗って　浅田次郎
日輪の遺産　浅田次郎
月のしずく　浅田次郎
姫椿　浅田次郎
Team・HK　あさのあつこ
殺人鬼の献立表　あさのあつこ
グリーン・グリーン　あさのあつこ
あるキング　伊坂幸太郎
水光舎四季　石野晶
願いながら、祈りながら　乾ルカ
隠蔽指令　江上剛
人生に七味あり　江上剛
断固として進め　江上剛
ロゴスの市　乙川優三郎

若桜鉄道うぐいす駅　門井慶喜
消えていく日に　加藤千恵
経済特区自由村　黒野伸一
鍵のことなら、何でもお任せ　黒野伸一
おいしい野菜が食べたい！　黒野伸一
早坂家の三姉妹　小路幸也
猫と妻と暮らす　小路幸也
恭一郎と七人の叔母　小路幸也
帝冠の恋　須賀しのぶ
俺はバイクと放課後に 走り納め川原湯温泉　菅沼拓三
俺はバイクと放課後に 雪が降る前に草津温泉　菅沼拓三
俺はバイクと放課後に 伊豆半島耐寒温泉ツーリング　菅沼拓三
伯爵夫人の肖像　杉本苑子
カミングアウト　高殿円
失恋天国　瀧羽麻子
水上のフライト　土橋章宏
浅田家！　中野量太
アオギリにたくして　中村柊斗
弥生、三月　脚本 遊川和彦 南々井梢

ブルーアワーにぶっ飛ばす　箱田優子
本日は、お日柄もよく　原田マハ
生きるぼくら　原田マハ
恋々　東山彰良
お金のある人の恋と腐乱　姫野カオルコ
ヒット・エンド・ラン　広谷鏡子
ランチに行きましょう　深沢潮
天空の救命室　福田和代
おもいおもわれふりふられ　堀川アサコ
誰も親を泣かせたいわけじゃない　堀川アサコ
まぼろしのパン屋　松宮宏
さすらいのマイナンバー　松宮宏
まぼろしのお好み焼きソース　松宮宏
アンフォゲッタブル　松宮宏
神去なあなあ日常　三浦しをん
神去なあなあ夜話　三浦しをん
ヒカルの卵　森沢明夫
純喫茶トルンカ　八木沢里志
しあわせの香り　八木沢里志

徳間文庫

マザコン刑事と呪いの館　赤川次郎
マザコン刑事とファザコン婦警　赤川次郎
華麗なる探偵たち　赤川次郎
百年目の同窓会　赤川次郎
さびしい独裁者　赤川次郎
クレオパトラの葬列　赤川次郎
真夜中の騎士　赤川次郎
不思議の国のサロメ　赤川次郎
誰？　明野照葉
ロック、そして銃弾　浅暮三文
夢裡庵先生捕物帳〈上下〉　泡坂妻夫
奇跡の男　泡坂妻夫
高原のフーダニット　有栖川有栖
螺旋宮　安東能明
金融探偵　池井戸潤
アキラとあきら　池井戸潤
耳をふさいで夜を走る　石持浅海
凶腕の獣、樹海の鬼　伊東京一
クラリネット症候群　乾くるみ

蒼林堂古書店へようこそ　乾くるみ
悪意のクイーン　井上剛
きっと、誰よりもあなたを愛していたから　井上剛　栗俣力也原案
死なないで　井上剛
怪談の道　内田康夫
ふりむけば飛鳥　内田康夫
津和野殺人事件　内田康夫
上海迷宮　内田康夫
明日香の皇子　内田康夫
耳なし芳一からの手紙　内田康夫
沃野の伝説〈上下〉　内田康夫
華の下にて　内田康夫
箱庭　内田康夫
風のなかの櫻香　内田康夫
「首の女」殺人事件　内田康夫
「紫の女」殺人事件　内田康夫
「萩原朔太郎」の亡霊　内田康夫
美濃路殺人事件　内田康夫
博多殺人事件　内田康夫

「信濃の国」殺人事件　内田康夫
鞆の浦殺人事件　内田康夫
北国街道殺人事件　内田康夫
隅田川殺人事件　内田康夫
「紅藍の女」殺人事件　内田康夫
御堂筋殺人事件　内田康夫
龍神の女　内田康夫
城崎殺人事件　内田康夫
「須磨明石」殺人事件　内田康夫
夏泊殺人岬　内田康夫
歌わない笛　内田康夫
はちまん〈上下〉　内田康夫
こわれもの　浦賀和宏
究極の純愛小説を、君に　浦賀和宏
愛されすぎた女　大石圭
殺さずに済ませたい　大石圭
きれいなほうと呼ばれたい　大石圭
わたしには鞭の跡がよく似合う　大石圭
自分を愛しすぎた女　大石圭

裏アカ　大石圭
僕の殺人　太田忠司
嘘を愛する女　岡部えつ
木曜組曲　恩田陸
禁じられた楽園　恩田陸
桃ノ木坂互助会　川瀬七緒
女學生奇譚　川瀬七緒
天使の眠り　岸田るり子
Fの悲劇　岸田るり子
めぐり会い　岸田るり子
無垢と罪　岸田るり子
白椿はなぜ散った　岸田るり子
共犯マジック　北森鴻
人魚姫探偵グリムの手稿　北山猛邦
狂おしい夜　鯨統一郎
勁草　黒川博行
モノクローム・レクイエム　小島正樹
三つの名を持つ犬　近藤史恵
岩窟姫　近藤史恵

刑罰0号　西條奈加
真夜中の意匠　斎藤栄
その朝お前は何を見たか　笹沢左保
死にたがる女　笹沢左保
遅すぎた雨の火曜日　笹沢左保
沈黙の追跡者　笹沢左保
KAPPA　柴田哲孝
激流〈上下〉　柴田よしき
求愛　柴田よしき
ランチタイムは死神と　柴田よしき
象牙色の眠り　柴田よしき
黙過　下村敦史
無限のビィ〈上下〉　朱川湊人
一億円のさようなら　白石一文
計画結婚　白河三兎
正義をふりかざす君へ　真保裕一
赤毛のアンナ　真保裕一
封鎖　仙川環
古い腕時計　蘇部健一

濁流〈上下〉　高杉良
人魚の石　田辺青蛙
義経号、北溟を疾る　辻真先
定本バブリング創世記　筒井康隆
波形の声　長岡弘樹
あなたの恋人、強奪します。　永嶋恵美
別れの夜には猫がいる。　永嶋恵美
泥棒猫リターンズ　永嶋恵美
カチョウ　中野順一
偶然の殺意　中町信
秘書室の殺意　中町信
悲痛の殺意　中町信
東京駅で消えた　夏樹静子
デュアル・ライフ　夏樹静子
からみ合い　南條範夫
二年半待て　新津きよみ
夫が邪魔　新津きよみ
セカンドライフ　新津きよみ
鬼女面殺人事件　西村京太郎

義　闘　今野　敏
宿　闘　今野　敏
虎の尾　今野　敏
内調特命班　邀撃捜査　今野　敏
内調特命班　徒手捜査　今野　敏
最後の封印　今野　敏
最後の戦慄　今野　敏
迎　撃　今野　敏
ビギナーズラック　今野　敏
ドリームマッチ　今野　敏
人　狼　今野　敏
38口径の告発　今野　敏
闇の争覇　今野　敏
わが名はオズヌ　今野　敏
遠い国のアリス　今野　敏
怪物が街にやってくる　今野　敏
所轄魂　笹本稜平
失踪都市　笹本稜平
強　襲　笹本稜平

危険領域　笹本稜平
警視庁公安J　鈴峯紅也
マークスマン　鈴峯紅也
ブラックチェイン　鈴峯紅也
オリエンタル・ゲリラ　鈴峯紅也
シャドウ・ドクター　鈴峯紅也
ダブルジェイ　鈴峯紅也
警視庁浅草東署Strio　鈴峯紅也
トイール　鈴峯紅也
トゥモロー　鈴峯紅也
妄想刑事エニグマの執着　七尾与史
卑怯者の流儀　深町秋生
ヒステリック・サバイバー　深町秋生
魔　弾　松浪和夫
ワンショットワンキル　松浪和夫
警視庁特務武装班　南　英男
錯　綜　南　英男
怪　死　南　英男
接　点　南　英男

盲　点　南　英男
覆面捜査　南　英男
悪党同盟　南　英男
暴虐連鎖　南　英男
処刑捜査　南　英男
警視庁極秘捜査班　南　英男
報復遊戯　南　英男
偽装警官　南　英男
罠の女　南　英男
助っ人刑事　南　英男
朽ちないサクラ　柚月裕子
顔FACE　横山秀夫
七人の天使　六道　慧
ペルソナの告発　六道　慧
反撃のマリオネット　六道　慧
キメラの刻印　六道　慧
ラプラスの鬼　六道　慧
警察庁広域機動隊　六道　慧
ダブルチェイサー　六道　慧

徳間文庫

医療捜査官 一柳清香　六道　慧
トロイの木馬　六道　慧
塩の契約　六道　慧
警視庁特殊詐欺追跡班　六道　慧
藻屑蟹　赤松利市
鯖　赤松利市
闇猫・冴子　安達　瑶
アンダーワールド　安達　瑶
暗黒調書　安達　瑶
私人逮捕！　安達　瑶
凍雨　大倉崇裕
初恋　原案・脚本 中村雅 大倉崇裕
断裂回廊　逢坂　剛
死角形の遺産　大沢在昌
パンドラ・アイランド〈上下〉　大沢在昌
ダブル・トラップ　大沢在昌
東京騎士団　大沢在昌
獣眼　大沢在昌
欧亜純白〈上下〉　大沢在昌

シャドウゲーム　大沢在昌
カミカゼの邦　神野オキナ
警察庁私設特務部隊KUDAN　神野オキナ
ゴーストブロック　神野オキナ
ROMES06　五條　瑛
ROMES06 誘惑の女神　五條　瑛
ROMES06 まどろみの月桃　五條　瑛
極道転生　五條　瑛
焦土の鷲 イエロー・イーグル　五條　瑛
グリズリー　笹本稜平
マングースの尻尾　笹本稜平
サハラ　笹本稜平
新極道記者　塩崎利雄
殺し合う家族　新堂冬樹
ギャングスタ　新堂冬樹
制裁女　新堂冬樹
株式会社吸血兵団　菅沼拓三
ゼロ・アワー　中山可穂
スクランブル　夏見正隆

要撃の妖精　夏見正隆
復讐の戦闘機〈上下〉　夏見正隆
亡命機ミグ29　夏見正隆
尖閣の守護天使　夏見正隆
イーグル生還せよ　夏見正隆
空のタイタニック　夏見正隆
バイパーゼロの女　夏見正隆
不死身のイーグル　夏見正隆
荒鷲の血統　夏見正隆
決戦！日本海上空〈上〉　夏見正隆
決戦！日本海上空〈下〉　夏見正隆
ゼロの血統 九六戦の騎士　夏見正隆
ゼロの血統 零戦の天使　夏見正隆
ゼロの血統 南京の空中戦艦　夏見正隆
失踪トロピカル　七尾与史
ヤマの疾風　西村　健
赤い鯱　西村寿行
黒い鯱　西村寿行
白い鯱　西村寿行

碧い鯱　西村寿行
癌病船　西村寿行
癌病船応答セズ　西村寿行
漂流街　馳星周
クラッシュ　馳星周
楽園の眠り　馳星周
沈黙の森　馳星周
帰らずの海　馳星周
標高二八〇〇米　樋口明雄
天空の犬　樋口明雄
ハルカの空　樋口明雄
クリムゾンの疾走　樋口明雄
逃亡山脈　樋口明雄
テロルのすべて　樋口毅宏
ゴルゴタ　深見真
ブラッドバス　深見真
劇場版シティーハンター〈新宿プライベート・アイズ〉　原作 北条司　脚本 加藤陽一　著者 福井健太
影の探偵　藤田宜永
上野の仔　三咲光郎

フィードバック　矢月秀作
紅い鷹　矢月秀作
紅の掟　矢月秀作
復讐遊戯　山本俊輔
闇狩り師[1]　夢枕獏
闇狩り師[2]　夢枕獏
蒼獣鬼　夢枕獏
黄石公の犬　夢枕獏
崑崙の王〈上下〉　夢枕獏
荒野に獣慟哭す[1]　夢枕獏
荒野に獣慟哭す[2]　夢枕獏
荒野に獣慟哭す[3]　夢枕獏
荒野に獣慟哭す[4]　夢枕獏
荒野に獣慟哭す[5]　夢枕獏
月神祭　夢枕獏
ハイエナの夜　夢枕獏
【コミック版】荒野に獣慟哭す[1]〜[5]　夢枕獏 原作　伊藤勢 漫画
闇狩り師キマイラ天龍変　夢枕獏 原作　伊藤勢 漫画
鬼はもとより　青山文平

先生のお庭番　朝井まかて
御松茸騒動　朝井まかて
暮れがたき　今井絵美子
恋しい　今井絵美子
夢草紙人情おかんヶ茶屋　今井絵美子
縁の糸　今井絵美子
今夜だけ　今井絵美子
夏花　今井絵美子
うつし花　今井絵美子
雪まろげ　今井絵美子
優しい嘘　今井絵美子
夢の夢こそ　今井絵美子
わらわがゆるさぬ　沖田正午
喜知次　乙川優三郎
穴屋でございます　風野真知雄
幽霊の耳たぶに穴　風野真知雄
穴めぐり八百八町　風野真知雄
六文銭の穴の穴　風野真知雄
猫見酒　風野真知雄